国家社科基金重大项目
英国文学的命运共同体表征与审美研究 文献卷
The Representation and Aesthetics of Community in
English Literature Literary Criticism

总主编：李维屏 / 主编：查明建 张和龙

文学能为共同体做什么？

INVENTER UN PEUPLE
QUI MANQUE : QUE PEUT
LA LITTÉRATURE
POUR LA COMMUNAUTÉ ?

赛琳·吉约 著
曹丹红 / 王俊茗 译

上海外语教育出版社
SHANGHAI FOREIGN LANGUAGE EDUCATION PRESS

图书在版编目（ＣＩＰ）数据

文学能为共同体做什么？ /（法）赛琳·吉约著；曹丹红，王俊茗译. -- 上海：上海外语教育出版社，2024. --（英国文学的命运共同体表征与审美研究 / 李维屏总主编）. -- ISBN 978-7-5446-8260-2

Ⅰ.I0-05

中国国家版本馆CIP数据核字第2024DF5229号

Originally published in France as Céline Guillot, *Inventer un peuple qui manque: que peut la littérature pour la communauté?*, © 2013 by Les presses du réel.

本书中文版由Les presses du réel出版社授权上海外语教育出版社有限公司出版。

图字：09-2021-0226号

出版发行：**上海外语教育出版社**
（上海外国语大学内） 邮编：200083
电　　话：021-65425300（总机）
电子邮箱：bookinfo@sflep.com.cn
网　　址：http://www.sflep.com
责任编辑：胡怡纯

印　　刷：上海中华商务联合印刷有限公司
开　　本：890×1240　1/32　印张 11.25　字数 279千字
版　　次：2024年10月第1版　2024年10月第1次印刷

书　　号：ISBN 978-7-5446-8260-2
定　　价：60.00元

本版图书如有印装质量问题，可向本社调换
质量服务热线：4008-213-263

《英国文学的命运共同体表征与审美研究》编委会

总主编：李维屏

《理论卷》主编：周　敏
徐德林　何卫华　翟乃海　高卫泉

《诗歌卷》主编：张和龙
王　欣　王改娣　陈　雷　梁晓冬　宋建福　杨国静

《小说卷》主编：李维屏
王腊宝　徐　彬　戴鸿斌　梅　丽　王影君　程汇涓

《戏剧卷》主编：王卫新
陶久胜　夏延华　刘思远　程　心　郑　婕

《文献卷》主编：查明建　张和龙
王光林　谢建文　曹丹红　曾桂娥　陈广兴
程汇涓　曹思宇　骜　龙

总论

英国文学典籍浩瀚、源远流长，自盎格鲁-撒克逊时期的开山之作《贝奥武甫》(*Beowulf*, 700—750) 问世起，经历了1 200余年漫长而丰富的历程。其间，思潮起伏，流派纷呈，文豪辈出，杰作林立。作为世界文学之林中的一大景观，英国文学不仅留下了极为丰富的文学资源，而且也引发了我们的种种思考与探索。近半个世纪以来，我国学者对英国文学的研究取得了长足进步，并不断呈现出专业化和多元化的发展态势。时至今日，中国学者一如既往地以敏锐的目光审视着英国文学的演进，对其文学想象、题材更迭和形式创新方面某些规律性的沿革和与此相关的诸多深层次问题进行深入探索。

值得关注的是，长达千余年的英国文学史折射出一个极为重要的现象：历代英国作家不约而同地将"命运共同体"作为文学想象的重要客体。英国的经典力作大都是作家在不同历史阶段对社会群体和其中个体的境遇和命运的生动写照。许多经典作家在书写人的社会角色、话语权利和精神诉求时体现出强烈的"命运"意识和"共同体"理念。在对英国文学历史做一番哪怕是最粗略的浏览之后,我们不难发现,自开山之作《贝奥武甫》起,英国文学中的命运共同体表征一脉相承,绵亘不绝。例如,杰弗雷·乔叟(Geoffrey Chaucer, 1343-1400)的《坎特伯雷故事集》(*The Canterbury Tales*, 1387-1400)、托马斯·马洛礼(Thomas Malory, 1415-1471)的《亚瑟王之死》(*Le Morte d'Arthur*, 1470)、托马斯·莫尔(Thomas More, 1478-1535)的《乌托邦》(*Utopia*, 1516)、约翰·弥尔顿(John Milton, 1608-1674)的《失乐园》(*Paradise Lost*, 1665)和约翰·班扬(John Bunyan, 1628-1688)的《天路历程》(*The Pilgrim's Progress*, 1678, 1684)等早期经典力作都已不同程度地反映了共同体思想。从某种意义上说,英国文学不仅生动再现了共同体形态和社群结合方式的历史变迁,而且也充分体现了对命运共同体建构与解构的双重特征,因而在本质上是英国意识形态、文化观念和民族身份建构的深度参与者。此外,英国作家对共同体的着力书写也在一定程度上促进了文学批评与审美理论的发展,并引起了人们对共同体机制与悖反的深入思考与探索。显然,英国文学长达千余年的命运共同体表征已经构成了本体论和认识论评价体系。

一、"共同体"概念的形成与理论建构

英语中 community(共同体)一词,源自拉丁文 communis,意为"共同的"。从词源学意义上看,"共同体"概念形成于 2 000 多年前的古希腊时期,其思想的起源是对人类群体生存方式的探讨。早在公元前,古希腊哲学家柏拉图(Plato, 427-347 BC)在其《理想国》(*The Republic*, 约 380 BC)中以对话与故事的形式描绘了人类实现正

义和理想国度的途径,并展示了其心目中"真、善、美"融为一体的幸福城邦。柏拉图明确表示,"当前我认为我们的首要任务乃是铸造出一个幸福国家的模型来,但不是支离破碎地铸造一个为了少数人幸福的国家,而是铸造一个整体的幸福国家"[1]。亚里士多德(Aristotle, 384-322 BC)在其《政治学》(*The Politics*,约 350 BC)中提出了城邦优先于个人与家庭的观点。他认为,个体往往受到其赖以生存的城邦的影响,并从中获得道德感、归属感和自我存在的价值。"我们确认自然生成的城邦先于个人,就因为个人只是城邦的组成部分,每一个隔离的个人都不足以自给其生活,必须共同集合于城邦这个整体才能让大家满足其需要……城邦以正义为原则。由正义衍生的礼法,可凭此判断人间的是非曲直,正义恰正是树立社会秩序的基础。"[2]在亚里士多德看来,城邦不仅是人们生存的必要环境,而且在本质上具有塑造人的重要作用,使人懂得正义和礼法。自柏拉图和亚里士多德以降,现代西方多位重要思想家如洛克、卢梭、黑格尔和马克思等也对个体与城邦的关系、城邦内的人际关系以及社会的公道与正义等问题发表过各自的见解,并且不同程度地对人类共同生存的各种模式进行了探讨。

应当指出,现代意义上的共同体思想主要起源于德国社会学家斐迪南·滕尼斯(Ferdinand Tönnies, 1855-1936)的《共同体与社会》(*Gemeinschaft und Gesellschaft*, 1887)一书。滕尼斯在其著作中采用了二元对立的方式,将"共同体"与"社会"作为互相对立的两极加以阐释,认为前者的本质是真实的、有机的生命,而后者则是抽象的、机械的构造。在他看来,"社会的理论构想出一个人的群体,他

---

[1] 柏拉图:《理想国》,郭斌和、张竹明译,商务印书馆,1986年,第133页。
[2] 亚里士多德:《政治学》,吴寿彭译,商务印书馆,2009年,第8-10页。

们像在共同体里一样,以和平的方式相互共处地生活和居住在一起,但是,基本上不是结合在一起,而是基本上分离的。在共同体里,尽管有种种的分离,仍然保持着结合;在社会里,尽管有种种的结合,仍然保持着分离"[1]。他直言不讳地指出,"共同体是持久的和真正的共同生活,社会只不过是一种暂时的和表面的共同生活。因此,共同体本身应该被理解为一种生机勃勃的有机体,而社会应该被理解为一种机械的聚合和人工制品"[2]。值得关注的是,滕尼斯在《共同体与社会》中从三个层面对"共同体"展开论述:一是从社会学层面描述"共同体"与"社会"作为人类结合关系形态的基本特征;二是从心理学层面解释在"共同体"与"社会"两种形态中生存者的心理机制及其成因;三是从法学与政治学层面阐释这两种人类生存的环境所具有的法律与政治基础。此外,滕尼斯从人类社会发展的基本规律出发,将血缘、地缘和精神关系作为研究共同体的对象,分析了家族、氏族、宗族、乡村社团和行会等共同体形式,并指出这些共同体存在的核心物质条件是土地。而在滕尼斯的参照系中,与共同体相对的"社会"则是切断了有机、自然关联的现代市民社会,维系社会的条件不再是自然、有机的土地,而是出于个人利益更大化需求所缔结的社会契约,其标志性符号则是流动的、可交换的货币。在分析共同体与社会两者内部的个体心理差异时,滕尼斯别开生面地使用了"本质意志"与"抉择意志"两个概念,并认为前者源于有机体,是不断生成的,其情感要素从属于心灵整体,而后者则纯粹是人的思维与意志的产物。从滕尼斯对共同体概念的提出与分析中,不难发现共同体理论内部两个重要的问题域:一是共同体或社会群体的结合机制,二是社会形态

---

[1] 斐迪南·滕尼斯:《共同体与社会——纯粹社会学的基本概念》,林荣远译,商务印书馆,1999年,第95页。
[2] 同上,第54页。

的演变、发展与共同体之间的关联。上述两个问题域成为后来共同体研究与理论建构的重要内容。今天看来,《共同体与社会》一书对共同体思想最大的贡献在于系统地提出了自成一体的共同体理论,其二元框架下的共同体概念对现代西方的共同体研究产生了重要影响。显然,滕尼斯提出的共同体概念具有一定的逻辑性和说服力,不仅为日后共同体研究提供了宏观的理论框架,而且也在研究方法上具有重要的参考价值。

19世纪下半叶,西方共同体理论建构步伐加快,并折射出丰富的政治内涵。对政治共同体的探索因其在社会生活和历史进程中的重要性占据了政治与哲学思考的核心地位。缔结政治共同体所需的多重条件、复杂过程和理论挑战引起了一些西方思想家的兴趣与探索。法国社会学家埃米尔·涂尔干(Émile Durkheim, 1858—1917)的《社会分工论》(*De la division du travail social*, 1893)便是对共同体思想中"机械团结"与"有机团结"两个问题域的探究,但他与滕尼斯在面对传统与现代社会的态度方面具有明显差异。涂尔干采用"机械团结"和"有机团结"两个名称来解释不同社会结构中群体联系的发生方式。他认为"机械团结"产生于不发达的传统社会结构之中,如古代社会和农村社会。由于传统社会规模小、人口少,其中的个体在宗教观念、价值观念、生产生活方式和情感意识等核心问题上具有高度的一致性。虽然机械团结占主导地位的社会往往具有强烈的集体意识,并且能产生强大的社会约束力,但其中的个体意识主要被集体意识所吸纳。相较之下,"有机团结"产生于较为发达的现代社会,人口数量与密度的大幅提升导致生存竞争不断加剧,迫使个体需要拥有更为专业化的竞争技能和手段以赢取竞争机会。在此过程中,人际关系和社会分工变得更加错综复杂。在专业化程度不断提升的过程中,个体逐渐失去独自在发达社会中应对生存环境的能力,于是对社会的依赖程度反而提升。涂尔干对共同体思想的主要贡献在于他以带有历史纵深和现代关怀的客观视角分析了个人与社会结合所产生的诸多问题。如果说滕尼斯的"共同体"与"社会"二元框架具有整体论的特点,那么涂尔干的社会分工论则强调个体在整体和社会中的角色与功能。

此外,德国社会学家马克斯·韦伯(Max Weber, 1864–1920)也对政治共同体理论进行了有益的探索。他在《经济与社会》(Wirtschaft und Gesellschaft, 1922)一书中指出,政治共同体的社会行动之目的在于通过包括武力在内的强制力量,使人服从并参与有序统治的"领土"之中的群体行为。显然,韦伯探讨的是政治共同体运行的必要条件,即领土、强制约束力以及与经济相关的社会行为,其特点是从经济史视角出发,指出政治共同体离不开"领土"的经济支撑,而基于"领土"的税收与分配制度则构成了政治共同体必不可少的经济基础。就总体而言,韦伯阐述了实体或类实体政治共同体的经济基础与运行机制,但并未深入探究构建政治共同体的诸多理论问题及其在实践中突破的可能性。

值得关注的是,卡尔·马克思(Karl Marx, 1818–1883)对人类的政治共同体构想具有革命性的突破。尽管马克思的理论体系中并没有关于共同体的系统表述,但他的共同体思想贯穿于他对社会、政治、经济和文化等一系列问题的论述之中。马克思在引入阶级意识的同时,建构了一种具有未来向度的政治共同体形式。如果说强调民族意识的共同体思想认为人与人之间的联系纽带是建立在共同生存的空间之上的民族意识与精神情感,那么,在1848年欧洲革命的大背景下,马克思批判性地思考了此前法国大革命所留下的政治智慧和哲学资源,对社会结构的演变与人类结合方式进行了深刻思考与深入探索,指出阶级意识和共同发展理念是促使人类结合相处的强大而又根本的联系纽带。马克思将人的阶级意识、经济地位以及是否从事劳动视为明显的身份标记,从而为无产阶级政治共同体的建构提供了重要的理论依据。马克思先后提出了"自然的""虚幻的""抽象的"和"真正的"共同体的概念,并对人在不同共同体中的地位、权利和发展机会做了深刻的阐释。他认为,只有"真正的"共同体才能为人提供真正自由的发展空间,才是真正理想的、美好的生存环境。"只有在共同体中,个人才能获得全面发展其才能的手段,也就是说,只有在共同体中才可能有个人自由。在过去的种种冒充的共同体中,如在国家等中,个人自由只是对那些在统治阶级范围内发展的个人来说是存在的,他们之所以有个人自由,只是因为他们是这一阶级的个人。从前各个人联合而成的虚假的共同体,总是相对于各个人而独立的;这种共同体是一个阶级反对另一个阶级的联合,因此对于被统治的阶级来说,它不仅是完全虚幻的共同体,而且是新的桎梏。在真正的共同体的条件下,各个人在自己的联合中并通过这种联合获得自己的自由。"[1] 显然,马克思的共同体思想体现了深刻的政治内涵和伟人思想家的远见卓识,对我们深入研究文学中命运共同体的性质与特征具有重要的参考价值。

20世纪上半叶,国外学界的共同体理论建构呈现出进一步繁衍与多元发展的态势,相关研究成果纷纷出现在哲学、政治学和社会学领域,其中对共同体思想的理论研究最为突出。社会学视阈下的共同体研究突出了其研究方法在考察城市、乡村和社区等社群结集的优势,着重探讨区域基础上组织起来的共同体及其聚合方式。其中,以美国的芝加哥学派在城市共同体方面的研究最具代表性。其研究方法秉承实证研究的传统,利用美国成熟且多样化的城市环境,对城市社

---

[1] 马克思、恩格斯:《德意志意识形态》(节选本),中共中央马克思恩格斯列宁斯大林著作编译局编译,人民出版社,2018年,第65页。

区中的家庭、人口、种族、贫民窟等问题展开调查分析，产生了一批带有都市社会学特色的研究成果。例如，威廉·I. 托马斯（William I. Thomas, 1863–1947）和弗洛里安·兹纳涅茨基（Florian Znaniecki, 1882–1958）的《身处欧美的波兰农民》(*The Polish Peasant in Europe and America*, 1918–1920) 研究了 19 世纪末至 20 世纪初移居欧美各国的波兰农民群体；罗伯特·E. 帕克（Robert E. Park, 1864–1944）的《城市——有关城市环境中人类行为研究的建议》(*The City: Suggestions for the Study of Human Nature in the Urban Environment*, 1925) 将城市视为一个生态系统，并使用生态学方法研究城市内的共同体问题；哈维·沃伦·佐尔博（Harvey Warren Zorbaugh, 1896–1965）的《黄金海岸与贫民窟》(*The Gold Coast and the Slum*, 1929) 关注城市内部造成社会与地理区隔的原因和影响。总体而言，芝加哥学派的城市共同体研究关注城市内部的人文区位，研究其中的种族、文化、宗教、劳工、社会和家庭等问题，该学派擅长的生活研究法和精细个案研究是经验社会学方法，为共同体的细部问题研究提供了大量的史料文献，其主要不足在于扁平化的研究范式以及在共同体的理论探索方面表现出的形式主义倾向。

20 世纪下半叶，人类学和政治学视阈下的共同体研究进一步凸显了文化与身份认同在共同体中的作用。当代英国社会学家安东尼·保罗·科恩（Anthony Paul Cohen, 1946– ）的《共同体的象征性建构》(*The Symbolic Construction of Community*, 1985) 一书认为共同体并不是一种社会实践，而是某种象征性的结构。这一观点与此前社会学家的研究具有很大差异，在一定程度上摒弃了空间在共同体中的重要性，将关注的焦点从空间内的社会交往模式转向了作为意义和身份的共同体标志。本尼迪克特·安德森（Benedict Anderson, 1936–2015）的《想象的共同体》(*Imagined Communities*, 1983) 探讨了国族身份认同的问题，将共同体视为一种想象性的虚构产物，试图证明共同体是由认知方式及象征结构所形塑的，而不是由具体的生活空间和直接的社会交往模式所决定的。这类观点呈现出20世纪下半叶共同体研究的文化转向，事实上，这一转向本身就是对人类社会在20世纪下半叶所发生的变化，尤其是全球化的一种反映。值得一提的是，近半个世纪以来，一些西方社会学家对资本主义制度能否产生有效的共同体并未达成共识。例如，让-吕克·南希（Jean-Luc Nancy, 1940-2021）和莫里斯·布朗肖（Maurice Blanchot, 1907-2003）两位法国哲学家分别在《不运作的共同体》(*La Communauté désœuvrée*, 1986)和《不可言明的共同体》(*La Communauté inavouable*, 1983)中强调了人的自由与"独体"概念，不仅在理论上对共同体进行解构，而且否定人类深度交流与合作的可能性。南希认为，"现代世界最重大、最痛苦的见证……就是对共同体（又译共通体，communauté）的分裂、错位或动荡的见证"[1]。自20世纪80年代起，不少主张"社群主义"（Communitarianism）的人士在与自由主义的抗辩中进一步探讨了共同体的内涵、功能和价值。他们全然反对自由主义价值观念，认为自由主义在本质上忽略了社群意识对个人身份认同和文化共同体构建的重要性。总之，近半个世纪以来，国外哲学、政治学和社会学界对共同体众说纷纭，学术观点层出不穷，尽管分歧较大，但具有一定的理论建构意义和参考价值。

概括说来，自滕尼斯于19世纪下半叶开始对共同体问题展开深入探讨以来，近一个半世纪的共同体观念演变与理论建构凸显了其内涵中的三个重要方面。一是共同体的空间特征与区域特征。无论在历

---

[1] 让-吕克·南希：《无用的共通体》，郭建玲、张建华、夏可君译，河南大学出版社，2015年，第1页。

史纵轴上的社会形态发生何种变化，或者在空间横轴上的共同体范畴是小至村落还是大到国家，基于地域关联而形成的互相合作的共同体是其研究中不可忽视的重要主题。二是个体在共同体中的归属感与身份认同。如果说共同体的空间特征与区域特征研究的是共同体的客观物质环境以及存在于其中的权力组织、社会网络和功能性结构，那么归属感与身份认同研究的是共同体内个体的心理状况以及自我与他者关系这一永恒的哲学命题。三是伴随着经济社会的发展与变化，共同体的性质与特征随之产生的相应变化。从19世纪至今的共同体研究几乎都将共同体问题置于特定的时间背景之下进行剖析，这就意味着共同体研究具有历史意义和实践价值。尤其是面对高度分化的现代社会，如何挖掘共同体内个体的整合模式是未来的共同体研究需要解决的问题。如果说，100多年来西方思想家对共同体的探讨和理论建构已经涉及共同体问题的诸多核心层面，那么，在当今学科分类日益精细、研究方法逐渐增多的大背景之下，不同学科与领域的共同体研究开始呈现出不断繁衍、分化和互涉的发展态势。

应当指出，近半个世纪以来，命运共同体在西方文学批评界同时引起了马克思主义文学批评家和解构主义批评家的高度关注。作为历史最久、书写最多的文学题材之一，共同体备受文学批评界的重视无疑在情理之中。英国马克思主义文学理论家雷蒙德·威廉斯（Raymond Williams, 1921-1988）在其《漫长的革命》(*The Long Revolution*, 1961)一书中对社会、阶级和共同体的性质与特征做了深刻阐述。他认为工人阶级是处于社会底层的贫困群体，"在许多人看来，工人阶级的名称仅仅是对贫穷的记忆"[1]。威廉斯明确指出，很多

---

[1] Raymond Williams, *The Long Revolution*, Beijing, Foreign Language Teaching and Research Press, 2019, p.381.

人并未真正理解共同体的性质,"如果我们不能采取现实主义的态度看待共同体,我们真实的生活水平将继续被扭曲"[1]。而法国著名解构主义批评家雅克·德里达(Jacques Derrida, 1930—2004)则认为,"共同体若要生存就必须培育其自身免疫性(autoimmunity),即一种甘愿破坏自我保护原则的自我毁灭机制"[2]。值得注意的是,威廉斯和德里达这两位在当代西方文学批评界举足轻重的学者对待共同体的态度存在明显差异,前者倡导"无阶级共同体"(classless community)的和谐共存,而后者则认为"每个共同体中都存在一种他称之为'自身免疫性'的自杀倾向"[3]。显然,20世纪下半叶西方批评家们对共同体态度的分歧正在不断加大。正如美国著名批评家J. 希利斯·米勒(J. Hillis Miller, 1928—2021)所说,"这些概念互相矛盾,他们无法综合或调和"[4]。从某种意义上说,现代共同体思想在西方文学批评界的分化与20世纪西方社会动荡不安和现代主义及后现代主义文学对共同体的怀疑和解构密切相关。

综上所述,100多年来,共同体研究在理论建构方面取得了长足的发展,为当今的文学批评提供了重要的理论依据和研究思路。毋庸置疑,对文学的命运共同体表征与审美展开深入系统的研究是对历史上共同体理论建构的补充与拓展。以中国学者的视角全面考察和深刻阐释英国文学的命运共同体表征与审美接受不仅具有实践意义和学术价值,而且在理论上也必然存在较大的创造空间。

1　Raymond Williams, *The Long Revolution*, Beijing, Foreign Language Teaching and Research Press, 2019, p.343.
2　Qtd. Jacques Derrida, *Communities in Fiction*, J. Hillis Miller, Beijing, Foreign Language Teaching and Research Press, 2019, p.17.
3　Ibid.
4　J. Hillis Miller, *Communities in Fiction*, Beijing, Foreign Language Teaching and Research Press, 2019, p.17.

二、英国的共同体思想与文学想象

英国长达千余年的文学历史表明,共同体思想与文学想象如影随形,密切相关。如果说英国文学充分反映了社会主体的境遇和命运,那么其丰富的文学想象始终受到历代共同体思想的影响。值得关注的是,英国作家对共同体的想象与探索几乎贯穿其社会与文学发展的全过程。早在公元前,当英伦三岛尚处于氏族社会阶段时,凯尔特族人由于血缘、土地、生产和宗教等因素生活在相互割据的部落或城邦之中。这种早期在恶劣环境中生存的氏族部落在一定程度上反映出人们互相依赖、合力生存的群体意识。雷蒙德·威廉斯认为,这种建立在血缘、家族、土地和精神关系上的"共同体相对较小,并具有一种直接感和地缘感"[1]。这便是英国共同体思想的源头。公元前55年,罗马人在尤利乌斯·恺撒(Julius Caesar, 100-44 BC)的率领下开始入侵不列颠,并于公元43年征服凯尔特人,这种原始的共同体意识也随之发展。在罗马人长达五个世纪的统治期间,不列颠人纷纷建要塞、修堡垒、筑道路、围城墙,以防异域族群和凶猛野兽的攻击,从而进一步确立了"抱团驱寒"的必要性,其实质是马克思所说的人类早期在劳动谋生过程中形成的"自然共同体"。公元5世纪中叶,居住在丹麦西部和德国西北部的盎格鲁-撒克逊人入侵不列颠,并最终成为新的统治者。从此,英国开启了历史上最早以盎格鲁-撒克逊氏族社会与文化为基础的古英语文学时代。

英国"共同体"思想在盎格鲁-撒克逊时期的社会分隔与治理

---

[1] Qtd. Raymond Williams, *Communities in Fiction*, J. Hillis Miller, Beijing, Foreign Language Teaching and Research Press, 2019, p.1.

中得到了进一步发展。在盎格鲁-撒克逊人的统治下,不列颠的大片土地上出现了许多大小不一的氏族部落。异邦的骚扰和侵犯不仅使部落族群常年处于焦虑和紧张气氛之中,而且还不时引发氏族部落之间的征战和倾轧。无休止的相互威胁和弱肉强食成为盎格鲁-撒克逊时期的氏族共同体挥之不去的噩梦,使其长期笼罩在命运危机的阴影之中。盎格鲁-撒克逊时期数百年的冲突轮回最终产生了七个军事实力较强、领土面积较大的王国,其中位于北方的诺森伯兰和南方的威塞克斯在政治、经济和文化方面最为发达,后者的繁荣与发展在很大程度上归功于其国王阿尔弗雷德大帝(Alfred the Great, 849-899)。经过联合、吞并和重建之后,不列颠剩下的这些部落和王国成为建立在文化、方言、习俗和生产关系之上的"氏族共同体"(tribal community),其结合机制、生产方式和价值观念与此前罗马人统治的"自然共同体"不尽相同。引人瞩目的是,自罗马人入侵到阿尔弗雷德大帝登基长达近千年的历史中,英国始终处于混乱无序、动荡不安之中。持续不断的异国入侵和部落冲突几乎贯穿了英国早期历史的全过程,从而强化了不列颠人的"命运危机"意识和加盟"共同体"的欲望。雷蒙德·威廉斯认为,历史上各类"共同体"大都具有"一种共同的身份与特征,一些相互交织的直接关系"[1]。从某种意义上说,盎格鲁-撒克逊时期的"氏族共同体"依然体现了个人需要联合他人,以集体的力量来弥补独立生存与自卫能力不足的社会特征。应当指出,作为人们互相依赖、合作谋生的社会组织,盎格鲁-撒克逊时期的"氏族共同体"在政治制度、生产方式和社会管理方面都比罗马人统治时期的部落城邦更加先进,并在一定程度上体现了人的社会

---

[1] Qtd. Raymond Williams, *Communities in Fiction*, J. Hillis Miller, Beijing, Foreign Language Teaching and Research Press, 2019, p.1.

性与阶级性特征。更重要的是，虽然盎格鲁-撒克逊人生活在诸多分散独立的氏族部落中，但他们似乎拥有某些共同的价值观念。除了具有相同的习俗和生产方式，他们似乎都向往大自然，崇拜英雄人物，赞美武士的勇敢和牺牲精神。由于盎格鲁-撒克逊时期的共同体人口有限、规模不大，其中的个体在宗教思想、价值观念、生产方式和精神诉求方面体现了威廉斯所说的"共同的身份与特征"。显然，部落族群的共同身份与共情能力为古英语诗歌的诞生奠定了重要基础。

在盎格鲁-撒克逊时期留下的文学遗产中，最重要、最有价值的无疑是英国文学的开山之作——《贝奥武甫》。这部令英国人引以为豪的民族史诗以古代氏族共同体为文学想象的客体，通过描写主人公为捍卫部落族群的生命财产奋力抵抗超自然恶魔的英勇事迹，深刻反映了古代族群的共同体理念，不仅为英国文学的命运共同体表征开了先河，也为历代英国作家提供了一个绵亘不绝的创作题材。"这部史诗的统领性主题是'共同体'，包括它的性质、偶然的解体和维系它的必要条件。"[1] 不仅如此，以现代目光来看，这部史诗的价值与其说在于成功描写了一个惊险离奇的神话故事和令人崇敬的英雄人物，倒不如说在于反映了氏族共同体的时代困境与顽瘴痼疾：旷日持久的冲突轮回和命运危机。"这部史诗中的一个核心主题是社会秩序所遭受的威胁，包括侵犯、复仇和战争，这些都是这种英雄社会固有的且不可避免的问题，却严重地威胁着社会的生存。"[2] 如果说，《贝奥武甫》生动反映了盎格鲁-撒克逊时期氏族共同体的衰亡，那么，作为人类集结相处、合力生存的场域，命运共同体从此便成为英国作家文学想象的重要题材。

---

[1] Craig Williamson, *Beowulf and Other Old English Poems*, Philadelphia, University of Pennsylvania Press, 2011, p.29.
[2] Ibid., p.28.

在英国历史上,"诺曼征服"(Norman Conquest, 1066)标志着盎格鲁-撒克逊时代的终结和氏族共同体的衰亡,同时也引发了中世纪英国社会与文化的深刻变迁。"诺曼征服"不但开启了英国的封建时代,而且形成了新的社会制度、生产关系和意识形态,并进一步加剧了阶级矛盾和社会分裂。在近500年的中世纪封建体制中,英国社会逐渐划分出贵族、僧侣、骑士和平民等主要阶层,每个社会阶层都有一定的诉求,并企图维护各自的利益。封建贵族为了巩固自身的权力和统治地位,纷纷建立各自的武装和堡垒,外防侵略,内防动乱,经常为争权夺利而与异邦发生征战。构成中世纪英国封建社会统治阶级的另一股势力是各级教会。以大主教和主教为首的僧侣阶层不仅拥有大量的土地和财产,而且还得到了罗马教皇的大力支持,在法律和意识形态等重大问题上具有绝对的话语权。作为社会第三股势力的骑士阶层是一个虽依附贵族与教会却惯于我行我素的侠义群体。他们是封建制度的产物,崇尚道义、精通武术、行侠仗义,热衷于追求个人的荣誉和尊严。而处于社会最底层的是占人口绝大多数的被压迫和被剥削的平民阶层(包括相当数量的农奴)。因难以维持生计,平民百姓对统治阶级强烈不满,经常聚众反抗。始于1337年的英法百年战争和肆虐于1349-1350年的黑死病更是令平民百姓不堪其苦,从而引发了1381年以瓦特·泰勒(Wat Tyler, 1341-1381)为首领的大规模农民起义。总体而言,中世纪英国社会的主要特征表现为由封建主和大主教组成的统治阶级与广大平民阶级之间的矛盾。在新的历史条件下,英国人的共同体意识得到了进一步强化。封建贵族、教会僧侣、游侠骑士和劳苦大众似乎都出于维护自身利益的需要在思想上归属于各自的阶级,抱团取暖,互相协作,从而使英国社会呈现出地位悬殊、权利迥异、贫富不均和观念冲突的多元共同体结构。

"诺曼征服"导致的英国社群格局的蜕变对共同体思想的分化和文学创作的发展产生了直接的影响。从某种意义上说,"诺曼征服"这一事件本身并不重要,重要的是它为英国此后两三百年的意识形态、文化生活、文学创作和民族身份建构所带来的一系列变化。如果说此前异邦的多次入侵加剧了英伦三岛的战乱与割据,那么,"诺曼征服"不仅结束了英国反复遭受侵略的局面,逐步形成了由贵族、僧侣、骑士和平民构成的四大社会阶层,而且也为这片国土带来了法国习俗和欧洲文化,并使其逐渐成为欧洲文明的一部分。引人注目的是,当时英伦三岛的语言分隔对共同体思想的分化产生了显著的影响。在诺曼贵族的庄园、宫廷、法院和学校中,人们基本使用法语,教会牧师更多地使用拉丁语,而广大平民百姓则使用本土英语。三种语言并存的现象不仅加剧了社会分裂,而且不可避免地筑起了社会与文化壁垒,并导致英国各阶层共同体思想的进一步分化。当然,长达两百年之久的语言分隔现象也为文学的创作、翻译和传播提供了千载难逢的机遇。

　　在中世纪英国文学的发展过程中,社会各阶层的共同体思想分别在罗曼司(romance)、宗教文学(religious literature)和民间文学(folk literature)中得到了一定的反映。"中世纪英语文学以多种声音表达,并采用不同风格、语气和样式描写了广泛的题材"[1],与此同时,中世纪法国文学、意大利文学以及欧洲其他国家的文学也相继在英国传播,尤其是但丁·阿利吉耶里(Dante Alighieri, 1265-1321)、弗兰齐斯科·彼特拉克(Francesco Petrarch, 1304-1374)和乔万尼·薄伽丘(Giovanni Boccaccio, 1313-1375)三位意大利人文主义作家的作品对

1　M. H. Abrams, *The Norton Anthology of English Literature*, Fourth edition, Vol. 1, New York, W. W. Norton & Company, 1979, pp.6-7.

中世纪英国文学中的人文主义和共同体思想的表征产生了积极的影响。

值得关注的是,罗曼司在反映中世纪骑士共同体方面发挥了难以替代的作用。作为以描写游侠骑士的传奇经历为主的文学体裁,罗曼司无疑是封建制度和骑士文化的产物。作品中的骑士大都出自贵族阶层,他们崇尚骑士精神(chivalry),即一种无条件地服从勇敢、荣誉、尊严、忠君和护教等信条的道德原则。骑士像贵族一样,属于中世纪英国封建社会中利益相关且拥有共同情感的上流社会群体。与盎格鲁-撒克逊时期的英雄史诗《贝奥武甫》不同的是,罗曼司中的主人公不再为民族或部落族群的利益赴汤蹈火,而是用所谓的"爱"和武器来捍卫封建制度和个人荣誉,并以此体现自身的美德和尊严。应当指出,中世纪罗曼司所反映的骑士群体既是英国历史上的"过客",也是封建制度产生的"怪胎",其社会角色在本质上只能算是统治阶级的附庸。事实上,罗曼司所描写的浪漫故事与传奇经历并不是骑士生活的真实写照,而是对英国骑士共同体的一种理想化虚构。

在描写骑士共同体的罗曼司中,马洛礼的散文体小说《亚瑟王之死》无疑是最具代表性和影响力的作品。《亚瑟王之死》生动塑造了英国小说的第一代人物,并开了小说中共同体书写的先河。这部作品以挽歌的情调描述了封建制度全面衰落之际骑士共同体的道德困境。整部作品在围绕亚瑟王的传奇经历、丰功伟绩和最终死亡展开叙述的同时,详尽描述了亚瑟王与以"圆桌"为象征的骑士共同体中其他成员之间的复杂关系和情感纠葛。骑士共同体中的兰斯洛特、特里斯川、高文、加兰德、帕斯威尔和佳瑞斯等人的形象与性格也描写得栩栩如生,他们的冒险、偷情和决斗等传奇经历给读者留下了深刻印象。书中既有共同体成员之间的争风吃醋和残酷厮杀的场面,也有男女之间花前月下的绵绵情意。在诗歌一枝独秀的时代,马洛礼别开生面地采用散文体来塑造封建骑士形象,获得了良好的艺术效果。应当指出，作者笔下的人物属于一个由少数游侠骑士组成的共同体。他们崇尚的行为准则和生活方式使其成为中世纪英国社会的"另类"，与普通百姓没有丝毫关系。显然，骑士共同体既是英国封建制度的代表，也是中世纪骑士文化的象征，对封建时代的上流社会具有明显的美化作用。然而，《亚瑟王之死》虽然试图歌颂骑士精神，却在字里行间暴露出诸多传奇人物的行为与骑士精神不相符合的事实。在作品中，人物原本以"忠君"或"护教"为宗旨，后来却滥杀无辜；原本主张保护女士，后来却因与他人争风吃醋而进行决斗；原本看似正直，后来却荒淫无度。此类例子可谓不胜枚举，其中不乏讽刺意义。显然，《亚瑟王之死》深刻揭示了中世纪英国骑士共同体的性质与特征，对当代读者全面了解英国历史上这一特殊社会群体具有参考价值。

同时，中世纪英国宗教文学也在社会中广为流传，为宗教共同体的形成与发展起到了推波助澜的作用。在"诺曼征服"之后的三四百年中，在地方教会和僧侣的鼓动与支持下，用法语、英语和拉丁语撰写的宗教文学作品大量出现，源源不断地进入人们的日常生活。这些作品基本摆脱了盎格鲁-撒克逊时期宗教诗歌中的多神教成分、英雄事迹和冒险题材，而是沦为教会和僧侣用以灌输宗教思想、宣扬原罪意识和禁欲主义以及教诲劝善的工具。中世纪英国的宗教文学作品种类繁多，包括神话故事、圣人传记、道德寓言、说教作品、布道、忏悔书和牧师手稿等。宗教文学在很大程度上强化了人们的赎罪意识和向往天堂的心理，助长了基督徒精神上的归属感。从某种意义上说，中世纪英国宗教文学不仅有助于巩固教会与僧侣的权威、传播基督教正统教义，而且也是各地教区大小宗教共同体（religious communities）形成与发展的催化剂。以现代目光来看，中世纪绝大多数宗教作品并无多少文学价值可言，只有《论赎罪》（*Handlyng*

Synne, 1303—1338?)、《良心的责备》(*Pricke of Conscience*, 1340?)和《珍珠》(*Pearl*, 1370?)等少数几部作品保留了下来。应当指出，虽然有组织或自发形成的各类宗教共同体唤起了人们创作和阅读宗教文学的兴趣，但中世纪英国文学的整体发展却受到了极大的限制，以至于批评界往往将英国文学的这段历史称为"停滞时代"(the age of arrest)[1]。由于人们的创作和阅读空间被铺天盖地的宗教作品所占据，英国其他文学品种的创作水平与传播范围受到限制。"读者会感受到这种停滞现象，15世纪创作的罗曼司和13世纪的几乎毫无区别，两者往往分享类似的情节。"[2] 就此而言，中世纪宗教文学虽然在劝导教徒弃恶从善和激发他们的精神归属感方面起到了一定的作用，但明显缺乏原创性和美学价值。"中古英语缺乏原创性的部分原因是许多宗教和非宗教作家试图在其作品中反映中世纪基督教教义的僵化原则。"[3] 显然，中世纪宗教文学虽然在建构思想保守、观念僵化的基督教共同体过程中发挥了一定作用，但也在一定程度上影响了英国文学的创新发展。

乔叟的《坎特伯雷故事集》是中世纪英国文学的丰碑和宗教共同体书写最成功的案例。在这部故事集中，作者生动塑造了中世纪英国社会各阶层的人物形象，并巧妙地将形形色色的朝圣者描写成同时代的一个宗教共同体，充分反映了14世纪英法战争、黑死病和农民起义背景下的宗教气息和英国教徒的精神诉求。这部诗体故事集不仅展示了极为广阔的社会画卷，而且深刻揭示了英国封建社会宗教共同体的基本特征。在诗歌中出现的包括乔叟本人在内的31位前往坎特

---

1 William J. Long, *English Literature*, Boston, Ginn & Company, 1919, p.97.
2 M. H. Abrams, *The Norton Anthology of English Literature*, Fourth edition, Vol. 1, New York, W. W. Norton & Company, 1979, pp.7—8.
3 Ibid., p.7.

伯雷的朝圣者几乎代表了中世纪英国社会的所有阶层和职业，包括武士、乡绅、修女、牧师、商人、学者、律师、医生、水手、木匠、管家、磨坊主、自由农、手工业者、法庭差役和酒店老板等。《坎特伯雷故事集》在展示朝圣者的欢声笑语和打情骂俏情景的同时，反映了中世纪英国教会的腐败和堕落，并不时对共同体中某些神职人员的贪婪和荒淫予以鞭挞和讽刺。概括地说，《坎特伯雷故事集》在描写宗教共同体方面体现了两个显著的特征。一是人物形象的多样性。此前，英国文学作品中从未出现过如此丰富多彩的人物形象。高低贵贱、文武雅俗的人一起涌入作品，而且人人都讲故事，这无疑充分展示了中世纪英国宗教共同体形态的多元特征。二是人物形象的现实性。乔叟笔下的宗教共同体成员来自社会各个阶层，在现实生活中扮演着各自的角色。这些具有现实主义色彩的人物形象既是乔叟熟悉的，也是读者喜闻乐见的。这些形形色色的人物是中世纪英国社会的缩影，他们所讲的故事是现实生活的真实写照。总之，作为中世纪英国宗教文学的杰出范例，《坎特伯雷故事集》不仅生动描写了当时英国的宗教氛围和教徒的心理世界，而且反映了宗教共同体的结集形式与精神面貌，向读者展示了与罗曼司迥然不同的文学视角和社会场域。

此外，以社会底层尤其是被压迫农民为主的平民共同体也在中世纪英国文学中得到了一定的反映。普通大众的日常生活和精神诉求往往成为民谣和民间抒情诗等通俗文学作品的重要题材。从某种意义上说，英国平民共同体的发展与14世纪下半叶的社会动荡密切相关。日趋沉重的封建压迫、百年英法战争和肆虐横行的黑死病导致民不聊生，社会矛盾激化，从而引发了以瓦特·泰勒为首的大规模农民起义。在英国各地农民起义的影响下，平民共同体的队伍持续壮大，从而形成了英国历史上同感共情、人数最多的平民共同体。抗议封建压迫、反对残酷剥削和争取自由平等的思想情绪在当时的民谣、抒情诗和讽刺诗等通俗文学作品中得到了充分的展示。在反映平民共同体心声的作品中,有些已经步入了经典行列,其中包括约翰·高尔(John Gower, 1330? – 1408)的《呼号者之声》(*Vox Clamantis*, 1382?)和民间诗人创作的《罗宾汉民谣集》(*The Ballads of Robin Hood*, 1495?)等作品。前者体现了贵族诗人高尔对农民起义军奋勇反抗封建统治的复杂态度,而后者则是匿名诗人根据历史事件采用简朴语体写成的歌谣,表达了普通百姓对农民起义的同情与支持。在反映中世纪平民共同体的生存状态和普通人的心声方面最成功的作品莫过于威廉·兰格伦(William Langland, 1332? – 1400?)的《农夫皮尔斯》(*The Vision of Piers Plowman*, 1360?)。尽管这部作品因包含了说教成分而具有明显的历史局限性,但它抨击奢靡浪费和腐化堕落的行为,并倡导上帝面前人人平等和勤奋劳动最为高尚等理念,对英国中世纪以降的平民百姓具有一定的启迪作用。从某种意义上说,主人公皮尔斯既是真理的化身,也是平民共同体的代言人。由于平民共同体构成了中世纪英国通俗文学的主要读者群体,民歌、民谣和抒情诗的社会影响力也随之得到了提升。

英国文学的命运共同体表征在文艺复兴运动的催化下发生了深刻的变化。当欧洲人文主义思潮席卷英伦三岛时,各社会阶层和群体都不同程度地经受了一次思想与文化洗礼。毋庸置疑,文艺复兴是引导英国走出漫长黑暗中世纪时代的思想运动和文化变革,同时对人文主义共同体和新兴资产阶级共同体的形成起到了推波助澜的作用。随着新兴资产阶级社会地位的不断提升,绝对君主作为共同体中心的思想受到了挑战。在新的社会经济格局中,英国市民阶层逐渐形成了新的共同体伦理观念,人性中的真、善、美作为共同体道德原则的理念基本确立。应当指出,英国文学在文艺复兴时期空前繁荣在很大程度上得益于共同体思想的激励。在文艺复兴时期的共同体中,对文学想象影响最大的当属人文主义共同体。人文主义者不仅否认以"神"为中心的理念,反对封建主义、蒙昧主义和苦行禁欲思想,而且弘扬以"人"为本的世界观,充分肯定个人追求自由、财富、爱情和幸福等权利,并积极倡导个性解放和人的全面发展。威廉·莎士比亚(William Shakespeare, 1564-1616)、莫尔、汤姆斯·魏阿特(Thomas Wyatt, 1503-1542)、埃德蒙·斯宾塞(Edmund Spenser, 1552-1599)、菲利普·锡德尼(Philip Sidney, 1554-1586)和弗兰西斯·培根(Francis Bacon, 1561-1626)等人文主义作家以复兴辉煌的古希腊罗马文化为契机,采取现实主义视角观察世界,采用民族语言描写了广阔的社会图景和浓郁的生活气息。他们的作品代表了英国文艺复兴时期辉煌灿烂的文学成就,成为人文主义思想的重要载体。

英国文艺复兴时期的人文主义作家在作品中全面书写了人性的真谛,呼吁传统伦理价值与道德观念的回归,颂扬博爱精神,充分反映了人们对理想世界和美好生活的向往。显然,人文主义者的这种文学想象对促进人类社会进步具有积极作用。在莎士比亚等人的戏剧与诗歌中,对友谊、爱情、平等、自由等公认价值的肯定以及对美好未来的追求不仅体现了人文主义共同体的基本理念,而且成为日后作家大都认同和弘扬的主题思想。莎士比亚无疑是文艺复兴时期共同体表征的先行者。他在《威尼斯商人》(*The Merchant of Venice*, 1596)、《亨利四世》(*Henry IV*, 1598)、《终成眷属》(*All's Well That Ends Well*, 1602)、《李尔王》(*King Lear*, 1605)、《安东尼与克莉奥佩特拉》(*Antony and Cleopatra*, 1606)以及《科里奥兰纳斯》(*Coriolanus*, 1607)等一系列历史剧、喜剧和悲剧中不同程度地反映了共同体理念,并且生动地塑造了"王族共同体"(the community of royal families)、"封建勋爵共同体"(the community of feudal lords)、"贵族夫人共同体"(the community of aristocratic ladies)、"小丑弄人共同体"（the community of fools and clowns）和以福斯塔夫（Falstaff）为代表的"流氓无赖共同体"（the community of scoundrels）等舞台形象。如果说，莎士比亚加盟的"环球剧场"（Globe Theatre）的盛极一时和各种人文主义戏剧的轮番上演有助于共同体思想的传播，那么莫尔的《乌托邦》则是文艺复兴时期人文主义作家对未来命运共同体最具吸引力的美学再现。"《乌托邦》是莫尔对当时的社会问题认真思考的结果……其思想的核心是关于财产共同体的观念。他从柏拉图和僧侣规则中找到了先例，只要还存在私有财产，就不可能进行彻底的社会改良。"[1] 从某种意义上说，文艺复兴时期的人文主义作家在生动描写错综复杂且不断变化的现实世界的同时，对命运共同体给予了充分的审美观照和丰富的文学想象。

英国文艺复兴时期另一个重要的社会群体是新兴资产阶级共同体。如果说人文主义是英国工业革命前夕资产阶级上升时期反封建、反教会的思想武器，那么新兴资产阶级就是人文主义的捍卫者和践行者。16世纪英国宗教改革期间顽强崛起的新兴资产阶级共同体对社会发展做出了积极贡献，其思想和行动在当时具有一定的进步意义。以城市商人、店主、工厂主和手工业者为代表的新兴资产阶级在与教会展开斗争的同时，在政治和经济上支持都铎王朝，不断壮大其队伍和力量。"支持都铎王朝并从中受惠的'新人'（the new men）比15世纪贵族家庭的生存者们更容易适应变化了的社会。"[2] 生活在英国封建社会全面解体之际的新兴资产阶级共同体崇尚勤奋工作、发家致富的理念，旨在通过资本的原始积累逐渐发展事业，提升其经济实力和政治地位，并扩大其社会影响。这无疑构成了新兴资产阶级共同体

---

1 M. H. Abrams, *The Norton Anthology of English Literature*, Fourth edition, Vol. 1, New York, W. W. Norton & Company, 1979, p.436.

2 Ibid., p.418.

思想的基本特征。在反映新兴资产阶级共同体的价值观念和社会作用方面,英国早期现实主义小说家们可谓功不可没。他们致力于描写当时的社会现实,将创作视线集中在以商人、工厂主和手工业者为代表的新兴资产阶级身上,其别具一格的现实主义小说题材与人物形象颠覆了传统诗人和罗曼司作家的文学想象和创作题材,在同时代的读者中引起了很大的反响。在反映新兴资产阶级共同体的作家中,最具代表性的当属托马斯·迪罗尼(Thomas Deloney, 1543?—1600?)。他创作的《纽伯雷的杰克》(*Jack of Newbury*, 1597)等小说不仅生动描写了这一社会群体的工作热情、致富心理和冒险精神,而且还真实揭示了原始资本的积累过程和资本家捞取剩余价值的手段与途径。"托马斯·迪罗尼为标志着英国纪实现实主义小说的诞生做出了贡献。"[1] 应该说,文艺复兴时期日益壮大的新兴资产阶级共同体对包括"大学才子"(the university wits)在内的一部分作家的创作思想产生了积极影响,为英国现实主义小说的诞生奠定了重要基础。

17世纪是英国的多事之秋,也是共同体思想深刻变化的时代。封建专制不断激化社会矛盾,极大地限制了资本主义的发展。资产阶级同封建王朝和天主教之间的斗争日趋激烈,导致国家陷入了残酷内战、"王政复辟"和"光荣革命"的混乱境地。与此同时,文艺复兴时期普遍认同的人文主义思想和莎士比亚等作家奠定的文学传统在动荡不安的时代面临危机。然而,引人瞩目的是,在伊丽莎白时代"快乐的英格兰"随风而逝、怡然自得之风荡然无存之际,出现了以托马斯·霍布斯(Thomas Hobbes, 1588—1679)和约翰·洛克(John Locke, 1632—1704)为代表的哲学家和思想家。他们继承人文主义传统,推进了英国哲学、社会科学研究和共同体思想的发

---

[1] S. Diana Neill, *A Short History of English Novel*, London, Jarrolds Publishers, 1951, p.25.

展。霍布斯肯定人的本性与诉求，强调理性与道德的作用，要求人们遵守共同的生活规则。他对英国共同体思想的最大贡献当属他的"社会契约论"（Social Contract Theory）。他以人性的视角探究国家的本质，通过逻辑推理揭示国家与个人的关系。他认为，若要社会保持和平与稳定，人们就应严格履行社会契约。如果说霍布斯的"社会契约论"为英国共同体思想提供了理论依据，那么他的美学理论也在一定程度上反映了共同体审美观念的差异性。在霍布斯看来，文学中的史诗、喜剧和歌谣三大体裁具有不同的美学价值和读者对象，分别适合宫廷贵族、城市居民和乡村百姓的审美情趣。显然，霍布斯不仅以人性的目光观察社会中的共同体，而且还借鉴理性与经验阐释人们履行社会契约的必要性，对文学作品与共同体审美接受之间的关系做了有益的探索。对17世纪英国共同体思想和文学想象产生积极影响的另一位重要哲学家是约翰·洛克。作为一名经验论和认识论哲学家，洛克在政治、经济、宗教和教育等领域都有所建树，发表过不少独特见解。像霍布斯一样，洛克在本质上也是资产阶级共同体的代言人。尽管他并不看好政治共同体在个体生活中的作用，但他批判"君权神授"观念，反对专制统治，主张有限政府，强调实行自由民主制度和社会契约的必要性。他认为，公民社会的责任是为其成员的生命、自由和财产提供保护，因为这类私人权利只能通过个人与共同体中其他成员的结合才能获得安全与保障。显然，霍布斯和洛克均强调公民的契约精神以及个人与社会的合作关系。这两位重要哲学家的出现表明，17世纪是英国共同体思想理论体系形成与发展的重要时期。

17世纪英国的社会动荡与危机激发了作家对新形势下共同体的文学想象。当时英国社会的主要矛盾表现为主张保王的国教与激进的清教之间的斗争。英国的宗教斗争错综复杂，且往往与政治斗争密切相关，因此催生了具有明显政治倾向的清教徒共同体。事实上，清教徒共同体是当时反对封建主义和宗教腐败的重要社会力量，其倡导的清教主义在一定程度上成为新兴资产阶级为自己的社会实践进行辩护的思想武器。然而，由于其思想观念的保守性和历史局限性，清教徒共同体的宗教主张与社会立场体现出两面性与矛盾性。一方面，清教运动要求清除天主教残余势力，摒弃宗教烦琐仪式，反对贵族和教会的骄奢淫逸。另一方面，清教徒宣扬原罪意识，奉行勤俭清苦的生活方式，倡导严格的禁欲主义道德，竭力反对世俗文化和娱乐活动。显然，清教主义是英国处于封建制度解体和宗教势力面临严重危机之际的产物。然而值得肯定的是，清教徒共同体对文艺复兴后期英国文学的发展具有积极的推动作用，清教主义作家对创作题材、艺术形式和人物塑造进行了有益的探索，取得了卓越的文学成就。从某种意义上说，弥尔顿和班扬两位重要作家的出现使17世纪英国文学的命运共同体书写跨上了一个新的台阶。

在倡导清教主义的作家中，弥尔顿无疑是最杰出的代表。面对英国政教勾结、宗教腐败和社会动荡的局势，作为文艺复兴人文主义的继承者，弥尔顿撰写了多篇言辞激昂的文章，强烈反对政教专制与腐败，极力主张政教分离和宗教改革，一再为英国百姓的权益以及离婚和出版自由等权利进行辩护。在史诗《失乐园》中，弥尔顿以言此而及彼、欲抑而实扬的笔触成功塑造了"宁在地域称王，不在天堂为臣"的叛逆者撒旦的形象。在《失乐园》中，撒旦无疑是世界上一切反对专制、挑战权威、追求平等的共同体的代言人。弥尔顿着力塑造了一位因高举自己、反叛上帝而沦为"堕落天使"的人物，在一定程度上折射出他内心的矛盾以及他对受封建专制压迫的清教徒命运的关切与忧虑。

清教徒共同体的另一位杰出代言人是"17世纪后半叶最伟大的

散文作家"[1]班扬。在他创作的遐迩闻名的宗教寓言小说《天路历程》中,班扬假托富于象征意义的宗教故事和拟人的手法向同时代的人表明恪守道德与教规的重要性。从某种意义上说,《天路历程》的主人公基督徒是清教徒共同体的喉舌,其形象折射出两个值得关注的现象。其一,主人公在去天国寻求救赎的过程中遇到了艰难险阻,并遭受了种种磨难。这一现象表明,班扬不仅继承了英国文学中共同体困境描写的传统,而且使共同体困境主题在宗教领域得以有效地发展和繁衍。其二,与文艺复兴时期罗曼司中一味崇尚贵族风范、追求荣誉和尊严的"另类"骑士相比,《天路历程》的主人公基督徒似乎更加贴近社会现实。他虽缺乏非凡的"英雄气概",但他关注的却是英国清教徒共同体面临的现实问题。面对当时的宗教腐败、信仰危机和人们因原罪意识而产生的烦恼与焦虑,他试图寻求解决问题的答案。毋庸置疑,作为17世纪最受英国读者欢迎的作品之一,《天路历程》对清教徒共同体思想的发展产生了重要影响。

在18世纪社会与经济快速发展的背景下,英国的共同体思想经历了深刻的变化。随着封建制度的全面解体,英国工业革命和资本主义经济步入上升期,中产阶级队伍日益壮大,海外殖民不断扩张。伏尔泰(Voltaire, 1694–1778)、孟德斯鸠(Charles-Louis de Secondat, baron de La Brède et de Montesquieu, 1689–1755)和让-雅克·卢梭(Jean-Jacques Rousseau, 1712–1778)等法国哲学家的启蒙主义思想席卷整个欧洲,也使英国民众深受启迪。与此同时,18世纪英国经济学家亚当·斯密(Adam Smith, 1723–1790)的《国富论》(*The Wealth of Nations*, 1776)奠定了资本主义经济的理论基础,为"重商

---

[1] 阿尼克斯特:《英国文学史纲》,戴镏龄等译,人民文学出版社,1980年,第68页。

主义"（Mercantilism）的崛起鸣锣开道。哲学家和经济学家的理论对英国共同体思想产生了重要影响，催生了启蒙主义和重商主义两大共同体。如果说英国此前的各种共同体与英雄主义、封建主义、人文主义或清教主义相联系，那么18世纪的启蒙主义共同体则以"理性"为原则，对自然、秩序以及宇宙与人的关系进行探究，其基本上是一个由追求真理、思想开放的文人学者组成的社会群体。尽管当时英国本身并未出现世界级或具有重要社会影响力的启蒙主义思想家，但他们与法国启蒙主义运动遥相呼应，倡导理性主义和民主精神，成为英国社会反封建、反教会的先行者。英国启蒙主义共同体是一个松散的且思想与主张不尽相同的社会阵营，其成员包括无神论者、唯理主义者、空想社会主义者以及启蒙主义温和派和激进派等不同派别（其本身也是大小不一的共同体）。然而，他们都不约而同地批判封建制度的全部上层建筑，宣扬民主思想，其共同目标是唤醒民众、推进社会改革以及建立资产阶级民主国家。与启蒙主义共同体形影相随的是重商主义共同体。这是一个主要以资本家、公司经理、投机商人、工厂老板和手工业者为主的社会群体，其主张的是一种基于工商业本位并以发展生产与贸易为目标的经济理念。重商主义共同体是受工业革命和启蒙思想共同影响的产物。作为当时英国流行的经济个人主义的践行者，重商主义者相信人们可以在各类经济活动中获取最大的个人利益，从而达到增进国民财富与公共利益的目的。总体而言，18世纪的启蒙主义者和重商主义者是英国工业革命时期中产阶级人生观与价值观的代言人，两者不仅同属于中产阶级群体，而且对英国当时势力庞大且地位不断上升的中产阶级共同体的整体发展起到了推动作用。

18世纪英国启蒙主义和重商主义思想的流行以及中产阶级队伍的日益壮大进一步激发了作家对共同体的文学想象。在诗歌领域，亚历山大·蒲柏（Alexander Pope, 1688－1744）和塞缪尔·约翰逊

(Samuel Johnson, 1709-1784)等人遵循理性原则,在诗歌创作中追求平衡、稳定、有序和端庄的审美表达,与启蒙主义价值观念彼此呼应、互为建构,传达出一种带有古典主义风格的乌托邦共同体想象。尽管以理性为基础的共同体想象在诗歌中占据主导地位,但文学固有的情感特质并未消失。恰恰相反,诗人对情感始终不离不弃,情感主义的暗流一直在当时的诗歌中涌动,并最终在后来的浪漫主义诗歌中达到了登峰造极的地步。

引人注目的是,启蒙主义和重商主义的流行使小说的共同体书写迎来了黄金时代。英国小说家不约而同地运用现实主义手法积极推进共同体书写。正如英国著名文学批评家伊恩·瓦特(Ian Watt, 1917-1999)所说,"人们已经将'现实主义'作为区分18世纪初小说家的作品与以往作品的基本标准"[1]。毋庸置疑,18世纪顽强崛起的小说成为英国共同体思想十分恰当和有效的载体。与诗歌和戏剧相比,小说不仅为人们在急剧变化的现实世界中的境遇和命运的美学再现提供了更大的空间,而且对各类共同体的社会地位和精神诉求给予了更加全面的观照。18世纪英国小说的共同体书写之所以取得了长足的发展,除了文学作品需要及时反映现实生活的变化及其自身肌理演进的规律之外,至少有以下两个重要原因。一是文坛人才辈出,名家云集,涌现了丹尼尔·笛福(Daniel Defoe, 1660-1731)、乔纳森·斯威夫特(Jonathan Swift, 1667-1745)、塞缪尔·理查逊(Samuel Richardson, 1689-1761)、亨利·菲尔丁(Henry Fielding, 1707-1754)和劳伦斯·斯特恩(Laurence Sterne, 1713-1768)等一批热衷于书写社会主体的境遇和命运的小说家。英国文学史上首次拥有如此强大的小说家阵营,而他们几乎都把崇尚启蒙主义和重商主义的中产阶级人物作为

---

[1] Ian Watt, *The Rise of the Novel*, London, Chatto & Windus, 1967, p.10.

描写对象。笛福的小说凸显了重商主义与资产阶级道德对共同体想象的塑造,斯威夫特小说中的刻薄叙事对英国社会中共同体所面临的文明弊端和人性缺陷予以辛辣的讽刺,而菲尔丁、理查逊和斯特恩的万象喜剧小说和感伤主义小说则构建了市民阶层的情感世界。18世纪小说家通过淡化小说与现实的界限并时而与读者直接对话的表达形式,已经将读者视为对话共同体的一部分。由于当时英国社会中十分活跃的共同体及其个体的境遇和命运在小说中得到了生动的反映,小说的兴起与流行便在情理之中。导致英国小说的共同体书写步伐加快的另一个原因是英国中产阶级读者群的迅速扩大。由于18世纪上半叶从事各行各业的中产阶级人数激增,教育更加普及,中产阶级的文化素养显著提高,小说在中产阶级读者群中的需求不断上升,而这恰恰激发了小说家对启蒙主义和重商主义共同体的文学想象。"在诸多导致小说在英国比在其他地方更早及更彻底地突破的原因中,18世纪阅读群体的变化无疑是至关重要的。"[1] 显然,上述两个原因不仅与中产阶级队伍的发展壮大密切相关,而且对小说中共同体的表现形式和审美接受也产生了一定的影响。总之,在18世纪启蒙主义和重商主义思想的影响下,英国的共同体形塑在日益走红的长篇小说中得到了充分的展示,作家对共同体的文学想象也随之达到了相当自信与成熟的境地。

19世纪,英国共同体思想在浪漫主义思潮、文化批评、宪章运动和民族身份重塑的背景下呈现出多元发展的态势。随着工业革命和资本主义经济的快速发展和海外殖民的不断扩张,英国哲学家、批评家和文学家们对资本主义社会的本质展开了新的探索。正如我们不能对19世纪的英国社会简单明确地下一个定义那样,我们也不能将当

---

[1] Ian Watt, *The Rise of the Novel*, London, Chatto & Windus, 1967, p.35.

时英国的共同体思想简单地视为一个统一体。19世纪英国社会各界对共同体的话题表现出浓厚的兴趣,并进行了广泛的讨论。约翰·罗斯金(John Ruskin, 1819–1900)、托马斯·卡莱尔(Thomas Carlyle, 1795–1881)、威廉·莫里斯(William Morris, 1834–1896)和马修·阿诺德(Matthew Arnold, 1822–1888)等著名作家分别从哲学、美学和文化批评视角对共同体做了有益的探索。在他们看来,封建社会留下的等级制度、资本主义社会的财富观念、生活方式以及充满文化因子的公共空间无时不在社会主体中构筑壁垒,从而催生了形形色色的共同体。事实上,19世纪英国上层建筑和意识形态的变化成为共同体演化的重要推动力,而英国文化观念的变化和差异则使共同体的类型更加细化。人们不难发现,维多利亚时代人们识别共同体的标签无处不在,例如家庭、职业、社交圈、生活方式、衣着打扮或兴趣爱好,甚至品什么酒、喝什么咖啡、读什么报纸或听什么音乐等,所有这些都可能成为识别个人共同体属性的标签。显然,英国社会的文化多元、价值多元和利益多元的态势不仅推动了共同体思想的现代化与多元化进程,而且也在一定程度上加快了民族文化身份的建构,使各种共同体的"英国性"(Englishness)特征日趋明显。在经济发展、文化流变和观念更新的大背景下,经过诸多具有洞见卓识的文人学者从哲学、文学和文化层面的探索与论证,19世纪英国共同体思想建构的步伐日益加快。

19世纪也是英国共同体的文学想象和美学表征空前活跃的时代。在文坛上,威廉·华兹华斯(William Wordsworth, 1770–1850)和乔治·戈登·拜伦(George Gordon Byron, 1788–1824)、珀西·比希·雪莱(Percy Bysshe Shelley, 1792–1822)和约翰·济慈(John Keats, 1795–1821)等浪漫主义诗人以及简·奥斯汀(Jane Austen, 1775–1817)、查尔斯·狄更斯(Charles Dickens, 1812–1870)、夏洛

蒂·勃朗特（Charlotte Brontë, 1816–1855）、乔治·爱略特（George Eliot, 1819–1880）和托马斯·哈代（Thomas Hardy, 1840–1928）等现实主义小说家都对共同体进行了生动的美学再现。尽管这些作家的社会立场与价值观念不尽相同，其创作经历与审美取向更是千差万别，但他们都对社会主体的境遇和命运表现出深切的忧虑，不约而同地将形形色色和大小不一的共同体作为文学表征的对象。从表面上看，维多利亚时代处于工业与经济发展的繁荣期，但隐藏在社会内部的阶级冲突与结构性矛盾使传统秩序和文化观念遭受巨大挑战。英国作家对现实社会大都体现出矛盾心理。"也许最具代表性的是阿尔弗雷德·丁尼生（Alfred Tennyson, 1809–1892），他偶尔表现出赞扬工业社会变化的能力，但更多的时候他觉得在工商业方面的领先发展是以人类的幸福为巨大代价的。"[1] 而莫里斯对英国的社会现状更是心怀不满："他对死气沉沉的现代工业世界越来越感到不满，到晚年时他确信需要开展一次政治革命，使人类恢复到工作值得欣赏的状态，在他看来工人受剥削在维多利亚时代的英国十分普遍。"[2] 此外，维多利亚时代晚期至爱德华时代的奥斯卡·王尔德（Oscar Wilde, 1854–1900）和萧伯纳（George Bernard Shaw, 1856–1950）等剧作家也向观众展示了工业化空前发展和城市消费文化日益流行的社会中的阶级矛盾和传统价值观念的消解。就总体而言，19世纪英国文学不仅反映了各种社会问题，而且表达了深刻的共同体焦虑，其描写的重点是乡村共同体、阶级共同体、女性共同体和帝国命运共同体等。总之，19世纪是英国共同体思想分化的时代，也是共同体书写空前活跃的时代。

---

[1] M. H. Abrams, *The Norton Anthology of English Literature*, Third edition, Vol. 2, New York, W. W. Norton & Company, 1974, p.876.
[2] Ibid., p.1501.

19世纪初英国浪漫主义思潮的风起云涌成为诗人在大自然的怀抱中探索人类命运共同体的催化剂。作为一种反对古典主义和唯理主义、崇尚自然与生态、强调人的主观精神与个性自由的文学思潮，浪漫主义诗学无疑在抒发情感、追求理想境界方面与人们向往命运共同体的情结不谋而合。无论是以讴歌湖光山色为主的"湖畔派"诗人，还是朝气蓬勃、富有反叛精神的年轻一代诗人，都对工业社会中社会主体的困境表现出高度的关注，并对理想的世界注入了丰富的情感与艺术灵感。华兹华斯在一首题为《这个世界令人难以容忍》("The World Is Too Much with Us", 1807）的十四行诗中明确表示，英国社会已经混乱无序，腐败不堪。在他看来，精神家园与自然景观的和谐共存是建构理想共同体的重要基础，人的出路就是到大自然中去寻找乐趣与安宁。在遐迩闻名的《抒情歌谣集》（*Lyrical Ballads*, 1798）中，华兹华斯以英国乡村的风土人情和家园生活为背景，从耕夫、村姑和牧羊人等农民身上摄取创作素材，采用自然淳朴的语言揭示了资本主义社会中最欠缺的勤劳、真诚、朴实以及人道主义和博爱精神，充分反映了诗人对乡村共同体的褒扬。无独有偶，同样崇尚大自然的拜伦、雪莱和济慈等年轻一代浪漫主义诗人也在诗歌中不同程度地表达了对命运共同体的文学想象。他们崇尚民主思想与个性自由，支持法国革命和民族解放运动，通过诗歌美学形塑了一系列令人向往的理想共同体。拜伦的不少诗歌谴责政府专制与腐败，赞扬为争取工作权利反对机器取代工人的"卢德运动"（Luddite Movement），起到了批判资本主义、针砭时事、声援无产阶级共同体的积极作用。同样，拜伦的好友雪莱也在《麦布女王》（*Queen Mab*, 1813）、《伊斯兰的反叛》（*The Revolt of Islam*, 1818）和《阿童尼》（*Adonais*, 1821）等著名诗歌中对反资本主义制度的空想社会主义者、革命者和诗人等不同类型的共同体进行了深入探索，充分反映了其文学想象力与社会责任感。而三位诗人中最年轻的济慈则通过生动的美学再现,将田园风光与自然力量提升至崇高的精神境界,为其注入丰富的神话意蕴与文化内涵,以此激发读者的民族身份认同感,建构不列颠民族共同体。显然,与"湖畔派"诗人相比,浪漫主义年轻一代诗人无疑表现出更加积极的人生态度和远大的人类理想。

如果说 19 世纪浪漫主义诗人大都将美妙的自然景观作为共同体想象的重要基础,那么现实主义小说家则将社会生活中摄取的素材视为其共同体形塑的可靠资源。自 19 世纪 30 年代起,英国资本主义工业家基本取代了土地贵族的统治地位,而资产阶级的胜利则使其成为国家经济和政治的核心力量。随着贫富差距的不断扩大,社会阶层进一步分化,阶级矛盾日趋尖锐。英国各阶层的社会身份与地位的差别很大,其民族文化心理与精神诉求更是大相径庭,因此英国小说家的共同体思想往往蕴含了对平民百姓强烈的同情心,体现出明显的批判现实主义倾向。尽管从奥斯汀到哈代的 19 世纪英国小说家们的共同体思想不能被简单地视为一个统一体,但其小说体现出日趋强烈的命运意识和共同体理念却是一个不争的事实。奥斯汀通过描写一个村庄几个家庭的人际关系、财富观念以及对婚姻与爱情的态度揭示了社会转型期乡村共同体在传统道德观念与世俗偏见影响下对幸福问题的困惑。狄更斯"以极其生动的笔触记录了变化中的英国"[1],对英国城市中的社会问题和底层市民共同体的关注超过了同时代的几乎所有作家。勃朗特深刻反映了 19 世纪英国女性的不良境遇、觉醒意识和对自由平等的热切追求,成为书写女性命运共同体的杰出典范。爱略特通过对家庭和家乡生活的描写揭示了呵护血缘关系和亲情对乡村共同体的重要性,其笔下人物的心理困惑与悲惨命运在一定程度上反映了

1　F. R. Leavis, *Lectures in America*, London, Chatto & Windus, 1969, p.8.

作者对外部世界的无序性和对共同体前途的忧虑。如果说这种忧虑在狄更斯等人的小说中也是显而易见的，那么在哈代的小说中则完全成为浓郁的悲剧底色了。

20世纪咄咄逼人的机械文明和惨绝人寰的两次世界大战使整个西方社会陷入极度混乱的境地，英国共同体思想建构也随之步入困境。在政治、哲学、宗教和道德等领域的秩序全面解体之际，笼罩着整个西方世界的绝望感和末世感在英国文坛产生了共鸣，从而使共同体思想不仅面临了前所未有的质疑，而且不时遭遇解构主义的冲击。在西方文化与道德面临严重危机的大背景下，19世纪诗歌中曾经流露出的共同体焦虑在20世纪的诗歌中得到更加充分的展示，其表征形式更为激进，更具颠覆性。事实上，在西方文明全面衰落的大背景下，英国的诗歌、小说和戏剧中的共同体表征体现出空前绝后、异乎寻常的形式革新。叶芝（W. B. Yeats, 1865-1939）的民族主义诗歌、意象派的实验主义诗歌以及爱略特的碎片化象征主义诗歌均不同程度地反映了诗人对现代西方社会共同体的忧思、解构或嘲讽。在小说领域，亨利·詹姆斯（Henry James, 1843-1916）和约瑟夫·康拉德（Joseph Conrad, 1857-1924）通过描写人物在海外的坎坷经历展示了笼罩着共同体的西方文明与道德衰落的阴影。在现代主义思潮风起云涌之际，崇尚"美学英雄主义"（Aesthetic Heroism）的詹姆斯·乔伊斯（James Joyce, 1882-1941）、弗吉尼亚·伍尔夫（Virginia Woolf, 1882-1941）和D. H. 劳伦斯（D. H. Lawrence, 1885-1930）等小说家义无反顾地反映现代人的精神危机，深刻揭示个体心灵孤独的本质，追求表现病态自我，从而进一步加深了个体与共同体之间的鸿沟。然而，现代主义作家并未放弃对共同体的观照。如果说乔伊斯在《尤利西斯》（*Ulysses*, 1922）中深刻反映了笼罩在"道德瘫痪"（moral paralysis）阴影下的都柏林中产阶级共同体的道德困境，那么伍尔夫在《海浪》(*The Waves*, 1931)中成功描写了青年群体在混乱无序的人生海洋中的悲观意识和身份认同危机。总之,现代派作家不约而同地致力于异化时代"反英雄"共同体的书写,深刻反映了第一次世界大战以后英国的社会动荡和精神危机。20世纪下半叶,塞缪尔·贝克特(Samuel Beckett, 1906-1989)的荒诞派戏剧充分展示了现代人的精神孤独,深刻揭示了个体的绝望和共同体的消解。同时,哈罗德·品特(Harold Pinter, 1930-2008)等剧作家也纷纷揭示了战后英国的阶级矛盾和日趋严重的共同体困境。20世纪末,在后现代主义的喧嚣之后,融合了各种文学思潮的新现实主义作品以其特有的艺术形式对共同体展开了新的探索。与此同时,V. S. 奈保尔(V. S. Naipaul, 1932-2018)等英联邦移民作家纷纷对族裔共同体、民族共同体和世界主义共同体给予了丰富的文学想象。就总体而言,受到战争爆发、机械文明压抑和传统价值观念崩塌等因素的影响,20世纪的英国文学不仅体现了浓郁的悲观主义色彩,而且在美学形式上对各类共同体进行了不同程度的质疑与解构。

21世纪初,英国文学的共同体想象虽然在全球化、逆全球化和多元文化主义进程中拥有了更加广阔的空间,但其题材和形式却不时受到全球百年未有之大变局的影响。一方面,恐怖主义、新殖民主义、民粹主义、英国脱欧、环境污染、气候变化和资本霸权等问题的叠加干扰了作家对共同体的认知和审美。另一方面,新媒体、高科技、元宇宙和人工智能在连接现实世界与虚拟世界的同时,映射出全新的数字空间与人际关系,从而进一步拓展了文学对共同体的想象空间。以石黑一雄(Kazuo Ishiguro, 1954-)为代表的作家着力表现了克隆人共同体、人机共同体、身体命运共同体和"乌托邦"精神家园等题材,深刻反映了当下日新月异的高科技、人工智能和数字生活给人类伦理观念与未来社会带来的变化与挑战。此外,21世纪的英国文学往往超越现实主义与实验主义之间的对立,不仅关注本国共同体的境遇和嬗变,而且也着眼于全球文明与生态面临的挑战,反映全球化语境中的共同体困境。总之,21世纪英国文学反映的前所未有的题材与主题对深入探讨人类命运共同体的构建具有重要参考价值。

综上所述,自盎格鲁-撒克逊时代起,英国的共同体思想与文学想象形影相随,关系密切,对英国文学的历史沿革起到了重要的推动作用。在英国的千年文学史上,共同体思想持续演进,其内涵不断深化,影响了历代作家的创作理念和美学选择,催生了一次次文学浪潮和一部部传世佳作。无论是在工业化、城市化和现代化步伐日益加快的进程中,还是在全球化、信息化、智能化和数字化突飞猛进的时代里,英国文学的命运共同体表征不仅一以贯之、绵亘不绝,而且呈现出类型不断繁衍、内涵日益丰富和书写方式日趋多元的发展态势。时至今日,英国作家对命运共同体美学再现的作品与日俱增,生动反映了大到世界、国家和民族,小到村镇、街区、社团和家族等社会群体的境遇和命运。英国共同体思想的演进及其审美观念的变化将不断为我们深入研究其表征和审美双维度场式的历史、社会与文化成因等深层次问题提供丰富的资源。

三、英国文学中命运共同体的审美研究

在全球化(亦有逆全球化)和多元文化主义进程日益加快的世界格局中,以一个具有连贯传统和典型意义的国别文学为研究对象,深入探讨其命运共同体书写是对共同体理论的拓展,也是对文学批评实践性的发扬。今天,英国文学中"命运共同体"的文学想象与审美接受已经成为国内外文学批评界的热门话题。作为英国文学史上繁衍最久、书写最多、内涵最丰富的题材之一,共同体书写备受批评界关注

无疑在情理之中。概括地说,英国文学中命运共同体的审美研究已经成为当今国内外文学批评界的"显学",其意义主要体现在以下三个方面。

(一)英国是一个在历史、文化、经济和政治等领域都颇具特色和影响力的西方国家,其作家对"命运共同体"1 000多年的书写与其国内的社会现实乃至世界的风云变幻密切相关。就此而言,英国文学为人们提供了一个历史悠久的共同体书写传统。这一传统对发生在英国本土及海外的社会、政治、经济和文化变局以及受其影响的各种共同体做出了及时的反应,产生了大量耐人寻味、发人深省的文学案例,对我们深入了解英国乃至整个西方世界各种命运共同体的兴衰成败具有一定的现实意义和参考价值。

(二)迄今为止,对共同体的研究主要出现在哲学、政治学和社会学领域,其研究对象与参照群体往往并非取自堪称"人学"的文学领域。在当今全球化(亦有逆全球化)和多元文化主义背景下,对文学的命运共同体表征与审美双向互动关系的深入研究无疑有助于拓展以往共同体研究的理论范畴。以宽广的社会语境和人文视野来考察命运共同体书写与审美过程中的一系列重要因素将对过去以哲学、政治学和社会学为主的共同体研究加以补充,对大量文学案例的剖析能引发人们思考在当代日趋复杂的世界格局中构建命运共同体的有效途径。

(三)我国对外国文学中命运共同体表征与审美的研究起步不久,而这种研究在当下"构建人类命运共同体"理念不断深入人心的背景下显得尤为迫切,是对国家发展战略和重大理论问题的有益探索。深入探讨不同时期英国文学中受"命运"意识支配的各种共同体的性质与特征及其美学再现的社会意义,将为我国"构建人类命运共同体"的倡议提供有价值的文学阐释和有针对性的学术视角。

无论是在哲学、政治学、社会学,还是在人类学领域,国外100多年的共同体研究虽然路径和方法大相径庭,但是它们对共同体形成了一套外延不尽相同、而内涵却较为相近的解释。共同体研究兴趣本身便是应世界变化和历史演进而生。工业化、现代化和全球化(亦有逆全球化)所带来的生产力发展和城乡关系的变化,使传统的社会秩序和价值观念不断受到冲击,社会向心力的缺失成为社会学家和作家共同关心的话题,他们试图从各个层面辨析出或大或小、或具体或抽象的共同体形态,试图寻找加强共同体联结纽带的良方。由于共同体的审美研究本质上要面对的是社群的共同情感和集体意识,它天然具有宏观向度,并在历时与共时两个维度都与"命运"这一具有宏观要旨的话题密切相关。

毋庸置疑,源远流长和体量巨大的英国文学为我们全面系统地研究共同体提供了极为丰富的文学资源。对具有世界影响力的英国文学在不同历史语境中的共同体书写展开深入研究,既符合英国文学创作与批评的发展逻辑,也有助于人们从其纷繁复杂的文学案例中探索社会主体的境遇和命运,厘清共同体形塑与崩解的社会成因。应当指出,注重文内与文外的勾连,平衡文本分析与历史考据,在现象研究的基础上建构文学表征视阈下的共同体批评理论与学术范式具有重要的现实意义。"构建人类命运共同体"理念是一种具有原创性的构想,它一方面回应了当下人类社会高度分化但社会责任却无法由传统共同体有效承担的形势,另一方面也是对马克思主义共同体构想的发展。笔者认为,中国学者在开展英国文学中命运共同体的审美研究时应认真做好以下五个方面的工作。

(一)中国学者从事英国文学中命运共同体的审美研究须肩负破题之责。我们不但要对命运共同体做出正确的释义和界定,而且还应阐释命运共同体与英国文学之间的关系,深入探讨英国历史上发生的一系列社会、政治、经济和宗教领域的重大变化以及民族文化心理的共情意识对共同体书写发展的影响,科学分析历代英国作家对共同体做出的种种反思与形塑。同时,我们也应关注英国文学中的共同体在道德伦理的建构、价值观念的塑造和审美范式的生成方面所发挥的重要作用。

(二)中国学者应全面了解共同体知识谱系,积极参与共同体学术体系的建构,充分体现学术自信和理论自信。我们既要正确理解西方文化传统和价值体系中的"命运观",也要认真把握西方传统文化视阈下"命运观"的内在逻辑。尽管其发展脉络与东方传统中的"命运观"有相似之处,但其词源学上的生发过程蕴含了许多不同的指涉。西方传统中"命运"一词的词源有其具象的指代,它发源于古希腊神话中执掌人类命运的三位女神,其神话指代过程包含了一整套宇宙演化观,凸显了"命运"与必然、本质、责任和前途的关系。西方传统文化视阈下的"命运观"对历代英国作家的共同体文学想象无疑具有渲染作用,因而对英国文学中命运共同体的审美研究具有一定的参考价值。

(三)中国学者在开展英国文学中命运共同体的审美研究时还应仔细考量英国思想传统中的经验主义和保守主义。由于受该思想传统的影响,英国人在较早的历史阶段就因为对普遍利益不抱希望而形成了以反复协商、相互妥协为社会变化主要推动方式的工作机制,更以《大宪章》(*Great Charter*, 1215)和议会的诞生为最显著的标志。在现实的社会生活中,英国人深受保守主义观念的影响,主张在维护传统的主基调上推动渐进式的改变,缓和社会矛盾,以此维护共同体的秩序。显然,英国文学中命运共同体的审美研究既要关注保守主义与经验主义的影响,又要揭示文学的批判功能和伦理建构意图,也要探讨社会现实的美学再现和有关共同体的构想。

（四）英国文学中命运共同体的审美研究应凸显问题意识，我们应该认真思考并解答一系列深层次的问题。例如，英国文学在演进过程中回应和观照了社会中或大或小的共同体所面对的哪些必然因果、重大责任、本质关切和共同前途？文学的命运共同体想象和批判与现实之间具有怎样的联系、差异、张力和悖反？在这一过程中，社会群体所认同的道德伦理是如何建构的？其共情的纽带又落脚于何处？所有这些以及其他各种深层次问题都将纳入其审美研究的范畴。为回应命运共同体所包蕴的必然、本质、责任、前途等重要内涵，审美研究还应围绕"文学－思想传统""文学－资本主义""文学－殖民帝国"和"文学－保守主义文化"等在英国历史和文学书写中具有强大影响力和推动力的维度，对英国文学中的命运共同体展开深度理论阐释。

（五）中国学者在开展英国文学中命运共同体的审美研究时需要采取跨学科视角。尽管命运共同体研究如今已成为我国文学批评界的一门"显学"，但其跨学科研究却并未引起学者应有的重视，而高质量的学术成果也相对较少。跨学科研究是文学批评在专业化和多元化进程中的新路径，也是拓展文学批评范畴、深度挖掘文本潜在内容的有效方式。事实上，命运共同体研究可以从其内部和外部两条路径展开。内部路径探讨共同体的性质、特征、诉求、存续方式和美学再现，而外部路径则研究共同体形成的历史背景、社会现实、文化语境以及与其相关的政治、经济、哲学、宗教、医学、伦理学、心理学等社会科学和自然科学因素。跨学科研究的一个重要任务是建立两条路径之间的阐释通道，发掘共同体表征背后的文学意义、历史作用、意识形态和价值取向，成为一种探讨共同体思想、形式和特征的有效路径。跨学科研究能极大程度地发挥文学研究的社会功能，使文学批评在关注"小文本"中共同体形塑的美学价值时，有效地构建促进人类社会发展的"大文学"话语体系。

迄今为止,在英国文学的命运共同体研究领域,国外最重要的相关成果当属英国批评家威廉斯的《漫长的革命》和《乡村与城市》(*The Country and the City*, 1973) 以及美国批评家米勒的《小说中的共同体》(*Communities in Fiction*, 2015)。毫无疑问,他们是目前在文学中的命运共同体研究方面最具影响力的批评家。在《漫长的革命》中,威廉斯论述了小说主人公在反映共同体方面的重要作用。他充分肯定了乔伊斯在《尤利西斯》中深刻反映中产阶级共同体精神世界的意识流技巧:"乔伊斯在《尤利西斯》中展示出这种技巧的卓越优势,他不是通过一个人物而是三个人物的视角来反映世界……事实上,这三个世界构成了同一个世界。"[1] 在《乡村与城市》中,威廉斯对英国文学中的乡村与城市的共同体形态及其社会困境做了论述。他认为,英国浪漫主义作家笔下田园牧歌般的乡村生活只是一种虚构的、理想化的现代神话,英国的乡村与城市在本质上均是资本主义唯利是图与弱肉强食之地,毫无共同利益与价值可言。米勒也是在文学中命运共同体的研究方面最具影响力的批评家之一。在其《小说中的共同体》一书中,米勒在呼应威廉斯的共同体思想时明确指出,"在威廉斯看来,自18世纪以来英国历史的主要特征是资本主义的逐渐上升及其对乡村共同体生活的破坏"[2]。同时,米勒深入探讨了英国作家安东尼·特罗洛普(Anthony Trollope, 1815-1882)、哈代、康拉德和伍尔夫等作家的小说所蕴含的共同体意识,深刻揭示了他们在共同体表征方面的共性与差异。米勒认为,"如何看待个体性和主体间性的本质,基本

---

[1] Raymond Williams, *The Long Revolution*, Beijing, Foreign Language Teaching and Research Press, 2019, pp.327-328.

[2] J. Hillis Miller, *Communities in Fiction*, Beijing, Foreign Language Teaching and Research Press, 2019, p.3.

上决定着一个人对共同体的看法……这部或那部小说是否表现了一个'真正的共同体'构成了这种关于共同体的复杂且经常矛盾的思维传统的前提"[1]。毋庸置疑,威廉斯和米勒等批评家的研究对文学中共同体的审美研究具有重要参考价值。

近十年,随着"构建人类命运共同体"理念的广泛接受与传播,我国学者对外国文学中的共同体研究也产生了浓厚的兴趣。尽管我们对这一话题的研究起步较晚,且涉及的作家与作品较为零散,但还是出现了一些高质量的文章,体现了中国学者的独特见解,其中殷企平教授的研究独具特色。他就维多利亚时代小说和浪漫主义诗歌中的"幸福伦理"与"共同体形塑"等问题撰写了多篇具有独创见地的论文,对多位19世纪作家的共同体书写做了深刻剖析。引人注目的是,近几年我国学者对外国文学中共同体书写的学术兴趣倍增,纷纷对世界各国文学作品中的命运共同体展开了全方位、多视角的探析。与此同时,国家、教育部和各省市社科基金立项名单中关于共同体研究的课题屡见不鲜,而研究共同体的学术论著更是层出不穷。种种现象表明,文学中命运共同体的审美研究正在成为我国外国文学批评界的热门话题。然而,我们应该明白,文学中的命运共同体在本质上是某种虚构的文学世界,与现实世界和人类历史进程中的共同体不能混为一谈。它所反映的是在特定历史语境中作家对过去、当下或未来某种共同体的深切关注与文学想象。因此,文学中共同体的审美研究必须深度引入具有各种创作理念、审美取向和价值观念的作家所生活的时代与社会,包括特定的历史语境、意识形态、文化观念以及地理环境等外在于文本的因素,同时还应考量文本中命运共同体的审美接受与各

---

[1] J. Hillis Miller, *Communities in Fiction*, Beijing, Foreign Language Teaching and Research Press, 2019, p.17.

种外在于文本的因素之间的双向互动关系。

综上所述，国内外文学批评界对命运共同体的审美研究取得了长足的发展，为共同体学术话语体系的进一步建构与发展奠定了重要基础。就《英国文学的命运共同体表征与审美研究》这一项目而言，研究对象从以往哲学、政治学、社会学和人类学视阈下的共同体转向了文学作品中命运共同体的书写与审美。这种学术转型要求我们不断加强学习，注重学术创新，不断提升研究能力。笔者希望，在学者们的执着追求与通力合作下，我国对英国文学中命运共同体的审美研究将前所未有地接近国际学术前沿，并且为文学的共同体批评话语建构做出积极贡献。

《英国文学的命运共同体表征与审美研究》是2019年国家社科基金重大项目（编号：19ZDA293），包括《理论卷》《诗歌卷》《小说卷》《戏剧卷》和《文献卷》五个子项目。全国20余所高校和研究机构的30余位专家学者参加了本项目的研究工作。多年来，他们崇尚学术、刻苦钻研，不仅体现了中国学者的独特见解与理论自信，而且表现出令人钦佩的专业素养与合作精神。本项目的研究工作自始至终得到我国外国文学批评界同行的关心与帮助。上海外语教育出版社孙玉社长、谢宇副总编、孙静主任、岳永红主任、刘华初主任以及多位编辑对本套丛书的出版全力支持、尽心尽责，请容笔者在此一并致谢。由于英国文学典籍浩瀚，加之我国的共同体研究起步不久，书中难免存在误解和疏漏之处，敬请学界同仁谅解。

李维屏
于上海外国语大学
2022年10月

《文献卷》总序

《英国文学的命运共同体表征与审美研究 文献卷》（下文简称《文献卷》）是一套西方共同体文论与文学批评译丛。这套译丛共有著作七种，主要译自英、美、德、法、西等国学者的共同体著述，是多语种团队协作翻译的成果。本套译丛以文学学科为中心，以其他学科为支撑，重点选择欧美学术界，尤其是文学研究界的共同体著述，通过学术导论或译序的方式对相关著作进行译介与研究。从著作类型来看，其中两种是共同体理论著作，分别是杰拉德·德兰蒂的《共同体》（第三版）与安东尼·保罗·科恩的《共同体的象征性建构》；另外五种是文学学者的共同体批评著作，分别是 J. 希利斯·米勒的《小说中的共同体》、赛琳·吉约的《文学能为共同体做什么？》、雷米·阿斯特吕克主编的《重访共同体》、玛戈·布林克与西尔维亚·普里奇主编的《文学中的共同体——文学-政治介入的现实性》、杰拉尔多·罗德里格斯-萨拉斯等人主编的《共同体与现代主义主体新论》。下面对这七种著作及相关背景略做介绍,以便读者对这套丛书有一个基本的了解。

一

西方共同体学术传统源远流长,最早可以追溯到亚里士多德（Aristotle, 384–322 BC）。他在《政治学》（*The Politics*, 约 350 BC）一书中所探讨的"城邦"（polis）可以看作共同体思想的雏形。从中世纪奥古斯丁（Saint Aurelius Augustinus, 354–430）的友爱观到 17、18 世纪托马斯·霍布斯（Thomas Hobbes, 1588–1679）、约翰·洛克（John Locke, 1632–1704）、让－雅克·卢梭（Jean-Jacques Rousseau, 1712–1778）等人的社会契约论,其中都包含着一定的共同体意识。此后,19 世纪的卡尔·马克思（Karl Marx, 1818–1883）、伊曼努尔·康德（Immanuel Kant, 1724–1804）、G. W. F. 黑格尔（G. W. F. Hegel, 1770–1831）、埃米尔·涂尔干（Émile Durkheim, 1858–1917）、斐迪南·滕尼斯（Ferdinand Tönnies, 1855–1936）等思想家对共同体均有论述。20 世纪更是不乏专门探讨。国内译介早、引用多的共同体著述是德国社会学家滕尼斯的《共同体与社会》（*Gemeinschaft und Gesellschaft*, 1887）与爱尔兰裔政治学家本尼迪克特·安德森（Benedict Anderson, 1936–2015）的《想象的共同体》（*Imagined Communities*, 1983）。此外,齐格蒙特·鲍曼（Zygmunt Bauman, 1925–2017）的《共同体:在一个不确定的世界中寻找安全》（*Community: Seeking Safety in an Insecure World*, 2001）、让－吕克·南希（Jean-Luc Nancy, 1940–2021）的《不运作的共同体》（*La Communauté désœuvrée*, 1986）、莫里斯·布朗肖（Maurice Blanchot, 1907–2003）的《不可言明的共同体》（*La Communauté inavouable*, 1983）、吉奥

乔·阿甘本（Giorgio Agamben, 1942－ ）的《即将到来的共同体》（*La comunità che viene*, 1990）等理论名作也都被翻译成中文，在中国学界引起越来越多的关注。

鉴于上述译介现状，本套译丛选择了尚未被译介的两本英国学者的共同体理论著作：一本是英国社会学家杰拉德·德兰蒂（Gerard Delanty, 1960－ ）的《共同体》（第三版）（*Community*, Third Edition, 2018），另一本是英国人类学家安东尼·保罗·科恩（Anthony Paul Cohen, 1946－ ）的《共同体的象征性建构》（*The Symbolic Construction of Community*, 1985）。在西方学术传统中，英国学者的共同体思想，从霍布斯和洛克古典哲学中的共同体意识到20世纪社会学家鲍曼与文学批评家威廉斯的共同体理念，一直占有重要的一席之地。因此，将德兰蒂与科恩的共同体著作译为中文，对于了解英国的共同体思想传承、探讨英国文学中的共同体审美表征以及促进当代中英共同体思想交流，无疑具有一定的理论价值与现实意义。

在《共同体》（第三版）中，德兰蒂提出了以归属感和共享感为核心的"沟通共同体"（communication community）思想，代表了英国学术界对共同体理论的最新贡献。德兰蒂考探了"共同体"概念的起源与流变，描绘出共同体思想在西方的发展脉络图，相对完整地梳理了自亚里士多德以来西方理论家们的众多学说，其中所涉及的很多共同体概念和类型，如阈限共同体、关怀共同体、歧见共同体、否定共同体、断裂共同体、邪恶共同体、流散共同体、跨国共同体、邻里共同体等概念和思想尚未引起中国学界的足够重视。德兰蒂按照传统、现代、后现代、21世纪等四个不同的时间段剖析共同体的基本性质，但着重考察的是当代共同体的本质特征。德兰蒂指出，当代共同体的流行可以看作对全球化带来的归属感危机的回应，而当代共同体的构建是一种以新型归属感为核心的沟通共同体。在他看来，共同体理念尽管存在各种争议，但之所以能引起广泛关注，是因为共同体与现代社会不安全的背景下人们对归属感的追寻密切相关。而共同体理念之所以具有永久的魅力，无疑源自人们对归属感、共同感以及地方（place）的强烈渴望。

德兰蒂的共同体思想与英国社会学家鲍曼的共同体思想一脉相承。鲍曼将共同体视作一个温馨的地方，一个温暖而又舒适的场所，一个内部成员之间"能够互相依靠对方"的空间场域。鲍曼认为，当代共同体主义者所追求的共同体即是在一个不安全环境下人们所想象和向往的安全感、和谐感与信任感，从而延续了他在其他著述中对现代性与全球化的反思与批判。追根溯源，鲍曼、威廉斯、德兰蒂等英国学者所继承和认同的是滕尼斯的共同体思想，即充满生机的有机共同体的概念。尽管在后现代或全球化的语境下，他们的理论取向与价值维度各有不同，但是他们的共同体思想无一不是建立在归属感或共同纽带基础之上，并将共同体界定为一种社会现象，因而具有实在性或现实性的存在特征，"场所""空间""归属""身份""共同性""沟通"等构成了共同体的核心内涵。正如德兰蒂所说，他强调共同体作为一种话语的沟通本质，是一种关于归属的体验形式……共同体既不是一种社会交融的形式，也不是一种意义形式，而是被理解为一个关于归属的开放式的沟通系统。

科恩的《共同体的象征性建构》进入译介视野，是因为其共同体理念代表了 20 世纪下半叶西方共同体研究的另一条学术路径。它与安德森《想象的共同体》均出版于 20 世纪 80 年代，被视作共同体研究新方法的肇始。19 世纪的滕尼斯以及后来众多理论家们大多将共同体看作以共同纽带为基础、具有社会实践性的有机体。与他们不同的是，安德森、科恩等人主要将共同体视为想象、认知或象征性建构的产物。中国学界对安德森的"想象共同体"早已耳熟能详，但是对科恩的"象征性共同体"(symbolic community)仍知之甚少,因此将《共同体的象征性建构》译入,有助于中国学界进一步了解西方共同体理论建构的另一个重要维度。

科恩的学术贡献不在于对归属感或共享感的论述,而在于探讨共同体如何在自我与他者的互动关系中通过边界意识和象征符号建构出来。在科恩看来,共同体不是纯粹的制度性或现实性的存在,而是具有象征性(符号性)和建构性的想象空间。科恩从文化建构主义的角度来看待共同体的界定,试图揭示同一共同体的成员如何以象征符号的方式确立共同体的边界,如何运用象征符号来维系共同的身份、价值、意义以及心理认同。科恩把共同体看作一个文化场域,认为它一方面拥有复杂的象征符号系统,其意义和价值是建构性的,但另一方面对象征符号的认知也是具有差异性的。换言之,不同的成员既有相同或共通的认同感、归属感,但同时也会存在想象性、虚幻性的误区,甚至其认同感与归属感还会出现本质性的差异。科恩指出,与其说符号在表达意义,不如说符号赋予我们创造意义的能力。因此,象征与符号具有消除差异性并促进共同体建构的积极意义。

科恩的象征性共同体不同于滕尼斯的有机共同体,也不同于德兰蒂的沟通共同体。科恩主要受到了英国人类学家维克多·特纳(Victor Turner, 1920-1983)象征人类学理论的影响。科恩与特纳都被批评界视作"象征性共同体"的重要代表人物。特纳将共同体理解为某种"交融"(communitas)状态,强调共同体是存在于一切社会中的特殊社会关系,而不是某种仅仅局限于固定不变、具有明确空间范畴的社会群体。特纳认为,"交融"不仅表达了特定社会的本质,而且还具有认知和象征的作用。而科恩对共同体边界的论述,为"交融"提供了与特纳不同的阐释。科恩共同体思想的优点在于将共同体视作一种开放的文化阐释体系,认为符号是需要阐释的文化形式,从而避免了简化论,但是他过于强调共同体的象征性维度,因此也忽视了共同体建构中的其他重要因素。

德兰蒂与科恩的共同体思想及其社会学、政治哲学、文化人类学等理论视角对于文论研究与文学批评的意义和价值是毋庸置疑的。无论是德兰蒂的归属感、共有感、沟通共同体,还是科恩的象征共同体以及对边界意识与符号认知的重视,不仅可以拓宽国内共同体研究的视野和范围,也可以为共同体的文学表征与审美研究提供新视角、新材料。尽管近年来国内有学者反对"场外征用",即反对在文学研究中征用其他学科理论,但正如英国批评家特里·伊格尔顿(Terry Eagleton, 1943-)所说,根本不存在一个仅仅来源于文学且只适用于文学的文学理论。换言之,不存在一个"纯粹"的与其他学科知识了无关涉的文学理论,希望"纯粹地进行文学研究"是不可能的。更何况德兰蒂在论述共同体时所探讨的乌托邦性、"美好生活"等概念,科恩所阐述的象征符号、自我与他者关系等,都与文学研究中的很多学术命题直接相关。因此,对于国内共同体文论研究与文学批评而言,这两本著作的汉译显然是有一定的借鉴意义与学术价值的。

二

随着当代共同体理论研究的兴起,西方批评界对共同体在文学中的表征与审美研究已取得不少成果,如英国文学批评家雷蒙德·威廉斯(Raymond Williams, 1921-1988)的《乡村与城市》(*The Country and the City*, 1973)、《关键词》(*Keywords*, 1976),美国文学批评家 J. 希利斯·米勒(J. Hillis Miller, 1928-2021)的《共同体的焚毁》(*The Conflagration of Community*, 2011)、《小说中的共同体》(*Communities in Fiction*, 2015)等。威廉斯的共同体思想在中国学界影响较大,他的两部著作都有中译本问世，其中《关键词》已出了第二版。米勒与中国学界交往密切，他的很多名作也已被翻译成中文，包括《共同体的焚毁》。本套译丛选择国内关注不多的《小说中的共同体》，可以让中国学界对米勒的共同体思想以及共同体理论在批评实践中的具体运用窥斑知豹。下面对威廉斯与米勒两位文学批评家的共同体思想做简要梳理。

在《关键词》中，威廉斯继承滕尼斯的共同体思想，认为"共同体"体现了共同的身份与特征，具有共同的习惯、记忆以及共同的生活方式。他还特别强调共同体内部的情感纽带与共同关怀以及共同体成员之间的亲近、合作与和谐关系。威廉斯主要从历史语义学和文化批评的角度对"共同体"概念进行了考辨与分析。《关键词》虽然不是专门的文学批评著作，但是它在国内的引用率与学术影响远超其文学批评著作《乡村与城市》。在《乡村与城市》中，威廉斯探讨了文学中的"共同体"问题，分析了19世纪英国小说对共同体危机的再现，批判了资本主义生产方式对乡村共同体的摧毁。威廉斯在具体的作品分析时提出了"可知共同体"（knowable community）的概念，与早期著作中关于"共同文化"的理想以及对"共同体"的追寻有一脉相承之处。

美国学者米勒也是一位长期关注共同体问题的文学批评家。他一生共出版学术著作30多种，其中《共同体的焚毁》与《小说中的共同体》是两本以"共同体"命名的文学论著。在《共同体的焚毁》中，米勒解读了几部重要的犹太人大屠杀小说，认为"纳粹在欧洲实施大屠杀意在摧毁或极大地削弱当地或更大范围内的犹太人共同体"。在《小说中的共同体》中，米勒则是从共同体的角度研究了西方六部（篇）小说，探讨这些作品所描写的社会群体能否成为共同体，以及沟通能力与叙事手段在共同体形塑过程中的重要性。与威廉斯不同的是，米勒在两种著作中都对西方共同体理论做出了评述和回应，其中论及南希、雅克·德里达（Jacques Derrida, 1930-2004）、布朗肖、威廉斯以及马丁·海德格尔（Martin Heidegger, 1889-1976）等人的共同体思想。例如，在《共同体的焚毁》第一章"共同体理论"中，米勒对比了南希与华莱士·史蒂文斯（Wallace Stevens, 1879-1955）所代表的两种不同的共同体理念：一种是南希提出的现代世界对"共同体崩解、错位和焚毁的见证"，另一种是史蒂文斯在诗歌中对"隔绝的、原生的共同体生活"的颂扬。米勒将共同体哲学与共同体的审美表征并置讨论，但是其主导意图在于借用共同体的理论视角来评析弗兰兹·卡夫卡（Franz Kafka, 1883-1924）、托马斯·肯尼利（Thomas Keneally, 1935- ）、伊恩·麦克尤恩（Ian McEwan, 1948- ）、托妮·莫里森（Toni Morrison，1931-2019）等人的小说。米勒似乎并不完全认同共同体的崩溃或"不运作"的观点，并在对具体作品解读分析时赋予共同体历史性的内涵，认为大屠杀小说中的共同体走向分崩离析，反倒说明共同体历史存在的可能性。这一批评思路比较契合威廉斯的思想，即共同体曾经或依然以一种古老的方式存在着。

如果将滕尼斯、鲍曼、威廉斯一脉的共同体理论称作人文主义思想传统，那么以南希、布朗肖、德里达等法国学者为代表的共同体理论则代表了当代否定主义或解构主义共同体思潮。米勒作为曾经的美式"解构主义四学者"成员，似乎游走在这两类共同体思想之间。在《小说中的共同体》一书中，米勒对比分析了两种针锋相对的共同体立场，一个是威廉斯对共同体及其积极意义的肯定与赞美立场，另一个是海德格尔对共同体的批判立场以及阿甘本、布朗肖、阿方索·林吉斯（Alphonso Lingis, 1933- ）、德里达等当代思想家对共同体的怀疑立场。米勒习惯性地在著作开头对各家共同体观点进行梳理，如海德格尔的"共在"（Mitsein）思想、南希不运作的共同体、阿甘本与林吉斯的杂乱或毫无共同点的共同体、布朗肖不可言明的共同体、德里达自我毁灭的自身免疫共同体，但是对六部（篇）小说的分析并不拘泥于任何一家理论或学说，也没有将文学文本以外的共同体理论生搬硬套在对小说的分析中。米勒的文学批评更多探讨这些小说对不同社会群体的再现以及这些群体能否构成真正的共同体，从而回应当代理论家们关于共同体是否存在或者是否可能的论说，其中浸润着英美批评界源远流长的人文主义思想传统。正如译者陈广兴所言，米勒在本书中研究不同小说中的共同体，而他所说的"共同体"就是常识意义上的共同体，即基本上能够相互理解、和谐共处的人构成的群体。不过，米勒的共同体理念一方面所表达的是他面对当代美国现实的一种个人信念，即对威廉斯"友好亲密"共同体的亲近与信仰，但另一方面，因为受到当代法国共同体理论的影响，他也不无焦虑地流露出对当代共同体的某种隐忧。他表示希望自己能够相信威廉斯无阶级的共同体，但害怕真正的共同体更像德里达描述的具有自我毁灭的自身免疫特性的共同体。

米勒这两种著作的独特之处在于梳理各家共同体理论之后，通过具体作家作品分析，深入探讨了共同体的审美表征或美学再现。因此，从文学批评的角度来看，米勒的共同体研究明显不同于威廉斯的共同体研究。威廉斯在《关键词》中的研究更多着眼于文化层面，是关键词研究方法的典型代表，具有鲜明的文论色彩。《乡村与城市》则探讨了文艺复兴至20世纪英国文学中乡村与城市意象的流变及其文化内涵，其中所论述的"可知共同体"与"情感结构"（structure of feeling）在文学研究领域影响深远，但共同体只是这部名作的重要命题之一，而不是主导或核心命题。与之不同的是，米勒的《共同体的焚毁》基于西奥多·阿多诺（Theodor Adorno, 1903-1969）关于奥斯维辛文学表征的伦理困境展开论述，虽然研究的是大屠杀文学（Holocaust Literature），但"共同体"作为主导命题贯穿他对六位作家批评解读的始终。其姊妹篇《小说中的共同体》择取六部（篇）小说，从16世纪米格尔·德·塞万提斯·萨维德拉（Miguel de Cervantes Saavedra, 1547–1616）到现代英国作家安东尼·特罗洛普（Anthony Trollope, 1815–1882）、托马斯·哈代（Thomas Hardy, 1840–1928）、约瑟夫·康拉德（Joseph Conrad, 1857–1924）、弗吉尼亚·伍尔夫（Virginia Woolf, 1882–1941），再到当代美国作家托马斯·品钦（Thomas Pynchon, 1937– ），横贯现实主义、现代主义、后现代主义三个历史时期，但其中所论所评无一不是围绕小说中特定空间场域中的特定社会群体展开。米勒结合理论界对于共同体概念的不同界定与认识，就每一部小说所描写的特定社群以及社群关系提出不同的共同体命题，如特罗洛普笔下的维多利亚共同体、《还乡》（*The Return of the Native*, 1878）中的乡村共同体、《诺斯托罗莫》（*Nostromo*, 1904）中的殖民（非）共同体、《海浪》（*The Waves*, 1931）中的同一阶层共同体、品钦和塞万提斯的自身免疫共同体，并探讨不同共同体的内涵特质及其审美表征方式。因此，这六部（篇）小说或许可以称为"共同体小说"。换言之，对于文学研究来说，米勒研究的启示意义不仅在于如何以修辞性阅读方法探讨共同体的文学表征问题，而且也在于文学场域之外的共同体理论如何用于文学批评实践，甚至有可能促使文学研究者思考是否存在"共同体小说"这一文类的可能性。

三

《文献卷》第一批五种著作中，除了上述三种英语著作外，还包括法国学者赛琳·吉约（Céline Guillot）的《文学能为共同体做什么？》(*Inventer un peuple qui manque: que peut la littérature pour la communauté?*, 2013)、德国学者玛戈·布林克（Margot Brink）与西尔维亚·普里奇（Sylvia Pritsch）主编的《文学中的共同体——文学-政治介入的现实性》(*Gemeinschaft in der Literatur: Zur Aktualität poetisch-politischer Interventionen*, 2013)。与威廉斯、米勒等人所探讨的共同体审美表征略有不同的是，法、德学者对共同体的研究侧重于文学与共同体的关系。吉约在著作的标题中直接提出其主导命题，即"文学能为共同体做什么"，并探析文学或诗歌对于呈现"缺席的共同体"的诗学意义。两位德国学者在著作的导论中也提出类似问题，即"共同体遇到文学时会发生什么""文学与文学写作如何构建共同体"，并试图探讨文学与共同体的共振和互动关系。

从西方共同体理论的起源与流变来看，文学领域的共同体研究必然是跨学科、跨语种、跨文化的学术探讨。文学研究中的共同体命题既内在于文学作品的审美表征中，也与文学之外的政治学、社会学、哲学、宗教学等学科中的共同体命题息息相关。细读法国学者吉约的论著《文学能为共同体做什么？》，不难发现其文学批评的跨学科性与包容性表现出与威廉斯、米勒等英美学者并不相同的学术气质。这其中的主要原因可能在于法国文学的精神特质毕竟不同于英美文学的精神特质，也在于当代法国学者的共同体理论别具一格，特色鲜明。值得注意的是，英美学界在论述共同体命题时常常倚重以法国为代表的欧洲大陆共同体思想。例如，米勒用德里达自我毁灭的自身免疫共同体来影射当代美国社会，甚至还将南希的"共同体的焚毁"作为书名，法国学者的共同体思想对英美学界的影响可见一斑。

吉约主要依托欧陆思想家乔治·巴塔耶（Georges Bataille, 1897-1962）、布朗肖、南希、阿甘本、汉娜·阿伦特（Hannah Arendt, 1906-1975）等人的共同体理论，极少引用英美学者的共同体著述。吉约在

第一章探讨"内在主义"导致共同体传统模式失败与共同性的本质性缺失时,纵横勾连,不仅对比引述了意大利思想家阿甘本的"即将到来的共同体"模式与德国思想家阿伦特的"公共空间"概念,还从布朗肖的"非实在化"共同体引出法国思想家巴塔耶关于献祭概念与共同体实现之间的跨学科思考。吉约最后以布朗肖的《亚米拿达》(*Aminadab*, 1942)、《至高者》(*Le Très-Haut*, 1949)、《田园牧歌》(*L'Idylle*, 1936)等多部文学作品为论述中心,探讨共同体政治与共同体诗学相互关联但并不重合的复杂关系。

吉约文学研究的跨学科性在第二章四个场景的探讨中体现得更加充分。场景一"无神学"讨论巴塔耶与布朗肖,场景二"世界末日"讨论亨利·米肖(Henri Michaux, 1899-1984)与布朗肖,场景三"任意之人"讨论米肖与阿甘本,场景四"拉斯科"讨论布朗肖和勒内·夏尔(René Char, 1907-1988)。巴塔耶与布朗肖既是著名思想家,又是著名文学家与文学批评家;阿甘本是意大利哲学家与美学教授;布朗肖、米肖、夏尔又都是法国战后文学的杰出代表。吉约的论述纵横驰骋于这些思想家、哲学家与文学家的著作与思想中,尤其是对米肖与夏尔诗歌创作的细致分析,试图从法国式"否定的共同体"角度建构某种"共同体的诗学",探讨法国文学作品对"共同体的缺席"的艺术思考,从而追寻共同体的根源并深刻思考通过文学重构人类共同体的可能性。正如吉约所说,通过上述四个标志性场景的展示,旨在"呈现文学如何担负否定性以及联结的缺失",即"如何在一种共同体诗学中担负'缺席的共同体'",同时也"展现文学在其与宗教(无神学)、与历史(世界末日)、与个体(任意之人)、与作品(拉斯科)的关系中,如何重拾并追问共同体的根源,并在歪曲的象征与鲜活的形象中,赋予某种'如一'(comm-un)的事物以形象,来重新组织起共同体"。

在第三章也是本书最后一章"孕育中的共同体"中，吉约以米肖、夏尔两位法国诗人的作品为论述中心，分析主体、他者、友谊、死亡等与共同体密不可分的主题，揭示诗歌对于建构人类共同体的诗学意义。布朗肖曾在文学批评著作《不可言明的共同体》中以法国作家玛格丽特·杜拉斯（Marguerite Duras, 1914–1996）的小说《死亡的疾病》（*La Maladie de la mort*, 1982）为中心，探讨了以伦理和爱为中心的"情人的共同体"概念，而吉约在这一章论述诗学共同体，在一定程度上呼应了布朗肖的论述。尤其是在分析文学写作与共同体关系时，她提出的"共同体诗学"与布朗肖的"书文共同体主义"有异曲同工之效。如果说米勒在《小说中的共同体》中隐含了"共同体小说"的可能性，那么吉约承续了布朗肖、南希、德里达等人的共同体思想衣钵，探讨了20世纪上半叶因为世界大战、极权主义等导致"共同体失落"之后"文学共同体"存在的可能性及其存在方式。中国学界对巴塔耶、布朗肖、南希、德里达等人的共同体思想关注较多，吉约这本书的出版将有助于国内读者进一步了解法国文学批评界的共同体研究动态。

德国学者布林克与普里奇主编的《文学中的共同体——文学-政治介入的现实性》是一部文学批评文集，收录了19篇学术论文与导论文章《文学中的共同体：语境与视角》。这部文集是德国奥斯纳布吕克大学一次跨学科研讨会的成果。德国存在着一个历史悠久的共同体思想传统，尤其是19世纪马克思、黑格尔、康德、滕尼斯等人的共同体思想影响深远。进入20世纪后，由于国家社会主义对共同体的挪用导致共同体社会实践遭遇重大挫折，共同体概念在德语区，尤其是德语文学与文化研究领域一直不受重视，甚至遭到排斥。20世纪80年代，西方学术界对社群主义与自由主义的论辩引发了欧美政治学、哲学、社会学领域内对共同体探讨的热潮，在全球化影响不断加深、传统共同体逐渐解体的背景下,德国批评界举办了这次重要的共同体跨学科研讨会。此次会议旨在从德语和罗曼语族文学、文化研究以及哲学角度探讨文学审美中的共同体命题。此次会议的召开也充分表明德国文学批评界开始对共同体问题给予关注和重视。

在导论中,两位德国学者充分肯定了共同体研究的当下意义与价值。在他们看来,共同体是一个在日常与政治社会话语中具有当下意义的术语。它不是中性的或纯描述性的,而是一个高度异质性、意识形态性、具有规范性与情感负载的概念,也总是体现着政治伦理内涵。他们还借用荷兰学者米克·巴尔(Mieke Bal,1946-)的观点,将共同体视作一个"旅行概念",认为它在不同时代、不同学科、不同文化和不同社会环境中不断迁徙。编者以德、英、法三种语言中的"共同体"(Gemeinschaft, community, communauté)概念为基础,试图说明其多向度、跨学科的旅行轨迹,佐证其意义与内涵的差异性和变化性以及共同体主题探讨的多种可能性。两位学者认为,在文化上,[共同体]是在法国、德国、加勒比地区、拉丁美洲和美国的文学与理论间旅行,也是在具有特定跨文化背景作家如加缪、庞特或罗曼语族文化圈作家的创作间旅行;历时地看,是自古代至后现代的文本间的旅行,相关的重点集中在现代性上;在跨学科方面,论集中的共同体概念是在日耳曼学研究、罗曼语族研究、哲学和社会学之间迁徙;在理论上,它已进入与其他概念如团结、革命、颠覆、新部落主义、共同生活知识、集体身份或网络形成的多层面张力和共振关系中。

两位学者还指出,概念与理论的不同迁移运动产生了四个不同的共同体主题范畴,即特殊性与共同体、危机与共同体、媒介共同体以及共同体的文学-政治。文集按照这四个共同体问题范畴,将 18 篇论文分为四组,按照时间顺序编排,为文学共同体研究中的不同学术命题提供了一个相对清晰的时间结构框架，由此覆盖了 19 世纪浪漫主义文学以及众多现当代德国、法国、拉丁美洲等国家或地区的文学。在每一个主题范畴内，研究者所探讨的学术命题各不相同，如第一组论文涉及 19 世纪德国浪漫主义文学中的个体与共同体关系、同质化的民族共同体、共同体免疫逻辑问题以及法国作家阿尔贝·加缪（Albert Camus, 1913–1960）的"反共同体"观等；第二组论文探讨共同体主义与社会危机之间的联系；第三组论文考察共同体与特定媒介表达之间的相互作用；第四组论文讨论文学共同体建构中的政治与伦理责任。

  这部文集中的 18 篇论文以德语文学和法语文学为主要研究对象，在理论上呼应了德国、法国共同体思想传统，并将法语文学及其理论体系中深厚的共同体传统与 20 世纪德国共同体研究受挫的状态进行了对比。两位德国学者在对法国共同体理论家，尤其是后结构主义思想家表达足够敬意的同时，并不排斥英、美、意以及德国本土的共同体理论。文集中的德国学者一方面从后结构主义／后现代主义的角度研究德法文学中的共同体命题，同时也将文学看作文化的存储库，甚至是文化记忆的组成部分，视之为共同体反思与共同体知识建构的核心媒介和重要形式。他们发出呼吁，曾经被德国文学研究界一度忽视的共同体概念或命题"不能简单地束之高阁，被别的术语或新词所替代"。文集中的德国学者对文学共同体命题的探讨，容纳了 20 世纪 90 年代以来西方学术界对集体身份、文化记忆、异质性、延异性、新部落主义、网络、多元性、独一性等相关问题的探讨，揭示了德法文学中的共同体表征与审美形式以及共同体概念从哲学、政治学、社会学等领域迁徙至德国文学批评与美学中的独特面相。

  此外，从两位德国学者的批评文集及其所引文献来看，德语区关于共同体的研究并不少见，而是多有建树。然而，除了滕尼斯的《共同体与社会》外,其他共同体著述在国内的译介寥寥无几。例如,赫尔穆特·普莱斯纳(Helmuth Plessner, 1892-1985)于1924年出版的《共同体的边界》(*Grenzen der Gemeinschaft*)立足于哲学人类学视阈,在继承滕尼斯"共同体"思想传统的基础上,探讨了20世纪早期德国激进主义共同体实践运动,赋予了共同体理论图式不同的价值内涵。这本著作迟至2022年8月才被译成汉语。又如,德国学者拉斯·格滕巴赫(Lars Gertenbach)等人的《共同体理论》(*Theorien der Gemeinschaft zur Einführung*, 2010)是文集中不少学者频繁引用的一部当代名作,但中国学界几无关注。这部著作在探讨现代共同体思想时,清晰地勾勒出两条共同体理论发展脉络:一条脉络是早期浪漫派对共同体及其形式的思考与设想,民族国家对共同体理念的推进,早期社会主义和共产主义运动对共同体理念的实践,以及20世纪种族主义/法西斯主义对共同体理念的破坏;另一条线索是当代西方社群主义对共同体理念的维护以及后结构主义/解构主义对共同体概念的消解与重构。因此,这部文集的翻译出版,可以让国内读者在了解英、美、法三国共同体理论与文学批评外,能对德国理论界和批评界的共同体研究有一个简明、直观的认识。

四

《文献卷》原计划完成一套包容性强的多语种共同体丛书。然而,列入版权购买计划的俄国学者叶莲娜·彼得罗夫斯卡娅(Елена Петровская)的《匿名的共同体》(*Безымянные сообщества*, 2012)、德国学者罗伯特·明德(Robert Minder)的《德法文学中的共同体本质》(*Das Wesen der Gemeinschaft in der deutschen und in der französischen Literatur*, 1953)、日本学者大冈信的《昭和时代诗歌中的命运共同体》

（昭和詩史：運命共同体を読む，2005）与菅香子的《共同体的形式：意象与人的存在》（共同体のかたち：イメージと人々の存在をめぐって，2017），因为版权联络不畅，最后不得不放弃。第二次版权购买时，拟增补四种共同体文献，但出于同样的原因，仅获得以下两种著作的版权，即雷米·阿斯特吕克（Rémi Astruc）主编的《重访共同体》（*La Communauté revisitée*, 2015）与杰拉尔多·罗德里格斯-萨拉斯（Gerardo Rodríguez-Salas）等人主编的《共同体与现代主义主体新论》（*New Perspectives on Community and the Modernist Subject*, 2018）。目前，前五种文献即将付梓，但后两种文献的翻译工作才刚刚开始。下面对这两本著作做简略介绍。

　　《重访共同体》是巴黎塞纳大学法语文学与比较文学教授阿斯特吕克主编的法语论文集，分为共同体理论、多样性的共同体实践以及法语共同体三个部分，共收录共同体研究论文10篇，以及一篇共同体学术访谈。这本著作的"重访"主要基于法国批评家南希的共同体理念，即共同体问题是我们这个时代的根本问题，与我们的人性密切相关，并试图探讨全球化背景下人类社会的最新状况与共同体之间的复杂关系。第一部分三篇文章，包括阿斯特吕克本人的文章，侧重理论探讨，主要对南希的共同体理论做出回应或反拨。阿斯特吕克并不完全赞同南希的"否定的共同体"思想，认为共同体先于集体，是一股"自然"存在于异质性社会中的积极力量。另外两篇文章分别讨论否定共同体、共同体与忧郁等问题，在法国后结构主义之后对共同体理论做出重新审视。第二部分三篇文章讨论音乐、艺术、网络写作等对共同体的建构作用，揭示当下人类社会多样化的共同体实践所具有的理论价值和意义。第三部分四篇文章探析法语文学和法语作家在形塑"法语共同体"方面所发挥的重要作用，并将非洲法语文学、西印度群岛法语文学纳入考察范围，不仅凸显了文学与写作对于共同体构建的意义，也特别强调同一语言对于共同体的表达与形塑的媒介作用。作为曾经的"世界语言"，法语自 20 世纪以来不断衰落，法国学者对"法语共同体"的追寻试图重拾法语的荣光，似乎要重回安德森所说的"由神圣语言结合起来的古典的共同体"。他们将法语视作殖民与被殖民历史的共同表征媒介，其中不乏对欧洲殖民主义历史的批判与反思，但也不免残留着对法兰西帝国主义的某种怀旧或留恋。《重访共同体》的译介将有助于国内学界更多地了解法语文学批评中的共同体研究状况，也希望能引起国内学者对全球法语文学共同体研究的兴趣。

与《重访共同体》一样，西班牙学者罗德里格斯-萨拉斯等人主编的《共同体与现代主义主体新论》也是一本学术文集。文集除了导论外，共收录学术论文 13 篇。文章作者大多是西班牙学者，其中也有美国、法国、克罗地亚学者。这本文集主要从共同体的角度重新审视 20 世纪英美现代主义小说中的主体性问题，试图揭示现代主义个体与共同体之间的辩证关系。20 世纪英美学界普遍认为，"向内转"（inward turn）是现代主义文学创作的根本特征。很多学者借用现代心理学、精神分析学等批评视角，探讨现代主义文学对内在现实（inner reality）或自我内在性（interiority）的表征。近 20 年兴起的"新现代主义研究"（New Modernist Studies）采用离心式或扩张式的批评方法，从性别、阶级、种族、民族等不同角度探讨现代主义文学，体现了现代主义研究的全球性、跨国性与跨学科的重要转变。然而这本文集则是对当下"新现代主义研究"的反拨，旨在"重新审视传统现代主义认识中的核心概念之———个体"。但本书研究者并不是向传统现代主义研究倒退，而是立足于西方个人主义与社群主义大论争的学术背景，准确抓住了现代主义文学研究中的核心问题，即个体与社群的关系问题。在他们看来，传统现代主义研究大多只关注共同体解体后的个体状况，经常将自我与现实、自我与社会完全对立起来，却忽视了小说人物对替代性社群纽带的内在追寻。著作者们主要运用当代后结构主义共同体理论视角，就现代主义个体与共同体的关系问题提出了很多独到的见解。

米勒在《小说中的共同体》中说，如何看待个体性和主体间性的本质，基本上决定着一个人对共同体的看法。从这本文集的导论来看，学者们主要依托南希和布朗肖对运作共同体与不运作共同体的区分，探寻现代主义小说叙事中的内在动力，即现代主义作家们一方面在表征内在自我的同时背离了现实主义小说对传统共同体的再现，另一方面也没有完全陷入孤独、自闭、疏离、自我异化等主体性困境，而是以直接或间接的方式探寻其他共同体建构的可能性。在该书编者看来，现代主义叙事大多建立在有机、传统和本质主义共同体与不稳定性、间歇性和非一致性共同体之间的张力之上。该书的副标题"独一性、敞开性、有限性"即来自南希"不运作的共同体"（又译"无用的共同体"）理论中的三个关键词。三位主编以及其他作者借用南希、布朗肖、阿甘本、罗伯托·埃斯波西托（Roberto Esposito, 1950- ）、德里达等当代学者的理论，从后结构主义共同体的批评角度对现代主义主体重新定义，就经典现代主义作家，如亨利·詹姆斯（Henry James, 1843-1916）、康拉德、詹姆斯·乔伊斯（James Joyce, 1882-1941）、伍尔夫、威廉·福克纳（William Faulkner, 1897-1962）等，以及部分现代主义之后的作家，如萨缪尔·贝克特（Samuel Beckett, 1906-1989）、詹姆斯·鲍德温（James Baldwin, 1924-1987）等，进行了新解读，提出了很多新观点。这本文集既是对"新现代主义研究"的纠偏或反拨，也是对传统现代主义研究的补论与深化。这本文集的翻译与出版对于国内现代主义共同体表征研究不无启发意义。

五

《文献卷》共有著作七种，其中六种出版于近 10 年内，而过去 10 年也是国内文学批评界对共同体问题高度关注的 10 年。因此，这套译丛的出版对于批评界研究文学中的共同体表征，探讨文学与共同体的双向互动关系，以及文学视阈下的共同体释读与阐发，无疑能起到积极的作用。将西方最新共同体研究成果译入中国，还可以直接呼应当代中国推动人类命运共同体构建的价值共识，也有助于当代中国马克思主义批评视角下的共同体研究。

《文献卷》七种著作得以顺利问世，首先应当感谢所有译者。没有他们的敬业精神与专业水准，在极短的版权合同期限内完成译稿是不可能做到的。其次，这是一套多语种译丛，原作的筛选与择取非一二人之力可以完成，尤其是非英语语种共同体批评著作的梳理，若非该语种专业人士，实难进行。这其中凝聚了很多人的汗水和劳动，在此衷心感谢！他们是上海外国语大学德语系谢建文教授及其弟子、南京大学法语系曹丹红教授、上海交通大学外国语学院吴攸副教授、上海外国语大学日本文化经济学院高洁教授、上海外国语大学文学研究院助理研究员张煦博士。

最后，特别鸣谢上海外语教育出版社孙玉社长、谢宇副总编、版权部刘华初主任、学术部孙静主任、多语部岳永红主任，以及编辑苗杨、陈懋、奚玲燕、任倬群等。没有他们的支持与热心帮助，《文献卷》的问世是不可想象的。

张和龙　执笔
查明建　审订
于上海外国语大学
2022 年 10 月

译者序
文学的生成功能与"来临中的共同体"

一、"共同体"概念在西方的产生与发展

"共同体"是西方思想中一个非常古老的概念,对共同体的思考与论述最早可追溯至古希腊时期的柏拉图和亚里士多德。18世纪前后,一种关于共同体的意识开始相继在英国的霍布斯、洛克以及法国的卢梭等人的著述中出现。1848年欧洲革命之后,共同体意识在欧洲各国普遍觉醒。当时,欧洲各国大力开展工业革命,资本主义快速发展,迅猛的现代化进程极大地动摇了传统的价值标准和旧有的社会关系,导致各国社会两极分化和阶级斗争问题日益升级,现代个体体会到更深的孤独感,严重影响了各国社会内部的稳定与和谐。共同体意识因此受到渴求,以此来凝聚民心、稳固社会。然而,战争和社会的巨大变革使得传统的共同体模式面临失落的危机,于是各国学者开始寻找共同体的新出路。其中,法国学界为这场旷日持久的"共同体之思"贡献了十分独特的图景。

法国的共同体研究传统源远流长,但第一个分析共同体,并将"关于社会的问题作为一种指向共通体的不安来体会、作为这个共通体的中断(可能是无法挽回的中断)的意识来认识的思想家"[1],或许是卢梭。他基于洛克在《政府论》中提出的契约论,设想出一种"公意共同体",将社会契约进一步总结为"我们每个人都共同地把自身个体和个体的全部力量,置于公意的最高指导之下,而且在我们这个共同体之内,我们接受每个成员,并把他作为共同体不可分割的一部分"[2]。在此之后,法国学界的"共同体"思考与研究拉开序幕。

然而,在继续介绍法国共同体理论的发展之前,我们不得不提到一位重要的德国社会学家——斐迪南·滕尼斯。可以说,滕尼斯对于共同体问题的社会学思考在某种程度上既与同时期的法国情况有所呼应,又能与之形成鲜明的对比。1887年,滕尼斯出版著作《共同体与社会》,对现代社会学产生重要影响。滕尼斯从人类群体生活的现实出发,将人类的联结分为"共同体"和"社会"两种类型,这也是他共同体研究中最具有代表性的成果。对他而言,共同体无论是作为一个事实还是一种名称,都是古老的,而社会是新的。共同体先于社会而存在,与一种文明起源的神话有关。在共同体中,虽然种种分离的因素仍然存在,但人们本质上是团结的;而在社会中,虽然也存在种种联合的因素,但人们本质上却是分离的。因此,滕尼斯将共同体的联系看作是有机的,而社会的联系则是机械的、人为的。所以,相较于社会,共同体有着天然的稳定性与亲密性。在滕尼斯的笔下,共同体和社会俨然成为一组对立的概念,但从他的字里行间不难看出其对共同体有着一定的推崇与偏爱,然而这种被"理想化"的共同体理论

---

[1] 南希:《无用的共通体》,郭建玲、张建华、夏可君译,河南大学出版社,2015年,第19页。
[2] 卢梭:《社会契约论》,施新州编译,北京出版社,2012年,第51页。

随之却见证了自身在共同体舞台上的退场。

与抱持有机论观念的滕尼斯及其追随者不同,法国学者对共同体的探索呈现出不同景象。首先,在对人类社会类型的划分上,法国社会学家埃米尔·涂尔干就表达了相反的看法。涂尔干在其《社会分工论》中指出,早期社会的组织形式是机械的,而现代社会才是有机的。他认为,当个体间相对独立,同质性较高且尚未开展社会生产上的广泛合作时,形成的只是一种简单的机械团结。随着劳动分工和生产合作的展开,个体间的差异性逐渐显现,相互依赖的程度更高,形成了一种更加稳定的有机团结。其次,除了观点上的交锋,德国极权主义政治愈演愈烈,也引起了法国学者的不满与反击。第一次世界大战后,随着德意志战败,魏玛德国长期处于经济困境,一种更加激进的共同体意识暗潮涌动。1933年希特勒上台,他将战败的责任归咎于犹太翼社会民主党人甚至整个犹太民族,并宣扬德意志民族的血统与种族的尊贵,将民粹主义提到一个前所未有的高度。在希特勒的鼓动下,共同体开始偏离原本的路线,逐渐转变成一种反动的意识形态,沦为暴力统治的工具。这一现象在法国知识分子中引发了忧虑。从1930年代起,随着社会学、人种学、精神分析等一系列新人文科学的快速发展,共同体的有机论和自然论开始遭受质疑,更多的法国学者逐渐登上共同体思考的舞台。

乔治·巴塔耶是开启20世纪法国"共同体之思"和"共同体之辩"的关键人物。这位极具反叛精神的法国思想家在承袭涂尔干人类学传统的基础上,对现代共同体问题进行了非常深入的思考与实践,被南希评价为"已经进入到了共同体之现代命运的决定性经验的最深处"[1]。早在20世纪初,巴塔耶就已对个体与整体之关系予以关

---

1 南希:《无用的共通体》,第35页。

注。至 1930 年代，作为尼采的忠实追随者，巴塔耶在得知反犹主义者想利用尼采的作品作为纳粹宣传的工具时，愤然创办了《无头者》（Acéphale）杂志和同名的秘密社团作为反击，随后又与几个志同道合的伙伴成立了"社会学学院"，意图借此打造出某种"神圣社会学"。在这一过程中，巴塔耶的共同体思想逐渐发展成型。1940 年代后，巴塔耶的多部著作相继出版，后结集成《无神学大全》（包括《内在经验》《有罪者》《论尼采》《冥想的方法》《哈利路亚》）再版。在这一集大成之作中，巴塔耶重提了与迷狂体验相关的"交流"问题，并从耗费、献祭、神性、迷狂、共同性、至尊性等概念出发，对共同体、死亡与内在经验之间的关系进行了深入思考与探讨，围绕共同体的无神学表征展开研究，并提出了"否定的共同体"，即没有共同性的共同体思想。巴塔耶的共同体实践和思考直接重燃了法国学者对共同体的热情。

让-吕克·南希的共同体研究即直接源于对巴塔耶的"否定的共同体"的观察与反思。沿着巴塔耶的道路，南希于 1983 年在《变量》（Aléa）上发表长文《无用的共通体》，开篇便指出："现代世界最重大、最痛苦的见证，［……］就是对共同体的分裂、错位或动荡的见证"[1]。南希认为，正是共同体所面临的种种危机，才使得关于共同体的反思更加紧迫，但一直以来的"共同体之思"似乎都陷入了内在主义的窠臼。二战后，一种"失落的共同体"观念逐渐蔓延开来。然而，在南希看来，共同体的失落不过是一个幻影，只是神话和共同体的中断，人们既不能认为共同体已完全丧失，也不能认为共同体可以被实在化，而是要在文学和书写中向独一性存在的彼此共在敞开。南希通过解构传统的共同体观念，重新思考了文学与神话、政治以及哲

---

[1] 南希：《无用的共通体》，第 1 页。

学之间的关系,一种"文学(又译'书文')共同体"被提出,并对现代文学共同体的运行机制进行了新的探索。他由此发展出"存在-于-共通"(être-en-commun)的基本理念,即在承认独一性的界限时,又分享彼此共在的间隔空间,从而构建一种"无用的共通体",这种"无用"是对内在性的抵抗和超越,喻示着共同体的非完成性和非实在化。

无论是巴塔耶的"否定的共同体",还是南希的"无用的共通体"都对莫里斯·布朗肖的共同体研究产生了不可忽视的影响。在南希的《无用的共通体》发表几个月后,布朗肖便以《不可言明的共通体》作为对南希的回应加入这场"共同体之辩"中。布朗肖首先对巴塔耶在《无神学大全》中探讨的关于共同体的关键概念和思想片段进行了分析与研究,并指出一个关键性问题:为什么是"共通体"?对此,巴塔耶的论述是:"每一个存在的根基上,有着不充分性的原则[……]"[1]。他认为恰恰是这种不充分性,使得每一个存在都需要他者或他物来帮助自身得以实现,共同体也因此被召唤。然而,布朗肖却认为巴塔耶所说的不充分性并不足以构成共同体的思想基础,而"他者之死"和成为"死者的邻人"才是真正奠定共同体的东西,即"我向着他人的在场,并且,那个他人,在他的死中,让他自身缺席了"[2]。也就是说,正是他人的死亡,让我置于自身之外,成为"死者的邻人",向一个共同体的敞开而敞开。布朗肖不仅对巴塔耶的共同体思想进行了阅读式的阐发和延展,更是在重申共同体"无用"的基础上,借助列维纳斯的自我与他者的不对称性,以一种文学(书文)的姿态展开了对杜拉斯《死亡的疾病》中的"情人共同体"的分析,

---

1 转引自布朗肖:《不可言明的共通体》,夏可君、尉光吉译,重庆大学出版社,2016年,第10页。
2 布朗肖:《不可言明的共通体》,第16页。

从中发现了言语和沉默之于共同体的分享和交流的意义。布朗肖同时发现，恰恰是共同性的丧失构成了共同体。他由此为巴塔耶所谓的"没有共同性的共同体"找到了例证，并提出要寻找一种"不可言明"的共同体的新形式。然而，面对着"不可言明"，布朗肖并没有保持沉默，而是呼吁人们在新时代中，对"我们所谓的劳作（作品）和我们所谓的无作（无用）之间的，总被威胁，总被渴望的关系"[1]承担起责任。

综上可知，自卢梭时代起，法国学界的共同体研究就一直呈现出"百家争鸣"的场面。巴塔耶、南希和布朗肖的共同体之思虽在某种程度上一脉相承、彼此交织，但也存在明显差异，将我们引向共同体思考的更深更广处。除了上述几位思想家，米歇尔·福柯、雅克·德里达、吉尔·德勒兹等一众法国思想家也都对共同体有过专门的探讨，他们共同谱写了法国共同体研究的多彩图景。直至今日，人类对共同体的探索与渴望仍未止步，研究者沿着前人的思想轨迹，汲取着共同体思考的丰硕成果，继续探索未来共同体的多种可能性，尤其是将视线聚焦于文学。对此，我们不禁产生这样的疑问与期待：在新的历史语境下，共同体会呈现何种面貌？我们有没有可能摆脱历史加诸"共同体"的种种内涵，去想象一种全新的共同体？对此，文学又能做些什么？这些问题，也是《文学能为共同体做什么？》的作者给自己所提出的疑问。

二、《文学能为共同体做什么？》内容简介

《文学能为共同体做什么？》是法国学者赛琳·吉约出版于2013

---

[1] 布朗肖：《不可言明的共通体》，第91页。

年的一部思考文学与共同体关系的重要论著。全书包括一个导读、正文三章与一个结论。在导读中，作者解释了撰写本书的动机："共同体的政治、哲学、诗学含义在当代变得晦暗不明"，这一结果召唤作者"从巴塔耶、布朗肖、南希的论著提出的问题出发，去重新理解与思考共同体问题，令其向文学和诗歌敞开，因为共同体也经常出现于文学和诗歌中"。换言之，在共同体的传统意义——包括宗教、政治、神话维度——枯竭的今天，作者意图借助文学，来赋予共同体概念以全新的涵义。在正文三章中，作者正是从巴塔耶、布朗肖、亨利·米肖、勒内·夏尔等人的写作出发，通过受这几位作家启发的四个场景，从一个独特的视角审视了共同体问题，呈现了文学"如何在一种共同体诗学中担负'缺席的共同体'［……］如何重拾并追问共同体的根源，并在歪曲的象征与鲜活的形象中，赋予某种'如一'（comm-un）的东西以形象，来重新组织起共同体"。

第一章标题为"被背叛的遗嘱"。所谓"遗嘱"，应是指共同体的旧有观念，遗嘱被背叛，意味着传统的共同体观念受到了质疑和挑战。因此在本章中，作者首先追溯了共同体概念的历史，并梳理了20世纪思想家与文学家对共同体的新探索。从传统共同体观念来看，无论是共同体的政治模型，有关共同体的自然论或有机论模式，还是关于社会的实证主义模式，都以某种内在的统一性为基础，"一个上帝，一种自然本性，一种天分，一个帝国统治权，一个天国，一个民族，一个国家"[1]，因而不可避免地受困于"内在主义"，继而导致共同体在1930年代后逐渐转向反动的意识形态和极右思想。

面对这一局面，巴塔耶在1950年代，阿伦特在他之后，布朗肖、南希、阿甘本在1980年代相继思考了共同体问题。对于布朗肖、南

---

[1] 南希：《无用的共通体》，第9页。

希等人来说，共同体传统模式的接连失败，并不意味着共同体是无用的需求，反而揭示出了"共同性的本质性缺失，以及推动一切共同体探索的政治学和神学的缺失"。因此，如何以一种新的眼光对这一缺席进行思考就成为新的问题。此种背景下，巴塔耶、布朗肖、南希和阿甘本等人尝试思考一种"否定"的共同体，即没有共同性的共同体，从"非实在化"角度去审视共同体的可能性。这个"非实在化"角度对巴塔耶来说是赋予"耗费""剩余""献祭"等概念与活动以理想性，这些活动通过"无限释放激情"揭示了人的"至尊性"，从根本上确保了人类社会的延续；对布朗肖来说是揭示法律的虚构性以及由法律赋予的公民身份之普遍性的虚构本质；对南希来说是思考作品的缺席以及共同体的"无用"属性；对阿甘本来说是辩证认识"任意"个体及由其构成的"来临中的共同体"之间的关系。

从上述思想家或文学家的论述来看，似乎除了"否定"之外，共同体不再可能有统一的表述。那么如何去思考这种以本质上的不确定性为标志的共同体？吉约主要依托文学书写，提炼出四个场景，依次展示了文学在其与宗教（场景1无神学）、与历史（场景2世界末日）、与个体（场景3任意之人）以及与作品（场景4拉斯科）的关系中，如何追问共同体的根源，并重新组织起共同体。对这四个场景的分析构成了本书第二章"'在您的四个内在性之夜的阴影之间'"的内容。

场景1是巴塔耶与布朗肖的无神学。作者依托的文本包括巴塔耶写于1943年至1947年间的《内在经验》《有罪者》《论尼采》《冥想的方法》与《哈利路亚》，布朗肖写于同一时期的一系列叙事作品《亚米拿达》《至高者》《黑暗托马》《火的部分》，以及更晚些时候出版的《无尽的谈话》甚至《灾异的书写》中的理论文本。这些文本均设想了上帝缺席后的人类起源，探讨了共同体的无神学表征问题，

"认为上帝之死唤起了一个'原初场景',一种对人的肯定所必需的断裂"。"上帝已死",人发现了他的新主权,一切问题都在于对这一新主权的追问,它可能是共同体重建的基础。对巴塔耶来说,这一追问意味着对未知的无尽探索,以及"对无限冒险的需要"。这些极端经验及其所追求的绝对被巴塔耶称作"不可能性",后者定义了一种新方法的框架,"要求从我们的知识中脱离出来,意识到笛卡儿式沉思的局限性与不足,并通过酒醉、色情溢出、大笑、献祭以及诗意书写所带来的迷狂来探索存在的未知区域"。

布朗肖同样思考了无神论并探索了某种"神秘主义无神学"。在他看来,所谓的无神论很多时候还是没有摆脱神学维度,"人们自称无神论者,人们说自己在思考人,然而人们继续承认的,始终是作为光与统一性的上帝"[1],而他要思考的,是"真正的无神论的条件究竟是什么?"[2]的问题。以《黑暗托马》这部被巴塔耶认为是唯一一部"迫切地谈到新神学问题(其唯一的对象就是未知)"的作品为例,故事主人公托马仿佛置身某个末世场景,身负带领新人类、开启新世界的使命,很难让人不联想到上帝创世。然而,《黑暗托马》的叙事却表明,托马在想象中经历了一场双重的怀疑,一方面是对知识、对理性、对话语、对意义的怀疑,另一方面是对自身存在、对第一人称"我"的怀疑,而这双重怀疑均导向了神学的崩溃。布朗肖笔下的新主体于是成为某种"去主体化"的主体,否定和空洞构成了这一主体的本质。尽管如此,布朗肖还是预言了人类在灾异之上的重生。

场景2有关世界末日中的人。二战撕裂了历史,令共同体神话破灭,"当时的一切都表明,战后的文学将是启示录性质的,会同时

---

1 Maurice Blanchot, *L'Entretien infini*, Paris, Gallimard, 1969, p. 377.
2 Maurice Blanchot, *L'Entretien infini*, p. 377.

宣布文学与共同体的终结"。然而，还是有一些作家，以米肖、布朗肖、夏尔为代表，背负起与历史决裂的责任，在世界的废墟之上思考了新共同体的可能性。他们的思考仍然经由虚构实现，于是在人类起源之外，另一个相关的场景在战后文学中频繁被提及，成为思考共同体的新象征，这一场景便是世界末日场景。世界末日在这几位作家笔下摆脱了宗教涵义，并呈现出某种模糊性。一方面，米肖的诗集《考验，驱魔》、布朗肖的《黑暗托马》《至高者》《最后之言》等作品确实宣告了时间的终结与人类的毁灭，将世界末日描绘成一个新的地狱，另一方面，在这些作品中也存在某种积极的调子。对米肖而言，世界末日的恐怖是一时的，是一条人必须走出的"隧道"，在其诗集《考验，驱魔》中，末世主题和"拉撒路"式象征令人印象深刻，创作与毁灭、言说的权力与不可言说之物、死亡与语言中的幸存被紧紧地联系在一起，为诗歌所设想的共同体开辟了一条新的道路。布朗肖的《黑暗托马》《至高者》《最后之言》等虚构作品同样充满末世论色彩，这一世界末日无疑是对人类历史的指控，并暗示了共同体灾难将导向某个即将来临的终结。然而，布朗肖也多次重申"人是不可摧毁的，尽管可以被毁灭"[1]，换言之，人可以被杀死，但他身上某种"在场"或者说"中性"无法被毁灭，"正是这样的在场，自在地，以最终之肯定的形式，承担了罗贝尔·安泰尔姆所谓的对人类的终极归属感"[2]。

场景3是任意之人。如果主体失去一切特殊性，成为否定的主体，那么他便可以与其他人互换，成为一个"任意之人"。布朗肖即在《至高者》开篇诘问："我并不孤独，我是任意之人。这种说辞，

---

[1] Maurice Blanchot, *L'Entretien infini*, p. 192.
[2] 布朗肖：《无尽的谈话》，尉光吉译，南京大学出版社，2016年，第256页。

如何忘记？"[1] 米肖则以诗意的方式，思考了布朗肖、南希、阿甘本所提出的任意之人如何构成共同体的问题。在米肖看来，只要人类还迷恋人神同形说，便总是会被拽入宗教意识形态的泥沼，这个问题就难以回答，因此断裂势在必行。米肖的尝试，是在诗歌《梅朵桑》中创造出一个想象的民族，一种模棱两可的生命共同体——梅朵桑。梅朵桑，*Meidosem*，这个词引发了很多阐释，其中一种常见的阐释是，*eidos* 即希腊语中的理念或本质，而首尾的 M 和 em（M 的读音）既让人联想到米肖姓氏首字母，也让人联想到 mort（死亡）、monde（世界）甚至他妻子 Marie-Louise（玛丽-路易斯）名字的首字母。1948年，玛丽-路易斯在家中被重度烧伤，事故一个月后去世，此后米肖开始以拓印的方式创造一些之后成为梅朵桑原型的奇怪形象。因此梅朵桑诞生自米肖的极度痛苦与焦虑，是灵魂的孩子，"是一个雌雄同体的、奇怪的、多态性的物种，同时属于人、动物和植物"。也可以说，这是一种没有属性的存在复合体，没有面孔，没有固定形象。尽管梅朵桑的创造也许有确定的起源，但脱离赋予其形象的种种背景——战争、妻子事故甚至中国哲学影响，梅朵桑成为米肖想象出来的新主体，是最初或最后之人的形象。这一形象尽管没有摆脱人体的物质性，却完全背离了人神同形说。凭借多样的面孔，梅朵桑覆盖了整个世界，也将人类物种包含在内，且人类在其中并不具备比其他物种更为优越的地位。梅朵桑的不定形特征也与人类的刻板外形特征形成了对比。

实际上，梅朵桑"不是人类，它们只是符号〔……〕无内容，无意义"。这种不确定性既意味着本质的缺失与空无，也意味着不再具有可被剥夺的属性或特殊性，由此导致了个体对立与差异的抹除。与此同时，梅朵桑永无止境的变形意味着它们似乎始终在寻找自己的本

1　Maurice Blanchot, *Le Très-Haut*, Paris, Gallimard, 2012, p. 9.

质，处于永无止境的生成中，最后几乎脱离了形体，"没有头、没有鸟的翅膀，脱离一切躯体的翅膀飞向 / 有阳光的天空"[1]，到达了"它们渴望已久的地方"[2]。这样一种存在"不是处于这种或那种模式下的存在，而是作为自身存在模式的存在，因而它既是特殊的、非中立的，又是多样的，并能代表一切存在"[3]。因此"可以说，在《梅朵桑》中，米肖解开了专有和非专有、特殊和任意、内在性与神秘主义之间的复杂关系，发现了文学的真正要旨，即创造一个如德勒兹所言的'缺席的民族'"。

场景4 关于拉斯科洞穴壁画。拉斯科洞穴位于法国西南部多尔多涅省，1940年在一个很偶然的情况下被发现。拉斯科洞穴的洞壁上绘有大量精美的史前壁画，壁画制作时间距今17000—19000年，甚至可能更早。拉斯科洞穴壁画的发现在当时激起了巨大反响，也引发了夏尔、巴塔耶、布朗肖等诗人与哲学家思考史前壁画的典范意义。夏尔对远古时代与考古发现的兴趣众所周知，"从史前几千年至历史的黎明，勒内·夏尔对人类过去时代的兴趣从未减弱"[4]。拉斯科洞穴被发现后，他创作了诗集《洞壁和草场》，包含组诗"拉斯科"和"四个迷人之物"即拉斯科洞壁上所绘公牛、蛇、鳟鱼和云雀，想象了史前时代，揭示了史前作品之魅力。布朗肖在《拉斯科的野兽》中对《洞壁和草场》的评论进一步揭示了后者的深刻涵义。实际上，《洞壁和草场》引发布朗肖思考了艺术起源、人类起源、诗歌与未来关系等

1　Henri Michaux, «Portrait des Meidosems», in *La Vie dans les plis*, Paris, Gallimard, 1982, p. 206.
2　Henri Michaux, «Portrait des Meidosems», *op. cit.*, p. 126.
3　Giorgio Agamben, *The Coming Community*, trans. Michael Hardt, Minneapolis, University of Minnesota Press, 1993, p. 27.
4　Daniel Delzard, «René Char et les millénaires de l'humanité», *Dialogues d'histoire ancienne*, 16 (1), 1990, p. 32.

问题。一方面,在夏尔诗歌的启发下,布朗肖看到,拉斯科壁画位于古希腊哲学与理性话语出现之前,"代表着一个往昔的场景,即原始人在劳作前接触文化的一个入口,与自然和谐相处的审美共同体的诞生,以及对艺术之僭越的揭示"。如果说古希腊见证了理性人的诞生,那么拉斯科人则是完全不同的"游戏人"。另一方面,壁画所呈现的远古时代在夏尔笔下并非一派和谐,因为诗人直接描写了杀戮、死亡等暴力场景,促使布朗肖在其中看到"智慧的矛盾形象"——既是暴力的,又充满智慧。无论如何,对拉斯科壁画的解读不能套用西方人熟悉的理性与知识框架,因为绘制它们的拉斯科人,其视野与心理也许完全不同于今天的人类,或许,"在这个原初时刻中,生与死并不被视为对立,死亡也不再被视为与厌恶相关,并受到禁止谋杀的约束;同样,在这个原初时刻中,动物性也没有被弃置在肮脏的领域"。因此,从拉斯科壁画带来的震惊中,我们也许能够设想另一种人类起源、另一种人类的可能性,正如吉约所言,拉斯科的重要启示在于,"通过将人和他的过去、历史时间和人类的神话历史相对立,使我们能够在事后以一种全新的眼光看待人类,正是我们被战胜的动物性,揭开我们起源神话的神秘面纱,同时展开一个新的诗歌前景:新生活。"

在借助以上四个场景追问共同体的根源之后,吉约在第三章"孕育中的共同体"中,仍然借助文学,从诗歌形式、与死亡的关系、与朋友的关系等方面,思考了"来临中的共同体"的要求,以及文学从中所起的作用。从诗歌形式来说,吉约指出二战深刻影响了1940—1950年代的文学,这一时期文学的关键问题已经发生转变,"1950年代的诗人必须找到某种共同的诗歌的调子,重新找到读者关心的问题",不仅走出历史的困境,也走出某种因传统共同体观念的崩塌而导致的虚无主义。对"共同的诗歌的调子"的追寻尤其促使米肖和夏尔两位诗人在考虑诗歌的新交际要求时走出了狭隘的抒情性。米肖一面用"战争的抒情性"来对抗集体抒情性,将主体从旧的共同体谎言中解放出来,强调了个人与他者的差异甚至对立;一面又通过使用呼语、喊话、献辞、第一人称复数等形式,向潜在的同类发话,在陈述主体及其读者之间维系了一种共同体诉求。夏尔则努力尝试将某种过于个体的痛苦转变为普遍的悲剧,面对集体的痛苦,个体的痛苦显得微不足道。因此在他的诗歌中,主体撤离,隐藏于一个复数"我们"、一个普遍的第三人称"他"、一个无人称的"大家"之后。诗歌甚至以最不具个性色彩的格言警句的形式出现,以强调处境的普遍性与话语的匿名性。主体性的这种撤退促使夏尔的诗歌从单数向复数过渡,"作为向读者共同体的敞开,作为一种惊人的个体行为与共同体荣耀之间的互动而确立自身",通过尝试与读者建立联系,来弥补人类共同体解体的缺憾。

从与死亡的关系来说,20世纪探索共同体的文学家与哲学家均思考过死亡之于共同体的价值。南希与布朗肖等人认为"死亡与共通体不可分离,共通体正是通过死亡而被揭示——反之亦然"[1]。死亡之所以被视作共同体的精髓本身,是因为既然人难逃一死,那么死亡便超越个体,成为所有共同体成员必须面对的致命真实,成为失去内在性的否定共同体的唯一共性。然而,如果说死亡被上述思想家视作"将我们扔回共同体的某种具有建构性的第一现实",本书作者吉约却认为,死亡不应是共同体的终点而是起点,因为"死亡并不能证明人类之间某种'第一的'、基本的、本质性的'互助'关系的存在,也无法证明某种先于任何社会联结的本体关系的存在"。反过来,"死亡既揭露又抹除了共同体的真相,因为在将无法交流的维度纳入自身内部之时,死亡并没有取消交流的可能性;在摧毁主体(其知识,其身份,

---

[1] 南希:《无用的共通体》,第30页。

直至其意识)时,它也向我们打开了异质性的无尽空间[……]死亡也假设,在我们身上存在'某种沉默的、始终在逃离的、无法抓住的部分',这个部分无法被简化为哲学语言,只有文学在努力之下才能将其发现。"

吉约尤其以夏尔的诗歌为例,呈现了文学为捕捉那个"始终在逃离、无法抓住的部分"的努力。对诗人来说,诗歌的清醒确实促使我们直面死亡,但诗歌也通过书写抵抗运动或集中营中的共同体的抵抗,反过来宣告了对死亡恐惧的超越。《寻找基底与顶峰》中的多首诗歌陈述关押在集中营的人们在遭遇纳粹的非人对待后,仍然保留着"人类本质中持久不灭的善",仍然渴望回归那个人类共同体。吉约认为"唯有诗歌才有可能令这种共同体情感绽放"。首先因为诗人"能看到自己有限性以外的东西,并在接受死亡'特殊的触感',在承担这一风险时,逃离人类生活的有限条件"。其次,上文已提到,夏尔等诗人战后的创作走出了狭隘的主体性与抒情性,令诗歌成为匿名的、复数的诗歌,为众人而作,向众人而作,将诗歌变成情感流通或南希所说的"分享"的场所,令所有读者在阅读的时间里短暂地结成了读者共同体,也令共同体之爱在阅读中不断延伸,"夏尔的诗歌由此恢复了共同体的原初意义,也即交流、参与"。

复数的诗歌毫无疑问召唤甚至包含了他者的在场:吉约在夏尔的诗歌看到了"一个根本形象:同类的形象,朋友的形象"。唯一真正的共同体只能建立于"友谊"之上,"也就是建立于某种对话、分享、理解的要求之上,在这个共同体中,平等关系免除了我们对同伴的崇拜"。但这个他者,这个同类,这个朋友,他并非仅仅是"另一个自我"(alter ego),对"你"的召唤"并不意味着对某种融合的追求",相反,无论这一召唤如何迫切,"我"与"你"始终是独立的、分离的个体。正如布朗肖在《论友谊》中提到的那样,再熟悉的朋友身上都有一个于我们而言古怪的、未知的部分。布朗肖认为朋友与我们之间的"无限的距离、根本的分离"[1]既无法被谈论,也阻止我们将朋友作为谈论的对象。但对夏尔来说,正是这种"合法的古怪性"保证了分享的可能性,而分离所意味的否定性也是友谊必须经受的考验。当然,"友谊"一词应从广泛意义上去理解,它"代表了联结所有其他关系——亲密关系、亲子关系、亲戚关系、友情关系、爱情关系、恋慕关系——的至高联系,换句话说也就是'能在最淡薄的关系间建立起共同体'的至高联系"。这种友谊是经验的,而非理念的,是现世的,而非乌托邦式的,而诗歌的重要功能——以夏尔的诗歌为代表——即在于描绘这个由数量稀少的优秀朋友构成的共同体,歌颂朋友的忠诚、慷慨、坚毅、勇敢、友好等品质,树立朋友的典范形象,想象一个友人的共同体。

二战后的诗人明白,传统共同体神话终结,田园牧歌一去不复返,这一认识导致他们的诗歌也表现出某种恐惧与焦虑,也不乏面对超验性真空所产生的虚无感。然而,诗人也意识到自己的责任,将诗歌作为旧的信仰崩塌后的补偿,令诗歌向未知或巴塔耶所说的"不可能性"敞开,在诗歌中勾勒出一个全新空间,以此来定义人与自然、人与人的新关系,"在诗性话语的无限性中获取手段",僭越理性强加给人类的认知极限,令文学真正成为"孕育"共同体的场所。

三、文学虚构与"来临中的共同体"

《文学能为共同体做什么?》的核心观点可以归结为:当共同体的传统理论与实践失败,当哲学所设想的"否定的共同体"无法为未

---

[1] Maurice Blanchot, *L'Amitié*, Paris, Éditions Gallimard, 1971, p. 328.

来的共同体奠定真正的基础时，或许还可以求助于文学，来想象"来临中的共同体"或"孕育中的共同体"。文学的这一重要功能也得到了思考共同体的哲学家们的认同，或者说正是由这部分哲学家提出。布朗肖在肯定共同体的"无作"与"不可言明"本质时，仍然强调"作品的缺席反过来需要作品、假设了作品"[1]。对于南希来说，共同体的存在方式是"存在-于-共通"，而"'存在-于-共通'本身是文学的"[2]，因为"'文学'（或'书写'）是文学之中，也就是在作品的共享或交流中那中断神话的东西，它赋予共在以某种声音；共在没有神话，也不可能拥有神话"[3]。

那么，文学能为共同体做些什么？正如吉约在本书中反复询问："面对大声叫嚷共同体终结的话语，诗歌能做些什么？面对某种空洞的超验性，诗歌又能做些什么？"吉约本人给出的答案是，文学因其虚构功能而对共同体至关重要。实际上，无论肯定还是否定，共同体的思想家几乎都谈论过虚构及其功能。南希在谈到共同体的奠基性神话时犀利地指出："神话，作为开始或创建，是一个神话，这即是说它是一个虚构，一个简单的发明。"[4]或者从更普遍意义上说，"想象力掌握了自然源初之力的秘密，只要有想象力，就能够开始真正的起源。诗的虚构是［……］世界真正的起源"[5]。由于南希将"神话的中断"视作共同体可能性以及共同体书写的基本条件，可以推断南希对"虚构"持否定态度。吉约却认为，"正是虚构与共同体的关系在战后打开了重新思考人类共同体的路径"。

---

1 Maurice Blanchot, *La Communauté inavouable*, Paris, Minuit, 1983, p. 38.
2 Jean-Luc Nancy, *La Communauté désœuvrée*, nouvelle édition revue et augmentée, Paris, Christian Bourgois, 1999, p. 160.
3 Jean-Luc Nancy, *La Communauté désœuvrée*, p. 159.
4 南希：《无用的共通体》，第 123 页。
5 南希：《无用的共通体》，第 124 页。

一方面,吉约受巴塔耶启发,认为虚构延续了真实经验。巴塔耶"将共同体视作尤其能体现'过度'的场所"[1],共同体观念由此与牺牲、耗费、剩余等观念密不可分,"耗费式牺牲、'集体的迷狂'、'阵发的死亡'实际上是共同体的基本要素"[2]。上文已提到,这些"基本要素"构成的极端经验归根到底是为了触及未知,也就是巴塔耶所说的"不可能性"或"恐怖",对于后者,巴塔耶在《不可能性》二版序言中指出,"恐怖有时真实地存在于我的生活中〔……〕这种恐怖在虚构中被触及"[3]。《不可能性》本身便是一部以虚构触及"不可能性"的作品。从更为普遍的角度说,尽管巴塔耶始终主张,相比迷狂的经验,语言是次要的,但他仍然认为"是语言塑造了我们,唯有它才能在极限处,在它失去作用之时揭示至尊的时刻"[4],吉约在著作第二部分描写的四个与共同体相关的场景很好地呈现,对世界起源、世界末日、共同体新主体的思考无法脱离语言与虚构,而布朗肖将三部想象人类生活与生命极限的作品——《黑暗托马》《亚米拿达》《至高者》全部命名为"小说",与其他命名为"叙事"的作品形成对照,这一点并非毫无意义。当然,也许对于虚构,我们应从更宽泛的角度去理解。朗西埃在谈论马拉美诗歌时,提到要改变虚构的观念,认为由亚里士多德奠定的虚构观念"被赋予了太多肉体〔……〕新的虚构将不再塑造性格的行动组合。它将是一系列运动的轨迹,事件与形象的潜在性,它定义了某种通感游戏"[5],换言之,虚构不仅是想象,也是暗

---

1 Fausto De Petra, «Georges Bataille et Jean-Luc Nancy», *Lignes*, n°17, 2005 (2), p. 159.
2 Fausto De Petra, «Georges Bataille et Jean-Luc Nancy», p. 160.
3 巴塔耶:《不可能性》,曹丹红译,南京大学出版社,2017年,第1页。
4 Georges Bataille, *L'Érotisme*, in *Œuvres complètes*, t. X, Paris, Gallimard, 1987, p. 270.
5 朗西埃:《马拉美:塞壬的政治》,曹丹红译,河南大学出版社,2017年,第62页。

示与影射，吉约将夏尔、米肖的部分诗歌定义为虚构或许也可以从这一角度去理解："给予文学一个机会，令它还有可能融入现实，迎接夏尔称之为'共同的在场'的东西，也就是对诗性真实的分享，把它作为靠近'缺席的民族'的一种可能性，尽管这种'共同的在场'，我们可能只能在'闪电'中瞥见，只能看到碎片，永远无法看到它完全实现"。

另一方面，吉约坚持认为，"什么也无法阻止文学去梦想置身历史中的人类，去想象人类的起源和人类的消失，去创造世界将被完全重建的原初时刻。然而，这个不可能的空间，我们只能通过虚构，通过某个场景的中介进入，这一场景具有双重功能，既具有去神秘化功能，又推动我们直面我们自己的历史与记忆。"换言之，只有虚构才能"创造一个缺席的民族"。吉约的这一虚构观可以说受到了德勒兹的影响。实际上，本书原著的正标题正是 *Inventer un peuple qui manque*（《创造一个缺席的民族》）。这一表述来自德勒兹的《批评与临床》，在《批评与临床》中，德勒兹指出："像文学与写作一样，健康在于创造一个缺席的民族。创造一个民族，这属于虚构功能。"[1] 那么虚构如何"创造一个缺席的民族"？在德勒兹看来，这一创造发生于作家"把〔……〕记忆作为一个仍然隐匿在背叛和否认中的未来民族的共同起源或目的地"[2]，换言之，作家要为缺席的、未来的民族书写、创造共同体的记忆。这一"未来民族"被德勒兹称作"次要民族"，"对于中欧而言的卡夫卡和对于美国而言的梅尔维尔都将文学表现为一个或所有次要民族的集体陈述"[3]。具体到作家的实践，作家在

1　德勒兹：《批评与临床》，刘云虹、曹丹红译，南京大学出版社，2022年第2版，第8页。
2　德勒兹：《批评与临床》，第8页。
3　德勒兹：《批评与临床》，第9页。

写作中与母语搏斗，令语言沿着一条逃逸线逃离自身，"在语言中勾勒出一种陌生语言，这并非另一种语言，也不是重新发现的方言，而是语言的生成-他者（devenir-autre）"[1]。这一新语言仿佛是从母语中诞生的某种外语，并未完全与母语脱离关系，但已经是一种新语言，是未来民族的语言，它的生成过程是全新的人类的生成过程，这一过程产生了一种新逻辑，引导新人类"形成新的认同关系，新的世界"[2]。

最早思考共同体的一批思想家，以南希为例，他们令共同体置身否定的境地无法动弹，无用，无处可寻，不可言明，不可告人。然而，南希本人到最后也没有否定共同体："共通体毫无保留地纯粹而简单地被抹消却是一个不幸。不是情感上的不幸，甚至也不是伦理上的，而是本体论上——的不幸——或灾难"[3]。毋宁说，因为有文学及其生成功能，所以"共同体没有消失。它永远不会消失。共同体还在抵抗［……］某种意义上说，共同体就是抵抗本身"[4]。

曹丹红　王俊茗
2024 年 2 月 3 日

1　德勒兹：《批评与临床》，第 10—11 页。
2　德勒兹：《批评与临床》，第 166 页。
3　南希：《无用的共通体》，第 136—137 页。
4　Jean-Luc Nancy, *La Communauté désœuvrée*, p. 146.

致让·洛克斯卢瓦

目录

导　论　/001

第一章　被背叛的遗嘱　/020

第一节　共同体的可能性　/020

第二节　剩余、献祭和否定的理想性：巴塔耶作品中的共同体　/031

第三节　共同体及其外部　/042

第二章　"在您的四个内在性之夜的阴影之间"　/058

第一节　场景1："一个尚不属于我们的非神学的未来"：巴塔耶和布朗肖的无神学　/058

第二节　场景2："传说中的地狱"或世界末日中的人：米肖和布朗肖　/078

第三节　场景3：任意之人：米肖和阿甘本　/096

第四节　场景4：拉斯科：对布朗肖和夏尔而言的"起源的考验"　/122

第三章　孕育中的共同体　/142

第一节　共同体的要求：有关"共同性"的诗歌形式　/142

第二节　"死亡也不一定会胜利"：共同体与死亡　/165

第三节　同类的形象　/181

第四节　"而如果崇拜远离，鸣响，他的允诺就鸣响"　/209

结　论　/226

参考书目　/241

导论

20世纪的多种社会思潮与历史事件助推了某种共同体思想的萌芽，这一共同体思想可以在时代的哲学与社会学之中找到多重根源，并部分地产生自对某些意识形态与理论的批判，这些意识形态与理论包含于19世纪及20世纪上半叶出现的"共同体"概念中。因此，追随莫斯（Marcel Mauss）和涂尔干（Émile Durkheim）的脚步，巴塔耶（Georges Bataille）在1950年代，以及之后的阿伦特（Hannah Arendt），更近期的布朗肖（Maurice Blanchot）、南希（Jean-Luc Nancy）、阿甘本（Giorgio Agamben）在1980年代，都对这个在20世纪初还完全被当作意识形态素或范畴的问题进行过解释。在他们的共同努力下，这一问题得以从哲学与诗学角度充分展开。

到了21世纪初，共同体一词更倾向于意指某种具有多副面孔的社区主义（communautarisme），似乎减弱了某个在1980年代仍能引发颇多讨论的问题的影响。今天，无论共同体是欧洲的、国家的、种族的、宗教的、全球化的还是虚拟的，它似乎都重新具备了应景价值——共同体即短暂的人群聚集，意义变得狭窄，通常指向意识形态，似乎应验了这个词最糟糕的含义，也就是"共融"（communion）与"内在性"（immanence），尽管对共同体的这些理解很大程度上已受到20世纪杂文家们的质疑与否定。最后，共同体还为某些排外行动提供了理由，这些行动针对的是因政治、社会、身份或国籍被边缘化的人。共同体的政治、哲学、诗学含义在当代变得晦暗不明,这一结果召唤我们从巴塔耶、布朗肖¹、南希²的论著提出的问题出发,去重新理解与思考共同体问题,令其向文学和诗歌敞开,因为共同体也经常出现于文学和诗歌中。

与二战后确实不同的是,在 1930 年代,在新人文科学——社会学、人种学、精神分析——影响下,共同体思想以西方资本主义工业社会的反模型形象出现,仿佛是集体经验、文学与哲学思想交锋的动力,因为它留给我们的是某种否定的共同体观念。南希在 1981 年写道,1940—1950 年代不仅见证了共同体的解体与崩坏,尤其还见证了宗教与政治力量的消失,后者在很长时期内确保了"我们"这一概念的合法上升,却没能抵挡团体绝对主义的幻觉。南希的著作《无用的共通体》(*La Communauté désœuvrée*)和布朗肖的著作《不可言明的共通体》(*La Communauté inavouable*)互相回应,坐实了二战以来压在共同体这一词汇上的怀疑,及其传统意义的枯竭,原因不仅在于纳粹主义借共同体之名犯下的罪行,也在于两次世界大战期间建立共同体的实验与思考的不断失败。

上述著作坚持令共同体摆脱神学—政治学定义的必要性,试图将共同体从其古老定义,从一切生产性、实践性计划中解放出来,但

---

1 布朗肖:《不可言明的共通体》,夏可君、尉光吉译,重庆大学出版社,2016年。在中译文中,communauté 有"共同体""共通体"两种译法,如涉及引用,我们会保留所参考译著的译文。此外,除个别特殊情况,本书中提到的著作如有中译本,我们会尽可能提供中译本译文及出处;如果对现有中译文的引用会影响本译文的连贯衔接问题,我们将自行翻译并保留原注,但在相关文献第一次出现时提供中译本信息;如无中译本,我们将在脚注中保留原注,方便读者自行查找相关文献。——译注

2 南希:《无用的共通体》,郭建玲等译,河南大学出版社,2016年。(本书中译本初版时书名为《解构的共同体》,上海人民出版社2007年版,2016年再版时更名《无用的共通体》。下文我们会根据语境,将 désœuvrée 译为"无用""解构"等。——译注)

它们也导致了对这一问题的思考的转向:它们给共同体强加了一种新的定义,这个定义建立于共同性的"缺席",建立于一种否定的联系甚至联系的缺失之上,并在很大程度上恢复了其疑难价值、其"无关紧要的"[1]特征,导致人们可以随意"创造"其形式与内容。对读者来说,共同体从此以后是"不可言明的",也就是无法被概念化的,但同时也是"可耻的",因为被历史与受这个词启发的意识形态偏航玷污。共同体还是"无用的",总而言之就是未完成的、无法实现的。从此,对布朗肖和南希来说,共同体无法再被视为时间意义上的历史事物,某个目标,或某种进程的终点,而是某个事件,某种呼唤,也可能是某种要求,总之是某个中止的形象。

如果说从 1930 年代以来,有关共同体的思考处于黑格尔意义上的"历史的终结",也就是完结的历史的悲观视野内,共同体至少还代表了一种社会更新的希望,给西方社会的经济社会危机提供了一味解药,同时也给一大批知识分子提供了质疑这一模式的机会。对社会未来的思考在当时往往伴随着对共同体事实的具体实验,包括创建行动组织,创办杂志,创立基于"默契"(affinités électives)之上的秘密社团。某些隐秘的经验,例如巴塔耶的活动,或列斐伏尔(Henri Lefebvre)[2]等创立各个思想团体的知识分子的活动,它们起的作用是团结弟子,写作在他们看来与其说是个人工作和思考的结果,不如说是在集体环境中实践的批评活动。布朗肖强调了巴塔耶作品的标志性价值,后者试图"在思想和实践中,完成共通体的迫切要求"[3],其手段

---

1 也就是"缺乏本质的"。参见阿甘本:《来临中的共同体》,相明等译,西北大学出版社,2019 年。
2 *Cf.* Henri Lefebvre, *La somme et le reste*, Paris, Klincksieck, 1989, p. 391.
3 布朗肖:《不可言明的共通体》,第 7 页。

是赋予这一要求以一种形式,一种现实存在。因此他创立了类似"反击"[1](1935年11月至1936年1月,与布勒东〔André Breton〕共同发起)等的行动组织,呼唤全国革命,围绕《无头者》(Acéphale)杂志(1936年6月至1937年7月)建立起一个秘密社团,开始了"神圣的阴谋",预备执行一项死亡献祭计划,与莱里斯(Michel Leiris)和凯卢瓦(Roger Caillois)成立"社会学学院"[2](1937年至1939年),即巴塔耶所说的"道德共同体",致力于"构建一种神圣社会学"。巴塔耶的作品因其发展路径而同样具有标志性:先是加入法国共产党,之后又经历了迷恋法西斯主义,怀念有机的、融合的、内在的共同体,亲身体验共同体等阶段,最后终于如布朗肖所说的那样,回归一种"缺席的共通体"[3],总而言之就是被迫接受一个事实:共同体不是一个目标或一项计划,我们无法将其变为一个"作品",否则会陷入内在主义的危险。此外,他作品中的共同体思想实现了某种"突变"[4],巴塔耶也由此从对共同体的政治学、社会学构想发展到哲学甚至诗学层面。历史的变动,加上之后他本人尝试了各种共同体的具体试验,这一切最后促使他发展出其他要求。

1930年代共同体概念的复兴,以巴塔耶为首的一小批知识分子对共同体的具体实验尝试,为布朗肖和南希构建了至为重要的观察室。当时的知识分子创建的行动组织、秘密社团确实揭示了共同体概念的复杂性,尤其是定义中裹挟的政治学、人文科学与哲学含义,以

---

1 *Cf.* Georges Bataille, *Œuvres complètes*, t. I et t. II, Premiers écrits 1922–1940, Paris, Gallimard, 1979.
2 *Cf.* Denis Hollier, *Le Collège de sociologie*, 1937–1939, Paris, Gallimard, coll. Folio essais, 1995.
3 布朗肖:《不可言明的共通体》,第7页。
4 布朗肖:《不可言明的共通体》,第8页。

及从此以后将永远限制共同体这一术语"背叛"的地平线，也即对神学与政治理性的哀悼，总而言之是对过去赋予共同体联系以超验或内在实体的一切"联系"的哀悼。这些联系同时也揭示了某个术语具有争议的历史背景，在希特勒统治下，它成为一个排外与反动的概念，一个"被历史的重大失误败坏与背叛"[1]的理念。

那么共同体今天又怎么样了呢？有没有可能在摆脱其重要参照的情况下想象共同体的未来？如果共同体不再是社会更新过程中的政治学、社会学、意识形态甚至宗教依据，那么我们面对的又是怎样的共同体？共同体昔日的定义、其理念本身、其根本的可能性今日还剩下些什么？历史的重大失误让我们认识了以灾难和废墟为背景的"我们"，在这样一个时代，还能继续相信"我们"的可能性吗？

在宗教与政治学理论之外，共同体概念还存在某种理想主义的一面，也就是乌托邦、神秘主义、幻觉，在这一切之中，共同体被等同于黄金时代神话，是失落的原初统一体，受现代社会压制，被视为某种理想，只能作为"回归"被提及。斐迪南·滕尼斯（Ferdinand Tönnies）1887年的著作《共同体与社会》（*Gesellschaft und Gemeinschaft*）[2]促使共同体和社会成为一组对立的概念，并追随德国浪漫主义（尤其诺瓦利斯〔Novalis〕）的脚步，持久地将共同体与我们文明的起源神话联系在一起：在这一神话中，共同体[3]代表了

---

1 Maurice Blanchot, *La Communauté inavouable*, Paris, Minuit, 1983, p. 10.（亦可参见布朗肖：《不可言明的共通体》，第4页。）
2 滕尼斯：《共同体与社会——纯粹社会学的基本概念》，林荣远译，北京大学出版社，2010年。
3 参见"共同体"（communauté）一词的概念回顾与历史溯源：Müller Haro, «Sur quelques usages de la notion de communauté dans la modernité», in *Communauté et Modernité*, G. Raulet et J.M. Vaysse (dir.), Paris, L'Harmattan, 1995, p. 334-348.

一种既原初又包容一切的联结形式,相对于社会,它不仅具有逻辑上的优先权,也有历史上的优先权,是一个真正的、自然的场所,位于社会的人工特征与机械性的对立面,因为社会只会分裂人类,无法将他们聚集起来。然而,这一定义很快也就是自 1930 年代起成为一个虚假观念,而神话则成为受鼓励的"欺骗"[1],用来大肆宣扬一种教条的泛日耳曼主义,正如南希所说,被奉为"绝对的共同体",背叛了"通过神话的力量实现神话所代表的情感连通的愿望"。

因此,布朗肖和南希并不意欲重构神话意义上的共同体。他们不认为能重建一种前政治的、社会联结松散的原初联结。或许神话从前通过叙事展现了某个民族的历史与意识[2];但在今天,它只会令人联想到一些负面含义:原型、集体神秘化、欺骗、一种"权力意志"[3]。如果说它今日只是某个过去的化身,无法让我们重新体验"起源时的活跃力量"[4],那是因为——南希如是说——"现代世界在对自身力量的虚幻再现中衰竭"[5]。

我们能否认为,一种新的共同体形式始于与神话的断裂?[6] 如果神话不再是奠定共同体并赋予其意义的历史,而是一种创造,一种虚构,那么文学是否有能力承担起这一"神话的断裂"?是否有能力想象历史中的人类,梦想最初和最后之人,重新生产出一个原初时刻,

---

1 *Cf.* Raymond Queneau, «Le mythe et l'imposture», *Volontés*, Paris, fév. 1939. "当神话是理性地或反理性地建构出来的时候,它就是一种欺骗。在这种情况下,它往最好处看只能是个寓言,往最糟糕处看是一个陷阱。在另一种情况下,它只能是个人潜意识的不可靠的表达。"
2 南希:《无用的共通体》,第 104 页。
3 Jean-Luc Nancy, *La Communauté désœuvrée*, Paris, Ch. Bourgois, coll. Détroits, 1990, p. 117.
4 Jean-Luc Nancy, *La Communauté désœuvrée*, *op. cit.*, p. 115.
5 Jean-Luc Nancy, *La Communauté désœuvrée*, *op. cit.*, p. 117.
6 南希:《无用的共通体》,第 108 页。

导论

从这一刻起,世界将得到完全的重建?

悖谬的是,正是虚构与共同体的关系在战后打开了重新思考人类共同体的路径。在德吉(Michel Deguy)看来,共同体恰恰应该是"如一的"(comm-une)[1],被视为虚构,并如此得到接受。这一判断既描绘了一条从共同体的古老原型——家长制共同体、国族共同体、宗教共同体、血缘共同体、信仰共同体等——中解放出来的道路,也赋予文学以一种去神秘化功能。如此一来,如果说共同体联结并非先于政治共同体存在,那是因为这一联结产生自后者,是为赋予社会群体以一种统一性而被建立,甚至被编造出来。同样地,我们的"相似性",将我们"聚集起来的"[2]东西,德吉总结道,并不源自某种共同属性的共同经验特征,而是有待我们去发现、去想象。

文学是否恰好能在幻想破灭之时拥有一种使命[3],去追问某个概念?这一概念从前被定义为意识形态素或范畴,在20世纪初还专属于哲学、社会学和政治学话语。而且,既然文学也有与现实纠缠的使命,那么它是否能发明一种我们所缺失的多样性,在一种"每天、每分钟都在人类与承载人类的世界之间建立的"[4]联结中迎接我们共同体的未来?

---

1 这是德吉的文字游戏,与共同体 communauté 同根的形容词 commune(共同的)可以被分解为两部分 comm-une,读音类似 comme une(仿佛同一个)。——译注

2 Michel Deguy, *L'Impair*, Tours, Farrago, 2000, p. 32.

3 Jacques Rancière, «La communauté et son dehors», in *Aux bords du politique*, Paris, Gallimard, coll. Folio essais, [2004], 2007, p. 129–203.(中译文亦可参见朗西埃:《政治的边缘》,姜宇辉译,上海译文出版社,2007年。)

4 Julien Gracq, *Pourquoi la littérature respire mal* (conférence faite en 1960 à l'École normale supérieure), in *Préférences*, Paris, Corti, 1995, p. 101.(1960年巴黎高等师范学院讲座)

布朗肖、米肖（Henri Michaux）以及夏尔（René Char）由此在这一有关人类共同体的追问中被确立为核心人物，这一点充满悖论，一方面因为他们思想极端的独特性，另一方面也因为在他们有关共同体问题的作品中读到一些意味深长的相似性。他们的作品对共同体与文学展开双重追问的典范，通过这些作品，文学表明了它对共通与友谊的渴望：与他者的交谈令作者的姿势变得生动，语言经验被视为某种怪异人际关系的预感——"没有共同尺度的关系"或"过分的关系"，布朗肖这样认为[1]——米肖的诗歌坚持对"'否定'的同志"[2]、"灰烬的同路人"[3]的召唤，夏尔的诗歌对新同盟、同伴、"根本的友人"的发现，对"婚姻的彼岸""共同的在场"的征服，所有这一切都呼唤同一种分享的欲望。

他们的作品之所以具有典范性，还因为它们证明了令共同体摆脱政治，或者从更广泛意义上说摆脱意识形态的必要性。意识形态一直以来揭示的都是某个欲望的内在性甚至被掩盖的物质性，渴望如同创造"作品"[4]一般创造共同体，因而代表了"某个透明的、主要由自身创造出来的人类的原则"。布朗肖的情况正好相反，"我们只是抓住了

---

1 "当人的'共通体'必须回应人与人之间的这种陌异性的关系时，'人的"共通体"发生了什么'？这种陌异的关系是一种没有共同尺度的关系，是一种过分的关系。"布朗肖：《无尽的谈话》，尉光吉译，南京大学出版社，第132页。
2 "狂怒没有创造世界
但它必须生活在其中。
'否定'的同志和艰难地忍住唾沫的同志，
同志……但并没有'否定'的同志。
如同石头落入井中，我问候你！
顺便说一句，该死！"（Henri Michaux, *Œuvres complètes*, t. I, Paris, Gallimard, coll. Bibliothèque de la Pléiade, 1998, p. 604.）
3 Henri Michaux, *Épreuves, exorcismes*, Paris, Gallimard, coll. Poésie, [1988], 1996, p. 17.
4 Jean-Luc Nancy, *La Communauté affrontée*, Paris, Galilée, coll. La philosophie en effet, 2001, p. 15.

那使（共通体）缺场地存在的东西"[1]，也就是位于政治模型崩塌之后，在人际可触摸关系的缺失中，在对共同体的充分在场的放弃中，在共同体的"不可能性"本身中。同样地，夏尔在与布勒东（Breton）、艾吕雅（Éluard）、阿拉贡（Aragon）和克勒韦尔（Crevel）的伟大相遇后——"一个二十岁的精神"[2]与超现实主义[3]的"联姻"——，可能从1934年起便告别了早年的盟友，因为他在1935年一封写给本杰明·佩雷（Benjamin Péret）的信中说，"必须将"超现实主义"溶解"在美中，"使它避免长命百岁的耻辱"。夏尔确实很快发现，共同的东西，诗歌最终获得的"合金"与一些不应被延长的特殊处境相关。这一发现，诗人在解放时仍在哀叹，当时他看到无与伦比的亲密关系、"那些重要岁月的芬芳"[4]，他作为抵抗运动首领曾从游击队员那里感受过的兄弟情义逐渐消失。

因此这一经历促使布朗肖、夏尔甚至米肖转变了自己的共同体思想：当时的作家确实从对共同体的某种政治设想转向了哲学甚至诗学领域。历史变迁、政治意识形态去魅、理想但又具体的共同体形式的消失，这些最终促使布朗肖等人"发展出其他要求"，来联结诗学与政治、文学与权力。

1　布朗肖：《不可言明的共通体》，第90页。译文略有调整。
2　René Char, *Recherche de la base et du sommet*, Paris, Gallimard, coll. Poésie, [1971], 1992, p. 42–43.
3　这场相遇的成果是《子午线》（*Méridiens*, 1929）三期杂志、《秘密的坟墓》（*Le Tombeau des secrets*, 1930）和《放慢工作》（*Ralentir travaux*, 1930年夏尔与艾吕雅、布勒东合作的诗集）的出版，这些作品中表现出一种对社会和诗歌革命的渴望，对"置身集体的镜子，或者说置身同伴之火上的自然反抗"（*Cf.* René Char, *Recherche de la base et du sommet, op. cit.*, p. 42.）的渴望。
4　他在1984年记录道："怒涛将歇，海鳝赶来，白鲸远游，**共同信仰瓦解……但留下的是已完成的行动的美德**、任意之人转瞬即逝的亲属关系，以及这什么也改变不了的腾飞的膏药。"（René Char, *Recherche de la base et du sommet, op. cit.*, p. 30.）

正如其同时代人那样,布朗肖、米肖和夏尔是从共同体不复存在的背景上去看待历史的,但又从另一个领域对其进行了审视。这一领域超越了意识形态争议与政治论战,"位于世界的边缘,仿佛处于时间的尽头"[1]。历史被比喻成一场旅行,被赋予种种积极价值,如夏尔箴言警句中[2]提到的忍耐与考验,如布朗肖的虚构作品或米肖诗歌中的复活或《行进在隧道中》[3],诗歌或小说的寓言提供了意想不到的可能性,能够"征服灾难,超越历史相对主义,将我们的焦虑转变成'动脉般的晨曦'"。

布朗肖战后的叙事[4]将我们带至时间之外的一些虚构城市或神秘处境,在这里,人物围绕某个极限打转,这一极限是人类共同体的死亡,是其在某个末世灾难尽头的复活。布朗肖交给"最后之人"也就是那个经历死亡并能为此提供证词的人——在不同文本中是拉撒路或末日的见证者——讲述灾难的任务,在这场灾难中,共同体的开端与终结重叠,失去形式或尚未具备形式的世界从虚无中诞生,以便能够真正地存在,这一时刻毫无疑问是超越一切叙事、一切形象的时刻,它促使艺术家反观自己有关人类的定义。

米肖在战争期间写的诗集《考验,驱魔》(Épreuves, exorcismes)面向所有人,采取的是用史诗讲述人类历史的语调。在诗集中,米肖设置了久远得几乎无法追忆的神话时间,令历史指涉对象立即消

---

1 Maurice Blanchot, *La Part du feu*, Paris, Gallimard, [1949], 2001, p. 306.
2 夏尔:《修普诺斯散记》和《形式分享》,《愤怒与神秘》,张博译,译林出版社,2018年。
3 Henri Michaux, *Épreuves, exorcismes, op. cit.*
4 布朗肖:《亚米拿达》,郁梦非译,南京大学出版社,2016年。
　Maurice Blanchot, *Après coup*, Paris, Minuit, 1983(包括《田园牧歌》和《最后之言》).
　布朗肖:《至高者》,李志明译,南京大学出版社,2016年。
　布朗肖:《黑暗托马》,林长杰译,南京大学出版社,2014年。

失。这里的人类历史似乎是一个永无止境的循环，重现了一些古老的神话模型，以及那些我们的先人曾经历过的历史事件：亚伯和该隐的残酷、"原始的乌合之众"的暴力，令被抛弃的人类的多副面孔得到了具体化。在诗集中，诗人与其说想控诉某一代人，不如说是想驱逐某个集体幻觉（即被我们的起源神话放大的"自己的力量"），并由此完成对共同体未来的预言。因此，无论对米肖还是对布朗肖来说，"世界末日令人失望"[1]，因其不再宣告共同体的重建，因其代表了末日的临近而非复活的希望，因其呈现给人类的，不再是人类自身的荣耀形象，而是一个可耻的形象，同时呼唤一种彻底改变人类生活的必要性。

夏尔的诗歌以自身的方式讲述了"牧歌的终结"，可能是某种宗教共同体理想的终结，这一理想令我们偏离了人类共同体的真正意义，但诗歌讲述的不止这些：还有一种"命定的违抗"。夏尔在几年之后（1967年）写给布朗肖的诗中如此回忆："我们只喜欢回答无声的问题，回应行动的准备。但总有随兴又命定的违抗……"，只有诗歌才能"在顶峰擎着玫瑰抗议了一生"[2]，只有诗歌才能回应我们对无限的渴望，拒绝那"解构"（désœuvrer）我们的东西，打开一条和解的通道。在《愤怒与神秘》（*Fureur et mystère*）中，夏尔实际上描绘了一条路线，他本人将会一直遵循这条路线，直至最新的作品中（尤其是《巴朗德拉纳之歌》〔*Chants de la Balandrane*〕[3]）：在战争与抵抗岁月代表的"不识字的插话"（parenthèses illettrées）之后，他试图重新找回某种与诗歌的原初对话，并开始"溯流而上"（retour amont）。

---

1 *Cf.* Maurice Blanchot, «L'Apocalypse déçoit», in *L'Amitié*, Paris, Gallimard, [1971], 2001, p. 118 *sq.*
2 夏尔：《莫里斯·布朗肖：我们只喜欢回答……》，《遗失的赤裸》，何家炜译，人民文学出版社，2020年，第54—55页。
3 René Char, *Chants de la Balandrane* (1975-1977), in *Œuvres complètes*, *op. cit.*, p. 533 *sq.*

因此，布朗肖、米肖和夏尔认为共同体神话的终结不应禁止共同体诉求的发声，恰恰相反，置身共同体的解构、共同体象征的破产、召唤共同体的形象渐趋消失的反面，共同体只在电光石火间，作为一种"绝对的现实"被瞥见。总的来说是对某种现实的表达，而这一现实不断被隐喻或寓言式的命名力量僭越、歪曲，始终触不可及，正如"无法熄灭的绝对"[1]或"无法熄灭的永存现实"[2]，将我们推向了无法跨越的界限。

在这种撤退或缺席中，我们也发现了"我"的面孔，这一面孔隐去，以便促进与读者的"没有尘土界限"的直接交流，并将重构人类共同体的任务交予诗歌作品。

因此，在其否定人类学著作中，布朗肖似乎窥伺着那个"普遍而任意的"人的出现，"具有任何人的价值，不比任何人高明"[3]。这是有关某个人的独特概念，此人超越了他的矛盾，直面了死亡、理性的限度，在上帝身上认出了自己。

米肖则确立了一种斗争的抒情性，这一抒情性回应了某种更高的交流性的要求，如果说它暗示着"我"粗暴地重新融入所有人的命运，暗示着个体的抒情性让位于一种更为人道的诗歌，那么它也提供了与群体话语的嘈杂声作斗争的机会。群体话语从其本质来看就是因循守旧、整齐划一的，它是某个专制声音的回声——"巨大的声音吞食我们的声音"。这一抒情性还提供了重建可能性的机会，即便不是所有人的"共同的歌"、共同的呐喊，至少也是一种有效抵抗敌对世界裹挟力量的诗歌，一种"为权力的诗歌"。

夏尔通过"笔记"，也即《修普诺斯散记》(*Feuillets d'Hypnos*)，

---

[1] 夏尔：《形式分享》第12节，《愤怒与神秘》，第75页。
[2] 夏尔：《形式分享》第1节，《愤怒与神秘》，第71页。
[3] 萨特：《文字生涯》，沈志明译，人民文学出版社，1988年，第216页。

发现了某种共同的诗歌的音调。他说,这本笔记"可以不属于任何人",因为在笔记中表达自我的主体消失,让位于在希特勒制造的黑暗中斗争的游击队员的普遍痛苦。通过某个诗歌接受者的反复出现,通过向某种前所未有的复调式写作形式(戏剧)的开放,或者从更广泛意义上说,通过在哀歌中坚持一种距离与清醒,夏尔通过《愤怒与神秘》和《早起者》(*Les Matinaux*)与读者的忧虑相遇。此外,夏尔这一阶段的诗歌赋予了共通与友谊以至关重要的位置:《修普诺斯散记》不仅仅是一部吐露与抵抗战争经历相关的隐秘想法的集子,它也包含了某种行动道德的碎片;《季节戏剧》[1]的写作是为了向普罗旺斯的偷猎者致敬,夏尔曾与他们共同度过一段游击战岁月,这部作品与其说是个人的,不如说是集体的,因为它的灵感来自"以极大的智慧既能与草稿也能与造物主真正完成的伟大杰作共同生活的人的对话"[2]。《寻找基底与顶峰》(*Recherche de la base et du sommet*)可能标志着与一些同伴——画家、朋友、作家——的重逢,夏尔与这些同伴处于"至高无上的对话"中,而这部作品体现了共同体中的艺术的根本意义。

通过对四个受上述作家作品启发的标志性场景的展示,我们将呈现文学如何担负否定性以及联结的缺失,总之就是如何在一种共同体诗学中担负"缺席的共同体"。我们还将展现文学在其与宗教(无神学)、与历史(世界末日)、与个体(任意之人)、与作品(拉斯科)的关系中,如何重拾并追问共同体的根源,并在歪曲的象征与鲜活的

---

1 René Char, *Trois coups sous les arbres*, Théâtre saisonnier de 1946-52, dont *Sur les hauteurs* (1947), *L'Abominable des neiges* (ballet de 1952), *Claire*, (1948), *Le Soleil des eaux* (1946), suivi d'une postface «Pourquoi le "Soleil des eaux"», *L'Homme qui marchait dans un rayon de soleil* (1949), *La Conjuration*, (ballet de 1946), Paris, Gallimard, 1967.
2 René Char, *Trois coups sous les arbres, op. cit.*, p. 214.

形象中，赋予某种"如一"（comm-un）的东西以形象，来重新组织起共同体。

因此，这四个场景的涵义来自德吉提到的法律分析以及修辞的双重含义：它们一方面利用了叙事的不确定属性，另一方面与一切阐释保持着距离。它们是某个在幻觉中身处其间的主体的梦境，无法在它们的叙述者的个人或集体记忆中确定它们的位置，然而它们又全部指向某个创伤，我们历史中的某个重大事件。这四个场景也是法庭，也就是对人类对话的恰当的舞台呈现，在这些法庭中，人类——德吉写道——"自我指控，试图将第一个错误归咎他人，申辩，作证，审判……聚集在一起倾听，或停止抱怨、对彼此的不耐烦、见证、申辩、审判"，在这些法庭中，德吉看到了"文学的古老而原始的场景"[1]，它们时而为叙事、诗歌提供素材，时而为两个作者之间的对话提供素材，例如布朗肖、巴塔耶、夏尔、米肖或阿甘本之间的对话。它们也共同追问我们的起源幻想中那逃脱形象化、逃脱一切直接交流的东西，但共同体正是在此基础上得到了重建。

场景1：无神学

死亡，以及由此而来的上帝的缺席，破坏了共同体的充分在场。这一死亡——用巴塔耶的话说是"无法抹平的、可怕的伤口"——悖谬地成为共同体新的原始场景。说它是悖谬的，是因为它将无神论，换句话说将"神的缺席"（absenthéisme）——德吉的评论——当作了我们的共同体的新起源，并将人类拖入对世界的神学表征中，在这个

---

1 Michel Deguy, «Préface à B. Clément», *L'Œuvre sans qualités*, Paris, Seuil, 1994, p. 8.

世界，上帝即便缺席了，仍然是人类生存环境的原则、基础与保障。有关这一思想的萌芽，我们既可以在巴塔耶的"无神学"或他称之为"新神秘主义神学"[1]中——他将不同阶段收录在《全集》第五、第六卷中，即 1961 年的《无神学大全》(*La Somme athéologique*)，也就是写于 1943 至 1947 年间的作品：《内在经验》(*L'Expérience intérieure*)、《有罪者》(*Le Coupable*)、《论尼采》(*Sur Nietzsche*)、《沉思的方法》(*Méthode de méditation*) 和《哈利路亚》(*L'Alleluiah*)[2]，也可以在布朗肖的叙事作品或《无尽的谈话》(*L'Entretien infini*)[3] 之后的一些作品中读到。无神学是第一个场景，它对人类来说意味着新的至尊性阶段。这一至尊性矛盾地通过某个无限的自由与某个无对象的绝对欲望表现出来。但是，这一场景也是幻想出来的，一方面因为它首次允许人类无需上帝中介进入自身，由此粉碎了一个禁忌，将我们从"强力的神学机器"[4]上松绑，另一方面因为它令人类直面自己那不可言明的恐惧——直面死亡，直面起源。

场景 2：世界末日或传说中的地狱

对从集中营幸存的作家来说，例如韦尔科尔 (Vercors)、凯罗尔 (Cayrol)、昂泰尔姆 (Antelme)[5] 或鲁塞 (Rousset)[6]，共同体问题只会令人联想到一种极限，也就是由对他人的依赖、超越孤独的兄弟情

---

1 巴塔耶：《〈极苦〉附言或新神秘主义神学》，《内在经验》，程小牧译，生活·读书·新知三联书店，2017 年，第 185 页。
2 Georges Bataille, *Œuvres complètes*, t.V et t. VI, Paris, Gallimard, 1992 et 1994.
3 布朗肖：《无尽的谈话》，尉光吉译，南京大学出版社，2016 年，第 514 页。
4 阿甘本：《来临中的共同体》，第 8 页。
5 Robert Antelme, *L'Espèce humaine*, Robert Marin, «la cité universelle», 1947 ; réédité, Gallimard, 1957.
6 David Rousset, *L'Univers concentrationnaire*, Paris, Minuit, 1965.

义、人的异化甚或对死亡的体验所强加的极限。在1950年代,他们又是如何看待文学的未来的呢?一个死胡同,仅此而已,仿佛"他们的想象力已经被那个事件所揭示的东西打上了封印"[1]。当时的一切都表明,战后的文学将是启示录性质的,会同时宣布文学与共同体的终结。然而,其他一些作家同样是人类共同体的"幸存者",他们却呼唤回应:在哀叹仍然是19世纪所理解的宗教与政治意义上的共同体理念一去不复返的同时,在将这一理念与某个无可挽回地消失的理想相联系的同时,他们继续将其视作一种要求,并没有停止对这一理念的消失进行的思考。

法国解放时期,共同体传统意义的枯竭、我们文明的伟大神话的破灭不仅邀请与过去决裂,还实现了某种反转。如果说共同体长期以来都是一场骗局,一种神秘化,如今已被历史终止,那么什么也无法阻止文学去梦想置身历史中的人类,去想象人类的起源和人类的消失,去创造世界将被完全重建的原初时刻。然而,这个不可能的空间,我们只能通过虚构,通过某个场景的中介进入,这一场景具有双重功能,既具有去神秘化功能,又推动我们直面我们自己的历史与记忆。在这样一种场景中,无论在布朗肖的虚构(《黑暗托马》〔*Thomas l'obscur*〕、《最后之言》〔*Le Dernier mot*〕或《亚米拿达》〔*Aminadab*〕)还是在米肖的诗歌《考验,驱魔》中,历史时间与通过末世主题或"拉撒路"式象征呈现的人类神话时间之间的对峙促使我们能够对人类投去新的目光,将没能很好去魅的鬼怪驱逐,这些鬼怪或许也没能很好得到辨认,"在人类面前始终占据着上风"[2]。因此,在共同体已失落的背景上想象人类历史的文学将质询共同体通过艺术的

---

1 Cf. Bertrand D'Astorg, *Quelques aspects de la littérature européenne depuis 1945*, Paris, Seuil, coll. Pierres Vives, 1952.
2 Michel Deguy, *La Raison poétique*, Paris, Galilée, 2000, p. 221.

僭越力量幸存的可能性。而神话被简化为对我们的权力意志的简单模仿，凭借诗歌想象，它将继续表现为某种迫近的危险。

场景3：任意之人

布朗肖曾说，作家在写作时会远离自己，放弃自己的特殊性，上升为某种不确定的力量，并通过他的人物发现某种无人称的力量。文学始于这种转变，其中有具体所指、还承载着作家印记的"我"转变成了"他"，"无人称的""任意的"——quod libet，阿甘本评论道，是指"它所相关的任何此类的存在"[1]。此时作者令他创造的形式、令一些形象逃脱，这些形象是他在一切真正的共同体中，在普遍性与特殊性的对立中，在那喀索斯症的陷阱中，或在神人同形说（anthropomorphisme）中瞥见的。人类共同体的问题由此通过某个既向自己又向他人提出的问题，与写作主体之谜产生了联系[2]。因为米肖的诗歌，尤其《梅朵桑》[3]，解开了专有（propre）和非专有（impropre）、特殊与任意、内在性与神秘主义的复杂关系，发现了文学的真正要旨，也就是在"如一性"（comm-unité）和共同性精髓缺席、国家（État）崩塌的情况下，创造出一个"缺席的民族"[4]。写作主体——作为流放、边缘与外部的形象——是如何不得不再次面对自己的"非专有"[5]事件的？又是如何在这一虚空的中央迎接一个民族、一

---

1 阿甘本：《来临中的共同体》，第3页。
2 参见德勒兹：《批评与临床》，刘云虹、曹丹红译，南京大学出版社，2022年，第8—9页。
3 Henri Michaux, «Portrait des Meidosems», in *La Vie dans les plis*, Paris, Gallimard, coll. Poésie, 1989, p. 113.
4 德勒兹：《批评与临床》，第8页。
5 朗西埃谈到"将文学与大众的忧虑联系起来的非专有性与流放经验"。（*cf.* Jacques Rancière, in *Aux bords du politique, op.cit.*, p. 197.）

种多样性、一种对诗歌真理的分享?

场景 4: 拉斯科, 起源的考验

诗歌行动因此直面了能将我们的脆弱与担忧唤醒的一切:死亡、焦虑,"包裹了活着的不可能性的黑色"。如果说诗人似乎过着先知的生活,那是因为他寻找的是未知,他"指明了"[1]未知,但没有完全揭示它,因为未知在诗人的力量和他的预言能力之外,因为诗人"除了在那些类似性高潮的短暂瞬间"[2],其实无法"随意地"支配未知。也因为诗歌——布朗肖告诉我们——"不依赖任何现存事物,不依赖任何通行的真理,也不依赖那已被说出或证实的唯一语言"[3]。出于这个原因,诗歌是"具有创造性的、原初的";它"与那最先存在的事物同时出现"[4]。

夏尔的诗歌由此与神性相连,因为它赋予起源一个声音。正是在这个方面,它发现了自己与赫拉克利特思想之间的亲缘性。诗人寻找着那个时刻,那时事物讲着原初的语言,那时诗人最终与事物实在的、物质的现实建立了联系,最终能够将事物归还给它们的感性在场,这种感性在场被夏尔在《第一磨坊》(*Moulin premier*)[5]中称作

---

[1] "诗歌不再为行动配上节奏,它走在前方,向行动指明活动的道路。这是诗歌先于其他事物触动人的原因。"(In René Char, «Réponses interrogatives à une question de Martin Heidegger», *Recherche de la base et du sommet, op. cit.*, p. 114-115.)

[2] René Char, *Recherche de la base et du sommet, op. cit.*, p. 110.

[3] Maurice Blanchot, «La Bête de Lascaux», *in René Char*, n° 15, «Cahier» D. Fourcade (dir.), Paris, L'Herne, 1971, p. 73.

[4] Maurice Blanchot, *La Part du feu*, Paris, Gallimard, [1949], 2001, p. 107-108.
"诗篇是一场具有决定性原创价值的移动集会,这些价值**与由这一情势最先造就之人**共时相关。"参见夏尔:《形式分享》第 29 节,《愤怒与神秘》,第 81 页。

[5] René Char, *Moulin premier* (1935-1936), in *Œuvres complètes, op. cit.*, p. 61-80.

"物质—情感"。诗人在这一回忆中发现的,是一种令人不安的源头,即人类的起源,以及通过这一起源涌现的一些根本问题:对死亡、对毁灭的日常经验究竟揭示了我们真正的天性中的哪些方面?为什么只有我们的同类有能力写出诗歌?

当夏尔和布朗肖思考拉斯科壁画的典范意义时,他们不仅看到了一个有关人类起源的寓言,看到一个人类因产生死亡意识而与动物区别开来的时刻,还看到了艺术之僭越能力的明证,因为拉斯科奇迹属于某个信息的**来世**生命,这一信息超越时间与死亡,始终召唤着人类。

诗歌既是话语,也是沉默的挑衅,绝望地期盼某个没有竞争对手的现实的来临。这个现实无法被净化。并非不朽,不,因为它会遭遇所有人的危险。然而是唯一能战胜物质死亡的现实。[1]

1　René Char, *Les Matinaux*, Paris, Gallimard, coll. Poésie, [1969], 1997, p. 196-197.

第一章 被背叛的遗嘱

第一节 共同体的可能性

内在性

布朗肖和南希在各自论著[1]的第一章中，对共同体在政治和宗教层面的理论参照为何再次遭到质疑的原因进行了重新思考。原因在于，尽管这些理论参照可能"名声受辱"或"遭到背叛"[2]，它们却表明了对共同体的持续需求。事实上，共同体这一概念的历史，正是支撑其政治理论与神学概念的历史。这个概念史可以分成两条路径：一条体现为在某个有机统一体中上升的欲望——宗教共同体或20世纪极权主义共同体，另一条路径则将社会等同于18世纪以来人所制定的契约。宗教思想和社区主义的政治意识形态都尝试去定义标志人类共同体特征的关系，总而言之就是赋予这种关系以实质和实体，要么将其具象化为一个绝对主体，君权神授制和基督教思想就属于这种情况，二者将政治或宗教共同体思想与一个绝对主体的身体结合在一起，后者可以是神或神的直接代言人，即君王；要么通过某个绝

---

1 参见布朗肖：《不可言明的共通体》；南希：《无用的共通体》。
2 布朗肖：《不可言明的共通体》，第4页。

对的政治体来体现这种思想,譬如希特勒主义(hiltérisme),强调生物体的优越性,推崇血统和种族,将它们认作共同体甄别个体的标准。当然,这些具有共同体色彩的设想在不同程度上往往带有"内在主义"的目标,也就是说,这些设想一方面像生产作品那样生产共同体[1],另一方面将共同体的关系视为一种融合式关系[2]。与上述有关共同体的有机论和自然论观点不同的是,17、18世纪以来,出现了一种关于社会而非共同体的实证主义构想,提出这种构想的是拥护"社会契约论"的理论家(霍布斯〔Thomas Hobbes〕[3]、卢梭〔Jean-Jacques Rousseau〕、洛克〔John Locke〕),他们不再将社会视为神圣制度或自然秩序的结果,而是由人类组成、人为缔造的组织。与此同时,理论家们还将发明、组织和改造社会的任务交还给人类。但如路易·阿尔都塞(Louis Althusser)[4]提醒的那样,这些理论家相对应地将社会与抽象的理念、概念,甚至革命理想联系在一起,使它成为政治和社会理想的投射,将它变成某个人道主义哲学方案的落实。于是,社会成为一个关涉目的、计划,有时甚至牵涉到乌托邦的问题。

过去的宗教和政治理论回应了一个内在的要求,即人的实现应当由人完成,但有一个难题无法解决,那就是南希提出的"内在主义"的问题,具体是指"在本质上将他们专有的本质作为其作品而进行生产,而且还把这个本质**作为共通体**来进行生产的存在者所组成的共通体的目标"[5]。这个问题还勾勒出了共同体思想的边界,尤其说明了

---

1 布朗肖:《不可言明的共通体》,第5页;南希:《无用的共通体》,第3—4页。
2 布朗肖:《不可言明的共通体》,第10—14页。
3 Thomas Hobbes, *Léviathan ou matière, forme et puissance de l'État chrétien et civil*, [1651], trad. fr. Gérard Mairet, Paris, Librairie générale française, coll. Livre de Poche, 1996.
4 参见阿尔都塞:《孟德斯鸠:政治与历史》,霍炬、陈越译,西北大学出版社,2020年,第12—14页。
5 南希:《无用的共通体》,第4页。

1930 年后共同体逐步向反动的意识形态和极右思想转变的原因。

实际上，共同体凝结了整个社会对未来的担忧，它体现了一种强烈的渴望，渴望创造出更加尊重人类的共同生活的新方式。19 世纪下半叶，这一概念得到了前所未有的发展——在这股热潮中，最具代表性的当属斐迪南·滕尼斯的著作《共同体与社会》。滕尼斯的理论贡献在于，他将共同体与真实而自然的人类统一体的幻想持续地联系起来，这与现代契约社会的人为性形成了鲜明对比。然而没过多久，共同体就被认为等同于强大而有魅力的个体、领袖崇拜、以土地和血缘为基础的法则，共同体的概念就滑向了保守主义，接着转向极右思潮。共同体理念从 18 世纪以来出现在诺瓦里斯等作家笔下，一直伴随着德国保守主义的发展，从 20 世纪初伊始，尤其是在托马斯·曼（Thomas Mann）的笔下，共同体理念成为对当代社会抱有悲观看法的滕尼斯观点的有力支撑，并因坚持认为现代社会会不断瓦解、堕落，甚至极端化了德国浪漫主义者的言论。到了 1930 年代，共同体成了列维纳斯所说的"希特勒主义哲学"[1] 的宣传工具，被经历过第二次世界大战的几代人视为一种排外的典型。实际上，共同体迅速地强化了一种观点：对于有机统一体的幻想是用共同体的统一体对抗当代社会的个人主义，用血缘共同体的活力论和自然论对抗契约社会的唯一途径。纳粹主义抱持这种幻想，其核心观点建立在对生物学层面的基本条件——人类血统——的赞美上，正如巴塔耶所言，这种"物质的唯心主义"[2] 最终会将幻想共融的整个民族拖入绝对的内在

---

[1] Emmanuel Lévinas, *Quelques réflexions sur la philosophie de l'hitlérisme*, Paris, Rivages, coll. Petite Bibliothèque, 1997.

[2] In Georges Bataille, «Nietzsche et les fascistes», *Œuvres complètes*, t. I, Paris, Gallimard, 1979, p. 461-463.

性中。然而纳粹主义无法抵挡对共融的渴望，正如列维纳斯阐明的那样，他们成功地推出了一个新的概念——"被铆接"（rivé）的人，即被链接于自身，只能回应遗传和过往的问题，丧失了自决能力和自由的人。

"否定的共同体"

对布朗肖和南希来说，诸多政治和神学概念相继失效并不意味着共同体是个无用的需求；它反倒提出了一个要求，要求与此前将共同体视为一剂化解所有政治、经济和社会危机的良药的话语决裂。共同体的政治模型、"希特勒主义"的自然论和有机论模式、实证主义模式——将共同体简化为社会习俗认可的公民间任意而简单的契约——遭遇失败，再加上上帝之死和随之而来的走向终结的共同体宗教理想，这些现象揭示出了共同性的本质性缺失，以及推动一切共同体探索的政治学和神学的缺失。因此，概念的失效标志着理论必须放弃想要揭示"存在-于-共通"（être-en-commun）的不可言明性（l'inavouable）的想法。

然而，新的问题随之出现。如果说共同体的政治模型往往将这种联系作为先决条件，或一种与个体性背道而驰的制约条件，类似于统一性与多样性的对抗，那么，近年来共同体政治模式的崩溃是不是更加衬托出"共同体"概念的混乱？简而言之，如何以一种新的眼光来思考这一已然缺席的联系呢？同样，如果像德吉在《奇数》[1]中强调的那样，从来没有一个宗教共同体能够重新将人们联结起来——与其说使人们聚集，倒不如说将人们分离——我们难道不是意识到自己是圣

---

[1] Michel Deguy, *L'Impair, op. cit.*, p. 31.

父（Dieu-Père）的"遗孤"，才发现我们身上共有的东西吗？

阿甘本在他的随笔《来临中的共同体》中提醒我们，任何谈到共同体的构想都借助了共同体契约（pacte communiel）作为理论过渡；无论这种契约处于宗教、国家还是意识形态的层面，它都能确保联结个体纽带的基础与本质。共同体传统模式的崩溃，以及晚近"任意个体与国家组织之间无法挽回的分离"，使得共同体的定义和对共同体的看法发生了改变[1]。这种国家和"社会"（societas）的脱节，可以表现为人类对国家权力的反抗[2]，也可以表现为当代西方民主政体中人特有的社会交往和社会性本身相对于权力实施发生的异化，这种异化的根基在于景观和图像崇拜，它借助权力斗争的形式，争夺的关键是身份、归属和语言。

相反，对阿甘本而言，"来临中的共同体"的模式是"纯粹独特性"的模式，在神性隐退[3]或国家出走留下的空间里，各类独特性彼此交流，组成了一个由于政治、社会状况或意识形态等原因而无所归属的"任意"（quelconques）个体构成的共同体[4]。

在这种模式下，个人身份和集体身份不再被看作是一对矛盾：集体主义将个体独特性消解在人的普遍形象的原型之中[5]，个人主义牢牢秉持着个体无法替代的特性的虚构[6]，而阿甘本把二者置于同等地位；同理，"共同性"不是个体的"本质"，不会"奠定"其归属（"共同

---

1 阿甘本：《舍金纳》，《来临中的共同体》，第99—103页。
2 阿甘本：《可共名却各异其是的东西》，《来临中的共同体》，第89—96页。
3 阿甘本：《来自灵簿地的》，《来临中的共同体》，第7—9页；"不可挽回的"，《来临中的共同体》，第53—55页。
4 Giorgio Agamben, *La Communauté qui vient, théorie de la singularité quelconque*, Paris, Seuil, coll. la librairie du XXIe siècle, 1990, p. 10.
5 阿甘本：《蒂姆牌连裤袜》，《来临中的共同体》，第63—66页。
6 阿甘本：《个体化原则》，《来临中的共同体》，第25—28页。

的东西绝不是构成个别事物的本质"[1])。事实上,根据阿甘本的观点,共同体是"非本质的"[2];个体通过它自我"实现"、产生特有的存在方式("每个个别存在在那里的所就之位总是'我尔与共的'"[3])。单独的存在不带有任何特殊或人类物种和民族身份"特有"属性,它既是一、也是多,它在保持独特的同时"适用一切"[4],它从未使某一物种或阶层的一般性或普遍性成为实际,而是再次展现出生命的多样性和人类关系的偶然性。

汉娜·阿伦特(Hannah Arendt)不接受共同体,而是倾向"公共空间"的概念,"公共空间"为防止共同体意识形态的过度留出了回旋的余地,譬如中央集权制度、极权主义、有机论学说的过度。然而,布朗肖、南希和阿甘本与阿伦特相反,他们将共同体从其模式和意识形态改造中释放出来,从而建立了"否定"的共同体,即没有共同体的共同体。如果说阿伦特倾向于将世界描述成"两者之间的存在"(*interhomine est*),即在保持人的外部关系的同时联结和分离人[5],

---

[1] 阿甘本:《来临中的共同体》,第26页。
[2] 阿甘本:《来临中的共同体》,第26页。
[3] 阿甘本:《来临中的共同体》,第32页。
[4] 阿甘本:《来临中的共同体》,第38页。
[5] Hannah Arendt, *La Condition de l'homme moderne*, Paris, Calmann-Lévy, coll. Agora/Pocket, 1983, p. 89—93.
公共空间、共同的世界使我们相聚,但也可以说,它阻止我们彼此不期而遇。那使群体社会难以承受的东西,至少主要不是人的数量;而是他们中的世界再也没有能力将他们聚集在一起,使他们彼此联结,不再分离。这种奇怪的状况使人联想到了降神会,在降神会中,信徒们,即巫术的受害者,突然看到他们的桌子消失,坐在对面的人不再是分离的,但也不再有任何明显的联系。
或者如米格尔·阿本舒(Miguel Abensour)所补充的:"世界诞生于人与人之间的空间,诞生于以复数形式居住在地球上的人之间的中间空间。同时造成联系和分离的空间,或者说,因为首先使人分离而建立联系的空间。" *Cf.* Miguel Abensour, *Hannah Arendt contre la philosophie politique?*, Paris, Sens & Tonka, 2006, p. 202.

那么在另一方面，布朗肖、南希和阿甘本希望共同体能够意识到布朗肖所说的"无用"，"无用"说的是共同体不可能成为一种操作模式或任意一种方案。共同体不再被视为一项完成历史真相的工作、一个进步过程的终点，而是被看成是一个事件或一种召唤。"共同体远远不是社会所打碎或失落的东西，而是从社会开始而**到达我们**——通过问题、等待、事件和命令。"[1]

这一事件明确了新的期待视野，即共同体的"非实在化"（aréalisation），南希[2]说：正如事件悬搁了共同体的实现和完成，揭示了对"共同体思想似乎不可动摇地与之连在一起的**筹划**"[3]的拒绝，它为共同体恢复了"承诺"[4]的价值和一种尚待发现的思想闻所未闻的特点，最终，为如今只能回应帝国主义主导的经济、科技与社会准则的世界拆除壁垒。

摆脱了对神学和政治的必然需求，共同体显示出任意独特性具备自由和行动的新视野。无论是对于阿甘本还是德里达[5]（Jacques Derrida）来说，共同体的未来实际上都是"伦理的"[6]：它尤其取决于人产生自身并赋予其存在以意义的行为和决心。以本质上的不确定性为标志，"来临中的共同体"并不指向任何社会或政治理想，也不指向人可能被"注定归于虚无"这种虚无主义的形式，而是指向人对其自身存在方式的"使用"，指向与一个事件未来的末世论（或弥撒亚式）的新型关系，指向一个向意外敞开的时间性。

1　南希：《无用的共通体》，第25页。
2　南希：《无用的共通体》，第45页。
3　南希：《无用的共通体》，第47页。
4　南希：《无用的共通体》，第51页。
5　德里达：《友爱的政治学》，胡继华译，吉林人民出版社，2006年。
6　阿甘本：《来临中的共同体》，第56页。

"暴露的"共同体

不再与尚未[1]（阿伦特）

那些经历了第二次世界大战灾难——集中营和原子弹爆炸——的人感受到了与前几代人的断裂。这一事件杜绝了任何回到灾难"前"的可能性，尤其打破了人类历史虚幻的连续性。阿伦特将其描述为"极端之恶"[2]，夏尔形容它为"命定的违抗"[3]，布朗肖称其为"重大违抗"[4]，这个事件的极端意义在于表明了人性在人身上遭遇的失败（夏尔评论道："我们可能是被蛇操纵的狗"[5]）；它代表着人类过早地没落[6]，以及掌握原子弹的一代人可能会面临自我毁灭的悖论。然而，矛盾的是，战争没有唤起人们的道德评判和对人类"失足"的谴责，更没有唤起一个新的"遗嘱"，要求人类弥补损害共同体的"过错"，而是唤起了一个"界限"，如果人们不将自己危险地暴露在制造"怪

1　Hannah Arendt, *Essays in Understanding 1930-1954. Uncollected and Unpublished Works*, New York, Harcourt, Brace and Compagny, 1994, p. 158 *sq*.
2　将阿伦特的《极权主义的起源》一书的三个部分——"反犹主义""帝国主义"和极权主义——串联起来的主线是走向"痛苦"的下行之路和由于共同世界的解体而导致的绝对政治之恶的出现。（中译本可参见阿伦特：《极权主义的起源》，林骧华译，生活·读书·新知三联书店，2008年。）
　　Cf. André Enegrén, *La Pensée politique de Hannah Arendt*, Paris, PUF, coll. Recherches politiques, 1984. 她尤其写道，极权主义统治"建立在痛苦之上，建立在绝不属于这个世界的体验之上，而这种体验是人最激进、最绝望的体验之一"（*ibid*, p. 226）；我们或许还可以说，极权主义统治建立在人与人之间的空间的丧失之上，而这一空间对于规划共同世界和任何政治生活来说都是不可或缺的。
3　见第三章第四节"而如果崇拜远离，鸣响"，尤其是《莫里斯·布朗肖，我们只喜欢回答……》一诗，出自夏尔：《在猎物繁多的雨中》，《遗失的赤裸》，第54页。
4　Cf. Maurice Blanchot, «Naissance de l'art», p. 9-20 et «Note sur la transgression», p. 208-213, in *L'Amitié*, Paris, Gallimard, 1971.
5　夏尔：《在猎物繁多的雨中》，《遗失的赤裸》，第51页。
6　夏尔：《在猎物繁多的雨中》，《遗失的赤裸》，第51页。

物"——即布朗肖所说的"混乱之子或其衍生物"[1]——的境地下,就无法跨越这个"界限",因为它杜绝了一切回到过去的可能性,尤其是打破了人类历史虚幻的连续性。

矛盾的是,根据阿伦特的说法,这种断裂界定了应该对过去、现在和未来负责的人类("事件阐明了它自己的过去,它将无法被推断出来"[2]),并因此重新赋予人类采取行动、重新开始、重新开启其历史、社会和政治的义务与合法性,这不是为了创造一个"理想的共同体",而是为了让个体走出孤立的状态,进入**城邦**(*polis*)空间,践行他的自由,并在伦理与政治的交界处创造"共同的世界"[3]:"在人类做出承诺并遵守承诺的能力中,有一种建造世界的能力。"[4]

"终结的历史"(南希)或"剩下的时间"(阿甘本)

于是,"共同体本身就是历史性的",因为它"暴露"在历史中,不仅因为其本质——因此它是偶然的,而且因为其目的;事实上,共同体是未完成的、不确定的并且无法预见的。

因为,在第二次世界大战后,我们的历史就是"终结的历史",而不是黑格尔意义上的"历史的终结",南希纠正道,是"完成的历史",它来自一个进步过程的结束。阿甘本[5]补充说,历史终结后"剩下的时间"是没能实现完结的时间,是"缺失"的时间,简言之就是阻止历史终结的一个弥赛亚主义时间,它必定会使共同体变得无效,但将以"无用"和"无效"的形式,令共同体恢复"目的"(*telos*)

---

1 Maurice Blanchot, «Note sur la transgression», in *L'Amitié, op. cit.*, p. 211.
2 Hannah Arendt, *La Nature du totalitarisme*, Paris, Payot, coll. Bibliothèque philosophique, 1990, p. 54-55.
3 Cf. Hannah Arendt, *Was ist politik?*, München, Piper, 1993, p. 99.
4 *Id.*, *Essai sur la révolution*, Gallimard, Paris, 1972, p. 258.
5 阿甘本:《剩余的时间——解读罗马书》,钱立卿译,吉林出版集团有限责任公司,2010年。

与无限任务的力量。我们似乎注定要遭遇的终结的历史,恰恰就是"完成的历史"的对立面。这种关于历史的弥赛亚构想摆脱了历史哲学家的目的论幻想,也摆脱了一些激奋的宣言在鼓吹历史终结时令人生疑的自满情绪,它将是唯一能够让我们与正在经历失调、脱节、"失控"(hors de ses gonds)的时间保持一致的思想[1]。

"终结的历史"和完成的历史之间的这种分离,部分地涵盖了阿甘本在线性时间和弥赛亚时间之间建立起的分离。如果说,前者将我们"同自己分开,把我们变为自己的无能为力的旁观者——看着时光飞逝无所剩余,不断地错失自己",那么后者作为"我们可以在其中把握住并获得时间表象的时间,是我们自己所是的时间,正因此,它是唯一真实的时间,是我们所拥有的唯一时间。"[2]

因此,南希和阿甘本都在共同体的完成中引入了延迟和无限延期的概念,同时还有一份阻止其完成的保留。但是,这种历史的终结的双重性在世界终结前的"剩余时间"和主张历史终结的目的论幻想破灭的"终结的历史"之间提出了一个不可能的历史难题,即一方面,布朗肖所谓的"对灾难的预知",另一方面,"对我们未完成的占有"[3]。

世界末日令人失望[4](布朗肖)

对于布朗肖而言,这个新的困境预示着一个进退两难的窘境:如果说全球性灾难临近的可能性让人们隐约预感到共同体实现的可能,人性泯灭让人们看到一种恐怖的总体性视野,这一可能性还划出了一条界线,对于所有人来说,一段新的历史必须就此开始。作为一个毁

---

1 Cf. Jean-Luc Nancy, *La Communauté désœuvrée*, op. cit., p. 235 sq.
2 阿甘本:《剩余的时间——解读罗马书》,第 84 页。
3 Maurice Blanchot, *L'Amitié*, op. cit., p. 123.
4 Maurice Blanchot, *L'Amitié*, op. cit., p. 118-127.

灭性事件，全球灾难临近的可能性——包括原子弹毁灭人类的潜在威胁——实际上把世界终结的想法一分为二；更确切地说，它在矛盾的终结，即所有人将被宣判死亡——尚有一点延缓的时间——的传闻和宣称历史终结的"终结的历史"之间制造了一段时间差。这一事件在某种程度上对人类这一物种的总体性产生了怀疑，因为通过全球性灾难，"总体性观念首次清晰地出现，它第一次出现在我们的地平线上，——像太阳，却不清楚它在哪个方位；然后，我们占据了这种总体性，却把它当作消极的力量。"[1] 此外，全球性灾难的现实十分危险：因为它揭示出，人类通过掌握原子弹技术一直保留着自我终结的神学幻想：人类"想到这一切就可能会觉醒，却急于通过赋予形式去把握，从而引发了无法弥补的错误。"

所以，如果布朗肖说"世界末日令人失望"，那是因为人类计划的毁灭开启了一种准确说来是弥赛亚、而非末世论的时间：它宣告的是时间的终结，而非人类的任何救赎；它为总体性理念赋予了形式，而赋予的却是毁灭这一终极形式。

对布朗肖而言，共同体的"非实在化"——即它对世界末日代表的灭绝使命的抵抗——仍是一个至关重要的问题：一方面，对于人类来说是一项改变的义务，简言之就是一种转变，这种转变的前景是要保护我们的人性，坚守与科学的未来息息相关的责任；另一方面也是一项考验、一个警告，同时也是证明人类值得存续的要求。因此，摆脱了其宗教意义的世界末日，体现出我们有能力意识到威胁自身的现实。自身受到威胁会引发恐惧，促使我们做出反应，从而反抗历史决定论。

1　Maurice Blanchot, *L'Amitié, op. cit.*, p. 123.

第二节 剩余、献祭和否定的理想性：巴塔耶作品中的共同体

生命在本质上是过剩，生命是生命的挥霍。生命无限度地消耗生的力量和资源；生命无限度地消灭自身创造的东西。[1]

长久以来，在同时代人的眼中，巴塔耶的路径一直代表着陷入意识形态困境的共同体唯一的替代方案，他的作品对共同体的需求展开了象征性的探索——布朗肖也认为，他"已经进入到了共同体之现代命运的决定性经验的最深处"[2]。与社会相比，共同体尽管受限于它次要的、较小的形式，例如一些行动团体（如"**反击**"）、思想团体（如鲍里斯·苏瓦林〔Boris Souvarine〕主编的《社会批判》杂志），或后来的**社会学学院**，但其在巴塔耶看来却是一个有计划性的反抗的试验场，巴塔耶将它们视为反抗资产阶级民主国家的"第二次起义"，与推翻18世纪专制制度的传统革命截然不同。这场起义不仅仅是简单的政治筹划，它希望成为一场真正的、"激进的社会性耗费"[3]，一场带着绝望的暴力、能够广泛动员各界力量的动荡，一个旨在推翻"资产阶级秩序共有的狭隘"的战争机器。

耗费概念或"剩余"理论

从"耗费概念"的起源，从这个概念对"社会关系"的贡献，可

---

1 巴塔耶：《色情》，张璐译，南京大学出版社，2019年，第131页。
2 南希：《无用的共通体》，第35页。
3 Georges Bataille, *Œuvres complètes*, t. I, Paris, Gallimard, 1970, p. 315.

以看出巴塔耶研读了马塞尔·莫斯的专著,尤其是《礼物——古式社会中交换的形式与理由》[1]。在这本书中,莫斯揭示了古代社会中交换和夸富宴（potlatch,赠礼和回礼）的功能。

对巴塔耶来说,古代社会运转过程中固有的,特别是各类节日、献祭甚至战争所体现的赠予和非生产性的耗费逻辑,能够证明西方社会当作根基的经典经济模式具有一定的相对性。

赠予这一社会学和人类学理论的创新特质非常吸引巴塔耶,他在1933年《社会批评》杂志刊登的文章《耗费的概念》《有用的限度》[2]以及之后的专著《被诅咒的部分》（1949）中推广了赠予的概念,反驳了仅仅由个人利益、生产以及消费原则支配的经典经济模式的有效性,以基于耗费概念的普遍经济学理论取而代之。在此之前,社会契约或许已经勾勒出一种朴素的人类学：人在劳动的具体行为和双手创造的物品中丧失了存在的真实性。只有在劳动的生产价值以及经济的运行中,人才能找到本质并满足自身的需求。但是,巴塔耶想论证非生产性耗费也可以成为社会契约得到执行的一种形式;或者更确切地说,非生产性耗费就深深植根在社会性的关系中。

这种"耗费"对人来说是必要的,因为它有助于在追寻用途的过程中将人解放出来,使人摆脱将其变成奴隶的工作和经济。"耗费"近乎舍弃——舍弃（abandon）是赠予（don）的一种极端形式,甚至近似于主体为了共同体,主动放弃利益、知识与自己的一种献祭,

---

1 Marcel Mauss, *Le Journal de psychologie normale et pathologique*, XXXII, n° 364, mars avril 1936; *L'Essai sur le don, forme et raison de l'échange dans les sociétés archaïques*, Paris, PUF, coll. Quadrige, [1925], 2007.
Georges Bataille, «Année sociologique», seconde série, 1923-1924, in *Œuvres complètes*, t.I., *op. cit.*

2 Georges Bataille, «L'économie à la mesure de l'univers», «La part maudite», «La limite de l'utile», etc., in *Œuvres complètes*, t. VII, Paris, Gallimard, 1976, 1992.

"耗费"使人表现出一种能量的过剩、一种本质性的情感宣泄,以及一种人性特有的、至今仍被标准化社会压制的生命原则。最后,人借助"耗费"体验边界的同时——可以是经济、道德、理性的边界,从而完成了救赎性的僭越。

巴塔耶通过这种方式非常自由地解释了莫斯的文本以及莫斯赋予古代社会内部夸富宴的宗教维度;与莫斯相反,巴塔耶不认为献祭性的赠予具备严格意义上的宗教功能——也就是沟通世俗和神圣世界——,而是让献祭性的赠予充当一种耗费的角色,它耗费的是过溢的生命和组成人性的非理性力量。在解脱功能之外,巴塔耶认为赠予另有一种启发意义:人类通过僭越或破坏的行为,面临着巴塔耶所说的"存在背后的问题",并在失去自我、陷入牺牲的非理性与融入社会连贯秩序的需求之间体验到一种两难之境。总之,巴塔耶证实,即便在社会内部,"同质"与"异质"、社会理性与社会排斥的"分离因素"之间也存在着分裂。因此,巴塔耶毫无保留地将赠予等同于献祭,他在社会学学院的系列讲座中提出,赠予在共同体内部占据核心的地位。不仅是实在化、共同体,就像涂尔干在《宗教生活的基本形式》[1]中曾指出的那样,献祭围绕着一个"神圣的"核心,将人从令人厌恶但又极度诱人的任务中真正地解放,并且通过与人类的情感以及心性与灵性的非理性部分对话,重新建立起其与人类被隐藏的部分之间的联系[2]。

人类从追寻有用中脱身,投身于过度、强烈且非理性的存在运

---

1 Émile Durkheim, *Les Formes élémentaires de la vie religieuse*, Paris, PUF, 1960.
2 «Attraction et répulsion : tropisme, sexualité, rire et larmes», in Denis Hollier, *Le Collège de Sociologie*, 1937-1939, Paris, Gallimard, coll. Folio essais, 1995, p. 122-143.

动，巴塔耶将这种活动称为人的至尊性（souveraineté）。人类可以从很多方面获得这种至尊性：在所有与能量的剩余、醉酒的迷狂、色情的溢出、狂笑、献祭以及诗歌有关的极限状态中，人意识到自己正面临对知识、语言甚至自身边界的考验。因此，至尊性的经验包括了剩余、非理性、接受"非知"、沉湎于难以言说之事、交流的蔓延，从具有社会生活特有的"平淡且无法证明的存在观念"中将人剥离出来，从而让人明白了自己的处境。

"明显的至尊性实践"

我们可以把《无头者》杂志、同名秘密社团与巴塔耶后来所称的"明显的至尊性实践"[1]联系起来。这个社团由巴塔耶与安德烈·马松（André Masson）、皮埃尔·科罗索夫斯基（Pierre Klossowski）、罗歇·凯卢瓦等人[2]共同创建，布朗肖将这个社团写成一个深受不可能实现的反宗教"仪式性献祭"——一种革命性计划——诱惑的"同谋者的团体"[3]。狄奥尼索斯既是象征过度、醉酒与表象毁灭的希腊神，又是尼采式的典范，也就是说他象征着意志、权力和对上帝、圣父及理性所代表的道德与社会的三重权威的反抗，在他的庇佑

---

1 Cf. *Le Coupable* rédigé de 1939 à 1943 (publié en 1944), *Sur Nietzsche* en 1945, *L'Expérience intérieure* en 1943.
2 1936年6月至1937年7月，乔治·安布罗西诺（Georges Ambrosino）、乔治·巴塔耶和皮埃尔·科罗索夫斯基共同出版了《无头者》（*Acéphale*）杂志，共四期：1936年6月24日的第一期题为《神圣的密谋》；1971年1月21日的第二期题为《尼采与法西斯》；1937年7月21日的第三和第四期题为《狄奥尼索斯》。杂志的参与者还有：安德烈·马松、让·洛林（Jean Rollin）、让·瓦尔（Jean Wahl）、罗歇·凯卢瓦、儒勒·莫内罗（Jules Monnerot）、米歇尔·莱里斯。
3 布朗肖：《不可言明的共通体》，第24页。

下，《无头者》主张解放人的生命力，借此"无限释放激情"来实现共同体。

整个信息仅用狄奥尼索斯的名字表达出来，即毁灭性的繁荣、生命以及权力意志的象征，从而表达了拒绝浪漫主义的决心，因为意志薄弱的浪漫主义削弱了应当被视为神圣的力量。[1]

凯卢瓦将"聚集集体能量，将其凝聚成一种'集体的**唯一**纽带'[2]，作为'超社会化'（sursocialisation）力量而行动"的能力归功于狄奥尼索斯式的醉酒状态。巴塔耶认为，我们的文化对酒神狄奥尼索斯力量的抑制导致了悲剧的消失，导致我们困于理性万能的形而上学骗局的纠缠中。因此，《无头者》的野心回应了尼采要将人类从所有限制中解放出来，让人类追求新的至尊性的要求。

这个秘密团体的献祭计划可能仍存在于其创建者的头脑中，比如布朗肖，这是建立在"共同经历抛弃的幻觉"之上的失败，险些触及"内在主义"的危险。然而，《无头者》自身的失败——尤其因为共同体是"整体的暴力的、不协调的、断裂的、无力的化身"，因此不解散整个共同体，仅献祭一个成员是不可能的——揭示了一条共同体的基本真理：共同体与死亡相联系，并强加给我们"对不可认知之物的认知，这'自身之外'（hors de soi）是一种深渊和迷狂"[3]，布朗肖补充说，这是唯一的"能够在逃避分享的同时得以分享"的"情感元

---

1 Georges Bataille, *Œuvres complètes*, t. I, *op. cit.*, p. 484.
2 Georges Bataille, *Acéphale*, n° 3-4, juillet 1937, «Dionysos», Paris, J.-M. Place, 1980, p. 25.
3 Maurice Blanchot, *La Communauté inavouable*, *op. cit.*, p. 34.

素"[1]。因此，它构成共同体的重要经验，同时也在警告，但凡有一项共同体计划没有彻底抛弃对**事业**的追求（哪怕是死亡的事业），它便会面临解体的风险。

然而，对于巴塔耶来说，"对共同体的需求仍然存在"。在《内在经验》（1943）中，他企图探索存在的未知领域，并呈现某个试图达到"不可能"的主体的复杂性，就像他在诸如笑声、迷狂或献祭等实践中所揭示的那样。但是，建立在"摧毁主体之物"上的——不仅是主体的知识、理性，还有他的语言——"**经验**"来源于"同他者的关系，那同他者的关系就是共通体本身，而这共通体之为共通体，就是让一个把自己外露给它的人向他异性的无限性敞开，同时又决断出其严厉的限度"[2]。

共同体追求的"不可能性"既代表着一个限度，也是一个充满悖论的目的；经验主体常常会因词语的匮乏和话语的无力而无法表达一个尚未被注意的事实，他意识到这种"以词语为牺牲的献祭"实际上能扩大语言的限度，并因此与他的读者开启一种新的交流："这样一种经验并非难以形容，但我要向不知道它的人谈论它。"[3]

布朗肖评论道："迷狂本身什么也不是，如果它不交流自身，如果不首先作为交流的无根据之根据而给出自身。"[4] 换言之，就是如果它不开启与他者的分享。尽管经验是令人惊讶和私人化的，但它不能"像一个人独有的秘密一样"被隐藏，因为这样的经验打破了"个人的界限"：于是它开启了有价值的交流的唯一形式，那就是文学。

---

1 布朗肖：《不可言明的共通体》，第 29 页。
2 布朗肖：《不可言明的共通体》，第 30 页。译文略有调整。
3 巴塔耶：《内在经验》，第 19 页。
4 Maurice Blanchot, *La Communauté inavouable*, *op. cit.*, p. 35.

事实上，正是通过语言和诗歌，并在语言和诗歌中，共同体才得以真正实现。除了哲学语言之外，巴塔耶还发现了另外一种自己不能驾驭、非话语性的语言，发现在说话主体的位置上存在一个空洞，多重说话主体在其中相互联系又相互解散，但无用——即未完成性和话语的无限性——在此构成了"重大交流"，总之就是整个共同体的原则。

因此，在《无头者》的续篇《内在经验》中，作者虽然尝试探索那些不为人知的东西，这种作为深渊和迷狂的自身之外，但并没有给我们重建一个有限度的、实证的世界，而是福柯对巴塔耶所说的，一个"在体验限度的过程中建立又断裂，在违抗有限的剩余中被制造又重造"[1]的世界。

文学或重大交流

只有在主体的完整性受到威胁的地方运用文学，只有让会笑、会沉默、会流泪的主体接受考验，文学才有存在的理由和意义。这考验抵抗着主体，消解其理性，却让其获得对存在及其有限性的全新认知。对巴塔耶来说，确实存在一种文学类型能满足这种要求，因为这种文学类型通向"不可能性"，即通向那种以剩余和缺乏的双重形式表现出来的东西，因为这种文学实现了向他者传达不可言喻之物的意愿，这是"独立自主"的主体独自体验的，还因为这种文学类型赋予人"揭示生活多重真理"的任务。这样的文学必定是一种僭越的文学，也是一种"以虚构延续真实经验"的文学，文学因此对写作主体提出了质疑；对巴塔耶来说，这种文学是"恶的文学"。

---

1 Michel Foucault, «Préface à la transgression», *Critique*, Paris, n° 195-196, 1963, p. 757.

巴塔耶将这种恶的文学摆在一种约定俗成且因循守旧的思维方式的对立面。从这个层面上看，他在《文学与恶》[1]（1957）中评述的让·热内（Jean Genet）的作品成为某种典范，象征着文学的至高权利、文学超越我们自身限度的使命以及文学鼓励我们被交流感染的能力。巴塔耶与萨特一样，从热内对恶的态度中看到了"被社会排斥之人的反抗"。这种矛盾的虔诚来源于将**我思**（*cogito*）颠覆为可笑的至尊性，它赞颂犯罪、背叛或触犯禁忌。

我想成为一个怪物、一场飓风，人类的一切对我来说都是陌生的，我违反人类制定的一切法律，践踏一切社会准则，没有任何东西能够定义我或限制我；然而，我存在着，我将是毁灭一切生命的寒风。[2]

这种至尊性被巴塔耶定义为"凌驾于维系生命的法律之上，在对死亡的漠视中屹立的权力"[3]，它似乎无视任何交流的方案，甚至拒绝那些将要读其作品的人。但是，巴塔耶赋予它一种可以"强势交流"[4]的能力：自由表现在反抗之中，是一种摧毁、消耗与摆脱奴役的力量。恶——即违反禁令——同死亡一样，强制人去面对他的极限，使其"知晓在他身上，无法缩减的一部分、至尊性的一部分逃离了"[5]。而在巴塔耶看来，与沉溺于这一难以理解之物的弱交流相反，恶的文学是唯一的"重大交流"。

1　巴塔耶：《文学与恶》，董澄波译，北京燕山出版社，2006年。
2　Jean-Paul Sartre, *Saint Genet, comédien et martyr*, Paris, Gallimard, 1952, p. 221.
3　Georges Bataille, *La Littérature et le mal*, *op. cit.*, p. 134.
4　Georges Bataille, *La Littérature et le mal*, *op. cit.*, p. 150
5　Georges Bataille, *La Littérature et le mal*, *op. cit.*, p. 24.

因此，按照南希的说法，巴塔耶思想的悖论在于"被共通体的思想所吸引，同时又被有关**至尊性**的主权之主题所支配"[1]。如果我们承认巴塔耶的贡献在于展示迷狂和共同体之间的联系，从而使共同体摆脱其旧定义——共同体是待创造的作品或已失去的共同，那么他的作品，特别是《内在经验》和《恶的文学》提出并止步于一个难题：不管对巴塔耶还是对我们所有人来说，"主体思想都会令共同体思想失败"。根据巴塔耶的说法，主体获得的至尊性可能只有在其让主体与他者进行无限交流时才有存在的理由——通过"激情的释放""独特存在的分享"以及"有限性的沟通"[2]——但它永远不会导致"共享的至尊性"，至多就是无法实现迷狂、瓦解语言、分离独特性，以及最终证明一种被撕裂的存在。

正是因此，罗贝托·埃斯波西托（Roberto Esposito）在其著作《Communitas——共同体的起源和命运》[3]中指出了巴塔耶思想中主体至尊性的特征——既不可分割又经常自相矛盾——及其共同体要求。他归纳了几组对立：主体保持自身完整性、局限性及其生活本身的现实性与迷失在同他者（同类、朋友、情人）交流之中的欲望；个体的隔绝与共同体的无限特征；主体的"保存"本能与失去自我并完全信任他者的欲望；主体思考时的自我封闭与因个体边界的断裂而引发的传染。

我只在自身之外、在放开自我或将自我抛弃在外时才进行交流。然而，自身之外，我就不复存在。我确信这一点：抛弃我自身的存在并在

---

1 Jean-Luc Nancy, *La Communauté désœuvrée*, op.cit., p. 60.
2 南希：《无用的共通体》，第 81—82 页。
3 Roberto Esposito, *Communitas: Origine et destin de la communauté*, Paris, PUF, 2000.

外部寻找它,可能会浪费——或毁灭——那离开它外部存在甚至不会在我面前出现的东西,会浪费——或毁灭——这个"我",没有了"我",那"对我来说是什么"就什么也不是。可以说,诱惑中的存在被虚无的双钳碾碎。如果它不交流,就会在这种自我隔绝的生命所构成的空虚中自我毁灭。如果它想交流,它同样也面临迷失自我的危险。[1]

这种两难之境在这里以难以解决的矛盾形式层层展开,实际上揭示了巴塔耶共同体思想的核心:共同体与使我们的理智、我们的语言和知识的局限性变得显而易见的东西是一体的;它之所以存在,是因为它将我们暴露在那些抓住我们的差错、撕裂我们和使我们迷失的事物下。死亡,正因它是联结现实层面和欲望层面的绝对**外在**——生物学上的死亡和幻想的死亡——正因它代表着那个"不迷失自我就无法体验到的极限空间",因此"死亡是我们共同的不可能性,即不可能成为我们竭尽全力去保持的状态:孤立的个体"[2]。

总之,在布朗肖之前,巴塔耶首次促使共同体面向贯穿其中的非封闭的内在性,面向某种伤口,后者在撕裂共同存在的同时,暴露出"真正令我们建立关联"的东西[3]。他也是第一个表明共同体只有在意识陷于难以进入的"最后之地"[4],相互反映并通过互相分裂而团结起来时,才能充分发挥作用:"'交流'只发生在两种被牵涉其中的存在之间——被撕裂、悬搁着,彼此倚靠在他们的虚无之上。"[5]

---

[1] Georges Bataille, *Sur Nietzsche*, in *Œuvres complètes*, t. VI, Paris, Gallimard, 1973, p. 47.
[2] In Roberto Esposito, *Communitas: Origine et destin de la communauté*, op. cit., p. 151.
[3] Maurice Blanchot, *L'Amitié*, op. cit., p. 329.
[4] Georges Bataille, *La Littérature et le mal*, op. cit., p. 150.
[5] Georges Bataille, *Sur Nietzsche*, op. cit., p. 44-45.

第一章　被背叛的遗嘱

或许有些人在巴塔耶的共同体思想中看到了一种不可能性疑难，一种对共同体特有缺陷的矛盾评价，一种与僭越相关的绝对否定性——暴力、死亡、色情、神秘主义；然而，他思想中最具创新性，也是最具争议的因素，无疑仍然是献祭（sacrifice）的问题以及他在对共同体的跨学科（人类学、社会学和哲学）思考中赋予其的作用。他的论证实际上来源于对某种献祭范式的颠覆，这一范式是此前思考现代性的哲学家，尤其是霍布斯的设想。他驳斥了它的辩证功能——通过（假想的）契约社会反对它的对应物，也即人的原始的、模仿的暴力，与"免疫"功能——令共同体围绕第一性否决，也即战争与犯罪的基础而紧密团结在一起的功能。之后，巴塔耶不断提高献祭的重要性，因为它对人类来说意味着"站在死亡的高度上"的机会，也就是说，让人们更接近他们共同的东西：他们的有限性。"将存在与**其余**一切联系起来的是死亡。"[1]

因此，这就是他作品中"最有争议的出路"所在[2]。尽管巴塔耶确实认为献祭能够重新恢复社会在社会解体与个人主义兴起的影响下失去的生命冲动——对神圣性的兴趣既面向复杂的人类情感，也面向我们的精神性——但他还是将其意义和范围限制在对僭越的否定和夸张运用上，并掩盖了它对个人身份及其象征性的利害关系所起的结构性作用。

此外，由于他赋予献祭以一种功能，来颠覆过去曾激发共同体（宗教的、政治的、身份的）"实体"的所有超验形式，由于他意识到，不抵抗内在性的陷阱，也就是"将共同体建立在拆解它的东西上的欲望"，就无法在献祭中寻找我们有限性的暴力证据，巴塔耶最终

---

[1] Georges Bataille, *Le Coupable*, in *Œuvres complètes*, t.V, Paris, Gallimard, 1999, p. 283.
[2] Roberto Esposito, *Communitas: Origine et destin de la communauté*, op. cit., p. 156.

无法将共同体的献祭意图维护到底,并且在自己无法实现它的时候,将它交给诗歌和文学来呈现和上演。

第三节　共同体及其外部[1]

在布朗肖的文学作品中(《最后之言》《田园牧歌》《至高者》《亚米拿达》),政治与社会维度无处不在,强调社会和公共空间作为共同体追问的核心的无可争议的存在。这一做法甚至先于作者在1960至1990年代[2],追随乔治·巴塔耶和让-吕克·南希[3]的足迹对这一问题所作的哲学谈论。

布朗肖作品对社会的再现并非一致。它遵循两种不同的逻辑,取决于是站在全体、大多数人的角度(国家、城邦、法律),还是站在少数人、外来者、被排斥者甚至是流亡者的角度。二者的行动方向相反,要么是将集体意志的印记强加于共同体的行动,唤起普遍的凝聚力,证明法律或掌握法律的司法机关的强制力;要么是为了合法化他者的解放或融入的欲望——共同体赋予他者以难以界定的身份,例如"外来者""租客""偷渡者"等,总之是将他者置于法律的边缘地位。

因此,布朗肖在他的虚构作品中质疑了这种公民身份普遍性的范式;他特别表明,如果说这个问题经常被简化为普遍性与特殊性、身份(民族)和"个性缺失"(穆齐尔)的对立,那么它经常促使我们

1　朗西埃:《政治的边缘》,姜宇辉译,上海译文出版社,2007年。
2　参见《新法兰西评论手册》出版的布朗肖的政治文本集(Maurice Blanchot, *Écrits politiques 1953–1993*, Paris, Gallimard, coll. Les cahiers de la NRF, 2008.)。*cf.* Maurice Blanchot, *L'Amitié, op. cit,.* et Maurice Blanchot, *Pour l'amitié*, Tours, Farrago, 2000.
3　南希:《无用的共通体》。

隐藏这种"普遍性"的"虚构"特征——实际上是一种政治和哲学疑难、一个赋予共同体全体以统一性和超验性的人文主义理想——甚至隐藏它对主体的约束力和专制权，因为法律不仅显示出它所适用的对象的特征，而且还反过来排斥、驱逐不属于其权力范围内的一切。

这个问题的争议性还在于，它掩盖了这些作品对政治与文学的重要分割，以及判决的标准性话语，即法律或上帝（《至高者》《最后之言》）的强制性话语，与产生于城市边缘、游荡地带、抵抗地带、革命演说（《亚米拿达》《田园牧歌》《至高者》）的话语之间的重要分割。布朗肖表明，在国家的、多数人的共同体的全体与人民的话语之间没有紧密的联系，没有共同的内在表达形式。总之，共同体的政治与共同体的诗学并不重合。

此外，在布朗肖那一时期的作品中，政治性似乎处于危机之中，如果说政治性还紧抓其认为自己所代表的共同存在本质，并象征性地将政治与行使——也就是滥用"权力"混为一谈，并欺骗大多数虔诚地相信其准则的普遍性的公民，这只是为了更好地遮掩其权力的衰落和对意识形态的集体醒悟。这种危机实际上是政治性本身所固有的：国家在任意个体性的双重重压下向内崩塌，这些个体性质疑自己的"身份"，并相应地拒绝了要求他们从属于民族、城市以及共同体整体的法律，这个整体本身在历史的冲击下（《至高者》中的战争，《最后之言》中的灾难，《至高者》中的传染病，以及《至高者》中的叛乱）解体，走向崩溃。

因此，布朗肖还探索了处于间隙中的，也就是位于身份与民族、公民与任意的独特性、城市与其"外部"、其边缘、其边界之间的共有的东西。他还思考了如何将原型、使人适应普遍之人的独特模式的惯用语、去身份化与去地域化过程，以及社会内部运行中的"生成"连接起来的方式。

在流放地

布朗肖在1940—1950年代设想的假想社会的历史始于一场犯罪、一场位于叙述源头的灾难。叙述声音在提到它时称它为一个"创伤性事件",这一事件有时甚至作为对法律,以及对法律之后的国家、上帝或道德的僭越而深埋在集体历史中(《亚米拿达》),杜绝了回到过去的任何可能性,并标志着共同体的破灭。共同体的这种毁坏——形式和原则上的——既体现于这些假想社会的习俗、组成部分或规约的淘汰,体现于社会和政治纽带的崩坏,也体现于共同生存的退化中。

在《最后之言》中,公民集体对语言的堕落承担责任,语言曾是这座巴比伦之城及其衰落的"普遍纽带的化身"[1]。在《亚米拿达》中,住这座房子里的仆人和房客构成的共同体经历退化的原因似乎更加模糊("他看到的一张张面容都似乎受到了疾病的摧残,脸上精致的线条好像暗示着他们的虚弱"[2]),但或许与一个事件、一个动摇了曾在这个共同体的法律和成员间确立的平衡的创伤有关,对于这个灾难发生的原因,咖啡室里的年轻人——杰罗姆将其归结于房客的反叛:

> 奇怪的是,声响似乎来自下面,来自地下室,或者一个更加隐蔽的地方。仿佛在房子的地基中,有一个声音苏醒了,它不怒自威,低沉得恰到好处,它向我们所有人宣告:我们大难临头了。……

---

[1] "有这样一段时间,语言不再以简单的关系将文字捆绑在一起,而是变成了一种如此微妙的工具,以至于大多数人都禁止使用它。但是,由于人天然地缺乏智慧,并且被禁止的关系所联结在一起的欲望并没有使他们得到安宁,它们对这一禁令尽情嘲弄。面对这样愚蠢的行为,理智的人们决定不再说话。他们学会词语似乎只是为了更好地忽视它们,并且将它们与最隐秘的事物联系起来,他们使词语偏离它们正常的轨道。"(In Maurice Blanchot, *Après coup*, *op. cit.*, p. 59-60.)

[2] 布朗肖:《亚米拿达》,第160页。

第一章 被背叛的遗嘱

突然，一个撞击令整个房子都晃动了，我们才从自己臆想的恐惧里猛地清醒过来。[1]

然而，这种原始创伤揭示了一个"普遍危机"，一种对标志现代个体特征的社会和共同体归属模式的质疑：与卡夫卡[2]断片中描绘的"共同体"一样，《亚米拿达》中的房子只不过是原始共同体的一种退化形式——这种形式持续存在于邻里关系的家庭结构中——尤其是现代契约社会的退化形式，法律在其中不过是被当作团结集体的一种假象，在准则的普遍性下，集体掩盖了一个中性、强大且隐形的权力，一个可以肆无忌惮地制造恐怖氛围的膨胀的官僚组织。同样，在《至高者》中，国家只代表了某种实证主义与人文主义社会模式的腐败原型，自此后无法再传递普遍理想，也无法将个体意志的异质性集中到对所有人都有效的"普遍意志"（卢梭[3]）背后。然而，在任何地方，国家及其引导的融入机制、认同机制和迷恋机制都在唤起共同体身体的内在性，也就是说，使其成员在身份、意识形态、身体上融为整体。在这一过程中，现代个体的处境被定义为"被铆接的存在"[4]，被束缚在其生物学状况、历史遗留条件的召唤和社会从属法则中。

在这种矛盾中，同样也在虚构人物的旅程中，我们能够读出一种主体对普遍性——知识、法律、至高者——的执着渴望，及其融入集

---

1 布朗肖：《亚米拿达》，第 119—120 页。
2 Cf. Franz Kafka, «Gemeinshaft» (1922) in *Erzählungen*, Frankfurt/Main, 1967, p. 308; ou Franz Kafka, *Œuvres complètes*, t. II, trad. fr. Marthe Robert, Paris, Gallimard, coll. Bibliothèque de la Pléiade, 1989, p. 560-561.
3 参见卢梭：《社会契约论》，何兆武译，商务印书馆，2003 年。该书成书于《政治碎片》前，《论政治经济学》后。
4 Cf. Emmanuel Lévinas, *Quelques réflexions sur la philosophie de l'hitlérisme*, postface de Miguel Abensour, «le Mal élémental», *op. cit.*
二人都提醒我们这样一个术语的重要性：与西方否认人与其身体之间相联系的文化相反，以思想自由为名义的自我和身体的身份，希特勒主义哲学尤其重视这个身体。

体整体的幻想，尽管国家和上帝业已消失，尽管历史的危机分裂了对共同的传统表征。

对政治性的质疑及其号称代表共同生活本质的质疑同样也深刻地对个体身份提出了质疑，对于这种个体身份，现代契约社会赋予其一般性的限定，譬如物种、群体、民族方面的定义，但不承认任何特殊性，任何特有身份，简言之就是忽视在社会中，在政治、社会或艺术活动中进行的主体化进程。

无神学的共同体？

寻找普遍性的虚构人物

布朗肖的早期作品——《亚米拿达》和《田园牧歌》——揭示了主体和普遍性之间的复杂关系。托马和阿基姆二人被描述为一个共同体——收容所和房子——的外来者，他们希望保留他们的身份、过去和独特性，却发现被集体制定的规则、标准和禁令牢牢束缚。这种同化是循序渐进的：最终，托马融入房子的侍者群体中，而他最初只是一个不受待见的客人；阿基姆最后也认同了由主管和露易丝的纯美爱情象征性地代表的收容所法则，甚至计划与艾莉兹结婚（"如果我结婚，那是因为我相信您的幸福"[1]）。

二者都被管理共同体的"法则"的普适性的假象所欺骗：在《亚米拿达》中，托马认为他已经在法则中找到了一个超验[2]的理性原则，

1　Maurice Blanchot, *Après coup, op. cit*. p. 49.
2　在这一点上，布朗肖的小说让人联想起卡夫卡的《城堡》（卡夫卡：《城堡》，高年生译，上海译文出版社，2007年。），宗教和政治同位素在这本书中混于一体。测量员将城堡的权威理想化、神秘化，以致其成为一种超验的新形式，这是有罪的。宗教末世论弥补了"神性的回撤"，但也只是更加错误地重建了我们与神性的关系。当 K 在布尔格尔的房中从长梦中苏醒时，他正是从这一幻想中抽离出来："那就是你的希腊神！""让他起床吧。"

这一原则将赋予其存在以意义和连贯性。他为了亲自**观察**法则而走遍[1]了每个楼层，然而却并没有超越他的同伴们对现实零碎而片面的看法。

这个房子里有多少人，差不多就有多少种不同的情况。我们总是和事物保持一些距离，不太会关心细节。在我们看来，所有人都无一例外地失败了。可是对于切身见证了那些尝试的人，以及有着充分理由去完成它们的人来说，却完全不是这样。这些人相信，一道深渊横亘在人与人之间，这个信念在他们对事件往往截然相反的理解方式中得到了印证。这种零碎的、缺乏条理的眼光来自一种狂热，在这狂热之中，他们想要捕捉一切。然而，他们的视线所及不过几步之内。有谁能在房子的内部一览它的全貌，只用一眼就将它从上到下凝视彻底？[2]

相反，在《至高者》中，在一个与我们当代城市公共空间相类似的世界中，过着普通公务员生活、完全服从于专制国家命令的左尔格，"想要摆脱'这种'身份"，摆脱删除其一切独特性和剥夺其身份的法律："我曾是个普通人[3]，这套说辞，怎么会忘记？"左尔格在这个一般的、普遍的身份中无法认识自己，充其量只是一种虚构，这种虚构将他从他的独特性、从他真正的个人身份，甚至是从在社会强制为

---

1 如同卡夫卡的《审判》的寓言中同样等在法律之门前的那个人一样。参见：卡夫卡：《审判》，曹庸译，上海文艺出版社，2006年。
2 布朗肖：《亚米拿达》，第197页。
3 然而，"任何一个（quelconque）"这个词的重量还因一种政治内涵而变得沉重。它令人想起墨索里尼统治时期的意大利创立具有政治性的"*l'uomo qualunque*（任意之人）"的计划，即被剥夺了政治意志和意识的人。这种转变既代表了个体的死亡，也代表了政治主体的死亡，因为它再不能明确地定义自我和自由地表达他的个人选择。战后，1945年8月起，前法西斯分子在"Uomo qualunque（任意之人）"运动中被改组。

其同胞戴上的面具背后也无法忘记的自我残余中删除。

因此,左尔格发觉自己处于与穆齐尔《没有个性的人》[1]中的人物非常相似的境况,扮演着一个"任意"主体,从词源意义上说,"任意"即"任何一个"。然而,左尔格正是在言语(langage)本身(在一套"说辞"中)察觉到了这个定义的矛盾之处:在语言(langue)中,就像在共同体中一样,词既指代一个单独的事物,也指代属于该类别的全体事物;然而每个单位仍可能与全体相关。同样,至高之城中的"我"既作为单个主体存在,又作为其所属群体(人、公民、国家公务员)的成员而存在。

矛盾的是,左尔格的多重性可能并没有使他感受到多重身份所带来的令人安心的力量,也几乎没有赋予他的生活以什么意义:"我工作,对所有人来说都是有用之人,我们彼此之间很亲密。"[2] 纯粹独特性之间的近似让他勉强逃离他的家庭,逃离这个原始而古老的共同体施加在左尔格身上令人窒息的权威。在这座至高之城中,"任何一个(quelconque)"这个词的重量还因另一种政治内涵而变得沉重。它令人想起墨索里尼统治时期的意大利创立具有政治性的 *l'uomo qualunque*(任意之人),即被剥夺政治意志和意识的人的计划。这种转变既代表了个体的死亡,也代表了政治主体的死亡,因为它再不能明确地定义自我和自由地表达他的个人选择。因此,无论我们看到的是对德国极权主义政权的谴责[3],还是西方权力结构解体的寓言,《至

---

[1] Robert Musil, *L'Homme sans qualités* (*Der Mann ohne Eigenschaften*), trad. fr. Philippe Jaccottet, Paris, Seuil, 1957.
[2] 布朗肖:《至高者》,第2页。
[3] Allan Stoekl, *Politics, Writing, Mutilation: The Cases of Bataille, Blanchot, Roussel, Leiris, and Ponge*, Minneapolis, University of Minnesota Press, 1985. Cf. Id., "Blanchot, Violence, and the Disaster", in *Auschwitz and After: Race, Culture, and "the Jewish Question" in France*, Ed. Lawrence D. Kritzman, New York, Routledge, 1995, p. 133-148.

高者》中的这场疫情没有放过城市中的任何一个街区（"所有人都已经看见……西边的疫情稍有缓解，东边的疫情就有所抬头"[1]），疫情摧毁了黑格尔式的国家模式，同它一起被摧毁的，还有赋予个人行动以意义的企图。

文字与精神：法律的神学表征

在《亚米拿达》中，房子代表一个完整的社会，有其完备的管理和法律。然而，尽管法律在《至高者》中明显更加可怕，在前一部小说中，它的不可见性与力量却使主人公为了察看法律，为了找到能使他获得对房子整体而统一的理解的平面图，而陷入无休止的寻找，这是和《田园牧歌》中的阿基姆一样的执着。然而，由于只存在对房子的主观的、部分的、有偏见的呈现，这种寻找是徒劳的。托马获得了来自侍者和房客——芭布、杰罗姆、露西以及多姆的不同证词。然而，证词的不一致和解释的多样性似乎是这所房子不能正常运行的原因。当托马向年轻的女仆询问房子的建造情况时，他注意到她说的似乎只是一些传言[2]。虽然她是唯一能听懂托马问题的人，但托马一问到房子的平面图，他就发觉她无法满足他的好奇心。猜疑蔓延开来。读者怎么能相信这座建筑中的各个房客的说法呢？他们是否都被维持这个共同体幻想的谣言欺骗了？他们自己意识到法律代表着什么吗？

然而，所有人都认同对于法律的一种神学理解：他们相信法律位于房子的上层，在住户们不可及且被禁止进入的地方，并且他们相信，他们的救赎就在于对进入这个地方的追求中。与他的同类一样，托马错以为法律在社会之外，在一个幻想的别处，从而忽视了芭布努

---

[1] 布朗肖：《至高者》，第 235 页。
[2] Cf. Maurice Blanchot, *Aminadab, op. cit.*, p. 48.

力告诉他的"法律不在任何地方"的警告。

这座房子的社会和政治秩序终将只是一个为了掩盖宗教追求的假象。这可能是小说的标题[1]一开始就想暗示的。我们记得托马和房子里最年长的员工在游戏室中的对话,有关记录法律原则的"手册"。令人眼花缭乱的无休止的解释决定了关系的扭曲、沟通的断裂以及法律和语言之间重合的不可能性。员工递给托马一张只写了几个名字的白纸[2],上面的字迹几乎无法辨认,就像刻着摩西十诫的石板,字迹已变得模糊。与在《圣经》中一样,法律引发了大量的解释,以抵制任何占为己有的行为:

理解律法的条文?那为什么不撰写它、篡改它或者变更它?和拿这些想法开玩笑的疯子们相比,声称这部法律不存在的人犯下的罪责真是小巫见大巫。[3]

叙事寓言式的表达方式补充了宗教互文性。里面的人物走的是一

---

1 参见盖瑞·摩尔(Gary Mole)的解释(In *Lévinas, Blanchot, Jabès: Figures of Estrangement*, Gainesville, University Press of Florida, 1997, p. 91.),这曾是列维纳斯兄弟的名字;他写道,同名人物的名字意味着"由上帝赐予"(*Cf.* Michel Foucault, la pensée du dehors, *Critique*, Vol. 22, n°229, juin 1966.)。 安娜·莫克采纳了这一解释("Où est la lois ? : Law and Sovereignty in *Aminadab* and *Le Très-Haut*", *Substance*, 14, 1976, p. 99-116.),这意味着多姆是上帝派来引领托马并帮助他的。其他评论家回忆其关注这个词的《圣经》互文性:它是基督家谱的一部分(马太福音14章);相反,他在圣十字若望的"精神颂歌"中代表一个恶魔人物。
2 "工作人员把身边的纸往外推了推——那可真是好大一堆纸——接着就从口袋里拿出了放大镜,时而照照托马,时而照照多姆,就好像遇到了一份无法辩读的手稿。"(布朗肖:《亚米拿达》,第76—77页。)
"'一旦我们看上一眼(这些文件),就会发现它们其实就是一些没用的废纸,只要我们无法读懂它们,它们就一直没有意义。您看看。'说着,工作人员拿出一张大白纸,上面写着几个名字。"(布朗肖:《亚米拿达》,第86页。)
3 布朗肖:《亚米拿达》,第137页。

条启蒙的道路。托马从他以前的同伴多姆那里得知,他曾经的路线是一个错误,当他不断地被迫解释法律时,他应该在地下室而不是这所房子的高层找寻自由。这部小说惊人地符合"摩西五经"(*Thora*)的象征意义。世世代代人类知识的退化被归结到象征的层面。过去,智者拥有的知识好比至圣所的大门,里面藏着约柜和"摩西十诫"。几代过后,知识就只是那扇门上的锁,然后是针眼;如今,它就像手指在烤面包的面团上留下的痕迹一样微不足道。亚米拿达看守的门,法律文本的消失不可见,房中住户无休止的评论,这些最终令人想起犹太教释经传统的奠基性神话之一。然而,故事的结局没有告诉我们法律是什么,它在什么地方。故事以失去托马告终,突然就毫无缘由地被同化为仆人的托马没有得到他问题的答案。正是出于这个原因,尽管其象征与历史具有宗教内涵,《亚米拿达》仍将宗教寓言掺杂于政治寓言之中。房中的法律对其对象施行了暴政,损害了他们的个人身份,就像突然闯入托马房间的三个仆人,胳膊上纹着他们服从法律的标志——"我服务",使被同化为仆人的托马失去了人性,以至于在法律至高无上的权力与无处不在的特征面前,任何反抗都变得无力。

法律的不可见性

《亚米拿达》《至高者》《最后之言》《田园牧歌》中的所有人物都有与法律的不可见性和法律难以捉摸的特征作斗争的共同任务。他们所有人都深信,自己是国家或秩序的受骗者,因为国家或秩序故意让他们处于无知状态并向他们隐瞒了真相。大量的图像(肖像、符号、照片[1])激励了小说主体进行解释的狂热,实际上引入了看(voir)和

---

1 对图像的怀疑将导致布朗肖在后来的作品中最终将其删除。

知（savoir）的等同关系。然而，法律的不可见性构成了主体的压迫和服从因素，激发了他的偏执，使他相信他的调查最终可能会让他了解法律。然而，我们不禁会想到，通过寻找权力、法律、法规的符号，包括其中最为专制的规定，房子中的住客试图说服自己相信法律的存在[1]。即使是革命者（《亚米拿达》和《至高者》中）也无法逃脱这种普遍怀疑[2]。

因为布朗肖想象出来的国家的法律与神授之法的悖论相通，法律的不可见性加强了其权力，因为它使人们无法获得它，它与他们日常考虑的问题毫无相似之处。《至高者》或《亚米拿达》中的革命者所掌握的使其显形的唯一方法，就是将其准则推到他们自己身上："这是真的，我们没有看到全部。这就是为什么我们的力量如此强大。"[3]

法律的不可见性尤其强化了其主体的被动性；它意味着一个禁令建立在看的基础上，这对租客来说尤为痛苦，因为他们认为压在他们肩上的，是法律公正的目光。他们觉得自己被监视着，然而却无法看到像福柯在《规训与惩罚》[4]中所说的全景监狱中的狱卒。

这是律法对我们的注视。我们是它的工具，如果我们试图摆脱它施加在我们身上的激情，或者试图凭借我们的观点找出它的动机，我们就犯下了沉重的错误。[5]

---

1 *Cf.* Manola Antonioli, *L'Écriture de Maurice Blanchot: fiction et théorie*, Paris, Kimé, 1999, p. 44.
2 因为，说到底，布朗肖叙事作品中的法律并不具有黑格尔法律思想的客观与主观的可靠性。
3 布朗肖：《至高者》，第206页。
4 参见福柯：《规训与惩罚：监狱的诞生》，刘北成、杨远婴译，生活·读书·新知三联书店，2003年。
5 布朗肖：《亚米拿达》，第149页。

除非面对一个空泛的超验性的想法不再是令人恐惧的前景。不管怎样,反射、假象的倍增和表象的伪造使得共同体不可能有统一的、完善的表征:无论是由无数房客组成的共同体,还是《至高者》中有可能消失的共同体都是如此。它的无处不在让人猜想,它既不像黑格尔定义中的历史目的性,也不具有赋予人类行动一致性和典范的普遍意义。

《亚米拿达》中的少数人共同体

无论法律体现的是普遍的通道还是神话般的超验,尽管它是过时的、人造的,但它实际上都是划分社会及其成员的东西:政治与非政治、社会及其边缘、道德的层级、独特性与普遍性、共同体及其"剩余"。

在《亚米拿达》中,房子里的仆人被描述成一群肮脏而悲惨的人,在这一点上与卡夫卡《城堡》[1]中的工作人员相似。房客们只将其视为"寄生虫"[2],并用各种诽谤与指责来表达他们的蔑视。托马对此的第一印象就来自守门人那悲惨的样子:

> 守门人近看之下似乎更加病弱,面容更加憔悴。他的眼神颤抖着。衣服是缝补过的,尽管那针线活很巧妙,整身衣服也算干净,却给人一种粗鄙的、颓废的形象,叫人不舒服。人们不可能把这身破布当成制服。[3]

---

[1] 布朗肖的想象非常接近卡夫卡,尤其是在凸显法律和权力的腐败气氛和废除印象上。此处,我翻译了瓦尔特·本雅明对卡夫卡作品的一个评论,出自:Franz Kafka, *Gesammelte Schriften*, t. 2, Frankfurt/Main, Suhrkamp, 1977.
[2] 布朗肖:《亚米拿达》,第136页。
[3] 布朗肖:《亚米拿达》,第6页。

他用来描述守门人的那些字眼使人猜想到后者的等级比房客低，并让人感到一种模糊的不完整感，就好像作者中断了他们的成长[1]。

这个男人尚年轻，在他的年轻里，有一种难以言明的印象，关于高大、颓丧、生活，关于残酷的结局，里面有某种东西，让人不禁联想到另一个世界，一个低等的、悲惨的世界。[2]

仆人们似乎在他们的物质性中局促不安，以至于他们忽视了周围环境的脏乱，将房子变成了一个真正被"肮脏与恶臭味"统治的垃圾场。因此，杰罗姆告诉托马，仆人们住在地下室的垃圾堆中，对他们给其他人造成的恶心漠不关心，将自己的边缘地位推到了极致[3]。仆人们的寄生性还体现在，他们在靠近房客时令人窒息，总会散发不健康的、令人恶心的气味。他们侵犯别人隐私直到令人反感的程度，甚至最终夺走了托马的任何抵抗力：

托马从未感到如此靠近守门人，可这次接触并不让他高兴。尤其是那股让人受不了的气味，在谦卑感爆发之时，守门人的身体散发出的味道简直让人怀疑这具身体的真实性。[4]

仆人们似乎很擅长破坏他们接触到的所有东西：连守门人绘制的画作都带有使其存在变得尴尬的物质性印记。在这些画的背后，托马

---

[1] "未完成的生物仍处于迷雾阶段"（*unfertige Geschöpfe im Nebelstadium*），瓦尔特·本雅明在同一个摘录中又重提了一遍。总而言之，生物仍然被它们的本能所支配，它们的冲动证明它们接近于物质。
[2] 布朗肖：《亚米拿达》，第10页。
[3] 布朗肖：《亚米拿达》，第99页。
[4] 布朗肖：《亚米拿达》，第14页。

只看到那些绘制它、令人厌恶又肮脏的原材料。

他们表现得甚至能够感染那些试图弥补服务不足的假侍者[1]，并且能够使后者"和他们一样卑鄙、虚伪、专横"，使二者最终被混淆在一起[2]。《亚米拿达》中住所和社会地位都被边缘化的员工，无论是真的还是假的，都代表着陷入混乱状态的整个共同体的感染源[3]。

房客们对他们怀有复杂的情感：仇恨，因为嫉妒他们接近法律；恐惧，因为他们对这"该死的群体"[4]的一无所知是无法控制的迷信和各种恐惧的来源。矛盾在于房客赋予这个边缘性共同体的重要性与权力。因此，低等的符号就转移到了房客身上，使主人与奴仆、受害者与刽子手之间的关系发生了扭曲。人们期望在仆人脸上看到依赖奴役状况的迹象，但这些迹象却矛盾地在房客身上更为明显。

事实上，这部小说多次影射房客无法抵抗仆人。仆人们似乎有一种奇怪的能力，能够迫使寄宿在这所房子中的房客变得麻木。[5]随着托马越来越了解这座房子中的房客，他意识到这个悲惨的群体表现出了某种退化的所有迹象："他看到的一张张面容都似乎受到了疾病的摧残，脸上精致的线条好像暗示着他们的虚弱。"[6]在小说的结尾，托马最终向这种悲惨的状况屈服。结局事实上颠倒了托马和多姆的关系，使后者恢复了所有力量和他的自主性，而托马只不过是他自己的影子，虚弱多病。尤其是，仆人们还会对房客施以难以理解的暴行。杰罗姆说，万一房客们抱怨他们的服务，那么"每天还会有仆人偷偷

---

1 布朗肖：《亚米拿达》，第107页。
2 布朗肖：《亚米拿达》，第109页。
3 布朗肖：《亚米拿达》，第110页。
4 布朗肖：《亚米拿达》，第111页。
5 因此，我们上面所说的被动是痛苦和不公正的奴役的表现。
6 布朗肖：《亚米拿达》，第160页。

带来好几堆新的垃圾，恶臭难当的垃圾。"[1]

如果就像某些人所说的那样，仆人们"在地下室的垃圾堆中"过着一种怪异而昏暗的生活，那是因为管理这座房子的法律本身是腐败和堕落的。房客并不是唯一在法律面前无能为力的人：服务的退化和仆人的状况表明房子本身已经成为一个生锈、陈旧和布满灰尘的世界。因此，仆人对房客施加了一种暴政，与他们自觉是其受害者的无形的决定论一样残酷，因为旧情报室中那双"转动车轮的无形之手"维持着虚构的毫无意义的权威。这个世界构成了一个黑暗的、灰尘弥漫的真正迷宫，暗示了房子中大大小小的仆人、真真假假的工作人员，看得见的和看不见的，都存在着无穷无尽的等级。

仆人们的腐化在某种程度上印证了来自上层的力量，人们已经注意到，这种力量和它的受害者玩着猫捉老鼠的游戏，它与来自下层的力量一样残酷。它使共同体内部出现了强者与弱者、狡猾者和易受骗者之间根本性的不平等状态：房客们最终妥协，接受了被这些人审判的想法，因为后者让他们相信法律的存在，不管这条法律是专横的，还是体现了崇高的纯洁理念，只要它能保全共同体的和谐。

这所房子虚构的空间地形实际上维护了法律的神学概念。仆人和房客都需要在他们的头顶上维持一种令他们恐惧的超验性，来为他们的存在赋予意义，但他们又不知道该如何屈服于它。根据杰罗姆的说法，法律的这种超验性是一种正当和必要的保证，如果他承认这种解释是逃避决定的困难和自主判断的沉重责任最简单的路子，那么这种

---

[1] 布朗肖：《亚米拿达》，第101页。译文略有调整。

"迷信"就能消除他们对虚无与无意义的焦虑。

它不需要任何审议和判断。我们乐于看到一个人处在有罪的位置上,乐于按照我们的形式审判他,审问、核实证据、裁决似乎是没有用的,或者说,这一切都已经隐秘而真实地包含在那种又炽热、又空洞、又纯粹的目光里,我们就是这样践行律法的。[1]

杰罗姆在这段长篇大论中告诉托马,房客群体最终更愿意保持一个"少数人"共同体——不仅被仆人们占多数且具有竞争性的共同体所吸收和吞噬,而且根据康德的定义,共同体也是不负责任的。法律的虚构和它所鼓励的迷信行为使人性处于被奴役的状态,并剥夺对人有益的自主权。从神学的角度来看,这种少数也意味着人们会忽视自己真实的本性,且这些人被"铆接"在一个他们无法完整看到的世界,注定要遭受苦难、饱受奴役。

1　布朗肖:《亚米拿达》,第 149—150 页。

第二章 "在您的四个内在性之夜的阴影之间"[1]

第一节 场景1:"一个尚不属于我们的非神学的未来"[2]:巴塔耶和布朗肖的无神学

自1940年代起,巴塔耶就为无神学或他所谓的"新神秘主义神学"(nouvelle théologie mystique)[2]贡献了一系列奠基性文本。他在《全集》第五、六卷中,也就是1961年的《无神学大全》里集录下这些写于不同阶段的文本——即1943年至1947年间的《内在经验》《有罪者》《论尼采》《冥想的方法》以及《哈利路亚》。这些文本与布朗肖同一时期撰写的叙事作品《亚米拿达》(1942)、《至高者》(1948)、《黑暗托马》(1950)有明显的联系,也与之后《火的部分》[3]和《无尽的谈话》[4]中的理论文本,甚至《灾异的书写》[5]中的理论文本关系密切。这些论著围绕共同体的无神学表征这一问题展开,

---

1 Cf. Antoine Volodine, Olivier Aubert, *Macau*(《澳门》), Paris, Seuil, coll. Fiction & Cie, 2009, p. 62.
2 巴塔耶:《〈极苦〉附言或新神秘主义神学》,《内在经验》,第185页。
3 Maurice Blanchot, *La Part du feu*, Paris, Gallimard, 1949. (notamment «La littérature et le droit à la mort»)
4 参见布朗肖:《无尽的谈话》,尤其是"无神论与书写"一节,第483页。
5 布朗肖:《灾异的书写》,魏舒译,吴博校译,南京大学出版社,2016年。

第二章 "在您的四个内在性之夜的阴影之间"

认为上帝之死唤起了一个"原初场景",一种对人的肯定所必需的断裂,最终揭示出存在-于-共通[1]的"不可能"(巴塔耶)或"不可言说"(布朗肖)。

"在一切深处隐藏的东西"[2]

作为开端,《灾异的书写》中布朗肖的一段简短叙述揭示了这种亲近的意义:

你们后来活着的人,接近一颗不再跳动的心,假设,假设这样的情形:那孩子——他七岁大,或者也许八岁?站在窗前,拉开窗帘,透过窗玻璃,看着。他所看见的:庭院、冬树、房子的墙壁。不过,他很可能以孩子的方式看着,看着他游戏的空间,他渐渐疲倦并慢慢抬起头注视那普通的天空,带着云朵、灰白光线的天空——苍白的白昼没有远方。

接着发生的:天空,同样的天空,突然打开了,绝对的黑暗与绝对的空无,显示(似乎窗玻璃已经被打破)出这样一个**缺场,所有那些曾经一直有过的并且在那里永远丧失的**——如此地失去以至于在那

---

1   有不少证据证明了巴塔耶和布朗肖之间可能存在的联系或亲密关系:他们的职业道路与选择往往相似,他们相互的题词、他们写作中惊人的共鸣,都证明了自 1940 年后将他们联系起来的钦佩与认同:巴塔耶在《内在经验》中赋予布朗肖的角色,后者在《友谊》中对巴塔耶的敬意、在《不可言明的共通体》对其作品的评论,以及他们与《批评》杂志(*Critique*)的合作都证明了他们的友谊。在 1958 年撰写的一篇自传文章中,巴塔耶特别讲述了 1940 年对他来说最重要的事件:"在 1940 年底,他遇到了莫里斯·布朗肖,于是钦佩与认同立刻就将二人联系在一起。"(In Georges Bataille, *Œuvres complètes*, t. VII, Paris, Gallimard, [1992], 2002, p. 462.)
2   Stéphane Mallarmé, *Œuvres complètes*, t. II, Paris, Gallimard, coll. Bibliothèque de la Pléiade, 2003, p. 229-230 et p. 234.

里被肯定着，而且消融了令人眩晕的知识，**不会再有什么了，并且首先没有什么超越。**[1]

在这段叙述中，布朗肖似乎提到了某个初始时刻，我们历史的第一个场景，总而言之就是从孩子的无忧无虑到知识的象征性过渡；以回顾的姿态（"你们后来活着的人"），甚至是为时已晚的态度，让一个已是迟暮之年的人（"接近一颗不再跳动的心"），自问这个启示的涵义："上帝已死。"像任何场景一样，它是开创性的，因为人通过放弃神学世界"普通的、阴郁且封闭"的天空而征服的，他在"天空的空无"中发现的，是他新的至尊性，这片无限空间里从此上演着对其知识和无对象的绝对欲望的质疑。

这种"拆构"[2]，虽然是解放性的，仍然不乏模棱两可之处，四周环绕着种种彼此矛盾的含义：一片打开的天空，但又是"黑暗且绝对的空无"，一个缺场，其中"其中一切都始终且永恒地消逝了"，但这缺场又被作为一种新形式的"绝对"（"绝对黑暗""绝对空无"）而构建，同时是对一种令人眩晕的知识的消融与肯定。然而，由此产生的经验并不会导致虚无主义，因为它并没有消除知识的可能性，却开启并指明了一种与无限的关系；它也不会导致对一个新的内在形象的偶像崇拜，即对从此成为意义和其存在的主人的人的崇拜。

最后，这一场景还旨在骤然揭示一个不可告人的秘密，揭示一种我们文化思考不及之处的被忽略的前提。由此它让一种原始排斥无所遁形，这种排斥无法补救，只能通过打破禁令、拉开窗帘、打破玻璃，就像布朗肖所写的那样，通过直面无法言说才能够触及。因为上

---

1 布朗肖：《灾异的书写》，第92页。
2 Jean-Luc Nancy, *La Déclosion, Déconstruction du christianisme*, I, Paris, Galilée, 2005.

帝的缺席同样意味着意义的缺席，令人眩晕的知识的消失，简言之即是对神学和形而上学话语的双重解构："不会再有什么了，并且首先没有什么超越。"

因此，布朗肖观察到，在尼采留给我们的世界里，上帝之死掀起了对人的肯定所必需的反抗，以及人对从神学中解放出来的新的至尊性的征服，也就是说，不仅是从上帝手中，也是从道德或理性中解放出的至尊性[1]，于是一个世界被分离出来，存在于我们之后，还有一种关乎我们起源和归宿的无根的沉默。

布朗肖的无神论，一如巴塔耶的无神论，创造了共同体的一个新的原初场景，一个可能的形象——包括其作为现代世界典型特征的联结缺席、信仰缺失——关乎我们共同的起源及其形而上学的追问。这种无神论因此是一种"无神学"，游移于无神论话语与神学话语之间，前者认为上帝的缺席暴露了尚未被察觉的可能性——一种与绝对的新关系，后者则认为上帝即使缺席，也在反面继续**以否定的方式**代表着人类境遇的原则与基础。

与布朗肖一样，巴塔耶在《内在经验》中详述了他对存在的未知领域的探索，一种无需上帝出现的迷狂且神秘的经验，一种"只以未知为对象"的经验，这将是无神论神秘主义的一个新的形式。因此，对巴塔耶而言，《内在经验》代表着"一次通往人的可能性尽头的旅行"[2]，就像一种"对无限冒险的需要"，一种为了通过"极限体验"来达到不可能的尝试。布朗肖在《无尽的谈话》中将其称作"一个人决

1　Maurice Blanchot, *La Part du feu, op. cit.*
2　巴塔耶：《内在经验》，第 31 页。

心把自己根本地置于问题当中的时候所遇到的回答"[1]，这样的经验不仅揭示了我们知识的局限、笛卡儿式沉思的局限，同样也揭示了语言的局限。

《内在经验》，作为对空无、对虚无的体验，作为无对象的迷狂体验，采纳了基督徒的否定神学神秘主义。中世纪时，基督教徒只能以一种否定的方式认知上帝，因为它不代表任何可理解、可感知甚至可想象的事物。由此，巴塔耶从神秘主义神学家的证言中汲取了教诲，概括而言就是一套方法准则，建立在拒绝神圣的实证知识这一基础上："经验对他来说只有在领悟一个无形无式的上帝时才有意义"[2]，圣十字若望（saint Jean de la Croix）如此说；"那些在内心中悄悄中断智力活动，与不可言喻的光辉默默地融为一体的人……只会通过否定来谈论上帝"[3]，亚略巴古的丢尼修（Denys l'Aréopagite）写道。然而，与他们不同的是，巴塔耶拒绝限制"经验"，拒绝"中断它"[4]以体悟上帝，这个"由教堂确定了角色的存在"[5]；他选择使用更加模糊的术语"未知"，对于那些致力于走向"人的可能性的尽头"的人来说，它是无限的同义词，是"继承一种了不起的神秘主义神学，但与上帝斩断了关系并删除了一切"[6]的全新思维方式。

《内在经验》所追求的绝对，巴塔耶将其称作"不可能"[7]。然而，如何界定这种新型的不可能性而不为之赋予内容或一种本体论的存在呢？如何抹除上帝，布朗肖在《无尽的谈话》中评论道，而不"用一

1　布朗肖：《无尽的谈话》，第397页。
2　巴塔耶：《内在经验》，第27—28页。
3　巴塔耶：《内在经验》，第27页。
4　"我把对无形无式的上帝的体悟，看作运动的一个停顿，这种运动将我们带入对以一种更模糊的未知领悟。"巴塔耶：《内在经验》，第28页。
5　巴塔耶：《内在经验》，第29页。译文略有调整。
6　巴塔耶：《内在经验》，第35页。译文略有调整。
7　Georges Bataille, *L'Expérience intérieure, op. cit.*, p. 31, p. 72, etc.

第二章 "在您的四个内在性之夜的阴影之间"

个尚未察觉的可能性来代替这一不可能的新类型,也就是说不开启一个彻底不同的维度"[1]?

实际上,"不可能性"[2]定义了一种新方法的框架:这种方法要求从我们的知识中脱离出来,意识到笛卡儿式沉思的局限性与不足,并通过酒醉、色情溢出、大笑、献祭以及诗意书写所带来的迷狂来探索存在的未知区域。如果"不可能性"迄今为止只通过否定神学和形而上学的逻各斯(Logos)来探讨,那么巴塔耶则是通过诗歌和小说,以一种更新的方式来思考它。因常常在表达一种尚未被注意的现实时受到词语缺失与话语失效的桎梏,巴塔耶意识到这种"以词语为牺牲的献祭"实际上可以推开语言的界限,并与它的读者开展前所未有的交流:"这样一种经验并非难以形容,但我要向不知道它的人谈论它。"[3]

如果说《内在经验》在其详述的"灵感技术"(techniques d'illumination)或其启示不可言喻的特征上与否定神学相似("当不

---

[1] Maurice Blanchot, *L'Entretien infini, op. cit.*, p. 378.
[2] 参见玛丽-克里斯蒂娜·拉拉(Marie-Christine Lala)专门讨论此问题的文章:
«Incidences de l'impossible sur la pensée de Georges Bataille face à l'œuvre de la mort» (《关于乔治·巴塔耶面对死亡之作时所思考的不可能性的影响》), in *Écrits d'ailleurs: Georges Bataille et les ethnologues* (《在别处的写作:乔治·巴塔耶和人种学家》), Paris, Maison des Sciences de l'Homme, 1987.
«La pensée de Georges Bataille et l'œuvre de la mort» (《乔治·巴塔耶的思想与死亡之作》), in *Littérature* n° 58, Paris, mai 1985.
«L'impossible de Georges Bataille, du texte à la formulation du thème» (《乔治·巴塔耶的不可能性,从文本到主题表达法》), in *Actes du Colloque international d'Amsterdam*, Amsterdam, Rodopi, 1987.
Cf. Roger Verneaux, «L'athéologie mystique de Georges Bataille» (《乔治·巴塔耶的神秘主义无神学》), in *De la connaissance de Dieu*, Recherches de philosophie, II-IV, Bruxelles, Desclée de Brouwer, 1958.
[3] 巴塔耶:《内在经验》,第19页。

再有什么是可能的时候,直面过度的、不容置疑的不可能之物,在我看来就是体会一种神圣经验。"[1]),它却无意发现上帝,而是沉湎于诗意的语言,只有诗意的语言才能超越哲学在我们思考上设定的界限。巴塔耶从不认为自己解开了"谜底",也没有给出"最后之言";他也并没有声称对人的无限疑问有一个答案,而是说这是一个无尽的问题("经验什么也不启示"[2],"除了未知"[3])。总之,像神秘主义者一样,他也朝着非知[4]迈向了一个新的阶段。与否定神学不同,《内在经验》并不会在上帝的统觉中自行消解,而是通向对人的肯定;它鼓励推翻一切知识,却并不像神秘主义者那样走禁欲主义的道路、放弃感性经验与肉体,而是通过大笑、诗意迷狂、色情甚至献祭,走一切形式的"过度"之路;人从中获得的并不是救赎(巴塔耶在其中看出了"想要成为一切的野心"),而是他的至尊性。

因此,贯穿巴塔耶和布朗肖作品的无神学主张丝毫不是神学话语和无神论话语共谋的产物:上帝之死不无矛盾地重新提出了关于人类起源的问题;从此,它代表着"逃离我们的东西"[5]、哲学根基处的缺席、神学总体性的消极面、语言所回避的缺项,以及面对悬置问题的理性:"虚无之中的动荡""荒弃外部的博识眩晕""超越的显然",所有这些不可被形象化捕捉也不可为虚构所表达的问题,正如布朗肖在《灾异的书写》[6]中所评论的,仍然构成了对文学的新挑战。

---

1 巴塔耶:《内在经验》,第 73 页。
2 巴塔耶:《内在经验》,第 26 页。
3 巴塔耶:《内在经验》,第 19 页。
4 巴塔耶:《内在经验》,第 35 页。
5 Maurice Blanchot, *L'Entretien infini, op. cit.*, p. 32.
6 布朗肖:《灾异的书写》,第 146 页。

第二章 "在您的四个内在性之夜的阴影之间"

"相信有天堂的人,不相信有天堂的人"[1]

写作与虚构因而既以象征的方式——既通过虚构人物的道路,又通过与宗教的互文性——又以诗学的方式,通过对内在性与虚无的想象,以及一种往往自相矛盾或不完整的叙事,来涉及对无神学空无的诘问,以及由此产生的形而上学震荡。

布朗肖的虚构作品似乎紧扣两个看似自相矛盾的问题,即全体的问题和存在的问题[2]。这些故事的主人公沿着一条艰难的道路走向他的"原则",放弃了世界,在沉默、遁世、遗忘与冥想中战胜了禁欲主义,最终在自身的死亡或所有人的死亡中发现了他与上帝的相似之处。因此,这些故事——《最后之言》[3]《亚米拿达》《至高者》或《黑暗托马》——似乎都暗示着无神论致使上帝被另一个形象、一个负责说出故事"最后之言"(因此是意义的保管者)的机构所替代。那么,我们是否应该将布朗肖的故事当作否定神学来阅读?这种无神论和神学人类学的亲近关系又揭示了我们与神学的关系,这一自上帝之死后就被深藏却又至关重要的关系中的哪些内容?

对于巴塔耶而言,在对"神秘主义无神学"的诗学体验的探索中,布朗肖走得最远,1950 年的《黑暗托马》是唯——部"迫切地谈到新神学的问题(其唯一的对象就是未知)"的作品,"尽管这些问题在书中还隐而不显"[4]。

---

1 Louis Aragon, «La rose et le réséda», in *La Diane française*, Paris, Seghers, coll. Poésie d'abord, 2006.
2 布朗肖:《无尽的谈话》,第 25 页。
3 Maurice Blanchot, *Le Dernier mot*, in *Après coup*, *op. cit.*
4 巴塔耶:《内在经验》,第 188 页。译文略有调整。

事实上，托马在这个故事中经历着一种怀疑与神秘的双重体验，一方面是对于匮乏的本体论体验，基于主体从基本知识中的脱离，以及对逻各斯——亦即语言与理性的质疑；另一方面是意识的虚无化，它沉浸于空虚或黑暗之中，旨在检验存在的极限，探索"一切被创造之物"的深渊。

在第一章中，托马就这样跳入了遗忘之海，与现实世界失去一切联系，脱离了自己的身体，继而面对空无的恐惧。这种体验很快便显露了它的启蒙意义，最终为一系列想象的可能性留下了空间：

他游着，同时追逐着某种遐想；在这遐想中，他与海融为一体，脱离自我、滑进空无、散裂于水的思想里，这样的迷醉让他忘却所有的不适。[1]

在这个"想象的空洞"中，托马仿佛探索着自我存在的未知区域，就像一次包含有条理的怀疑与错误的现象学调查。他感受到了沉浸在原初之海中的愉悦，完成了"一次通往人的可能性尽头的旅行"[2]，托马从他自身、他的身份、他的身体中被驱逐，最终发现他对自己的存在一无所知。

他却也感受到了一种解脱，仿佛终于探索到处境的关键点，且对他而言，一切仿佛就仅在一海之缺无里以一机体之缺无继续其无尽的旅程。[3]

1　布朗肖：《黑暗托马》，第4—5页。
2　巴塔耶：《内在经验》，第31页。
3　布朗肖：《黑暗托马》，第5页。

第二章 "在您的四个内在性之夜的阴影之间"

故而这种体验由一种否定神学实践构成，其基础是将话语作为竭尽言说——竭尽存在、竭尽非在（non-être）的理论化过程，这种实践涉及主体的初次回撤、感知的逃逸、意向性的回撤，以便为意识留下用图像和象征来表达其强大创造力的可能性。尽管如此，它仍然是模糊的，因为托马所经历的对空无与虚无的现象体验并没有通向神秘主义启示，而是一种主体的空无突然被内在的空无所填补的迷狂："这就是夜晚本身。那些幽暗的影像将他淹没。他什么都看不见了，但他一点也不惊慌；他令这视像的缺无成为他目光的顶峰。"[1]

"人本主义是一个神学的神话"[2]

随着故事发展，否定神学的话语和笛卡儿式话语最终彼此会合又相互证实，悄无声息地彼此互换，以致改变了托马所经历的极限体验的最终目的[3]。神秘主义经验和怀疑论的趋同暗示了一个共同的目的——一种对总体性及对认识未知的相同的欲望，以及同样的困难——在表达不可言喻的现实时话语的不足，在揭示黑暗时理性的局限。

主体的虚无化似乎并不会导致某种神秘主义的迷狂；虚构主体所经历的虚无化更像是一种外部（世界的现实、语言）对自我的征用。在第十一章中，笛卡儿对我思（cogito）的著名论证质疑的不再是人类思维的自主性，而是语言的运作，就像一套独立于主体空转的推论。

---

[1] 布朗肖：《黑暗托马》，第14页。译文略有调整。
[2] 布朗肖：《无尽的谈话》，第486页。
[3] 布朗肖：《无尽的谈话》，第499页。

"我在，我不在"，而是将词语混配于一相同且精妙的组合里，像是："我不在，而在"和"我在，而不在"，却无丝毫拿相反词进行比较、使其如石头般相互对立的意图。[1]

这一表面上的分析性推理揭示了一个分裂的主体，被语言剥夺了自我，仿佛"我"（Je）和自我（moi），虚构主体和指称主体不再重合。这种话语的"内在"分裂不仅使托马的话语的反身性变得不可能或不大可能——比如第一人称人称代词和主有词的大量使用所暗示的（"我纵身跃入那片将我烧尽却也同时让我变得可见的纯粹灾火里。对于我自己的目光，我变得透明"[2]），而且还揭示了语言在主体的中心插入空无与距离的特有能力，"距离，那个距离当然总是外在的，但它包纳了语言并在某种意义上构建了语言；那段无限的距离使得在语言中持守自身就是总已置身语言之外"[3]，然而这种能力却不施加一个新的主体统治的空间，也不代表一种新的超验形式。

巴塔耶随后说，这种"语言在边界处获得的含混地位"[4]，在"与上帝斩断了关系并删除了一切"[5]的否定神学理论中，并未使语言失去它的至尊性。虽然语言并没有在一种至高超越性的保证下从某个天堂坠落，但它仍然在托马身上施加了一种约束力，勾起人物说出最后之言、抵达全部意义甚至完成人类历史的欲望。

因此，在第九章，托马因阅读一本书而沉浸于一种病态的迷狂之中，以本书为媒介，他将自己等同于约翰，末世的见证人，吞噬七

1　布朗肖：《黑暗托马》，第121页。
2　布朗肖：《黑暗托马》，第122页。
3　布朗肖：《无尽的谈话》，第736页。
4　Maurice Blanchot, *L'Entretien infini, op. cit.*, p. 557.
5　巴塔耶：《内在经验》，第35页。

印[1]之书之人,那是基督不得不撕毁的命运之书,这样约翰才能成为这末世的见证人并把它写下来:"他读着。他以一种无可超越的细心和注意力读着。对于每个符号,他如同置身于那即将被母螳螂吃掉的公螳螂般的处境。"[2]

托马将这一体验视为一种去主体化(désubjectivisation)——就像与词融为一体的迷狂("他与他活着的身体进入了文字的无名形态里,并把他的实体给予它们,形成它们的关联,为存在这个词提供存在"[3]),一种对个体极限的解放("在他那丧失意义的自身中,栖息于他肩上的他字和我字展开厮杀的同时"),它没有让主体变得"无力"[4],可也没有让他获得"不可能"的知识,而是任由他在词的"黑夜"中模糊地看到全部的意义:"晦涩的话语、无肉身的灵魂和字的天使仍然存留,且持续深入地探索他。"[5]

更笼统地说,《圣经》——尤其是《福音书》和《启示录》——似乎吸引着整个故事,但不再能够以唯一的声音命令它。作为参考文本、权威文本,被大量引用、反复使用的圣经,或许见证了神学时代的顽强存续,它"从这样的语言出发,打开了自身并像《圣经》的时空一样长久地持续下去",见证了神学时代中隐藏的对"独白,独一无二的律法(l'Unique Loi)……统一性的律法"[6]的怀念,但也证明了

---

1 在下一章中出现了托马的分身,走进坟墓,"一个缠满绷带、感官被七个印封住的分身"。(布朗肖:《黑暗托马》,第42页。译文略有调整。)
2 布朗肖:《黑暗托马》,第27页。
3 布朗肖:《黑暗托马》,第28—29页。
4 布朗肖:《无尽的谈话》,第397页。
5 布朗肖:《黑暗托马》,第29页。
6 布朗肖:《无尽的谈话》,第824页。译文略有调整。

这个时代的分散,它在"复多的言语"[1],这种模糊且未定的双重写作言语中的分裂。

在《黑暗托马》中,《圣经》的参考系统实际上不仅通过重复和移动发生作用——尤其是在陈述系统中——而且还通过重叠:第五章中用来描述托马形变的词语与描述耶稣变容的词非常相似,而耶稣变容是使徒们获得关于他身份证明的象征时刻。"当夜色变得更加深沉,一个暗白的硕大形影就在我面前矗立。"[2]

然而,它也让人想起了拉撒路(Lazare)个体的复活这一主题,早于圣约翰[3]《福音书》记述的耶稣复活[4]或圣约翰《启示录》中复活的集体体验。

我已比黑暗更暗。我是夜晚的夜晚。我穿越阴影——我之所以与之有所区别,是因为我是它们的阴影——前去会见上级猫。……噢,上级猫,我为确认自己的亡逝而在一时间变成了上级猫,现在我就要永远消失了。[5]

这种参照系的混乱使得小说成为"重述"和争辩神学**逻各斯**的场所,与此同时它也指出了叙事的一个基本要义:在不让故事失去任何

---

1 布朗肖:《无尽的谈话》,第 147 页。
2 布朗肖:《黑暗托马》,第 39 页。根据圣马可在《福音书》中所言:"他在他们面前变了形象,衣服放光,极其洁白,地上漂布的,没有一个能漂得那样白。"
3 参见布朗肖:《黑暗托马》,第 39—40 页和第 45 页。
4 约翰福音 11 章 51 节:"拉撒路复活后的大祭司该亚法预言耶稣将为这民族而死,并且他不但替这民族死,还要把上帝四散的儿女都聚集在一起,合成一群。"
5 布朗肖:《黑暗托马》,第 39—40 页。

第二章 "在您的四个内在性之夜的阴影之间"

秘密、也不克制无逻辑与不可理解的前提下脱离神学的可能。

那么如何看待托马最终化身普遍而全知的主体、化身世界末日的见证人这一故事的结局？这是否是主体的妄想，因他妄图了解人类最后的结局，最终腐蚀了本性，自认为是某个不存在的上帝，完全陷入癫狂与幻觉之中？又或是某种寓言，知识的现代性悲剧，是人为了穷尽可能，为了避免偶然性、对抗有限性的绝望尝试，却依然在上帝缺席的情况下感知到一种本体神学的原则在为人类行动赋予意义与方向？

在最后几章中，托马沉浸在绝对内在的黑夜之中，一如《启示录》中太阳停止照耀、星星坠落并喻指超验降临大地的时刻一样："他像个牧人，带着星群、星人之潮走向第一个夜晚。"[1]

随后，这个混乱的世界被一个新的超验王国[2]所取代，并非被新耶路撒冷这个天堂般完美的城邦取代，而是被一个混乱的城市所取代，这个城市的建筑师被囚禁在地下，使人联想起了代达罗斯。

碑记与建筑的纽结成形于十字路口。远眺水平面，可见接近不了的岩石海岸缓缓隆升，是那通向太阳之死尸般现身的死路。……成千成万的人，那不再居住在任何处所的居家游牧族，涌向世界的边境。他们跃入、钻进土里，而当一整片物事化为烟尘之际，被围困于托马精心砌起砖墙之内的他们踏步前进，脚下拖带着场域的巨大性。[3]

---

1 布朗肖：《黑暗托马》，第147页。
2 布朗肖：《黑暗托马》，第146—147页。
3 布朗肖：《黑暗托马》，第146—147页。

因此，托马的命运终结了人类的命运。[1] 从第十章开始，他的存在就落入一种普遍的形式中，其所属的时间性不再是某个主体的时间性，而时而是所有人的神话时间，时而是"时间的恐惧"，是时间的外部，"那种不能具有历史特征"的时间："他自觉越来越接近一个异形畸怪的缺无，而与之相遇却需要无限的时间。"[2]

时间性并不是叙述普遍性的唯一指标。托马同样也经历了一次转变，后者赋予他一个模范、普遍的神话身份。他获得了一种使他能够从整体上凝视世界并思考人类的视角。他还夸张地宣称自己"更新了诺亚粗略的试验"，用一些统称（"完全死亡的物种"，"我是人性的唯一尸骨"）来谈论人类，在最后一章中将物种的异质性重构为一种普遍单一的物种（"属性、族类，甚至于那以无物种之个体为代表的未来物种，全都在一充满光辉的失序中聚居于孤独里"[3]）。在第十二章中，"迎春花""布谷鸟""喜鹊"[4] 在它们的差异之中反映出了生物面貌的异质性，但在小说的结尾它们却被抹去，占主导地位的是空无和缺席：

云雀坠入深渊，夜莺"让人听见它那不凡的哑音"。陈述从单数到复数的开场（在这第一句"我是人性的唯一尸骨"和第二句"我于每一种境况中证明唯有人性会死"之间），表明了虚构主体的身份转变成了一个普遍的主体。因此，托马逃脱了其他人的命运："在激情的顶点上，我为完成了人的状况而感到高兴"，同时赋予自己弥补他

---

1 Pierre Madaule, *Une tâche sérieuse*, Paris, Gallimard, 1973.
马多尔察觉到托马"一人代替所有人死"（p. 106）的典范性死亡就像是对世界末日的回忆，各个时代的人都被聚集在约沙法谷的海边等待末日（《启示录》，20 章 14 节），等待最后审判，最终消失在海浪之中。
2 布朗肖：《黑暗托马》，第 31 页。
3 布朗肖：《黑暗托马》，第 143 页。
4 布朗肖：《黑暗托马》，第 144 页。

们的错误的任务。因为《黑暗托马》中的新城市，与《启示录》中一样，都是出现在被人类自身力量腐蚀和摧毁的旧世界的废墟之上。"我为临终预做准备，以那无法死去的激昂意识。……对他们，我揭露那在我自身内中关于他们的状况以及一无止境实存之耻辱的怪异性。"[1]

托马的存在不仅被提升到典范的行列，在故事的结尾他还被等同于"一个构成独一范例，且人人于死时均与之交换，令其一人代替所有人死的极致个人"[2]；讲述所有人遭遇海难的"我"脱颖而出，被神化、至高无上而富于远见，他表达了对重建新世界坚定不移的信心："在蜉蝣身上有一种至高无上的反抗意识，给人一种生命将永远延续的醉人印象"；在这段向他周遭无处不在的黑夜的呼语中，他还将自己等同于造物者。

如果说巴塔耶在"黑暗托马"中看到了《内在经验》主体的另一个自我（alter ego），又从这篇故事里看到了他的新神秘主义神学的开端——一种朝向未知的神秘逃亡，那是因为托马所经历的黑暗事件本身与知识形成了对照，并且据巴塔耶所言，就其本身构成了"在狂热和焦虑中，即对一个人能对他的存在知道些什么的质疑与考验"[3]。此外，这种体验还迫使主体"纯粹而简单地丧失自我"，在内在性中迷狂；在这个意义上，《黑暗托马》摧毁了人的神学属性：以第一人称说话的意识，看与说出意义的言语，将意义视作光明的观念[4]。然而，托马实际上从未放弃通过自认为上帝、通过深信永不死亡，并继续相信历史和世界统一与完善的表征来"成为一切"[5]的雄心。他的失败因此揭示了其经验的局限性，以及神学途径在任何神秘主义，哪怕是无

---

1 布朗肖：《黑暗托马》，第114页。
2 布朗肖：《黑暗托马》，第118页。
3 巴塔耶：《内在经验》，第26页。
4 参见布朗肖：《无尽的谈话》，第483—516页。
5 巴塔耶：《内在经验》，第62页。

神论神秘主义中的顽强存在。

出错的无神论[1]

相反，托马在《黑暗托马》中的旅程似乎像是某种朝向非知的铤而走险，人在其中体验到他理性的界限，放弃认识上帝的欲望，最终将自己驱逐出世界并进入一个原初空间，这个空间向外部——死亡、内在性、"消散的超越"敞开。这个被理解为地平线、被视为达成并揭露人类真正本性的新空间，几乎不可能存在，只能通过虚构进入其中。它是否指向一种回溯，是对原初时间或时间之外某处的虚构，代表历史中的人与永恒的神祇？布朗肖本人在《无尽的谈话》中回答了这个问题："人们不是在回退中言说"[2]，而是通过揭示那个难以捕捉、被埋葬在我们个人或集体记忆中、永恒缺失、在我们共同的历史中缺位的原初事件。

如果故事的序幕因此可被解读为与世界和经验的最初决裂，与"自认直观唾手可及"的思想的决裂，与保管意义的语言的决裂，乃至与意识——这座意向性与可憎自我的避难所——的决裂，如果这序幕通向另一个世界，它不同于日常却又从属于日常，是禁止任何回撤的怪怖者[3]，那么只有故事的结尾才能重现托马之路线最初且极具争议的关键所在。

托马到达了一个新世界，一片想象之地，位于起源的回撤之中：《黑暗托马》的主人公，未能成功了解存在的"底部"，无法放弃他

---

1 Georges Bataille, *L'Expérience intérieure, op. cit.*, p. 379.
2 Maurice Blanchot, *L'Entretien infini, op. cit.*, p. 392.
3 Sigmund Freud, *L'Inquiétante étrangeté et autres textes* (*Das Unheimliche*), trad. fr. Fernand Cambon, Paris, Gallimard, coll. Folio bilingue, 2001.

第二章 "在您的四个内在性之夜的阴影之间"

普罗米修斯式的野心——即认识有限性和绝对——最终与宇宙全体（Tout）一起迷失在某种神秘迷狂之中。由此，故事的结尾重现了世界末日和创世的《圣经》主题——然而却是在一种无神学的语境中——讲述了世界尚未成形、完全有待重造的原初时刻。历史中的人类以共同体终结的现实和主人公之死比照这个神学的乌托邦，仿佛这个故事的失败本身"已与某种类型的书写（écriture），部分地联系了起来，那一类型的书写只寻求最后之词。"[1]

《黑暗托马》的结尾重建了人与世界之间的新牧歌。托马不满足于从海难和灭顶之灾中拯救那些活着的物种，而是重建一个巨型的新地球（Nouvelle Terre），在那里，领地和物种的差别都将被废除。托马产生了重建宇宙统一性的想法："一个完美的单一体，在我所身为之棱镜下，释放出那使一切于不见中均为可见之无限散逸。"[2] 然而，主体所谈及的创造的希望却与世界的陷落不谋而合。虽然他认为自己已经成为"至高无上的创造者"，但这种转变仍然表现出一系列的悖论：世界之初与世界终结（第一夜和最后一夜）的交叠，上帝视角（由绝对之眼代表）的唯一性和三位一体的交叠（"全体"；主体和"惊人的缺席"，"当三者中的其一是一切时就已经非常可怕"的数字），命运与偶然的交叠，如此多的悖论最终使将这个片段等同于创世的做法变得疑点重重。

这个片段之所以意义模糊，尤其因为它暗示了世界从虚无中自然产生的事实。"卷入了这创造之初探，他们在短渺的一刻间并纳了高山。他们如星辰般升起，以其不被预期之运行**破坏宇宙之秩序**。"[3]

---

1 布朗肖：《不可言明的共通体》，第 21 页。
2 布朗肖：《黑暗托马》，第 137 页。
3 布朗肖：《黑暗托马》，第 147 页。

这种诞生短暂地被看作是人与大地之间的一个新牧歌:"像一个牧人,带领着星群、星人之潮走向第一个夜晚。"但是,在这个新耶路撒冷中,创造似乎是冻结的,就好像创造者将它的成长与发展留给了将来。个体是"无物种"的;蜻蜓"没有鞘翅";蝴蝶,仍是"蛹";树,"没有花"。在那里,就像在《亚米拿达》中一样,"结晶"表达出对时间的恐惧,害怕看到人性随着人类的发展而腐化的恐惧,以及对不死的幻想。

故事的书写发生在一个眼见摧毁迫近的时刻,被置于对审判的等待中,然而我们却无法将这审判归于任何神明,这种书写似乎排除了一切神学和末世论阐释的可能。于是末日试图在摧毁与混乱的基底上,想象一个处于时间之外的世界,这个世界不仅会去质疑历史的生成,还会为人类召唤全新的起点。然而,与之相反,世界末日则将人类投射到一个接受历史终结的场景中,但假设它仍然具有某种意义和目的。这场灾难的叙述者因此在双重意义上落入陷阱:既为与其叙述完结相背的时间所欺骗("直到最后一刻,我都会想要在已经说过的话中添加一个词。但为什么这个词是最后一个呢?"[1]),又被"出错的无神论"所误导,这种无神论为代替上帝所呼唤的,是代表一切人类存在总和的"不可能的主体",一个能够超越理性的限度、穿越并见证死亡、完成人类历史的主体。

"面对正在逃离的东西"[2]

尽管我们不应试图将布朗肖当成一个"新神秘主义者"——讽刺的是,萨特在 1943 年 2 月发表于《南方手册》的一篇文章中谈及

---

[1] Maurice Blanchot, *Après coup, op. cit.*, p. 77.
[2] Henri Michaux, *Face à ce qui se dérobe*, Paris, Gallimard, 1976.

第二章 "在您的四个内在性之夜的阴影之间"

巴塔耶的《内在经验》时正是这么做的[1],但不可否认的是,布朗肖虚构作品所表现出的无神论尽管转换、悬置了神学,却没有彻底摆脱神学。换言之,人,在上帝之死所代表的形而上学动荡之外,依然未能摆脱自身的神圣属性,这些属性依然留存于理性以及语言的强大权力中,这语言总能从主体性的首要性中,从对世界一体与总体的理解中看见并言说意义,哪怕一切"真实超越的关系"早已消失。"无神论仍然是纯粹的主张。一个人可以自称为无神论者;一个人可以说,我们在思考人,但我们继续认识到的,总是作为光、作为统一的上帝。"[2]

然而,他的作品通过将神学话语与学术及人文主义话语归于同一种理想主义,即相信意义、主体和世界的统一性的理想主义,似乎进行了双重的去神秘化。对远离了宗教目的的否定神学的参照,宣告一个时间之外世界的到来的末世论——人类共同体的未来全系于与这个世界的抗衡中,实际上使这些象征的传统意义发生了转移。

此外,对于读者来说,他的作品也构成了一个警告:一方面反对虚无主义,因为虚无主义通过否认神学和人文主义的合法性,消除一切知识,压制无逻辑与不可理解的存在,禁止诗歌发现晦涩性的一切可能;另一方面反对人文主义的偶像崇拜,因为后者用一种内在机制,一种人的完满形象,以及一种由哲学语言和理性语言所代表的超验秩序来代替上帝。

布朗肖就这样"拆除"了基督教封闭而完善的世界,重新开启了

---

1 转述自:Jean-Paul Sartre, *Situation I*, Paris, Gallimard, 1947.
2 布朗肖:《无尽的谈话》,第 496 页。

意义的问题,却没有使其隶属于哲学语言,并且直面与人类存在必然不完满关系的事物:人的起源,人自身的死亡,总之是形成人类历史的"缺失";一种被布朗肖交替地称为外部、遗忘、剩余或无法言明的缺失。

向否定神学借鉴的无神学书写,在"通过缺席、失去与消散的超越宣告启示"[1]的同时,也指向了意识的虚无化、感知的逃逸与认知的后撤。如此,它便将主体从其立场与偏见中解放出来。而如果说在否定神学中,经验主体通过某个上帝的统觉填满了这种"空无",由它为自己找回意义与统一性,布朗肖则欢迎这种他视之为不可想、不可见、晦暗、神秘的空无,他拒绝"走向彼岸",而将通过图像和象征来拥抱"永恒悬置的问题"的工作留给了诗歌。

第二节 场景2:"传说中的地狱"或世界末日中的人:米肖和布朗肖

在我看来,还是孩子时,你已饱受痛苦,而混乱始终像面具一样适合你。(安托瓦纳·沃洛迪纳,《蔑视的仪式》)

一代人再次跌落于人下,落入"父辈的虚无"[2]、混乱、"没有根源的骚乱"(布朗肖)之中的景象,在米肖战时所写的诗集《考验,驱魔》中向米肖本人,也向其同代人,启示了灾难的意象。

我们坐在废弃的井边上。一切都是废旧金属和烟熏火燎的梁柱的

---

1 Maurice Blanchot, *L'Écriture du désastre, op. cit.*, p. 178.
2 夏尔:《愤怒与神秘》,第45页。

第二章 "在您的四个内在性之夜的阴影之间"

颜色,也是深深的疲劳的颜色。

三角形的僵硬鸟类在天空中飞过,发出巨大的噪声。

绝望如雨,还能落多久?

自负的小老头,想统治,任由杀戮,满足地被打败,抱着一个娃娃。

时间流逝,回避的答案,条状的岁月,在叛徒的手指间。

我们默默地看着对方。

我们以盲童早熟的严肃相互对视。[1]

中断的神话

《考验,驱魔》中的《信件还说……》一诗是米肖 1940 年至 1944 年间为反抗第二次世界大战而作。诗中,米肖描绘了一个"在其专有的力量的虚幻再现中,也已经消耗殆尽了"[2]的世界,这个世界只能陷入对某个古老场景的无尽重复,却无法让我们重新体验这种"本原的活力"[3]。曾经将人们聚集起来的朗诵者的话语,所有人唯一的声音,共同体及其神话历史的创始者,现在却让位于一个非人、扭曲貌且预示着我们的毁灭的声音。这是因为对于米肖来说,在之前的文本如《起源的寓言》[4]中已被他嘲弄过的共同体神话实际上自此将对某种共同体理想的厌恶推向了极点。同样,对于在 1930—1940 年代写了《最后之言》《亚米拿达》《至高者》《黑暗托马》等故事的布朗肖

---

1 Henri Michaux, *Épreuves, exorcismes (1940–1944)*, *op. cit.*, p. 55.
2 南希:《无用的共同体》,第 107 页。
3 南希:《无用的共同体》,第 105 页。
4 Henri Michaux, *La Fable des origines*, Bruxelles, Disque vert, 1923.
 《起源的寓言》一书确实代表了一种对创世纪的嘲弄,掺杂着历史美丽的假象和非洲人类学。共同体(以部族和原始形式)与神话学的联合已经是一种去神话化(démythisation)的推动力。

而言，同一种神话完美中断了其他一切神话，显然与人类共同体的终结息息相关，使南希在《无用的共通体》中回应的问题变成了现实："神话的终结是否会废除共同体？我们是否可以反过来考虑始于神话中断的一种共同体的新形式？"通过将自我"解放"的指令和"灾难的预感"联系在一起，世界末日就成了颠覆历史否定性的反恐怖的全新象征，它"把劳苦的循环折换为复活之货柜"[1]，为夏尔提出的悖论赋予了意义和合法性："唯一的斗争发生在黑暗之中。"[2]

"前行，只可能是世界的尽头"[3]

世界末日本身也构成了一个涉及人类的未来及其即将到来的消亡的场景。米肖将其描述为一个不可居住之所，先后称其为"残忍之国""时间停止的城市"，其中死亡、毁灭、绝望无限推迟了人类新起始的诺言。但此处也是逃逸的幻象空间，诞生于无意识与梦境，甚至源于对"我"的"驱魔"，这个"我"与重压其身的毁灭威胁进行着抗争。这个场景是含糊的，它将对"自我"的考古（"在人之后、在楼梯下、在最不复孤独的最遥远之处"[4]）与对我们文明起源的探索，以及对传奇与神话的集体记忆的深入并置。因此，这一场景以一种自相矛盾的方式构建起来，既以它抛掷于不可言说和肮脏的事物，也通过它迫使我们勇敢面对的东西构建了自身（"我们以盲童早熟的严肃相互对视"[5]）。

1　夏尔：《形式分享》第35节，《愤怒与神秘》，第83页。
2　René Char, *Les Matinaux, op. cit.*, p. 177.
3　兰波：《灵光集》，何家炜译，商务印书馆，2020年，第10页。
4　Henri Michaux, *Épreuves, exorcismes, op. cit.*, p. 28.
5　Henri Michaux, *Épreuves, exorcismes, op. cit.*, p. 55.

第二章 "在您的四个内在性之夜的阴影之间"

不可能的辨认

从末世图像中获得了解放力量和消解能量的驱魔,因而有意地驱逐他者(l'autre),驱逐恶,排除各色"控制",并且通过历史的否定性来防止主体的同化:"正是,在这个大厅中,并且作为四面透风的海堤/世界的狂啸,我们确保使他们进入,但不要过多,不要全部。"[1]

或许,随诗歌前行,对自我的探索总是将这个"我"(je)更猛烈地带回恐怖之镜的挑战,让"我"从"扮鬼脸的面孔"里、从直至回荡在他笑声中的"犬吠"里、从在他周围挖出恐怖之渊的"空无的面具"中,从"排成队的人"身上,以及威胁将他拆散的"内在的未成形"("一种仿如内心之空无的空无萦绕着他们"[2])中认出它来。或许,他者的问题实际上是在主体与其自身的关系中折磨着主体("我在一个他者之中独自笑着,……真烦"[3])。正是在"我"的内部,自我与其种种相似物为了保卫领地展开了斗争:独有与非独有之间("你也一样,为什么你不认识你自己?"[4])、身体与反身体之间("我突然被掏出许多空无的空间,并且四面八方都糟糕地向**这些排成队准备穿过的小人**开放"[5])。他与空虚("空无可怕的吮吸甚至在权力的幽灵中无处不在"[6])、与身份丧失("我没有名字"[7])以及与无人性,甚至非人

---

1 Henri Michaux, *Épreuves, exorcismes, op. cit.*, p. 106.
2 Henri Michaux, *Épreuves, exorcismes, op. cit.*, p. 43.
3 Henri Michaux, *Épreuves, exorcismes, op. cit.*, p. 11.
4 Henri Michaux, *Épreuves, exorcismes, op. cit.*, p. 18.
5 Henri Michaux, *Épreuves, exorcismes, op. cit.*, p. 31.
6 Henri Michaux, *Épreuves, exorcismes, op. cit.*, p. 25.
7 Henri Michaux, *Épreuves, exorcismes, op. cit.*, p. 19.

的退化的斗争("我使活人的行进后退"),近似于人在一个相反世界中所进行的抗争("巨大的空洞骤然形成,仿佛翻转的山丘"[1]),自从这个爆发了第二次世界大战的"受诅咒之年"以来,这个世界完全被重塑为一座坟墓("洞穴""死亡之镜""石板的静默""浑浊之泉"):"在健康使人安宁的襁褓之外,我看到人四处游荡,看到世界在人中游荡。"[2]

因此,就像米肖所写的那样,返回"浑浊之泉"[3],"人所到达的并不是他自己的中心,而是为他设下边界的边缘:是死亡盘旋、思想湮灭、关于原初的诺言无限后撤的地方。"[4]

米肖:黑魔法

米肖的诗掘出末世论思想的古老偶像,目的不是为了重建新的牧歌,重新赋予神话以凝聚力,而是通过诘问复活的象征与符号,通过将神话人物或情景搬上舞台,尤其是通过对以拉撒路或世界末日见证者为代表的、亲历过人之死并能为之作证的最后之人形象的再现,来具象地表现一个衰落的共同体以及,刚好相反,这个共同体对灾难的抵抗。就像让·凯罗尔在《我们之中的拉撒路》[5]中想象出带有复活象征或神话认同的梦境,以驱除对集中营及其所带来的屈辱难以忍受的回忆,米肖在他的"驱魔"中也唤起"赎罪仪式",一种战争的恐怖与怪诞、荒谬与残酷现实并存其中的"黑魔法"。米肖作品中

---

1 Henri Michaux, *Épreuves, exorcismes, op. cit.*, p. 63.
2 Henri Michaux, *Épreuves, exorcismes, op. cit.*, p. 22.
3 Henri Michaux, *Épreuves, exorcismes, op. cit.*, p. 52.
4 Michel Foucault, *Les Mots et les choses*, Paris, Gallimard, 1996, p. 338.
5 Jean Cayrol, *Lazare parmi nous*, Paris, Seuil, 1950. Cf. également André Malraux, *Lazare*, Gallimard, 1974.

第二章 "在您的四个内在性之夜的阴影之间"

这种独特的"末世论语气"[1]似乎是对无意识的诡计的让步,既防御了"四周充满敌意的世界散发的力量"[2],又构成了这些抵抗诗的前提。虽然它们没有像让·凯罗尔的《拉撒路之梦》一样,支持一种革新世界的愿景,摆脱对历史的迷恋,但它们至少试图在读者心中激起一种"内在的震撼","这将促使人在毫无手段、毫无保留的情况下进行反抗。"[3]

因此,"拉撒路,你睡了吗?"收集起"倒下的雕像的碎片"、堆满故土的废墟残骸,并突然宣告"走进隧道",这是对人类的共同体走进坟墓的一种隐喻。最后这首诗代表了一种悲观主义的极致:主体在其中指责人类与一切进步思想背道而驰的返祖现象("人性正在被扭曲"[4]),尤其是人类向动物性的可怕退化("兽群已经走向辽阔的地区"[5]),它向原始牧群野蛮状态的回归("众多的人类,虽然比老鼠少,但他们就那样出现,数量庞大,毫无保留"[6]),以及它对扩散混乱的责任("人们使咖啡变质,他做茶托";"小麦做黑煤,牛奶喂火炮"[7]),男人和女人受雇于这种新的战争经济,以保障"老虎"的"给养"。这种非人道的战争将人肢解到"无法辨认"[8]的程度。但凡有人像米肖那样寻找"某处某人"[9],简言之,就是寻找"一种超越历史

---

1 *Cf.* Jacques Derrida, *D'un certain ton apocalyptique adopté naguère en philosophie*, Paris, Galilée, 1983.
  这是德里达1982年7月在瑟里西拉萨勒(Cerisy-la-Salle)的一场会议中演讲的第二版,形成于由菲利普·拉古-拉巴特(P. Lacoue-Labarthe)和让-吕克·南希(J.-L. Nancy)组织的一次十日会议期间。
2 Henri Michaux, *Épreuves, exorcismes, op. cit.*, p. 9.
3 Jean Cayrol, *Lazare parmi nous, op. cit.*, p. 10.
4 Henri Michaux, *Épreuves, exorcismes, op. cit.*, p. 78.
5 Henri Michaux, *Épreuves, exorcismes, op. cit.*, p. 54.
6 Henri Michaux, *Épreuves, exorcismes, op. cit.*, p. 77.
7 Henri Michaux, *Épreuves, exorcismes, op. cit.*, p. 78.
8 Henri Michaux, *Épreuves, exorcismes, op. cit.*, p. 74.
9 Henri Michaux, «Quelque part quelqu'un», in *NRF*, n°301, 1938.

偶然的个体性"[1]的持久痕迹,他所看见的就不会是众人,而是"鲨鱼人""金字塔人""蚁人""蛙人""浮游生物人"[2]。如此被"解域化"[3]了的人就从他占多数并且占主导的位置上跌落下来,降为"少数生成"(devenirs minoritaires),回到领地、原始人种与动物物种分离之前,史前的"鼹鼠生活"[4]("我们把我们的兄弟缝进驴皮,我们把我们的兄弟缝进猪皮"[5])。

亵渎神明的概念,作为对这一代人特点的描述,在诗中无处不在("人们,丧失了信仰,缄默不言,缄默不言于令您屏息的沉默"[6]),它所表达出的却不尽然是宗教内涵,而是一整代人知识与道德的麻木,由此证明了不啻于埃及十灾之苦痛创伤的卑鄙:一次"巨大的出血"[7],一把毁灭的火,寄生虫,甚至"洒上醋的伤口"[8]。

那些负责记述穿越隧道之旅的声音(由《我看见了》《瞧那个人》《信》《行进在隧道中》等诗歌组成),即喝师、疾病和死亡[9]的声音,都被视为厄运的承载者。一个声音从阴影、虚无中出现,可怖地超过了诗集开头权威的"巨大的声音",以预言的口吻宣告了人类共同体即将面临的灾难。("然后一个仿佛闻所未闻的声音突然响起,生命之花开始发出臭气,太阳只是一种回忆"[10])。同样,在《瞧那个人》、在

1　Martin Roux, «Henri Michaux. L'Espoir», *La Revue internationale*, oct. 1945, 1ʳᵉ année, n° 9, p. 249-252。
2　Henri Michaux, *Épreuves, exorcismes, op. cit.*, p. 68.
3　德勒兹、瓜塔里:《资本主义与精神分裂(卷2:千高原)》,姜宇辉译,上海书店出版社,2010年,第207—234页。
4　Henri Michaux, *Épreuves, exorcismes, op. cit.*, p. 71.
5　Henri Michaux, *Épreuves, exorcismes, op. cit.*, p. 79.
6　Henri Michaux, *Épreuves, exorcismes, op. cit.*, p. 63.
7　Henri Michaux, *Épreuves, exorcismes, op. cit.*, p. 67.
8　Henri Michaux, *Épreuves, exorcismes, op. cit.*, p. 73.
9　*Cf.* Henri Michaux, *Épreuves, exorcismes*, p. 56-60, p. 62 et p. 63.
10　Henri Michaux, *Épreuves, exorcismes, op. cit.*, p. 63.

第二章 "在您的四个内在性之夜的阴影之间"

《我看见了》中的"我",以神谕传递者的身份出现,呈现出一种《圣经》风格,其中充满了诸如"智慧的种族""命定之人""完美时代的人"等迂回措辞和寓言式的表述。这个"我"随后也被那用种种苦难威胁世界的"阴暗之声"所吸收("哀哉!哀哉","不幸的人啊",她说,"难道你不知道你的肾脏,这个正在腐坏的不可靠的敌人,从现在开始,将你的死亡置于你的床榻"[1]),他最终与世界末日的见证人同化,并时而用过去时讲述一场他将是唯一"幸存者"的悲剧,时而用现在时讲述"不可能具有历史特征的东西"。

> ……我是从时间停止的城市给你写信。
> 这一年就像人类种族面前横亘的一堵墙。
> 时间,慢慢地流逝,仿佛一个无止境的童年。[2]

在诗集的第二部分,诗歌主体探索了另外一种驱除历史事件重量的方式。他选择了一种概括性的、不那么个人化的陈述方式,仿佛抒情主体在意识到人类共同体所面临的危险时便抹除了自身。这部诗集的末世论基调因自相矛盾而更加悲观。它既没有揭示神的授意,也没有给出恢复人类共同体的希望,相反,它显示出的是神圣的回退,由巨大空无带来的渴望。人无奈地眼见"他成年生活的拱门"关闭,眼见自己落入一个被诅咒的时代,除了面对自己的命运和勇敢地直视死亡外,别无其他出路。拉撒路形象或世界末日的这种吸引力令人不安;然而,它似乎将创造与毁灭联系在一起,将言说的权力与不可言说之物联系在一起,将死亡与在语言中的幸存联系在一起,总之,为诗歌所设想的共同体开启了一条新的道路。

---

1 Henri Michaux, *Épreuves, exorcismes, op. cit.*, p. 62.
2 Henri Michaux, *Épreuves, exorcismes, op. cit.*, p. 53, p. 67, p. 71.

对米肖来说，共同体首先意味着文明的某个最伟大神话的消失和解体：在《行进在隧道中》，被剥除了宗教意义的世界末日（"基督没有抵抗交锋"[1]）所宣告的，不是明日的世界，不是人类在灾难之上的重生，而是一个新的地狱，若不生产怪物就无法生存其中。因为对米肖而言，世界末日的恐怖只能是一时的，是一条人必须走出的"隧道"。写作因而成为抵抗"灾异的书写"[2]的诱惑、防止文学陷入"恐怖世界"的斗争场所。

诚然，这样的诗杜绝了任何幻景。它所讲述的世界是一个噩梦的世界，与诗歌所歌颂的世界相去甚远，它是建立在古老史诗废墟上的堕落的世界，是被秩序和统一的幻觉所摧毁的延迟的世界，然而这个世界却非常真实，轮番使人绝望或激发对解放的疯狂渴望。此外，这个世界反映出的不仅是一个饱受恐怖景象（一个被烧毁的世界的恐怖图景）折磨之人的想象，更是一个时代和整整一代人的想象。米肖并不只为自己而写。这些对行动的鼓励，这些夺回财产的愿望，诗人既是为自己，也是为别人而写下的。他的诗句的读者，那些他口中的"灰烬的同路人"[3]，他们跟他一样被囚禁于一个黑暗的时代，跟他一样无法挣脱那受诅咒的一年，却被某种可怖的空虚感包围，像他一样"被没有结果的思考啃噬"[4]，困扰于那个终止一切其他问题的问题："我们是否生来就只能成为烂泥？／我们是否生来就手指折断，一生只纠结那个糟糕的问题？"[5]。对于他们来说，正是由于诗歌，诗人才找到了对抗"理解力麻痹"[6]的力量。

---

1 Henri Michaux, *Coups d'arrêt*, Paris, Le Collet de Buffle, 1975. n.p.
2 参见布朗肖：《灾异的书写》。
3 Henri Michaux, *Épreuves, exorcismes, op. cit.*, p. 17.
4 Henri Michaux, *Épreuves, exorcismes, op. cit.*, p. 43.
5 Henri Michaux, *Épreuves, exorcismes, op. cit.*, p. 13.
6 Henri Michaux, *Épreuves, exorcismes, op. cit.*, p. 51.

第二章 "在您的四个内在性之夜的阴影之间"

然而,这个末世事件是模糊的,因为,在同时宣告人类的毁灭或人类的重生时,它使这首诗成为一种灾异的写作和一种去神秘化和反抗写作相互斗争的场所。灾异的写作宣告的不是明日的世界,而是一个被僵化与毁损所侵蚀的新的人间地狱;而在去神秘化的、反抗的写作中,世界末日神话作为对历史生成的反恐怖、对深入人类起源最深处的形象表达,代表了创始时刻和重建的希望。这一事件的模棱两可之处,还在于它在警示我们的同时也将我们引入歧途。通过对人类整体的质疑,它让我们相信历史已经完成,流露出赋予共同体以意义的愿望;反之,作为"回归"和主旋律的世界末日神话象征着南希所指的共同体的"非实在化",也就是说对内在性的悬置或对死亡威胁的抵抗,对人类毁灭的可能性的抵抗,同时也是对共同体终结话语的否决。

布朗肖:"孩子或混乱的衍生物"

这种模糊性在布朗肖的作品中是显而易见的。《黑暗托马》(第十章至十二章)的结尾充满了对犹太教和基督教世界末日的引用,讲述了共同体的海难,以及极其混乱与恐怖的新耶路撒冷在旧世界废墟上的重建,这与接受为他人而死、担起典范命运并戴上基督光环的小说主体的生成联系在一起。在一段关于安娜理想而典范之死的长独白后,托马开始漫长地"行进在隧道中",走向他自身的死亡、"黑色之花""夜晚的鸡冠花"和"(他)固有的谜的形象"[1],但同样也走向最终的世界末日。于是,托马作为引路人,作为"牧羊人"[2],带领

---

1 Maurice Blanchot, *Thomas l'obscur*, Paris, Gallimard, coll. L'Imaginaire, [1950], 1992, p. 114.
2 布朗肖:《黑暗托马》,第147页。

着"星群""星人"之潮走向死亡。他迈着有节奏的步伐朝着"第一夜"前进,接近创造的秘密——万物的终结和原则——并与已成为"想象的尸体"的人在旧世界的废墟上建造起新城市的围墙,而这座新城市将成为他们的坟墓。虽然他触碰了"无根源者之根源"[1]和"创造的陷阱",但他仍然面临着令人苦恼的问题,与梅尔维尔(Herman Melville)的《白鲸》(*Moby-Dick*)中亚哈的问题相呼应:"但是在哪里呢?假设我走下那些无尽的楼梯,我就会在海底拥有眼睛吗?"[2]

"行路庄严而高贵,然而目标为何?形式又为何?"[3]因为在布朗肖的作品中,世界末日代表一个复杂的恐怖寓言,它不仅指控图像反映威胁我们的死亡的力量,而且还指控记忆的作用,以及从更普遍意义上说指控面对共同体终结的计划性预告的叙事的作用。世界末日也是一种批判性寓言,也就是说一个门槛——我们犹豫着是否要跨越——同时也是对我们历史的指控。因为它承载着人类所犯的罪行、我们的惩罚以及我们对所有人的责任的谜题,它以模棱两可的方式向我们发话,既产生吸引力又遭到排斥:创世的故事逃离了起源的陷阱,混乱的图像躲避图像的诱惑。而且,在同一个运动中,共同体灾难的这种上演——因为它展示了我们即将来临的终结这一事件,并赋予它一种更高的诗学、象征和神学共鸣的意义——在不可调和的矛盾游戏中爆发:无神学话语和以神学告终的不可能性之间的对抗,弥赛亚式话语和历史终结的计划性预兆之间的对抗,最后之人的死亡和他用闻所未闻、不可见的、无法想象的东西所隐藏的东西之间的对抗。

1　布朗肖:《黑暗托马》,第139—140页。
2　Herman Melville, *Moby-Dick*, Toronto, New York, London, Bantam, 1967, p. 512.
　　参见布朗肖:《灾异的书写》,第143页。
3　布朗肖:《黑暗托马》,第147页。

第二章 "在您的四个内在性之夜的阴影之间"

在夜里,我是否将变成宇宙?[1]

因此,托马进入了一个抽象王国,"时间的透明"在这个王国中大行其道。他将死亡理想化,并开始以预言的方式猜测深渊所掩藏的再生可能性,因而他接近了一个生成的空间("留在自身这边,尽可能地靠近芽苗之地"[2]),并为了给其他人做出榜样而作为殉道者投身于死亡。

托马的命运完成了人类的命运。从第十章开始,小说主体的历史性就不再是个体的历史性,而是人类存在普遍的时间性:托马的历史有时被人类的历史吞没("就是在这一夜和这一永恒之中她准备着变成人类的时间"[3]),有时被虚无或时间的恐怖吞没("他自觉越来越接近一个异形畸怪的缺无,而与之相遇却需要无限的时间"[4])。

同样,托马还经历了一系列的转变和变形,这使他具有了一种典型、普遍甚至神话的身份("我的命运惊撼了众人"[5])。他获得了一种能够让他凝视这个世界并思考整个人类的想法,他宣称自己是"更新了诺亚粗略的试验"的人,他用统称来谈论人("已经完全死亡的物种""我是人性唯一的尸骨"),他将生物的多样性汇集在一个包罗万象的原则下("属性、族类,甚至于那以无物种之个体为代表的未来物种,全都在一充满光辉的失序中聚居于孤独里"[6]),他承担起他人的罪责与耻辱,并获得"那看见一切之人"的整体的观点。从这种变

1　布朗肖:《黑暗托马》,第136页。
2　布朗肖:《黑暗托马》,第123页。
3　布朗肖:《黑暗托马》,第73页。
4　布朗肖:《黑暗托马》,第30—31页。
5　布朗肖:《黑暗托马》,第117页。
6　布朗肖:《黑暗托马》,第143页。

形中"我"变得神化、至高无上且有预见性,达到了等同于上帝的程度("将我自一切被造事物中吐出之努力,是否就会造就我成为那至高之创造者"[1])。

然而,故事却陷入对人类共同体乌托邦式的重生和毁灭的矛盾回忆,正如埃米尔·齐奥朗(Émile Cioran)在《历史与乌托邦》[2]中谈论20世纪从世界末日获得灵感的小说时所说:

> 人们向我们宣布的"新地球"越来越呈现出一个新地狱的形象……乌托邦式和世界末日式这两种对我们来说如此不同的文学类型却相互交融,如今在相互影响之下形成了第三种类型。这种类型能够神奇地反映一种威胁着我们的现实,但我们仍将对其说"是",一个正确的、没有幻想的"是"。

"传说中的种族"的重生、预示着人类物种新生的青春的种子("当太阳从地平线上升起……光芒万丈",蛹,"青春的鲜嫩")、重生的生命所有最高级的迹象("生命将永久持续下去""世界有可能更美吗?""田野上铺展的色彩的典范""自然满溢着至福")都遭到了退化或熵的反驳("死亡的想法催促着蛹蜕变成蝴蝶,死亡对于绿毛虫来说在于接受天蛾灰暗的翅翼")。因此,人类新的田园牧歌只有在毁灭的基础上才是可以想象的。

这种矛盾延伸到了叙事本身,后者被置于毁灭即将来临的时代和对审判的等待中,然而我们却不能赋予审判以任何的神性,矛盾就在弥赛亚式的语调和末世论语调之间游移,前者顺从地接受即将来临的

---

[1] 布朗肖:《黑暗托马》,第139页。
[2] Émile Cioran, *Histoire et utopie*, Paris, Gallimard, coll. Folio essais, 1996, p. 124.

第二章　"在您的四个内在性之夜的阴影之间"

灾难（"那即将到来的巨大灾难看似温和而安静"[1]），后者则仍然被救赎的希望所支撑着（"漫长而沉重的坠落：他们是否像他们所梦见的那样，达到了他们认为已走过的灵魂的边界"[2]）。叙述者，即崩溃的见证者，似乎陷入两难之中，既希望讲述共同体的灾难直到最后一刻，又害怕看见自己的演讲结束在人类终结之前，正如在《最后之言》中那样，他认为自己"……想要在已经说过的话中添上一个词。但为什么这个词是最后一个？"[3]。这是因为世界末日的见证者处在一个悖论的中心——他必须像人类的终结尚未到来那样讲故事，必须回到那个时代来重新构造情节安排。

这样一种叙述的悖论——主要特征是像已经发生过的那样讲述整场海难，因此叙述本身是不能被保存的，也是不可能的或荒谬的，除非它自称是预言性的，并向过去预告已经到来的未来。[4]

其实，这种矛盾说明了召唤灾难事件的末日的声音（"来吧，来吧，命令、祈祷、期待所不适合的您或你"[5]）和它所暴露出的对拯救、对恢复共同体的欲望之间的差距，尽管遭遇了灾难和废墟；它还说明了当代叙述的特征，其叙述者（既不是史诗的叙述者，也不是传教者，更不是至尊性主体）缺乏权威，与"第三类"[6]进行对话，对游牧者、流亡者的观点表示认同，在为所有人说话的同时将自己排除在共同命运之外，从如此遥远的地方与我们说话以至于他似乎已经是一个

1　Émile Cioran, *Histoire et utopie*, Paris, *op. cit.*, p. 132.
2　Émile Cioran, *Histoire et utopie*, Paris, *op. cit.*, p. 136.
3　Maurice Blanchot, *Après coup*, *op. cit.*, p. 77.（包括《田园牧歌》和《最后之言》）
4　Maurice Blanchot, *Après coup*, *op. cit.*, p. 93.
5　布朗肖：《不可言明的共通体》，第 21 页。
6　布朗肖：《无尽的谈话》，第 123—138 页。

局外人，并且从未停止寻找"最后之言"，但却遭遇了复兴共有时代的不可能性。《最后之言》的叙述者以他自己的方式在某种程度上验证了这个寓言：他生活于一个语言从使用与理解角度说都已异化的城市，他将语言交于社会精英之手，尤其交于国家，后者将其作为一种"虚无化"[1]力量使用。他终于独自破译了共同体的抒情诗背后那故弄玄虚的权力的意识形态及其交流，最终将自己排除在集体命运之外，并为了到达最后之塔，即我们的巴别塔[2]，而跑到了城市的边界，在梦中重建了原初的共同体，在那里，所有人都说同一种语言。

如果说托马在《黑暗托马》中扮演了一种"殉道者"的角色，接受去死，直面死亡，向人们证明他处于既定的社会纽带之外，代表了一种抵抗灾难和死亡的终极考验的共同体热情，那么他其实从未真正地达到死亡。死亡也因此作为思想与想象力的背叛因素突然发生在叙述中（"这个谜纯粹是个空想，是一个为毁灭一切文字而恶意成形之文字所完成之作品？"[3]）；我们可以将这种背叛定义为两种状态之间的"空缺"，"我在，我不在"，"我在，而不在"[4]，被人物无止境的游荡所隐喻的"空缺"、门槛的"通道"、边界地带——依次是深渊[5]、灾火[6]、

---

1 Giorgio Agamben, *La Communauté qui vient, théorie de la singularité quelconque*, op. cit., p. 85.
2 此外，该塔还是典型的《圣经》主题，因为根据《圣经大公译本协约》（1993），它出现了71次。它是《圣经》中日常生活的核心，最常用于描述背景并使叙述变得真实。但它却不限于这种指称意义，住达具有隐喻和寓意的意义。就像太阳在关键时刻出现为了表示神圣的力量一样，（《耶利米书》15章9节，《路加福音》23章45节），同样，上帝的全能也被比作"塔"，像堡垒一样保护着脆弱和受威胁的人（《诗篇》61章4节，《箴言》18章10节）。
3 布朗肖：《黑暗托马》，第124页。
4 布朗肖：《黑暗托马》，第121页。
5 布朗肖：《黑暗托马》，第121页。
6 布朗肖：《黑暗托马》，第122页。

第二章 "在您的四个内在性之夜的阴影之间"

两岸[1]、底层深处[2]、深邃之岩洞[3]、一片广阔的田野(在梦中)[4]、牧人穿过田野[5]、一片汪洋大海[6]、谷地、丘陵、倒塌的城市的废墟[7],以及最后的海洋[8]——一个接一个地被抹去,这些都没有导致死亡,而是导致了"非实在化"[9]。从托马的双重性中仍可以感觉到这种对死亡的背叛,托马在他理想化的极点,只把自己的死亡当作一种"幻想"来体验:

> 相对于畜兽之类不于自身中背负其死之替身的存在,我,在每个人类行为中身为同时使之为可能亦为不可能,且若我行走、若我思想时仅其完全之缺无能容许步履及思想的这样一个死者的我,已丧失了我最终存在的理由。[10]

因为事实上并没有死亡的形象,没有一个概念可以表达由死亡引起的内心深处的撕裂,也没有"非封闭式的内在性"(南希)、"深渊"和托马在屈服于"无所欲求却又诱人的一次死去的深度缺席"[11]时所感受到的深深的恐惧的感官等同物。

1　布朗肖:《黑暗托马》,第 122 页。
2　布朗肖:《黑暗托马》,第 123 页。
3　布朗肖:《黑暗托马》,第 125 页。
4　布朗肖:《黑暗托马》,第 125 页。
5　布朗肖:《黑暗托马》,第 143 页。
6　布朗肖:《黑暗托马》,第 144 页。
7　布朗肖:《黑暗托马》,第 146 页。
8　布朗肖:《黑暗托马》,第 149 页。
9　"然而,我,既成之人,青少年,原生质,非但没有到达可能之状态,反而逐步迈向某个已完成的什么,并在这底层深处瞥见一张怪异的面容,显现自那个实际上就是我,却又与这一已死之人或即将出生之人无任何共同点的人。"(布朗肖:《黑暗托马》,第 123 页。)
10　布朗肖:《黑暗托马》,第 117 页。
11　布朗肖:《灾异的书写》,第 70 页。

《巴比伦世界地图》

世界末日尤其将人类的堕落形象化并表现出来。世界末日不仅是警示我们所有人即将面临死亡的神奇象征，还描绘了一个充满黑暗的王国和一种暴力的急剧爆发——托马的殉道、人类的变形和非肉身化、他们被囚禁在城市的废墟中、太阳死尸般的显现、堕入虚无。即使被剥除了宗教意义，世界末日还是向所有人展现了一个可怕的真相并使其爆发，这个真相一直被掩藏在象征中，被我们的记忆压抑，并被束缚在想象力的边缘：共同体原始而内在的绝对残暴。作为一种图像，它使本该无图像和"只有在任何可想象的形象的缺席中才显像"[1]之物现实化。

他们脱离了这个梦，而面临的孤独是如此巨大，致使那些当他们还是人的时候被用来惊吓他们的怪兽向他们靠近，他们亦视而不见，只是漠然地看着它们，并在俯身向地下墓穴的同时，神秘而无动于衷地等候那每个先知已于胸臆间感受到其生成之语言从海里冒出，并将那不可能之词语全塞入他们的嘴里。[2]

托马因此使自己成为孤独和夜晚的囚徒，成为他想象的幽灵的猎物。在这个夜的王国中，想象力的模糊性和无限变化判处他做着西西弗斯（Sisyphe）无休止的工作（"一颗石头滚过无限的变化，这变化的统一性正是他光辉世界中的统一性。"[3]），而这个工作总是粗暴地将他带回"原初的混沌"和无名的混乱。

1　Maurice Blanchot, *Thomas l'obscur*, op. cit., p. 126.
2　布朗肖：《黑暗托马》，第148—149页。
3　Maurice Blanchot, *Thomas l'obscur*, op. cit., p. 132.

第二章 "在您的四个内在性之夜的阴影之间"

在这样的背景下，托马的献祭——其炽热的内心在燃烧，并在"一道硫与金之洪流中"[1] 落地——却被作为《圣经》文本的参照所召唤，不再发挥替罪羊的积极作用。在这个被拆散的世界里，人形成了分散的个体，死亡只会引起"惊恐"和"怜悯[2]"，每个人都转而保护自己免于死亡。这种献祭也仅仅是通向死亡的通道，即不断地去死的事件，一个无法避免的巨大不幸的预告。

这不再是献祭。赤裸裸的献祭、没有白羊和以撒的献祭是更进一步的。献祭是疯狂，是放弃所有的知，在空无中的陷落，并且无论是在陷落中还是在空无中都没有任何启示，因为空无的启示只是一种让人更快沦为缺席者的方法。[3]

那么它的影响是什么？其意义何在？布朗肖隐晦地表明，在危机发生的地方——旧城的废墟之上——出现了与民族、民众（并不以一种公共的契约为媒介）相关的共同体的起源，但这个起源只是作为一个不合适的空间、一个无底的深渊和一个外部而出现，其中，外部几乎与我们的想象力一样挑战着我们的理性。因此，对政治过时（《至高者》）、城市的毁灭与堕落（《最后之言》）、社会甚至是更古老的家庭关系的崩塌（《亚米拿达》《至高者》）的观察重新提出了迄今为止被压制和被抑制的原始暴力的问题，以便给政治、社会或祖先的共同体赋予实体。

因此，这些小说中被毁坏的共同体揭示了共同体的两副面孔：在一个没落的国家的机构背后、在社会团体的废墟之下，产生了人类的

---

1 布朗肖：《黑暗托马》，第126页。
2 布朗肖：《黑暗托马》，第128页。
3 巴塔耶：《内在经验》，第106页。译文略有调整。

原始暴力，这是包含在社会所强制规定的禁令、规范和规则的脆弱边界中的危险。它代表着我们不能冒着加快步伐、冒着将我们残存的"共识"撕成碎片的危险而跨出的"超越的步伐"。然而这一危险是共同体固有的，是"社会"的相似物、它的反面和它的阴影，而这一阴影"像复调旋律一样（伴随着）文明史，并且只是以隐喻的形式让人想起罪行——从将我们维系在一起的'缺席'和'缺乏'的技术意义上来说。我们来自的缺口、创伤和空白：并非起源，而是它的缺席，它的回撤"[1]。

第三节　场景 3：任意之人：米肖和阿甘本

在露台上，

那是很平常一天，我无法准确地说出时间。我站在岩石上开凿出的露台上，倚着简陋的栏杆，看着温和的深处。然后开始下起了大雨，那是一场温柔的、让人心安的雨。湖水变了颜色，天空处于一种奇妙而温和的动荡不安中。我在岩石上的一个小亭子里躲雨。所有的草木很快都湿透了。下面的街上，几个人躲在栗子树浓密的枝叶下，就像在大伞下一样。这看起来非常奇怪，我不记得曾经见到过同样的东西。没有一滴雨渗进浓密的树叶中。湖水部分是蓝色的，部分是深灰色的。还有空气中那珍贵而愉悦的暴风雨的呼啸声。美妙无处不在。我本可以在那待上几个小时，享受这个世界的景象。但最终，我还是离开了。

（罗伯特·瓦尔泽，《回到雪中》[2]）

1　In Roberto Esposito, *Communitas: Origine et destin de la communauté*, op. cit., p. 22.

2　Robert Walser, *Retour dans la neige*, trad. fr. Golnaz Houchidar, Paris, Seuil, coll. Points, 2006, p. 123.

第二章 "在您的四个内在性之夜的阴影之间"

"终末日之后在大地上开始的那种生命,就是人的生命。"[1]

对瓦尔泽(Robert Walser)或卡夫卡的《在流放地》(*La Colonie pénitentiaire*)的阅读促使阿甘本联想到的,正是这一无神学世界的图像,这一因缺席而获得的自由的图像,这一被放任自流的人类的图像。就像瓦尔泽或卡夫卡的作品一样,米肖的创造物摆脱了肯定共同体的决定论,也摆脱了"强力的神学机器"[2]的弥赛亚主义。这些创造物从何而来?它们又是哪个界域的呢?它们不来自任何地方,但却在"以太一般的空无"和空无可怕的吮吸之间游移,在前者中只有想象力是主宰,后者则是上帝视角的缺失所引起的。它们发现了一个完全不确定的、中性的、"任何一个"的世界,被阿甘本称作灵簿地的世界,并且在它们之后留下了一个错误和正义的世界,一个曾经被救赎的焦虑所支配的世界[3]。

因此,与国家的迁徙或神圣的回撤所留下的空缺空间截然相反,米肖诗学创作的空间是一个脱离的空间,也就是处于主观性狭隘的界限之外的一个空隙,这是对完全被解域化的世界的征服,在这个世界中,主体将不再与社会性的自我有任何联系。从诗人所指的意义上来说,对这个空间的"属性"的发现,即对其在"空无的面具""游荡的灵魂"以及居住在诗人想象国度中"排成队的人"中的独特性的发现,揭示了探索自我的内心是和探求人类形象的定义紧密相连的。

在任何地方,"任何一个"的形象都矛盾地作为绝对独特性的标志为人所接受,因为它既不带有任何本位主义(particularisme)印记,也不具有概念的一般性。无论是通过驱赶内心的怪物,或是通过发明

---

1 阿甘本:《来临中的共同体》,第9页。
2 阿甘本:《来临中的共同体》,第9页。
3 参见阿甘本:《来临中的共同体》,第8页。

幻觉中的创造物，人类形象从未作为一个普遍的甚至原型的模型出现，它似乎与双重性问题，甚至是变质的问题密切相关，并且它还退出了任何现实的共同体。

米肖通过任意之人的形象使现实的二元性具有了实体，并通过一种有关相似性的特殊方法，激发了我们对本性的反面的感知，唤醒了"事物模糊且难以把握的本质"（布朗肖所言）；他向我们展现了存在及其回撤，人及其隐藏的面孔——其面孔后缺席的东西——总之，他使存在和本质之间的裂缝显露出来。相应地，他使共同体避开了普遍性和特殊性的古老二分法，避免了那喀索斯症和神人同形说的过度，并且他还在"难以形容而无法忘却的生活"所进行的空无空间中，为自己保留了一种共同体的诗学。

"当他凝视她时，他就诞下了她的灵魂之子"[1]:《梅朵桑》

在《梅朵桑》中，共同体主题一开始就出现于把"我"及其创造物以最古老、最原始的形式之一——家庭联结在一起的关系中。实际上，梅朵桑是一个雌雄同体的、奇怪的、多态性的物种，同时属于人、动物和植物，且似乎是诗人唯一承担起父亲身份的生物，而没有像在其他作品中那样诉诸嘲笑。然而，原始共同体的牧歌很快就消失了：以缺失、苦难和抛弃为特征的梅多桑的存在很快揭穿了家庭温馨、父子关系牢固的谎言。这些创造物似乎代表了诗人与其创作之间所保持的复杂关系，并讲述了某种矛盾的父子关系的历史，这种关系在"我"和梅朵桑之间既建立了联系，也建立了令人悲痛的分离。实际上，"我"和梅多桑之间不仅仅是共谋关系，创作在其中似乎充满

---

[1] Henri Michaux, «Portrait des Meidosems», *op. cit.*, p. 113.

第二章 "在您的四个内在性之夜的阴影之间"

了罪恶感和责任感,超越了主体本身,它意识到自己抛弃了悲惨的、没有抵抗能力的儿童,后者像为了活下去而拼命挣扎的残遗种一样一无所有。

他的孩子在风雨中飘摇。他就生活在这种贫困中。
穷困潦倒。
他们二人都为此受苦。[1]

因此,梅朵桑的出现被描述为在废墟之中,在"这片荒芜的广袤之地"[2]发生的事件,为奋力争取获得一个期限("日子、年岁,请现在就来,她在等")而斗争。梅朵桑"渴望着星期天、一个真正的星期天",重新组织了米肖此前作品的零散片段——"排成队的人"[3]"空无的面具"[4]"奇特的平衡"[5],并在"没有出口的在场的带刺多边形"[6]中挣扎求生。

因此,梅朵桑的共同体不是肯定的共同体,而是否定的共同体,

---

[1] Henri Michaux, «Portrait des Meidosems», *op. cit.*, p. 144.
[2] Henri Michaux, «Portrait des Meidosems», *op. cit.*, p. 115.
[3] *Cf.* Henri Michaux, *Épreuves, exorcismes (1940-1944)*, *op. cit.*, p. 30.
[4] Henri Michaux, *Épreuves, exorcismes (1940-1944)*, *op. cit.*, p. 25.
[5] Henri Michaux, *Épreuves, exorcismes (1940-1944)*, *op. cit.*, p. 21.
[6] Henri Michaux, «Portrait des Meidosems», *op. cit.*, p. 145.
我们在同时代的瓦莱尔·诺瓦里纳(Valère Novarina)的作品中发现了类似的原动力。尤其是他的戏剧人物具有无限生和死的能力。生而"有洞",就像米肖笔下的人物一样,他们体现了社会无法集中的所有"耗费"的形式:言语的耗费(*Cf.* Valère Novarina, *La Fuite de bouche*, Marseille, Jeanne Laffite, 1978.)、肉体的耗费(这些在成为戏剧人物之前是"面具")、任何类型的浪费;因此,它们完美体现了诗人身份内在的矛盾:摆脱了诗人的言语、能量和力量的过剩是模棱两可的,既意味着想象力的丰富,也意味着一种溢出(débordement),即一种损耗的可能性。

就像在和米肖同时代的人（巴塔耶、布朗肖和南希）的作品中一样，梅多桑的共同体被内在性所困，揭示了人类存在的脆弱性。它尤其作为旧的共同体的对立面，作为20世纪意识形态之子的政治乌托邦的对立面出现。梅朵桑的世界确实摆脱了任何社会、政治和心理上的归属，包括令人窒息、具有监护性的父权保护，作者在其中仍然可以自认具有一种权利、一种权力。开篇词像对原初共同体的哀悼一样引起回响，这是一种乌托邦形式，它将作者及其创造物之间不可能统一的悲剧转变成一种诗学与创造的"机遇"。事实上，梅朵桑的自主性建立在"有益的分裂"[1]上，这是贪婪且爱统治（"公正的统治者"）的自我无法接受的一种分裂。"岩石般顽固的核心，在一个模糊的、奇怪的、异质的躯体上，等待着打开它并最终解放它的有益的分裂。"

尽管他意识到自己犯了奴役罪，束缚了自己的创造物的心[2]（"梅多桑死了，而未被分割的梅多桑，本可以逃走"），一种书写主体及其想象的创造物之间的亲密关系还是被揭示出来，而这种关系取决于语言这一唯一法则。

荒芜的广袤之地。同样荒芜的城堡。高傲，但荒芜。他的孩子在风中、在雨中飘摇。为什么？因为他不能将他带回家，活着带回家。至少他不知道该怎么做。所以他的孩子在风雨中飘摇。他就生活在这

---

[1] Henri Michaux, «Portrait des Meidosems», *op. cit.*, p. 148.
在精神分析中，人类心理的这种二元性通常被用来表示主体强势部分的分裂，该部分试图控制较弱的部分。这些现象会引起"解体（décorporation）"或分裂的感觉，而被认为难以忍受的是精神从身体中分离，并往往带有影响主体的病理性伤痕。

[2] Henri Michaux, «Portrait des Meidosems», *op. cit.*, p. 139.

种贫困中。穷困潦倒。他们二人都为此受苦。但他们无法改变这亟须改变的局面。[1]

在灵簿地

在死亡的背景下，从感知失去至亲导致的缺失出发[2]，米肖想象出了一种模棱两可的、半透明的生命共同体，这是一种人类的天使，通过语言和图画材料诞生。这个共同体首先作为每个人的语言、身体和心理的外露而出现：梅朵桑是没有属性的存在复合体，具有可变幻且不确定的外形，就像阿甘本所说的"任意的特殊性"。他们以一种复现的方式被暴露在外部（它们的身体遍布着长矛[3]），他们总是处于虚无的寒冷和坟墓的黑暗[4]之间的过渡状态。正如米肖在他的标题中明确向我们指出的那样，这些诗是一些"肖像"，作者展示了制作它们的不同方式、材料——最初创作这些形式的石版（"散落的器官、被中断的移动、固定在石头中的打算。真实之物抓住了你们"[5]），然后是它们的出现。由于梅朵桑具有语言和图像的起源，因此他们似乎质疑了诗歌作品的起源（人们可能会说是"胚胎发育"），质疑了创作诗歌作品的图画和诗歌材料——质疑了它的生成。这些难以把握、变幻不定的形式，在一些影响的交汇处出现，"被弃置于风中"，正如在

---

1 Henri Michaux, «Portrait des Meidosems», in *La Vie dans les plis, op. cit.*, p. 115.
2 *Cf.* Jean-Claude Mathieu, «Portraits des Meidosems», *Littérature*, n° 115, sept, 1999.
他回忆起他的妻子玛丽-露易丝死于的那场火灾，在这些诗中留下了创伤、烧伤以及痕迹，就像对这一事件痛苦的回忆："梅朵桑烧伤的脸。是什么把你烧成这样，黑发棕肤？是昨天吗？不，是今天。每一个今天。"
3 Henri Michaux, «Portrait des Meidosems», *op. cit.*, p. 118
4 Henri Michaux, «Portrait des Meidosems», *op. cit.*, p. 127.
5 Henri Michaux, «Portrait des Meidosems», *op. cit.*, p. 140.

《考验,驱魔》的"大厅"中:这些形式受到了产生它们的力量的激励,经历了与投射到他们中的主体相同的情绪:"情感之流、感染之流、痛苦的附庸之流,昔日的苦焦糖,慢慢成形的石笋,他正是在这些流动中行进。"[1]

尼采和穆齐尔开创了"没有个性的人"(或"特性")的主题,米肖延续了二人的思考,围绕这一想象的物种发明了不确定的神秘主义,不仅反映了主体在以太中消解的幻觉,还反映了米肖通过语言对人类共同体进行重新思考而得出的独有观念。在这种情况下,不确定性并不意味着当代城市生活的无人称性,正如我们在布朗肖一些作品中看到的那样,也不意味着群众匿名状态的无人称性,而是意味着确定性的缺席所包含的潜在可能性。因此,在自我的空无位置上,出现了一个被更新的、摆脱了旧的决定论的新主体,一个一直未完成的变色龙人。正如尼采、穆齐尔或阿甘本的作品所表达的观点,人类存在的不确定性证实了对"任意"之人的矛盾的新评价。

因为不确定性或无"个性"首先是一个被剥夺了实体和本质的去实体化世界的形式,正如梅朵桑(M*eidos*ems)——*eidos*,即希腊语中的理念或本质[2]——一词的能指最初所暗示的那样。当诗歌赋予梅朵桑品质时,正是这些差异如此巨大的感情和情感使得或许很难赋予它们一致的个性。

> 梅朵桑极度的弹性是它们快乐的源泉。
> 同样,也是不幸的源泉。

1　Henri Michaux, «Portrait des Meidosems», *op. cit.*, p. 138.
2　*Cf.* Jean-Michel Maulpoix, «L'Amour des meidosems», *Europe*, juin-juillet 1987, p. 60-62.

第二章 "在您的四个内在性之夜的阴影之间"

几件从马车上跌落的包裹,一根摇晃的铁丝,一块吸得几近饱满的海绵,而另一块疏空而干燥,镜子上的一股水汽,一缕磷光的印记,……它们可能都是……被不同感情捉住、刺痛、充满、固化的梅朵桑……[1]

无限的乔木状……在疲倦不堪的面孔那半透明的薄皮下,表达了一种被穿透的生命,另一张面孔正在此之上形成,另一张艰难的、谨慎的、渐薄的和已经再次被穿透的面孔正在形成。[2]

梅多桑不是人类,它们只是符号,那种裸露的存在的符号,被暴露在世界的各种侵犯下,无内容,无意义。如果不确定性首先是一种**缺失**,一种个性的**缺乏**,那么梅朵桑的共同体是通过否定性理念和本体论的彻底缺失来运作的。但对米肖而言,这种缺失同样也被认为是种脱身之法,躲避社会对个体的异化,它处于人类共同体思想的可能主义和乌托邦之侧。这种逆转在《梅朵桑》中是显著的,因为《肖像》中出现了诸多矛盾或限制形象。描述它们的否定理念往往是可逆的:后面出现的一个词往往带来一丝肯定色彩,在提及这些创造物时带来一丝希望。

在微小**而**强大的灵感下[3]
可怜的救助,**但**不是毫无用处,**不**,不是毫无用处。[4]
而她在等待,微微下沉,**但**远不如任何和她身形相符且倚靠自身的缆绳……[5]

1　Henri Michaux, «Portrait des Meidosems», *op. cit.*, p. 120.
2　Henri Michaux, «Portrait des Meidosems», *op. cit.*, p. 142.
3　Henri Michaux, «Portrait des Meidosems», *op. cit.*, p. 125.
4　Henri Michaux, «Portrait des Meidosems», *op. cit.*, p. 115.
5　Henri Michaux, «Portrait des Meidosems», *op. cit.*, p. 119.

脑袋爆裂，骨头腐烂。肉，谁还谈论肉？谁还奢望肉？/**但是，他活着。**[1]

他们本不该走远。/**不，他们将会走远，被他们的虚弱所限制，在某种程度上因此而强大，甚至几乎所向披靡……**[2]

因此，对存在的语言和身体上的暴露打开了无限的可能性。因为不确定性既意味着存在最赤裸、最暴露的时刻，同时也意味着它最坚不可摧的时刻[3]，也因为它不再具有可以被我们剥夺的属性或特殊性。所以，这种不确定性消除了梅朵桑和个体的界限之间所有的差异。

这些创造物的位置无法确定，它们不知从何处出现，并消失于人类无法进入的"九霄"之中，因此，这些由诗意言说（dire）创造的生物消失时，其周边围绕着一种模糊性。不管怎样，米肖的共同体是通过写作的侵入而敞开的一个场所，与社会截然相反，它不是一个最终的、理性的、被认为是一个整体的世界。梅朵桑的共同体是一个乌托邦。我们在其中清晰地看到了这些创造物诞生，为生存而斗争，死亡，但他们的存在带着他们起源的印记：这些创造物以非自愿的方式诞生，他们几乎是主体的一个口误，就像"排成队的人"[4]一样，时刻

1　Henri Michaux, «Portrait des Meidosems», *op. cit.*, p. 127.
2　Henri Michaux, «Portrait des Meidosems», *op. cit.*, p. 147
3　*Cf.* Giorgio Agamben, *Homo sacer I : le pouvoir souverain et la vie nue*, Paris, Seuil, 1997. 赤裸的生命既是可杀死的生命，又是不可牺牲的。
4　"在长久的患病后，在深度贫血后，我遇到了一群排成队的人，我本想将他们赶走，但我自己比一缕气还虚弱……他们穿过我，因为我一直是这么高，而他们非常矮小，这使我感到极大的不适……"
　（Henri Michaux, «Les hommes en fils», in *Épreuves, exorcismes*, *op. cit.*, p. 30-32.）

第二章 "在您的四个内在性之夜的阴影之间"

有可能消失、耗尽生命力[1]：这种耗费在这儿被比喻成一种实质的大出血，在别处又被比喻成有洞[2]躯体的多孔骨头（"从额头到膝盖，没有骨髓的大拐杖。蛮横的横梁，带着军人的冷酷"[3]）。这些创造纯粹植根于语言是他们逐渐消失的原因。

不确定的生命和语言的侵入相结合，表达了最赤裸、最暴露、无内容，因此也是最普遍的人类生命。通过这些伤口，作品使其制作痕迹、其缝合伤口的针脚变得可见；梅朵桑是一些"删除线"，正如米歇尔·莱里斯的作品是一种"暴露的写作"的图像，"我"在其中通过被书写而暴露并发生改变。

散落的器官，被中断的移动……驼鹿的膝骨，被拆成，碎片。梅朵桑的怪异的栅栏。[4]

比章鱼的触手还多，直到脖子都缝满了腿和手，这就是梅

---

1   *Cf.* Maurice Merleau-Ponty, *La Prose du monde*, Paris, Gallimard, 1969.
    在"间接语言"一章中，他写道，作品的协调总是一种两者之间，介于"已经完成的作品"和"一直要完成的作品的剩余"之间。两者之间有一个损耗，令人焦虑不安的是，损耗会吞噬其作者。（中译本亦可参见莫里斯·梅洛-庞蒂：《世界的散文》，杨大春译，商务印书馆，2005年。）
2   在《厄瓜多尔》中的《我生来身上有洞》一诗中（*Cf.* Henri Michaux, *Œuvres complètes, t.I.*, Paris, Gallimard, coll. Bibliothèque de la Pléiade, 1998, p. 189.），自我内在的空无（"但里面吹着可怕的风"）激起了填补这一空无的贪欲，用词语和愤怒来填满它。在七星文库的全集版本中它被评论为一次"自我定义的尖锐尝试"："一个中心形式的图像，超越并避开任何中心"。米肖来回诉说着洞、空无，和穿过这个洞的风变成了这种空无的能量。他还使用了一次"缺失"这个词，既适用于洞，也适用于虚空，仿佛它在这两个被反复重申的词之间就是这样被捕捉的，带有某种有节奏的强制。但这种缺失并非真的是一种不可能填补的欲望的缺失；它就是在其剩余和无法定义中影响米肖的敏感本身："我有七种或八种感官。其中一种是：缺失感……"那么，对于米肖来说，写作的硬性法则是被表达为唯一适合的法则吗？（亦可参见米肖：《厄瓜多尔》，董强译，上海人民出版社，2009年。）
3   Henri Michaux, «Portrait des Meidosems», *op. cit.*, p. 144.
4   Henri Michaux, «Portrait des Meidosems», *op. cit.*, p. 140.

朵桑。¹

> 梅朵桑……不是通过裂开的眼睛去看，而是通过它们因丧失而感到的悲伤去看，通过强烈的痛苦去看。²

它们的非物质性使它们成为一种人类天使，这些人类天使被我们存在的大部分物质性所填满，在语言开辟的无限空间中自由通行，就像反复出现的"灵魂"（"灵魂之子"，"来自灵魂的行进"，撞上"灵魂之石"，"勉强的、有计划的灵魂，为了说出一切的灵魂"）一词所暗示的那样，尤其是他们的多态性。书中的梅朵桑没有任何既定的形式，他们永远在生成："（雌性梅朵桑）具有极少的固定形象，她们已经疲惫至极，将在小树枝、树叶、苔藓以及花梗中失去那种形象。"³

这些创造物位于天地之间的一条想象之线上，渴望消逝于人类无法进入的无限之中⁴，并在中间状态中摇摆不定⁵，他们既是人，也是神（"他的野兽的牛佛……低等世界在他的身上被冥想，并未拆解它的那些曲线，而梅朵桑吃着，那被放归原位的痛苦的无形之草"⁶）。

1　Henri Michaux, «Portrait des Meidosems», *op. cit.*, p. 141.
2　Henri Michaux, «Portrait des Meidosems», *op. cit.*, p. 142.
3　Henri Michaux, «Portrait des Meidosems», *op. cit*, p. 125.
4　"它的路是圆形的地平线和穿破天穹的塔。"（Henri Michaux, «Portrait des Meidosems», *op. cit.*, p. 134.）
　"像未来至福的炮弹一样在九霄中开创它的道路。"（Henri Michaux, «Portrait des Meidosems», *op. cit.*, p. 184.）
5　"从迷雾到肉体，梅朵桑之国的通道永无止境。"（Henri Michaux, «Portrait des Meidosems», *op. cit.*, p. 156.）
　"但双目之间呢？如此大，如此大，如此空无？"（Henri Michaux, «Portrait des Meidosems», *op. cit.*, p. 146.）
6　Henri Michaux, «Portrait des Meidosems», *op. cit.*, p. 150.

第二章 "在您的四个内在性之夜的阴影之间"

共同可能性（*Compossibilités*）

不确定的梅朵桑的世界在其表征中也是不确定的，因为它废除了现实世界的等级制度和分隔，并通过彻底化某种边缘的存在形式来颠覆它们。因此，它并不被认为是一个封闭的、完成的场所，而被认为是一个提供一切运动可能性、一切可能性通道的空间，包括从尘世到神圣的、从物质到非物质的空间。米肖消除了界和领土分割中的中介划分，创造了像德勒兹和瓜塔里（Guattari）[1]所说的"内在性筹划"："（城）墙里梅朵桑的长谈，关于将会没有墙、没有界限、没有终结，甚至没有开始的那个东西（Cela）。"[2]

梅朵桑没有固定形象，存在的弹性在其躯体的不断变换中外露，并逐渐走向一个不连续和不断变化的身份。实际上，他们根据自身的灵魂状态发生形变，"他们化气泡之形做梦，化藤蔓之形摇动"[3]；"被不同感情所捉住、刺痛、充满、固化"；因此，他们幻化成海绵、铁丝或其他不恰当之物[4]。他们借用的不同面孔通过其多样性，覆盖了整个世界和大自然，而不仅仅是人类物种。梅朵桑暴露了与整个有生命

---

1 *Cf.* René Schérer, *Utopies nomades en attendant* 2002, Paris, Séguier, 1996, p. 38 *sq.*

2 Henri Michaux, «Portrait des Meidosems», *op. cit.*, p. 176.
谢黑根据德勒兹和福柯的分析，探讨了新主体性的一种新居住模式。"乌托邦的计划是这些组合性计划，这些组合性仅是原则性的，并没有找到它们之间协调的机制。"（René Schérer, *Utopies nomades en attendant* 2002, *op. cit.*, p. 38.）它促进了一个关于"居住"的新观念，在那里，主体避开了所有他在内在性中设想的超越，"就是说，不是作为对存在的超越（或对超验存在的认同）"，并且用多种虚拟性、多种质疑我们领土化的社会的去中心化和迁移的过程来丰富它。

3 Henri Michaux, «Portrait des Meidosems», *op. cit.*, p. 119.

4 Henri Michaux, «Portrait des Meidosems», *op. cit.*, p. 120.

世界的联系，以及和不同界之间的融洽关系。在这儿化成一个有生命之物的形象，在那儿又化成一个无生命的、真实或幻想的事物的形象，既属于微观世界，又属于宏观世界，从固态到液态或气态，梅朵桑的灵魂揭示了它千变万化的、可塑的性质，这与我们现代社会"凹陷的、铸造的、可靠的"生命的性质截然相反。因此，在这个肖像中，米肖用横向的表征替代了世界的等级化和被分隔的表征，用平等的关系替代了决定生物关系的优劣等级。

"从迷雾到肉体，梅朵桑之国的通道永无止境……"[1]：它们的存在悬于从一种形象到另一种形象、从一个界域到另一个界域的过渡这条脆弱之线上，随时受到和作者的想象力一起中断的威胁，但正如阿尔托（Artaud）所言，"从哲学意义上"这种存在使我们"与生成和解"[2]。

梅朵桑的世界是语言赋予非真实以生命的乌托邦和象征之地：这个地方，处于无处，然而却是所有可能性存在的地方，因为它赋予无生命的东西以生命。忧郁的象征可能遍布在梅朵桑痛苦之身的病理中：这些创造物并没有摆脱人体的物质性，他们饱受身体创伤、伤口和情绪的折磨，显现为器官的形式。然而，一个乌托邦式场所、一个虽然悲观但明显开放的终结在诗中浮现出来：属性的缺席和梅朵桑"不能承受的生命之轻"，代表了一种理想主体的形象，摆脱了可憎的自我的负担，是去客观化的（désobjectivé），在纯粹的语言空间中，在黑暗的中央，在生与死之间移动。这个主体是纯粹的抽象概念，因为梅朵桑个性的缺席并不构成传统意义上的主体，这还是一个纯粹的虚构，因为除了语言的本质外，他并不具有其他本质。然而，这是一

---

[1] Henri Michaux, «Portrait des Meidosems», *op. cit.*, p. 156.
[2] *Cf.* Antonin Artaud, «Lettre sur le langage», in *Le Théâtre et son double*, Paris, Gallimard, coll. Folio essais, [1964], 1992, p. 169.

第二章 "在您的四个内在性之夜的阴影之间"

个可能的世界,比现实世界的恶意更少:它代表了对被剥离自我的形式的渴望,代表了对存在的幸存的保证,这是一个即将来临并且在场的共同体。寻找着本质(eidos)和形式的存在,在人类天使复多的面孔下成为现实。米肖在写作中发现了摆脱超验概念的神圣之物,因为"梅朵桑"被赋予了必有一死的存在的偶然性。

主观性显现之处往往是特殊而独一的,肖像却是多重的和无限可更新的,它们填满了主体内在的空无,谦虚地包裹住他的孤独("它为几个虚无穿上衬衫,为了在另一个大虚无(Vide)前,显出勉强盈满的样子。"[1])

诗人表现出某种想要过度耗费这种生命的贪婪性,他担心不能及时完成它[2]:时钟在转动……

悲剧的小径,他在那里。[3]
在梅朵桑的灵魂中击溃热情的时钟正在苏醒。它的时间流逝在加快。周围的世界在加快、在加速,冲向一个被突然标记的命运。[4]

同一时期,在他妻子死去的那个时刻触及他的死亡或许部分地导致了诗歌与后世之间这一无处不在的关系。所有诗歌的时间性实际上都揭示了一个矛盾,即代表新形式出现的不连续性和旧形式的消失之间的断裂。

---

1 Henri Michaux, «Portrait des Meidosems», *op. cit.*, p. 179.
2 "速度"是生命过快流逝的主要指数。"危险!必须逃离。必须逃离。快。……生命终结了。已经再无所剩了。如果我们非要不可,那我们只能使其成为历史。"(Henri Michaux, «Portrait des Meidosems», *op. cit.*, p. 136.);"肉眼不可及的速度"(Henri Michaux, «Portrait des Meidosems», *op. cit.*, p. 124)。
3 Henri Michaux, «Portrait des Meidosems», *op. cit.*, p. 127.
4 Henri Michaux, «Portrait des Meidosems», *op. cit.*, p. 117.

"是昨天吗？不，是今天，每一个今天。"[1] 这首诗连续的运动有中断的危险，证明了它的脆弱性。因此，梅朵桑的出现被描述为在废墟之中，在这片"荒芜的广袤之地"[2] 发生的事件，然而这一事件还是为获得一个期限（"日子、年岁，请现在就来，她在等"）而抗争。

这些怯懦的形象最先出现在石头上，然后出现在白纸上，以消除孤独的焦虑。实际上，它们是对"想要自我欺骗"的一种在场的证明，这一在场生存着，跳动着，在这些半透明的、透明的面孔——即人类空无的外壳——下感受着。梅朵桑是从生到死的过渡的见证人；死亡的每一次新变形都被重生所驳斥，但却没有就此放开它的怀抱。像基督一样献身的小人物们，却是"在场"的，"远远超过了法官的判决"[3]。尽管读者注意到在这些诗中分裂多于连续，事故多于出生，"伤口"多于"至福"，这些体现"有生命之物的无限面孔"的双重性再次抛出了关于写作主体的谜题，并且将即将来临的共同体之谜作为一个面向自身和他者的开放性问题提出。

梅朵桑的肖像所探索的共同体的新可能性是什么？因为这种不确定的神秘主义将主体从其身份关系和现代世界的"领土"隔离中解放出来，揭露并暴露了存在的真相。在《考验，驱魔》的最后一首诗中，通过海的隐喻，我们重新找到了非常类似的弥赛亚主义，尽管它已经不具有任何宗教内涵。"我所知的，属于我的，就是不确定的海。"[4] 在这首诗中，海象征着主体脱离了决定论，征服了一种还被米肖称为"赤裸的休憩"[5] 的盈满（plénitude）。同样，梅朵桑身上或

---

1 Henri Michaux, «Portrait des Meidosems», *op. cit.*, p. 143.
2 Henri Michaux, «Portrait des Meidosems», *op. cit.*, p. 115.
3 Henri Michaux, «Portrait des Meidosems», *op. cit.*, p. 45.
4 Henri Michaux, *Épreuves, exorcismes, op. cit.*, p. 108.
5 Henri Michaux, «Portrait des Meidosems», *op. cit.*, p. 191.

第二章 "在您的四个内在性之夜的阴影之间"

《海》这首诗中对共同体和一个空无或静默的作品的隐喻,表达了对将主体从任何归属中解放出来的最后关系的抛弃。如果说空无、静默或"无个性"的人给共同体强加了一个否定的定义,那么这种无实体、无个性的存在的乌托邦很可能成为所有人的场所,最普遍、最一般的场所。

通过语言的传递而获得的这样一种共同体的定义,假设它是人类多样性和集体的一种绽出(éclosion)形式,它既不依赖于实质性的本体论基础,也不依赖于某个创始的神秘主义叙述来赋予其起源,更不依赖于一块领土,甚至一个边界,因此能在语言所打开的无限范围内展开,在诗人的欲望之翼上展开,在诗学共享之外展开,如同一个无限延伸的承诺。这样一种定义难道没有揭示出,共同体没有场所,并且部分地与无法表达之物、与言语的外部连接,总之与神圣之物有关?

米肖用自己的方式提出了让-吕克·南希的问题:"独特性(任意的存在)如何构成一个共同体?"[1],米肖想知道这样一个只能建立于任意独特性的外露之上且没有身份的共同体是否真的可以存在。因此,像阿甘本那样,他指出我们不是作为个人而是作为特殊性才聚集在一起的,并且宣告每个人都有可能和他人形成一个会聚的存在(être-ensemble),一种存在-于-共通。像德勒兹那样,他揭示出"生命的内在性"只有在个体的生命让位于"无人称却独特的生命——它释放了被内在和外在生命的意外所解放的纯粹事件,即所发生的主观性和客观性的事件"[55]时,才真正可以衡量。

神人同形说假设可以用单个人的特征来表征人类存在的整体,而

---

1 Gilles Deleuze, «L'immanence : une vie», *Philosophie*, n° 47, sept. 1995, p. 5.

米肖诗歌中人类形象的不确定性正是对这种神人同形说的前提提出了质疑，迫使我们放弃"在矛盾之外，让一切都站在一起的……愿望。在统一中……统一一切，统一，统一"[1]，并用一种不可互换的唯一存在的复多性取代这种普遍人类形象的幻想。

"人性"（hominité）

重新征服人的"属性"，即人的真实面孔，被宣告为反对神人同形说[2]的一场斗争，也就是反对对人的唯一形象的崇拜，这是神学和哲学的一项沉重的遗产。在更新（1974）的一部作品《停止》（Coups d'arrêt）中，米肖回顾了去除这种心理影响的连续阶段。因为所有我们的体验，我们的旅行，我们移居国外的尝试，都总是将我们带回同一个结论："我们从一个大陆逃离，而不能从一个物种中逃离。""人不得已接受一切。也就是人性。"人，不能走出自身，按照上帝形象而造出的人并没有建立人类共同体的"共同"（commun），而是将其摧毁。人类在被"铆接"于其祖国——如列维纳斯[3]所言——之前，先被铆接于自身，身不由己地受制于唯一之人的极权主义形象，将他的共同体设想为一个纯粹内在的作品，即摧毁共同体的作品。

> 孤独之人，即使归隐独居，内省，反思，他也和人一起耕耘世界。不然他该怎么做。
>
> 看着伟大的形象，人们走向堕落。很多人已经沉沦。沉沦到了何

---

1 Henri Michaux, *Misérable miracle*, Paris, Gallimard, 1990, p. 160.
2 *Cf.* Michel Deguy, *L'Impair, op. cit.*, p. 11.
3 Emmanuel Levinas, *Quelques réflexions sur la philosophie de l'hitlérisme, op. cit..*

第二章 "在您的四个内在性之夜的阴影之间"

种程度，他们不知：他们还在言说。

那些注定要被贴在城墙上的人，将以垃圾为食。人们使他们习惯这种食物，这对他们来说足够了。

在这个片段中，米肖提到了一种双重意识，有关20世纪独有的神圣的消失和共同体的终结，也即作为人类之模范、参考和理想的圣父的隐退及其间接影响：将人交由内在的无限。"在记忆的深处，是天空。剩余；我们不知该如何处理的光的剩余。"然而矛盾的是，为了回应这一灾难和去神秘化，人类重建了唯一之人和极权主义之城的更可怕的新形象。

数量增加。

匀速地，无数的，鸡蛋。鸡蛋的支出；家庭需要鸡蛋，饥荒需要鸡蛋。

全世界提供了如此多的卵巢！

无数人的命运，随处可见，被展示，再次被展示。人们追随着他们的命运。所有人伤害所有人。

再没有例外之处

……

独居者将受到所有人的牵连。

因此，矛盾的是，上帝之死并没有使我们摆脱唯一之人的强迫性形象，而是通过极权主义意识形态，通过"新人"[1]——即"**任意之**

---

1 Henri Michaux, «Ecce homo», in *Épreuves, exorcismes, op. cit.*, p. 48.

人"的失去人性的形象,通过对元首(Führer)或领袖(Duce)的崇拜,即"重建的巨人父亲"[1]的巨大形象,将我们更有力地与其捆绑在一起。《考验,驱魔》中的《瞧那个人》讲述的正是这一悖论。

> 我没有看到冥想之人思考他奇妙的存在。但我把冥想之人视作一条用冰冷的双眼看着猎物到来的鳄鱼,其实它正在等待它的猎物,在一杆长步枪后被保护得很好。[2]

米肖观察到,断裂是必需的。他希望像所有人一样了解人类多种形象背后的真实面孔,但他所遭遇的,一方面只有他痛苦万分的孤独,另一方面只有数以百万计的"蚂蚁"、鬼脸、"成群的帝王""被驾驭的文明",至于人……从来没有遇到过。那么,是否应该逃离人才能遇到人,是否应该让自己脱离人类世界,才能感受到自己是人?

诚然,我们的文明最终消除了差异,使身份变得平等,并生产出米肖所谓的"人性"(l'hominité),即一个没有特殊性、没有属性的物种。"数量""无数人"是米肖的说法,总之就是工业革命后就未曾停止的飞速的人口增长,使人们忘记了他们自身,忘记了他们已经沦为简单的"机器"。

如果我们的确一心要了解人,就必须逃脱普遍人类形象的束缚,即米肖所称的"数学测量的普遍性",并承认构成我们的东西也在我们之外,即难以想象的、不可设想的、无限难以把握的东西,因此才值得被发现、被探索。

---

[1] Henri Michaux, «Ecce homo», in *Épreuves, exorcismes, op. cit.*, p. 12.
[2] Henri Michaux, «Ecce homo», in *Épreuves, exorcismes, op. cit.*, p. 46.

对我们面孔的考验

因此，针对这种通过投射变幻不定的形象来进行的特殊还原，想象力采用了相反的方式。当没有固定形象时，人类形象就通过打破界限来进行变形，该界限规定了人在世界中的地位。从此之后，人类形象就自由地属于所有界，自由借用所有形象，包括最离奇古怪的形象。

在《考验，驱魔》的诗中，人类形象的问题与对深层自我的探索有关。在这部诗集中，梦正是代表了这种未分化的状态，在这种状态下，意识是最古怪的幻觉轻而易举就能得到的猎物，然而这是一种类似于有意识的梦的状态，"我"在其中试图驱除内心的恶魔，同时重新找到他的形象。

很多当代诗、解放诗也都是用计谋驱魔的结果。通过潜意识的本性的计谋——通过制造恰当且富有想象力的方式自卫：梦。[1]

的确，在某些诗歌中，"我"似乎被遗弃在想象的投影和没有明显秩序的感知联想中，如"奇特的平衡""空无的面具""排成队的人""那些向我走来的人"。这些创造物可能从梦中借用了一种弹性的、可塑的形象，借用了一种半真实、半超自然、半生、半死的自相矛盾的本性。然而，那些被米肖称为"内在的无定形"的东西其实不仅仅是梦，而是一些完全相同的复制品，促使主体面对"我是谁"和人类形象这一令人困扰的问题。

1　Henri Michaux, «Ecce homo», in *Épreuves, exorcismes, op. cit.*, p. 8.

他们被困于一条无尽之线的边缘,他们游荡着,没有引起注意,一种比虚空更严重的空无,一种仿佛内心虚空的空无萦绕着他们。于是,我们知道他们在那里。[1]

瘦弱的、不适合生活的、被寻找掏空的、没有根基的人,你们才是我的人。[2]

人类形象——以脸、头、身体、灵魂的形式出现——在米肖的作品中显示出了真正的模糊性:它通过侵入主体所有的幻觉而在主体身上施加了一种真正的诱惑力,仿佛主体想要摆脱对神人同形说的迷恋,并且相应地摆脱人类物种存在的前提。然而,也是在这些诗中,米肖把人在世界中的地位完全相对化了,并令其承受了各种变形。他非但没有使人类沉浸于物种优势的幻觉中,反而证明了人在有生命之物中的地位的相对性。

因此,在米肖的诗中,人类形象千变万化的性质既是对人类形象的完整性的威胁——因为它质疑了人类物种相对于整个生物物种的特殊性——另一方面,它又以不同的、异质的人类存在的多样性来代替统一性。

人并不只有一个而是有多个相反的面孔("头似耙的人""头似树根的人""头似木桶的人""头闪闪发光的人"),并且具有千变万化的性质("金字塔人""鲨鱼人""喧闹的人"[3])。这些各种各样的表象并不一致,它们相互矛盾,有时又相互抵消,因而自相矛盾地为我们提供了一个关于人的否定性定义——"任何一个"(quelconque),因为人具有属性的无限性,所以最终并不具备某种特定的属性。

---

1 Henri Michaux, «Ecce homo», in *Épreuves, exorcismes, op. cit.*, p. 43.
2 Henri Michaux, «Ecce homo», in *Épreuves, exorcismes, op. cit.*, p. 38.
3 Henri Michaux, «Ecce homo», in *Épreuves, exorcismes, op. cit.*, p. 47–49.

第二章 "在您的四个内在性之夜的阴影之间"

如果不能对人类形态进行定义，不能将其限制在一个预定的、普遍的模式中，那么人就能够发明它，发现它。因此，既然人从此后不能赋予人一种不变的唯一形态，那么想象力就通过投射所有可能的图像，来填补这种空无。为了塑造这一面貌，诗人必须从无出发，从无开始，也就是说，不仅要将我们从我们习惯性的脸，这个我们在社会中所戴的面具中解放出来（因为"需要有非常强的意志力，才能将习惯于其人的面貌取下"[1]），并且要以更加个人化的方式，探索我们的面孔之后，简言之就是无意识地深藏在我们的思想和想象中的面孔。

彻底抹去文明社会强加给我们的第一个不可逆转的外包装，始于与各种形式的相似崇拜进行的斗争：孩子对父母的抵抗或模仿，通过上帝来寻求模型和理想，或者对社会生活固有的同质化和墨守成规的渴望。因此，从其模型、参照和偶像中解放出来后，人将重新获得一种新的至尊性。然后，在更深层次上，借助新形态的出现重新找到人的最初形态，即无意识的、疯狂的第一个人的形象：这就是米肖所追求的事业。

早先，蒙田通过想象力错综复杂的工作机制来说明了什么是人。阿涅斯·米纳佐利在最近一篇关于神人同形说的文章中对他表示了敬意[2]。

我知道什么呢？我不知道。我正在寻找人。什么人？我不知道。或许是一个单数的人，并且透过他的所有其他人，或许还包括我自己。我在寻找一个没有个性的人，他将探索所有可能的形态，一个并

---

1 Henri Michaux, *Ailleurs: Voyage en Grande Garabagne ; Au pays de la magie ; Ici, Poddema*, Paris, Gallimard, coll. Poésie, 1986, p. 142.
2 Voir Agnès Minazzoli, *L'Homme sans image, une anthropologie négative*, Paris, PUF, coll. Perspectives Critiques, 1996.

不真实存在，但却可能奇异地成为所有人的人，如果不是一个接一个，也会是同时存在。于是，试图进行思考的语言成为梦，成为梦想，成为变形的场所。人类形态在和绘画一样富有表现力的生动图像中被暴露、被增强、被置于危险之中。如果语言可以绘画！如果绘画可以言说！这唯一的阿里阿德涅之线是永远失去的起源，我们必须用它来赌一把：第一个图像？第一张脸？[1]

和蒙田一样，对人类形象的疑问，以及这种疑问所包含的对人多变的面孔多种形式的探索，将"我"的自画像与寻找某一种风格联系在一起，一种最奇特但又可能是最普遍的风格。如何解决这样一种矛盾呢？诗人在探索人的面貌时，首先力图去了解并观察他是什么。然而，他既为摆脱社会自我而写作，也试图模仿这个普遍和任意的主体，后者已经超越了人类的矛盾，甚至可以虚构地、特别地成为所有的人。

一个不会成为人的衡量标准的存在，是人类却能在以太的空无中航行，一个悬置的存在，与死亡和神调情，一个没有衡量标准并因此而极其珍贵的存在，要找到并发明这样的存在并不是一件轻松的事。对于这样一项事业来说，语言是一种太固定、太不连贯的材料。相反，绘画很快就为米肖提供了一个有益的选择。正如米歇尔·布托（Michel Butor）所言，当"词语离你而去：绘画能让你继续表达自己"[2]。通过绘画，同样也通过石版画和拓印，人物真正从物质，甚至有时从一块斑点中成形，因此也可以说是从虚无中成形。1946年

---

[1] Agnès Minazzoli, *L'Homme sans image, une anthropologie négative, op. cit.*, p. 27.
[2] Michel Butor, *Improvisations sur Henri Michaux*, Saint-Clément-de-Rivière, Fata Morgana, 1985.

诞生于石版画和写作相结合的梅朵桑就体现了这种可能性。让-米歇尔·默尔波瓦（Jean-Michel Maulpoix）评论说，梅朵桑摆脱了阻碍人的生存的偶然性，是一群"抽象的、理想化的、具有轻盈纯粹特征的创造物"，但它们仍然展现出了人的本体论困难、其有限性，以及相应地，对不得不死亡的焦虑。通过它们，米肖探究了死亡，准确地说，是人作为主体，作为个人，永远无法感受的体验。

米肖通过这些诞生于拓印、绘画和墨水的人物，甚至是通过"排成队的人""波德马人"（Poddemaïs）[1]或其他想象中的创造物所追求的，似乎是人的最初形态，即第一个人的形象。他并不是要重建那种被神化和理想化的人神（l'Hommedieu）图像，在其中人被视为神的化身，而是要解构这种虚幻的原型图像，揭示我们真正的面貌。

绘画、石版画和拓印这些技术让我们看到存在成形的过程，存在在这一时刻最接近它们的起源，也即无定形和虚无。"为了操纵世界（其形式）而作画，更近地、直接地触碰它……绘画是我们能够从零开始的基础"[2]。

弗朗西斯·培根（Francis Bacon）则评论道：

> 他的绘画完全是更加客观的。其暗示的力量是更加强大的。因为，归根结底，这幅画试图通过间接的手段达到对人的形象的新定义……一个通常看起来似乎在艰难前进，穿过深渊的人的形象。[3]

---

1 Cf. Henri Michaux, *Ici, Poddema*, in *Ailleurs*, op. cit.
2 Henri Michaux, *Émergences-Résurgences*, Genève, Skira, 1972, p. 70.
3 Francis Bacon, *Entretien avec David Sylvester*, BBC, 1962, in *Derrière le miroir*, Paris, Galerie Maeght, n° 162, nov. 1966.

米肖的拓印，即他在 1940—1950 年代创作的水彩画，看起来就像是在荒芜的世界中、在物质不确定的背景上、在不再有陆地的宇宙中悬置的人物。在这一时期，米肖用极简的手法创作人物、鬼魂和怪兽。他躺在床上，一张纸被放在粗糙的平面上，他用石墨在这张触手可及的纸上涂抹，眼睛、人像或一些人类生物便出现了。这些人的废墟、这些面孔、这些残缺的身体与人的形象有什么共同之处？

所有这些都来自人的形象，可能缺胳膊断腿或没有上半身，但我通过人内在的、扭曲的、爆发性的动力，使人服从（或感受到服从）向各个方向的扭曲、拉伸和扩张。

有根之人？仍然是人，为了以后能走到白日下而依靠地下的瞎子的人。

在这几百页中，**一个接一个**，像列举一样……人走向我，回到我身边，难以忘记之人。[1]

米肖说，绘画所唤起的，是来自人类最遥远的东西，"原始之物""原初之物"[2]。实际上，绘画是与人的内心世界和想象世界来往的一种非常恰当的方式。这种技术的起源？是为了让人内心的恶魔出现。米肖告诉我们，他直到 1925 年还"讨厌绘画，甚至是画画这件事"。因为他在其中只看到一种复制和重复现实——"可憎的现实"的方法，而尚未发现绘画同样也可能是一个不可见物的清单，"充满了另一个世界"，正如他在《涌现，再涌现》[3]中所说的那样。

1　Henri Michaux, *Émergences-Résurgences*, *op. cit.*, p. 50.
2　Henri Michaux, *Émergences-Résurgences*, *op. cit.*, p. 18.
3　Henri Michaux, *Émergences-Résurgences*, *op. cit.*, p. 116.

第二章 "在您的四个内在性之夜的阴影之间"

在地板上，经过了几个动荡的夜晚，我看见了已经筋疲力尽的怪物……凹凸不平和几乎藏起来的头，因疲惫而瘫软或是在最后一声绝望的吼叫中被扭曲的肢体……我局促不安地，凝视着可怜的地板……[1]

然而，米肖认为，绘画并不复制现实，也不会像照片那样复刻现实。它以一种近乎有机的方式将"内部的杂乱无章"从自身排出。对米肖来说，重要的是人物的显现能力，这些人物来自黑夜，来自虚无，转瞬即逝，可能很快又会坠入虚无。介于人和动物之间的人物出现了："排成队的人""管状人"，诞生又消失的椭圆形生物。这些与焦虑、不安和恐惧有关的绘画，这些危险的、虚脱的或丑恶的怪物揭露出了我们自身被忽视的一面，即我们不向他人展示的那一面。因此，绘画就具有了驱逐这些内心的怪物，使它们显形的基本功能。

矛盾的是，人的形象和人看不到但想象到的怪物一起成形，也就是人通过他的反面逐渐了解自己。就像我们必须从混沌中思考形式的出现一样，人从畸形和怪异中才能认识自己的真面貌。《考验，驱魔》正是遵循这样一个过程：在《行进在隧道中》末日般的叙述之后，在《怪兽之叶》[2]中，米肖开始夺回他的形象，他的真面貌。因为虽然有着怪物、幽灵、头、秃鹫的幻影也很可怕，但至少能够与过于残忍和非个人化的现实保持距离，甚至能够激励已经变得疯狂的"邪恶的恶魔"，战胜战争所造成的"困境和厄运"。"哦，我几乎感觉不到的世界啊，渐渐消失的世界，你再次出现，喷涌而出！而我，就像一个惊慌失措的残疾人，立刻因你的在场而跌倒。"[3]

1　Henri Michaux, *Épreuves, exorcismes*, op. cit., p. 106.
2　Henri Michaux, *Émergences-Résurgences*, op. cit., p. 92.
3　Henri Michaux, «En pensant au phénomène de la peinture», *Passages*, (1937–1963), Paris, Gallimard, coll. L'Imaginaire, [1963], 1998, p. 65.

将自己暴露在"空无可怕的吮吸"和"卑鄙的内渗"("在我死后"[1])中很可能具有一定风险,一种潜入深渊就必然存在的分解和消失的风险。"这是完全被穿透、被共享、被分解和溶解的,一张脸;或者,是我们于无形之处撞见的。"[2] 然而,这种最初的不安很快就被将自我从其确定性中驱逐的感觉所引起的兴奋超越,这是一种通常"因我们对正确性和一致性的看法"[3] 而感到窒息的自我,但也是对现实主义和被简化为难以理解的世界的拒绝。

第四节　场景4:拉斯科:对布朗肖和夏尔而言的"起源的考验"

这叫不出名字的野兽堵住了优雅前进的羊群,像独眼巨人一样狼吞虎咽。

八句玩笑话做装饰,分散她的疯狂。

这只野兽在乡野气息中虔诚地打着饱嗝。

她那被填满并下垂的腹部疼痛不已,即将因分娩而变得空空如也。

从她的蹄子到那些徒有其表的獠牙,恶臭笼罩着她。

在拉斯科的岩壁上,伪装极佳的母亲就这样出现在我面前,

满含泪水的双眼中透着智慧。(勒内·夏尔,《洞壁和草场》)[4]

1　Henri Michaux, *Épreuves, exorcismes, op. cit.*, p. 88.
2　Henri Michaux, *Émergences-Résurgences, op. cit.*, p. 116.
3　Henri Michaux, *Passages, op. cit.*, p. 60.
4　René Char, *La Paroi et la prairie* (1953), in *Les Matinaux suivi de La Parole en archipel*, Paris, Gallimard, coll. Poésie, [1969], 1997, p. 101–113.

第二章 "在您的四个内在性之夜的阴影之间"

在拉斯科,艺术没有开始,人也没有开始。但正是在拉斯科,在这个巨大而狭窄的洞穴中,在这些布满人的洞壁上,在这个似乎从来都不是普通居住地的空间中,艺术可能第一次达到了创始的繁荣,并因而在自身之侧、奇迹之侧为人类开辟了一个特殊的居住地,在这个奇迹的背后,人必须逃离自我,抹除自我,才能发现自我:大公牛的威严、野牛的阴郁暴躁、小马的优雅、鹿梦幻般的轻盈,甚至是这些跳跃的大母牛的滑稽。(布朗肖,《论友谊》)[1]

夏尔战后关于发现拉斯科洞穴的诗集《洞壁和草场》,唤起了布朗肖对我们历史的一个原初场景的回忆。在他那篇题为《拉斯科的野兽》[2]的评论性文章中,追随着巴塔耶的足迹("拉斯科或艺术的诞生"[3],写于 1955 年),他提到了苏格拉底哲学的诞生,提到了"思想的语言"和诗歌中展现的语言分离的时刻,还提到了"颂歌的唱词"[4]。这种分裂标志着与叙事和传说的集体记忆的决裂,但从更普遍的意义而言是与布朗肖所说的"使人理解神圣之物的纯粹话语"[5]的决裂。同样,它还标志着从无人称和集体的话语到个休话语的过渡,前

---

1 Maurice Blanchot, «Naissance de l'art», in *L'Amitié, op. cit.*, p. 19.
2 Maurice Blanchot, «La Bête de Lascaux», *La Nouvelle Revue française*, n° 4, avril 1952, pp. 684–93 [repris dans *René Char*, n° 15, coll. Cahier D. Fourcade (**dir**.), Paris, L'Herne, 1971, p. 71–77 puis dans *La Bête de Lascaux*, Saint-Clément-de-Rivière, Fata Morgana, 1982.
我们参考的是莱恩纳出版社(L'Herne)的文本。
这篇文章是布朗肖专门研究夏尔早期作品——《伊普诺斯散记》和《唯一留存的》的上一篇文章的续篇: «René Char», *Critique*, n° 5, oct. 1946, p. 387–399 [repris dans *La Part du feu*, Paris, Gallimard, [1949], 2001, p. 103–114.
3 Georges Bataille, *Œuvres complètes*, t. IX, Paris, Gallimard, 1993. (*Cf.* Suzanne Guerlac, "Bataille in theory: Afterimages (Lascaux)", *Diacritics*, n° 26-2, 1996, p 6–17.)
Cf. Maurice Blanchot, «Naissance de l'art», in *L'Amitié, op. cit.*, p. 9–20.
4 Georges Bataille, *La Bête de Lascaux, art. cit.*, p. 72.
5 Georges Bataille, *La Bête de Lascaux, art. cit.*, p. 72.

者是对所有人的世界说话,而在后者中,说话人即是所传达话语的唯一保管人。位于这个断裂和布朗肖所谓的"哲学的正式语言"[1]出现之前的拉斯科,代表着一个往昔的场景,即原始人在劳作前接触文化的一个入口,与自然和谐相处的审美共同体的诞生,以及对艺术之僭越的揭示。

希腊的奇迹见证了理性人和哲学的诞生("希腊,那是被一片曾在曙光中奔向认知的清风与智慧之磁力的绝妙大海铺开的滨海地带"[2]),拉斯科则见证了"**游戏人**"(homo ludens)的诞生,即具有一种审美敏感性的人。在某种程度上,布朗肖重写了人类的可能起源,他用原初世界代替了古典世界,用神圣世界代替了理性世界,将我们带到另一个门槛,即古代和动物性的门槛。与此同时,艺术的确已经失去了它的远古特性和它的共同体归宿。那这两个对立的场景从诗歌和哲学的对话中为我们恢复了什么?一种随着哲学的正式语言而丧失的基本关系吗?与艺术起源的这种对照又向我们揭示了何种艺术本质及其历史归宿?

一个场景?

拉斯科洞穴中的图像所呈现的就是我们的起源,这是一个非常模棱两可的概念,如此多晦涩的意义,神话、宗教和幻想的所指,以及相互矛盾的假设都围绕着它。因为它的光晕,因为它迫使我们"回到无法澄清之物"[3],所以它是模棱两可的,但也因为它使我们面对在我们之前的东西,因而也是让我们面对第一人和最后之人的问题,或

---

1 布朗肖:《无尽的谈话》,第 11 页。
2 夏尔:《低声的颂歌》,《愤怒与神秘》,第 206 页。
3 Michel Deguy, *L'Impair, op. cit.*, p. 10.

第二章 "在您的四个内在性之夜的阴影之间"

者还因为它出现在一个自相矛盾的历史和哲学背景中：这一发现的确与哲学家们宣称"历史的终结"、共同体神话的终结，以及揭示人类前所未有的残酷性的时刻相吻合。这一发现启发了夏尔这个问题："与世俗的残酷作斗争，唉，这是飞蚁的愿望。这将会是我们的革新吗？"[1]

在夏尔献给拉斯科的诗中，布朗肖读出了自己的疑问：拉斯科人炽热的存在跨越了几千年，这难道不像是对 20 世纪的人提出的问题一样引起共鸣吗？难道不像是对作为人类物种进化因素的智力优势的一种质疑吗？这些壁画所见证的，实际上是将**智人**（Homo Sapiens）和**理性人**（Homo Faber）区别开来的东西，与其说是智力，倒不如说是审美敏感性的出现。因此，拉斯科标志着人类诞生之初的美学共同体的起源与诞生。

夏尔的诗告诉我们，这种起源的来临并非顺利进行。更何况在人类的初期阶段，自然并不是被《圣经》或神话文本所理想化的持久、稳定与和谐的象征。相反，它完全处在运动和暴力之中。由此，布朗肖将《洞壁和草场》[2]中那个"叫不出名字的野兽"视为一种智慧的矛盾形象：它代表了暴力的形象、无法控制的动物力量和令人厌恶的神性的丑恶形象，同时也显示出布朗肖所呼吁的"**与往昔的艰苦斗争，即思想的透明通过抑制它的模糊形象而显现出来的地方，遭受了双重暴力的同一种话语在那里似乎被思想赤裸的静默所点亮，似乎变得厚重，充满了无休止的、言说的深度，并且在一个什么也听不见的地方暗自低语。**"[3]。此外，这种起源是非常可怕的，因为它让诗人瞥见的东西远远超出了我们个体的记忆所能容纳的范围：正是远方、往昔以及

1　René Char, «Transir», *La Paroi et la prairie, op. cit.*, p. 107.
2　René Char, *La Paroi et la prairie, op. cit.*, p. 105.
3　Maurice Blanchot, *La Bête de Lascaux, art. cit.*, p. 76-77.

与属于黑暗底层的深渊相似的"这伟大的无人称的记忆"[1]让我们无法期待将其带回光明。我们的起源没有显示为一个盈满的时刻,而是显示为人意识到了生和死的一种撕裂,显示为如同人的本性一样超乎寻常的、崇高的、矛盾的时刻:"恐怖、精致又游移不定的大地,与异质的人类状况相互攫取并相互定性。诗意便从它们织物的活跃整体中得到提取。"[2]

人的这种敏感性转变在动物性令人震惊的野蛮中上演:壁画上描绘的野牛、马、牛科动物引起了恐惧与厌恶,至少在1950年的文明人的眼光中是这样的,对于他们来说,死亡往往是暴力的同义词,而杀戮是谋杀的同义词。因此,这些壁画使我们回归到与我们自身相矛盾的一种形象,一种"异像"(hétéroportrait):它们在人与动物区别开来的时刻,总之是在人与先于人的东西区别开来的时刻描绘人类,与其说它们揭示了人的本质,不如说揭示了艺术的本质:其变容的力量。

更为根本的是,一边是20世纪的人类在壁画前发出的赞叹,另一边是奥瑞纳人(l'Aurignacien)在自然面前发出的赞叹,拉斯科在二者间建立了一种鲜明的对照("我多么热爱他们的热情,用我宽阔的河岸!"[3])。这样一来,夏尔就从艺术中看到了一种连续性的力量("鹿,你们已经跨越了千年的空间"[4]),同时他还强调在原始的野蛮世界和我们的世界之间存在着一种断裂:"驯鹿的时代,即呼吸的时代。玻璃啊,冰花啊,被征服的自然,里面一片繁花,外面一片狼藉!"[5]

1　Maurice Blanchot, *L'Entretien infini, op. cit.*, p. 460.
2　夏尔:《形式分享》第27节,《愤怒与神秘》,第80—81页。
3　René Char, *La Paroi et la prairie, op. cit.*, p. 104.
4　René Char, *La Paroi et la prairie, op. cit.*, p. 104.
5　René Char, *La Paroi et la prairie, op. cit.*, p. 107.

第二章 "在您的四个内在性之夜的阴影之间"

混沌的特征和原始的暴力萦绕着关于拉斯科的回忆,二者可能使其成为人类和艺术诞生的一个场景,如果该场景没有摆脱有形性、话语甚至虚构的话。布朗肖说,我们不应使拉斯科成为一个事件,也不应使其成为一个新的黄金时代,它不是能让人重构历史的对原初的虚构。如果说拉斯科是一个场景,那是从布朗肖在《灾异的书写》中所指的那种意义上来说,即该场景所引出的启示的力量。他说,拉斯科隐藏着不可言说的、被掩藏的秘密、奇迹、幻想、"幻觉"[1],以及揭示作品最初真相的深渊:

在作品中,人说话,但在人并不能认识自己的地方,作品让人身上不说话的东西、说不出名字的东西、非人、没有真实性、没有正义、没有权利的东西说话。[2]

在那里,哲学语言和诗歌语言之间真正的断裂得以显现,后者"不依赖任何通行的真理,也不依赖那已被说出或证实的唯一语言"[3]。因为,如果正像布朗肖所言,柏拉图哲学的遗产在于"对深渊的惧怕"[4]中所抛弃的东西,如果正如巴塔耶所写的那样,诗令我们回到"使我们的**人类思想**"[5]转向"沉默,庄严的沉默,本身非人的缄默,以及那在艺术中传递神力震荡的东西,这些经由恐怖和恐惧为人类打开的黑暗区域的力量"[6]的地方,那么在与死亡和神圣之物的关系

---

1 Maurice Blanchot, *L'Écriture du désastre*, Paris, Gallimard, 1980, p. 177-179.
2 Maurice Blanchot, *L'Espace littéraire*, op. cit., p. 309.
3 Maurice Blanchot, *La Bête de Lascaux*, art. cit., p. 295.
4 波德莱尔:《悲壮的死》,《巴黎的忧郁》,怀宇译,新星出版社,2012年。
5 Georges Bataille, «Lettre à René Char sur les incompatibilités de l'écrivain», in *René Char*, L'Herne, coll. Cahier, op. cit., p. 34.
6 Maurice Blanchot, *La Bête de Lascaux*, art. cit., p. 72

中，诗反而向我们指出了"我们最终所是的东西"。"在柏拉图的洞穴中，没有一个词可以用来指示死亡，没有任何梦境或图像可预感死亡的'无形性'。"[1]

相反，夏尔的诗证明了我们以人类为中心的目光转向了人类的原初时刻。在这个原初时刻中，生与死并不被视为对立，死亡也不再被视为与厌恶相关，并受到禁止谋杀的约束；同样，在那个原初时刻中，动物性也没有被弃置在肮脏的领域。"四个迷人之物"的诗构成了《洞壁与草场》这幅双联画的对应物：公牛[2]代表一种色情和致命的力量，使人联想起米歇尔·莱里斯[3]的斗牛夫妇，蛇[4]从集体的恐惧和原罪将其抛入的黑暗中逃脱，最后，暴露在危险和死亡之中的鳟鱼[5]和云雀[6]揭示出了存在的悲剧特性。拉斯科将这一共同存在的现实归还给了我们。因此，我们完成了复活和死亡的内在悲剧，又在诗性陈述中混淆起来；在任何偶像崇拜的迷恋之外，我们意识到了我们必死的诞生。

同样，神圣之物出其不意地以动物性的特征出现，将20世纪的人引向了当代世界无神学的空无（"正是神的缺席在说话"[7]），并使其幡然醒悟：神学机构的消失使人恢复了遗忘的记忆，即夏尔所谓的"往昔的记忆"，在这一背景下，叫不出名字的野兽、"眼中满含泪水，

---

1 布朗肖：《灾异的书写》，第45页。
2 René Char, «Le Taureau», «Quatre fascinants», in *La Paroi et la prairie, op. cit.*, p. 108.
3 莱里斯：《成人之年》，东门杨译，生活·读书·新知三联书店，2018年。
4 René Char, «Le Serpent», «Quatre fascinants», in *La Paroi et la prairie, op. cit.*, p. 110.
5 René Char, «La truite», in *La Paroi et la prairie, op. cit.*, p. 109.
6 René Char «L'alouette», in *La Paroi et la prairie, op. cit.*, p. 110.
7 Maurice Blanchot, *La Bête de Lascaux, art. cit.*, p. 72.

第二章 "在您的四个内在性之夜的阴影之间"

伪装得极好的母亲"或"非洲的白人女士""战斗的偶像"都代表了对我们宗教存在的揭示。布朗肖说,在这些诗中,自然再次"强大"了起来,这些隐喻指出了其与神圣的关系,但仍被束缚在一种不可见的暴力的顶端,这是一种隐藏的神圣,它不再提供全能或全知的上帝那令人安心的存在:

> 所有的爱都在你的胸中:
> 来自非洲的白人女士
> 致镜中的玛德莱娜,
> 战斗的偶像,沉思的恩赐。[1]

在这两张面孔中("非洲白人女士"和"镜中的玛德莱娜"),我们或许可以从根本上读出一个神圣之物的坚持,但是在他们的差异中,我们读出的却是"当前的目眩和它所凸显出的难以捉摸的实质"[2]之间、两岸的分离、往昔和"多重的明日"之间,以及"我安睡的地球"和"我醒来的空间"之间的戏剧性对比。

人们听到的是神圣之物,而不是诗。但诗将神圣之物命名为叫不出名字的东西,它说在它身上有不可言说的东西,而且被包裹、隐藏在歌的面纱下,诗人将其传递给共同体,为了使其成为共同的起源、"不可分解的、尚未得见的火光""初阳中的枝杈"。[3](勒内·夏尔)

---

1 René Char, *La Paroi et la prairie*, *op. cit.*, p. 106.
2 Jean Starobinski, «René Char et la définition du poème», in *Courrier du Centre international d'études poétiques*, n° 66, 1968, p. 4.
3 勒内·夏尔:《形式分享》第 12 节,《愤怒与神秘》,第 75 页。

这是一个没有宗教媒介的神圣之物，一个具有双重矛盾性的神圣之物，因为它让我们回到了先于我们的深渊的深处，回到了一个原初和绝对的时间（非洲，发现首个人类的大地），但也将我们引向做出预示的东西。它躲避着理性的衡量。它带有不可名状或非人的修饰语，是柏拉图哲学思想和本质的光明世界的反面。

"田园牧歌到此结束"[1]

随后……拉斯科的壁画揭示了作品时间的生产维度，它所孕育的未来的力量和它永恒的青春。纵观这些壁画的典范性意义，布朗肖不仅看到了一个有关人类起源的寓言，看到了一个人类与动物区别开来的时刻，还看到了艺术之僭越能力的明证。

拉斯科壁画中的"四个迷人之物"的肖像，隐含地使过去和当代的历史，穴居人和丛林人、人类的开端和历史的终结形成对照，这些成对的神秘，同一张脸的两副面孔，以及分离的身份，最终提出了关于人类成熟的问题。是否有可能使共同体免受历史的传染？在拉斯科的启示后，尤其是在第二次世界大战的大屠杀后，我们是否仍然可以在一个伊甸园式的自然环境中设想人类的开端？我们祖先岩画中的暴力和这些岩画所见证的残酷的死亡意识又讲述了什么？

对于夏尔而言，丛林的体验开启了一个"新的原初时代"[2]，即"穴居的法兰西人民"的时代；同时，在1940年，"拉斯科洞穴中躺卧着、隐居的、带有花岗岩纹路的人像"[3]的发现，使其成为我们自身

---

1 兰波：《兰波作品全集》，王以培译，作家出版社，2011年，第139页。
2 René Char, *Fureur et mystère*, op. cit., p. 117.
  Cf. Jean-Claude Mathieu, *La Poésie de René Char ou le Sel de la splendeur*, t. II, «Poésie et résistance», Paris, Corti, 1988, p. 224.
3 René Char, «Aux riverains de la Sorgue», in *Les Matinaux, op. cit.*, p. 199.

第二章 "在您的四个内在性之夜的阴影之间"

命运的寓言式形象。战争和丛林造就的"原始人"在拉斯科洞穴中产生了形象:就像他的祖先奥瑞纳人一样,他拥有"漫长的远古记忆"[1],即对自然本能的认识;像他的祖先一样,他天生对诗歌和美敏感,同样也很天真,即从工业和理性的过度发展中得以保留("没有任何他们父辈如此反复的无常变化遗留的痕迹")[2],以及迅速地对一切都惊叹不已。两种标志间的冲突,将人类早期,也就是诗人的童年——普罗旺斯的乡村共同体和丛林[3]联系起来,从而拉紧了在战争的痛苦岁月中断掉的"新鲜与富足之线"[4]。

因此,勒内·夏尔的诗并不引人怀旧。拉斯科既是开始也是终结,是绝对的开始("驯鹿的时代,即呼吸的时代")和死亡可怕的启示("啊,铁石心肠的杀戮!"),也是乌托邦式和末世论式("恐惧,置于我们头上,太阳进入其敌人的标记")的矛盾结合。尽管对布朗肖来说,任何关于起源的话语都不过是起源的虚构,本质上是乌托邦式的,那么就不可能有真正的"原初存在"[5],拉斯科还是带来了一个重要启示。通过将人和他的过去、历史时间和人类的神话历史相对立,使我们能够在事后以一种全新的眼光看待人类,正视我们被战胜的动物性,揭开我们起源神话的神秘面纱,同时展开一个新的诗歌前景:"新生活"。

1　Jean-Claude Mathieu, *La Poésie de René Char ou le Sel de la splendeur*, op. cit., p. 264.
2　夏尔:《愤怒与神秘》,第 135 页。
3　尤其参见勒内·夏尔的《狐巢的魅惑》(出自夏尔:《愤怒与神秘》,第 11 页)、《路易·居雷尔·德·索尔格》(夏尔:《愤怒与神秘》,第 33 页)、《雅克玛与茉莉娅?》(夏尔:《愤怒与神秘》,第 216 页)、《君王》(夏尔:《愤怒与神秘》,第 223 页)。
4　René Char, «Billet à Francis Curel», *Recherche de la base et du sommet*, op. cit., p. 12–14.
5　Maurice Blanchot, *L'Écriture du désastre*, op. cit., p. 180.

拉斯科也许将我们带回到艺术和第一批人类诞生的神奇门槛，但它却不再追忆创世纪的最初时期，那个被人类起源的神话意义所赞颂的黄金时代，在那个时代，人仍然还在神话英雄身上寻找一种系谱学、一种亲子关系和模范。对于布朗肖而言，通过让我们回到神话的上游，回到"原始时代（史前时代），没有英雄；人没有名字，没有面容，他属于活的自然，并且生活在尘世的欢乐与痛苦之中"[1]，拉斯科甚至类似于一种解密。

同样，对于夏尔来说，如果说拉斯科在某种意义上暴露了人与自然之间的真实联系的丧失，以及诗人和他的"国家"之间的原始关系的丧失，那么它同样也提供了在诗歌层面获得推倒一切、从头再来的机会。在《愤怒与神秘》中的最后几首诗（《莱托》《为何你曾离去》《雅克玛与茱莉娅》）中，与童年的田园风光相关的"故乡"，在一个战争的国家中，似乎"不再有任何权力"[2]，并代表了一种人可能永远无法再回去的遗失的起源，与此相反，《早起者》中的诗却在我们身后留下了一个"被破坏的"世界，并发明了"反抗坟墓"（contre-sépulcre）。因此，在"无数蚂蚁暴行"所踩踏的世俗之地的废墟上，诗歌打算想象一个被重组的国家，而不求助于人的经验，也不求助于夏尔所谓的"发明家"，更不求助于幻想，即对古老的耻辱之地的相同重复；因此，它发现了一个新的诗歌空间的来临，即**旁侧之国**。正如在《情书》（Lettera amorosa）中一样，这种"逆流而上"充满了地方的具体价值，代表了人与自然，以及二者相处关系的原始性（"长着新生儿头颅的人再次出现。已经有一半是液体，一半是花"[3]），创始性的（"从冰冻的大地中〔灵魂〕升起，像歌声一样展开它的皮毛，

---

1 布朗肖：《无尽的谈话》，第 526 页。
2 夏尔：《愤怒与神秘》，第 106 页。
3 René Char, Les Matinaux, op. cit., p 96.

第二章 "在您的四个内在性之夜的阴影之间"

以保护那令他不安之物,将其从冰冷的视线中移开"[1]),以及远古而向未来开放的("百年的森林,却仍有待播种"[2])性质。它代表了一个将"深水之美"("细微之物"[3])和高原相结合的"错位"[4]国家,仿佛云雀"烧制天空","(也)歌唱动荡不安的大地"[5]。

最后,如果像布朗肖在《论友谊》[6]中写的那样,诗人展现拉斯科,似乎是"介入到幻想中",一种能够揭开我们起源之面纱的幻想,如果说它为我们提供了"片刻的幻想,使人与其起源之间的差异遭到了质疑",简言之,即对"与往昔的现实(首先是动物的现实)不可思议的联系"的幻想,对"回到最初的无限"[7]的幻想,那是因为这首诗的腹地不仅是它所建立的故土,而是"原始事物空无的现实",一种黑暗且模糊不清的界限。

事实上,夏尔和布朗肖隐晦地赋予了拉斯科一种寓意:在文学戴着"灾异"[8]的有毒面具的背景下质疑文学革新的可能性的能力,以及与"某种未世论基调"[9]决裂的意愿,承担一种决裂的意愿,即走出一种"陷于历史性"[10]的文学。位于灾异另一端的拉斯科,代表了"反恐

1　René Char, *Les Matinaux, op. cit.*, p. 97.
2　René Char, *Les Matinaux, op. cit.*, p 94.
3　René Char, *Les Matinaux, op. cit.*, p. 112–123.
4　就像动词"换位"(*disloquat*)和动词"说"(*disloquor*)词源形式的相近所表明的那样:"诗歌的错位能量"。
5　René Char, *Les Matinaux, op. cit.*, p. 111.
6　Maurice Blanchot, *L'Amitié, op. cit.*
7　Maurice Blanchot, *L'Amitié, op. cit.* p. 14.
8　Bertrand D'Astorg, *Quelques aspects de la littérature européenne depuis 1945*, Paris, Seuil, coll. Pierres Vives, 1952.
　Emmanuel Mounier, *Malraux, Camus, Sartre, Bernanos, L'espoir des désespérés*, Paris, Seuil, coll. Points, [1953], 1970.
9　Cf. Jacques Derrida, *D'un certain ton apocalyptique adopté naguère en philosophie*, Paris, Galilée, 1983.
10　出自萨特:《什么是文学?》,见《萨特文学论文集》,施康强等译,安徽文艺出版社,1998年。

怖"。尽管它可能用"幻想的面纱"掩盖了我们的"原始需求",但它仍然揭示了对回归"现时生活"的渴望,以及重新赋予巩固诗人和其周围自然之间的同谋关系一种意义和力量的愿望。"我便在一种纯真中找到了庇护之所,在那里有梦的人不会老去。"[1]

"分离的山峰" [2]

夏尔的诗完结于空无之上,社会的未来仍在那里飘摇动荡,准备迎接我们必死的现实的来临或它的美,深渊还是门槛,这座架于"虚无之上,靠近……共通之地"[3]的桥梁,将第一束和最后一束光线、终结与开始、死亡与生存重新联结在一起。

布朗肖指出,诗性话语是预言性的,它并不预测未来,但由于它拒绝承认终结,所以它是朝着离起源更近的上游努力,并表现出自己已经准备好迎接新的未来,或者说是"为它指路",就像前苏格拉底时代的哲学家们的诗性话语一样。

这种相似性表达了对夏尔后来的作品的敬意。例如《寻找基底与顶峰》中的《以弗所的赫拉克利特》,在这首诗中,诗人将哲学家指定为他的"亲属",这个"带翼的山里人";就像那个一直拒绝"切分巨大问题"的人一样,"使其具有人类的举止、智慧和习惯,却没有削弱他心中的火焰、打断他的复杂性、破坏他的神秘感、压抑他的青春"[4]。从赫拉克利特的教导中,夏尔牢记了诗是"向前的",因为它重

---

1 夏尔:《狐巢的魅惑》,《愤怒与神秘》,第 106 页。
2 Michel Deguy, *L'Impair*, *op. cit.*, p. 106.
3 René Char, dédicace de «Pauvreté et privilège», in *Recherche de la base et du sommet*, *op. cit.*, p. 9.
4 René Char, «Héraclite d'Éphèse», in *Recherche de la base et du sommet*, *op. cit.*, p. 100.

第二章 "在您的四个内在性之夜的阴影之间"

新定义概念，提出问题并且"使语言变得生动"。这不是为了赋予未知以意义，而是为了向这一不可名状之物示意，并指向知识的极限。

因此，拉斯科并没有宣告哲学语言的无效，而是将两种语言的原始对话作为一种新的诗学要求，一种是辩证的（"思想的语言"），另一种是非辩证的（"诗歌中使用的语言"），在一个中，否定性是任务，而在另一个中，中性与存在和非在形成对照，就像德吉所说的，在两个边缘之间的"长时间的犹豫"，仿佛一种诗歌理想的构成性矛盾。在布朗肖看来，它们的双重关系无疑奠定了诗歌的未来，并且在一种投射的理想性和它的同谋中摇摆不定。在这种投射之中，哲学将在"稍微外部的地方、别处、一座分离的山峰"[1]被看见，也就是说，根据布朗肖的说法，"在诗中的哲学的诞生"[2]。

首先，诗歌"暴风雨般的至高性"[3]被定义为一种"过度，甚至是神谕般的意识"[4]或者一种极端的清醒，夏尔认为这是"距离太阳最近的伤口"，因为它与死亡的早熟意识有关。实际上，夏尔的诗所阐明的情境——"清晨"的人和"黑暗"[5]的人，做梦的人和不睡的人，"被殴打却不可战胜的人"[6]——以及揭示这些情境的矛盾，推动着我们悲剧的发展。因此，诗人"烈日之鹰般的视线"、他的洞察力与他的忧虑是分不开的：正如布朗肖所说，"有远见的"、看不见的或神谕般的诗人，能在与人类未来敌对的气氛中察觉到致命之物，预感到危

---

1 Michel Deguy, *L'Impair*, op. cit., p. 26.
2 Maurice Blanchot, *La Bête de Lascaux*, art. cit., p. 76.
3 Georges Bataille, «Lettre à René Char sur les incompatibilités de l'écrivain», in *René Char*, L'Herne, «Cahier», op. cit., p. 35.
4 Maurice Blanchot, *La Part du feu*, op. cit., p. 111.
5 René Char, «L'Inoffensif», in *Les Matinaux*, op. cit., p. 122.
6 René Char, *Recherche de la base et du sommet*, op. cit., p. 23.

险。"沉重的窗户","血淋淋的百叶窗",折磨爱丽儿的卡利班的"藏污纳垢的酒瓶",甚至是某种意义上的拉斯科洞穴,都是暴力而恐怖的外部世界和诗人的世界——里尔克[1](Rilke)所谓的"世界的内部空间(Weltinnenraum)"("玻璃啊,冰花啊,被征服的自然,里面一片繁花,外面一片狼藉"[2])——的亲密关系之间相对立的标志,因而在诗中矛盾地提供了一种对我们的世界、它的苦难以及它的过度的一种清晰且疏离的视野。

"诗,你是我脸上过于显现的黑暗祭坛。"[3]通过拉斯科和夏尔献给它的诗而逐渐形成的"这一被撕裂的、暴风雨般的关系"[4]是作品起源的象征。它采取的是思想语言和诗歌语言的原始对话的形式,两个不可调和的时刻之间的斗争——失落的田园牧歌和我们不确定的未来、草场的开放空间和拉斯科隐秘的封闭空间之间的张力,它将创作描绘为矛盾需求间斗争的场所,"被撕裂的交流",这样,它就将主体和其诗之间的自恋关系转向了他者、未知和神秘。

"前世界"或《群岛中的谈话》中的"虎耳草"和"致命的伙伴"[5]中的大多数诗如同《文学空间》[6]中的布朗肖一样,以原始撕裂的方式讲述了作品的起源:"愤怒与神秘已轮番将他诱惑并烧尽。然后完结他虎耳草之临终的年代到来。"[7]

---

1 Rainer Maria Rilke, *Elégies de Duino ; Sonnets à Orphée et autres sonnets*, éd. bilingue, trad. de J.-P. Lefebvre et M. Regnaut, Paris, Gallimard, coll. Poésie, 1994.
2 René Char, *Les Matinaux, op. cit.*, p. 107.
3 René Char, *Les Matinaux, op. cit.*, p. 135.
4 Maurice Blanchot, *La Bête de Lascaux, art. cit.*, p. 76.
5 René Char, *Les Matinaux, op. cit.*, p. 123.
6 *Cf.* chapitre VII, «La littérature et l'expérience originelle», in Maurice Blanchot, *L'Espace littéraire*, Paris, Gallimard, coll. Folio-essais, [1955], 1988, p. 277-334. (中译本可参见布朗肖:"文学与原初的体验",《文学空间》,顾嘉琛译,商务印书馆,2003年。)
7 夏尔:《愤怒与神秘》,第75页。

第二章　"在您的四个内在性之夜的阴影之间"

（让-克劳德·马蒂厄写道，）诗人栖身于他所劈裂的岩缝中，在这个最初的结合处占据着他的位置。他轮番地被这对力量中的一个和另一个伙伴诱惑，试图将自己置于其诞生的场景中，然而只剩他所劈开的石头注定死亡的幼崽和后代，从他被"驱逐"的语言中重生。[1]

诗人为了摆脱锁链而敲打的这块石头，说出了它的矛盾和源自希波克里尼（l'Hyppocrène）的创造的暴力："兄弟，忠诚的燧石，你的枷锁已经碎裂。从你的双肩喷出了谅解。"[2]

《愤怒与神秘》开篇的"前世界"正是代表着这种原初场景，诗人在这一场景中成为"不可分解的、尚未得见的火光"[3]。他先后是《频频》中的匠人、《诞辰》和《收割草料》中浴火重生的凤凰、《水晶之穗……》中自由的赋予者。所有这些诗都代表了诗歌创作的一个片段，追溯了诗在世界中的诞生和降临、它的过往、它的原初暴力、在它之前的感受，对于夏尔来说构成唯一真正的"可视"[4]的感受。诗

1　Jean-Claude Mathieu, *René Char ou le Sel de la splendeur*, t. II, *op. cit.*, p. 142.
2　夏尔：《愤怒与神秘》，第20页。
3　夏尔：《愤怒与神秘》，第75页。
4　乌托邦和末世论总是会在兰波的作品中相遇。兰波式的预知力（voyance）的概念总是与"无"（Rien）的暴力联系在一起，语言就从这种"无"中产生。（*Cf.* Le sonnet «Voyelles», in *Poésies, Œuvres complètes, op. cit.*, p. 53.）向前代表着尽可能地接近起源的渴望，见证创造的力量涌现，但同时也说明创造恰恰是建立在"无"上，没有任何基础。
　　在"疑问的答案"中（René Char, *Recherche de la base et du sommet, op. cit.*, p. 114-115.），夏尔使用的"可视"（voyant）一词与兰波的意义不同，正如布朗肖在（*La Bête de Lascaux*, art. cit., p. 75.）中提出的那样。他并没有指出诗歌的预言或神谕的维度。当他说"诗歌将把行动引入视野，并将自身置于行动之前"或"诗歌将是一首启程之歌"时：是为了表明诗歌看不到未来，它既不是预言性的，也不是神谕性的，相反，它转向起源，转向力量出现之初。正因如此，在"前世界"中，诗歌类似于一种宇宙论。

人似乎在相互矛盾的力量中左右为难[1],与各种元素斗争,就像在《频频》这首诗中一样,生与死同时存在。

整整一天,铁砧协助着人,把胸膛紧贴在锻炉燃烧的泥浆之上。长久以后,他们孪生的腿弯炸亮了那紧闭地下的金属身属薄夜。[2]

或者在《拒不合作》中表现得更加明显:

在如此黑暗的斗争中与如此黑暗的静待中,当恐怖蒙蔽了我的王国,我已乘丰收那带翼的雄狮高飞直抵银莲花寒冷的尖啸。在束缚每一个生灵的畸形锁链中我来到了这个世界。从此你我都已令自己获得自由。我从一种兼容并包的道德中提取了无懈可击的救助。不顾消失的渴望,我早已在等待中慷慨地挥洒英勇的信仰。从未放弃。[3]

诗的过往,是比它的起源更加上游的地方,那是在整体之前,在这个整体还未成为世界之前:诗歌就试图追溯原始"新星"的首次爆炸。

最后,夏尔的诗歌从思想语言和诗歌语言的原始对话中恢复的,同样也是主观个人对预言性的非个人权威的遮蔽[4]。围绕着巩固其统一性的"互为敌手的尺度"[5]而建立起的诗歌,将苦涩转化为清醒的意

---

1 或者在《愤怒与神秘》(夏尔:《形式分享》第45节,《愤怒与神秘》,第86页)中:"诗人是一个向外投射的生灵与一个向内扣留的生灵的共同起源。他向情人借得空虚,向爱人取得光芒。这一对形式组合,这双重的警卫悲怆地给予诗人他的嗓音。"
2 夏尔:《愤怒与神秘》,第10页。
3 夏尔:《愤怒与神秘》,第35页。
4 Maurice Blanchot, *La Bête de Lascaux, art. cit.*, p. 75.
5 夏尔:《愤怒与神秘》,第86页。

第二章 "在您的四个内在性之夜的阴影之间"

识,将个人痛苦转化为普遍悲剧,"能够陈述我们自身"[1]。主体性并非这首诗的中心:它最常消失在诗的接收者之后,或者以一种更加明显的方式,消失在《修普诺斯散记》《形式分享》和《早起者的淡红色》中的格言,以及非个人的话语中,"句子中中性的痕迹,'我'为了他者的利益而被摧毁、被融于箴言式的'人们'之中,融于生命的普遍性[2]之中,布朗肖也说,承载着一种'古老的智慧',就像关于拉斯科的这些诗一样,'似乎被思想赤裸的沉默所照亮了'"[3]。

诗歌的目的是通过将我们无人称化来使我们变得至高无上,多亏诗,我们才能触及那只能通过个体的吹嘘来勾勒或歪曲的盈满。[4]

这是因为"我"的回撤首先是战争造成的,是拥护者被迫的擦除与匿名("我是无名的证人,也是受害者"[5]),是抒情诗短暂的哀悼("飞燕的羽翼不再映照于大地,请忘掉这幸福"[6]),是过于个人化的自我的隐匿("诗人将通过对自我的拒绝去补全其留言的意义"[7]),但也是诗歌轨迹朝向多元的拓展、从单数到复数的过渡。尽管如此,创作仍是一种加入了数量意识的个人和单一行为。

如果如夏尔所言,"我们的回忆没有在那里不断地沉睡",如果诗

---

1 Maurice Blanchot, *La Part du feu*, op. cit., p. 311.
2 Jean-Claude Mathieu, *La Poésie de René Char ou le Sel de la splendeur*, t. II, *op. cit.*, p. 72.
3 Maurice Blanchot, *La Bête de Lascaux*, art. cit., p. 76.
4 René Char, «Le Rempart de brindilles», in *Œuvres complètes*, Gallimard, 1983, p. 359.
5 夏尔:《愤怒与神秘》,第 8 页。
6 夏尔:《愤怒与神秘》,第 45 页。
7 夏尔:《愤怒与神秘》,第 88 页。

人不再有可能沐浴在他想象力的活泉中,那么"过去就推迟了当下的产生"[1]。但夏尔想要"不带偏见"地谈论这个"摆脱了原型"[2]的当下,而这些原型在形势的重压下将我们关在了一个反现代、乌托邦的和怀旧的话语中。

同样,战后不应该是今后的一个"新遗嘱",即人必须弥补犯下反人类罪行的过错,更准确地说,应该是涉及我们个人和集体责任的无法逾越的门槛,同时杜绝任何回退的可能性,尤其是在这"重大反抗"[3],即希望与这些年的不幸决裂之前。

在1940—1950年代,夏尔的诗歌为起源发声,那是一致意识到死亡和我们通过艺术转化死亡的意识的一种起源。拉斯科就是这种变形能力的体现。它从战争及其悲惨的背景中出现,代表着某种反黄金时代,但又是揭示共同体在其成员的消失后幸存下来的一个绝对的开端,这种意识对于艺术来说是必不可少的。

通过这一场景,夏尔唤起了抹除一切以及重生的必要性:"被破坏的生命必须重新抓住","所有底基必须被重建"[4]。他回到"赤裸的满足、刚刚得见的知识和爱提问的谦卑中",回到他认为更符合拥护者在塞雷斯特(Céreste)做出的承诺——关注人类尊严的诗歌中。因此,《粉碎诗篇》(1945—1947)中的大部分诗歌都是在夏尔回到索尔格河畔利勒(L'Isle-sur-la-Sorgue)所写。大地是夏尔诗学的锚定点。他摆出了"哨兵"的姿态,仿佛一个坚定地站在"现时大地"之上的人、为"在这片大地上发生的事"而担心的人,仿佛一个也知道"用

---

1 René Char, *Œuvres complètes*, Paris, Gallimard, coll. Bibliothèque de la Pléiade, 1983, p. 428.
2 René Char, *Recherche de la base et du sommet, op. cit.*, p. 25.
3 Maurice Blanchot, *L'Amitié, op. cit.*, p. 212.
4 René Char, *Les Matinaux, op. cit.*, p. 121.

卓越之地来填满自己"的人。此外，这一元素与形容词"现时的"有关，据夏尔所言，这是定义"本质"生命的时间和空间的界限。因为本质是联结过去与未来的东西，能够给重建世界带来必不可少的滋养元素（"去找寻本质吧，你不是需要小树来重造你的森林吗？"[1]），是表明尽管有历史的意外和亲近之人的死亡，"一些坚硬的、荒芜的东西仍站在那里"，阻止想象力的枯竭，它是想象力的刺激物，保留着它的成功："本质是随时沿路护送我们的东西。它也是烟雾中一盏没有视线的灯。"[2]

如果说诗人将自己投射到拉斯科这一神奇的场景中，那是因为这个场景揭示出诗人的作品并非劳作的唯一产物，这些"婚姻工具"也是无法被描绘的。如果诗人"在空中构筑他的道路"[3]，"把劳苦的循环折换为复活之货柜"[4]，"冷漠地将失败改造成胜利"[5]，将技术姿态的效率与诗歌炼金术的惊人力量联系在一起，那是因为他有能力将"我们的焦虑与重负转化成动脉般的晨曦"[6]，总之就是使我们的想象力处于紧张的状态，同时他又意识到这种满足是脆弱的，毁灭的威胁笼罩在他的作品之上，但反过来说，他的非物质性又使其免于被完成。

---

[1] René Char, *Les Matinaux*, *op. cit.*, p. 76.
[2] René Char, *Les Matinaux*, *op. cit.*, p. 202.
[3] 夏尔：《愤怒与神秘》，第 84 页。
[4] 夏尔：《愤怒与神秘》，第 83 页。
[5] 夏尔：《愤怒与神秘》，第 72 页。译文略有调整。
[6] 夏尔：《愤怒与神秘》，第 83 页。

第三章 孕育中的共同体

第一节 共同体的要求：有关"共同性"的诗歌形式

第二次世界大战深刻地影响了1940—1950年代的文学。战争频繁出现于当时的作品中，甚至米肖的作品也不例外，即使我们经常强调米肖作品的个体性、边缘性及其对应景写作的拒绝。此外，战争尤其促使当时的作家重新思考文学与诗歌问题，赋予其抵抗共同体抒情性的新责任，"更为人性的"考虑，以及一种交际性的新要求。战争深刻地改变了文学与诗歌的重心。

在这种情况下，诗歌——尤其米肖与夏尔的诗歌——走出了抒情性。米肖将抒情性理解为对主体性的表达，把"斗争的抒情性"作为对整整一代人的反抗的表达；夏尔则将某种被认为太过个人的痛苦转化为一个具有普遍性的悲剧。

文学的关键问题不再完全与之前相同。因为"痛苦"[1]不再仅仅是个人的痛苦，而是整整一代人的痛苦；因为诗人必须超越自己的时代，以便改变时代、预想未来；因为诗人试图解决的问题是所有人的问题[2]，因为反过来，诗人所追寻的——正如夏尔重申的那样——无

1　参见杜拉斯：《痛苦》，王东亮、朱江月译，上海译文出版社，2012年。
2　萨特：《什么是文学？》，见《萨特文学论文集》，第223页。

法"被众人发现"[1]，因为诗歌的真理永远是惊人的、个体的，而1950年代的诗人必须找到某种共同的诗歌的调子，重新找到读者关心的问题。

悼辞（米肖）

对米肖来说，《考验，驱魔》中的斗争抒情性主要可以被界定为主体解放的范畴，主体从此走出共同体抒情性。"我"由此远离其他人，先后同极权主义声音、"巨大的声音吞食我们的声音"，以及《瞧那个人》《我看见了》或《信》中先知的声音作斗争，这一未卜先知的声音预告了人类共同体的灭亡，也预告了集体话语的嘈杂声，集体话语从其本质来看就是因循守旧、整齐划一的，是独裁者专制声音的回声。"这一声音只不过是上百种声音中的一种，这上百种声音充斥天上地下、东方西方，全部都充满威胁、恶意与仇恨，向人类承诺了一个阴郁的未来。"[2]

因此，在整部文集中，陈述主体沿着一条从西方"悲怆"（*pathos*）与共同体抒情性中逐渐解放的道路前行，犬儒地与不断膨胀的政治谎言拉开了距离。因为与具有欺骗性的声音的结合只能宣告话语的末日（"巨大的十字架诅咒我们的救生筏 / 使我们精神不振 / 为我们准备了坟墓"[3]）。吞食其他声音的"巨大的声音"是政治声音，不容置疑地发出指令与判决。这个声音令人类像雕像那样静止、石化，"喋喋不休的话语的坠落"，与它一起坠落的还有共同之歌、共同尖叫的希望

---

1 René Char, *Recherche de la base et du sommet, op. cit.*, p. 42.
2 Henri Michaux, *Épreuves, exorcismes, op. cit.*, p. 36.
3 Henri Michaux, *Épreuves, exorcismes, op. cit.*, p. 12.

("在痛苦中，我们的歌没能唱出"[1])。

文集最后的史诗并没有重构世界的普遍之歌、柏拉图星球的音乐（"我没有听到人类的歌声，静观世界的歌声，星球的歌声，巨大的歌声，永恒等待的歌声"[2]）；尽管在《信》（"我从一个从前光明的国度给您写信"[3]），在《瞧那个人》中，"我"之歌无数次尝试重建与他人的对话，但这支歌被历史、被城市文化的匿名性阻止，被反对人类自豪感、反对人类认为已经触及绝对知识的幻觉的挑衅言论打断："战争！人，总是人，脑袋里塞满数字与推算的人，感觉到自己成人生活之顶壁的人。"[4]

《行进在隧道中》只向某个堕落的共同体发话，这个共同体已被自己统治权力的贪婪所腐蚀。古代史诗吟唱者的无人称的声音[5]在大量涌现的阴郁预言面前消散，这些预言粉碎了共同体话语的神话（"它们说着，这些话语，在晦暗的阴影中"，"随后我听到一个更为响亮的声音说道"，"那时一个声音突然说话，是我们从未听过的"[6]）。

在这一撕裂人类共同体的斗争的中心，在东西方，主体都没能在古老的史诗吟唱者和与我们完全同时代的人之间确定自己的位置，史诗吟唱者尚能为某种集体话语做担保（"回忆！对人类的回忆。为抵抗的回忆"[7]），我们的同时代人则与他的同类那样，内心被一种人类的痛苦触及（"哦窒息！"）。诗歌中的"同位素"见证了这种时代错

1　Henri Michaux, *Épreuves, exorcismes, op. cit.*, p. 51.
2　Henri Michaux, *Épreuves, exorcismes, op. cit.*, p. 47.
3　Henri Michaux, *Épreuves, exorcismes, op. cit.*, p. 50.
4　Henri Michaux, *Épreuves, exorcismes, op. cit.*, p. 48.
5　布朗肖：《无尽的谈话》，第 738 页。
6　Henri Michaux, *Épreuves, exorcismes, op. cit.*, p. 62–63.
7　Henri Michaux, *Épreuves, exorcismes, op. cit.*, p. 82.

乱：战役、十字军东征、犁、马刺、军号、饥荒在现代找到了它们的对应物：坦克、枪炮、子弹、钢铁。直至诗歌中的《圣经》与神话象征，而诗歌本身被一连串控诉抹去，这些控诉由主体发起，借以反对人类的贪婪——因为人类将自己的知识、自己的财富都变成了资本（"然而，这个数字时代在算账，算账，疯狂地算账"[1]），借以反对战争经济的唯物主义这一新的强制劳动部门。

他们**雇佣**火焰以摧毁建筑。他们**雇佣**人类的卑劣以摧毁自尊。他们将愚蠢与怯懦**雇佣**至一个巨大的拼凑的**工具**中。辛苦地**使用**这个工具，辛苦地、傲慢地……[2]

这首诗揭示了米肖面对共同体话语的悲观主义：声音只剩下尖叫、嚎叫、被战争传染的话语、被"机枪扫射的""思想、言论"。《考验，驱魔》中的写作主体由此重申了与他人的对立、自身在人群组成的共同体中的缺席，这人群默不作声、乖乖地接受了敌人套上来的枷锁。主体通过一种强化了的断裂原则的书写表达了这种对立，这些断裂原则包括击打、讽刺、间离和反叛。

反过来，诗歌的陈述系统增加了呼吁读者的形式——既包括修辞或语法上的呼喊，也包括诗歌形式中包含的献辞（《信》，《瞧那个人》中的悼辞，或《行进在隧道中》），由此似乎在主体与其读者之间维系了一种共同体诉求。正如"我"需要为其想象空间添上千变万化的新造物，以战胜对内在空虚的恐惧，这个"我"也固执地与人-蚁"保

1　Henri Michaux, *Épreuves, exorcismes*, op. cit., p. 63.
2　Henri Michaux, *Épreuves, exorcismes*, op. cit., p. 73（强调为本书作者所加）.

持着联系",因为"我"感觉到与后者之间的联系在消逝,变得不可见。在马丁(Jean-Pierre Martin)看来,正是通过书信形式的频繁出现,通过呼唤多个收件人的结构,我们得以发现"我"与"文学的孤岛性决裂"[1]的意志。

诗歌一面指控诗歌共同体的缺席,切断与社会的联结,一面也发明了某种想象性的联系。后者表现了关系的欲望。"怎么说"首先是怎么向某个人发话的问题,这个人表现出了抵抗文学话语之孤独的意志——或者相反,表现出了在鲜活的话语缺失的情况下,将文学话语搬上舞台的意志。

这种形式大量出现于《考验,驱魔》的诗歌中,出现于《信》和《信件还说……》中,然而,以一种更为普遍的方式,它们也出现于呼语、喊话、演讲和"我"的声音的戏剧化中,这些形式在文集中反复出现。

因此,"巨大的声音"的陈述结构建立于对某个"你"的不断喊话中,虽然后者看起来似乎并不是诗歌的接受者。事实上,呼语建立的不是一种共同体,而是一种分裂,一种"我"和那"巨大的声音"之间的对立。无论是"声音"的修饰词("巨大的""响亮的"),还是它的替代词("屋顶""十字架""专横的浆"),都导致了"我"被他者包抄的结果。然而,陈述空间的这种分裂加强了主体的决心:他的上升得到代词和动词avoir(有)和être(是)的三次肯定:"je, j'ai,

---

1　Jean-Pierre Martin, «Lettres du lointain, ou insularité salutaire de la littérature», in *Les Ailleurs d'Henri Michaux*, actes du colloque de Namur, 20-22 octobre 1995, Eric Brogniet (dir.), 1996, p. 136.

je suis"¹。因此，主体多次使用第一人称复数形式（代词与主有形容词），间接地向话语的接受者发话。代词"我们"明显代表了"我"和"他们"的集合，"他们"指的是其他人，指的是主体所属的共同体。尽管如此，"我们"在这首诗中没有凝聚力，在每行诗句中，这个代词与那些包含消失或死亡等意素的词语组合在一起，或者因为"我们"在声音的统治下消失（"巨大的声音吞食我们的声音""巨大的屋顶覆盖我们的森林"），或者因为"我们"被声音摧毁（"巨大的十字架诅咒我们的救生筏/使我们精神不振/为我们准备了坟墓；巨大的事件/将我们冰冻"）。

反过来，主体抵抗着这种同化，因而没有被彻底拖入这个由"我们"所代表的共同体中（"你不会拥有我的声音的，响亮的声音"）。在这一陈述机制中，主体被排除在接受敌人枷锁的共同体之外。与"我们"所代表的集体的同化在诗歌结尾被一个无人称的"人们"激烈地否定（"够了！在这里，人们不会歌唱"）。这个"人们"的含义是模棱两可的，它可以是不明显的复数用法，也可以是"我"的一种委婉形式，甚至是对主体撤退的表达。在诗歌结尾，"我"和共同体抒情性之间的决裂彻底完成。

在"奇特的平衡"中，他人对主体来说都只成了陌生人（"我看到人四处游荡，看到世界在人中游荡"²）。主体谈论起这些人时仿佛他们是人类的代表（"我看到了人"）。然而，代表其他人的"我们"并没有从诗歌中彻底消失，它又悄悄回来，唤醒了共同的悲痛（"前线的战争、贫困的战争纠缠，将我们纠缠"，"那一年很快将成为我们的一生"³）。

---

1 意即"我，我有，我是"。——译注
2 Henri Michaux, *Épreuves, exorcismes*, op. cit., p. 21.
3 Henri Michaux, *Épreuves, exorcismes*, op. cit., p. 14, p. 16.

此外,"我们"在《信》中也反复出现:"我"实际上担负起书写同伴故事的责任("几年来我们一起生活,我们一起生活在伯尔尼的塔楼";"我们互相答疑。我们什么都不知道了";"战栗的大刀将我们劈开")[1]。这封信试图拯救共同话语缺失的现状,甚至可能想弥补"我"和同类之间不存在共同体的缺陷("在太过巨大的痛苦中,我们的歌没能唱出")。"我"还承担了歌唱他人怨尤的痛苦任务,而此时"我"还没有"发出自己的呻吟,只属于自己的呻吟"[2]。与一个(或多个)接受者交谈、说话在此似乎维系着主体与他人之间的共同体虚构,哪怕这个共同体是想象出来的。尽管如此,由于缺乏接受者身份的精确信息,由于无法确定信的发出地点("大衣与阴影的国度","时间停止的城市"),这一切在主体与他人之间只制造出某种不确定的诗歌共同体。到处,相认的不可能性被肯定:"在沉默中,我们没有认出对方"[3],而我们的同类只能通过"受辱骂的封印的镜子",通过死亡的镜子被看到。这个诗歌共同体能否替代真正的原初共同体?无论如何,在"我"和"我"的接受者之间,它只成功确立了某种虚构的联系。

因此,在宣布"共同体神话的终结"的同时,在拒绝共同体意识形态("某某性"和"某某主义"……)以及装饰这些意识形态的抒情性的同时,米肖将希望寄托于一种不确定的诗歌共同体,后者要求投入一种有关未来的交流。米肖并不仅仅为自己写作。他的诗句的读者,那些他口中的"灰烬的同路人"[4],他们跟他一样被囚禁于一个黑暗的时代,跟他一样无法挣脱那受诅咒的一年,同时被某种可怖的空

---

1 Henri Michaux, *Épreuves, exorcismes, op. cit.*, p. 50–52.
2 Henri Michaux, *Épreuves, exorcismes, op. cit.*, p. 28.
3 Henri Michaux, *Épreuves, exorcismes, op. cit.*, p. 52.
4 Henri Michaux, *Épreuves, exorcismes, op. cit.*, p. 17.

虚感包围[1],像他一样"被没有结果的思考啃噬"[2],困扰于那个终止一切其他问题的问题:我们是否生来就只能成为烂泥?／我们是否生来就手指折断,一生只纠结那个糟糕的问题[3]?

对他们来说,诗人凭借诗歌,找到了与夏尔所说的"消失的渴望"[4]"理智的麻痹"[5]进行斗争的力量。夏尔同样投入到为保留诗歌而进行的斗争中,这一斗争超出了战争年代所代表的"不识字的插话"。此外,他围绕共同与友谊,固化了战争的第一意义:在对新同盟的发现中,在与同志、"同伴"、结盟者、"根本的友人"的不间断的对话中,在一种对"婚姻的彼岸"与"共同的在场"的征服中,通过这些形象,对另一个共同体的迫切渴求具有了形式。

构思另一个共同体(夏尔)

因此,战后的人类共同体只能是一个"来临中的共同体",既不可能是效仿过去、根据某个奠基性神话生存的黄金时代,也不可能是某种社会乌托邦,只能是那个"降临到我们身上的"共同体,正如南希所说的那样。它时而显得像一个问题,时而显得像一种等待,或我们当下的社会呼唤的一种迫切需求[6]。《愤怒与神秘》中前几首诗歌大多向某种等待敞开,这等待高悬于某个虚空之上,在这虚空中仍摇摆着我们社会的未来,这个空洞的空间准备着重新迎接美或我们的致命真实的突然出现,根据这一等待揭示的希望与承诺,它可能是深渊或

1　Henri Michaux, *Épreuves, exorcismes, op. cit.*, p. 25.
2　Henri Michaux, *Épreuves, exorcismes, op. cit.*, p. 43.
3　Henri Michaux, *Épreuves, exorcismes, op. cit.*, p. 43.
4　夏尔:《拒不合作》,《愤怒与神秘》,第 35 页。
5　Henri Michaux, *Épreuves, exorcismes, op. cit.*, p. 51.
6　南希:《无用的共通体》,第 25 页。

是门槛。

《愤怒与神秘》大部分诗面向女性读者,用疑问语句或假设语式提及对美的迎接,将此作为重建诗歌信仰的事件,例如《篾匠的伴侣》[1]《狐巢的魅惑》[2]《水晶之穗从青草中取出它透明的收获》[3]《减轻重负》[4]。在其他诗歌中,历史的重量以直接或隐喻的方式,被更为强烈地表达出来,那些终极问题暗示了对共同体未来的担忧,以及对"之后"的不确定,正如夏尔在《修普诺斯散记》[5]中说的那样。以《暴行》为例:

命定之星。我轻推亡者花园的大门。奴颜的花朵在冥思。人类的伴侣。创始者的双耳。[6]

"我"以隐喻方式提出了可能的复活以及与诗歌重逢的问题:"最终他会否抓住水藻冰凉的低语?"[7]"我在别处绝不会沉沦吗?"[8]"它如此孤独,怎竟知晓大地不会死去,知晓我们,缺少光明的孩子,即将开口言说?"[9]

大部分情况下,等待随着诗人抵抗意志的逐渐增强,通过命令式表达出来。在《生日》中,"我"与从自身灰烬中再生的日子定下了约会。随着诗人怒意的上升,指令与命令出现的次数也逐渐增多,例

1　夏尔:《愤怒与神秘》,第 9 页。
2　夏尔:《愤怒与神秘》,第 11 页。
3　夏尔:《愤怒与神秘》,第 31 页。
4　夏尔:《愤怒与神秘》,第 16 页。
5　夏尔:《修普诺斯散记》第 64 节,《愤怒与神秘》,第 118—119 页。
6　夏尔:《修普诺斯散记》第 64 节,《愤怒与神秘》,第 8 页。
7　夏尔:《频频》,《愤怒与神秘》,第 10 页。
8　夏尔:《宽厚的力量》,《愤怒与神秘》,第 25 页。
9　夏尔:《敬意与饥馑》,《愤怒与神秘》,第 51 页。

如在《同这类人一起活着》《历史学家的茅屋》《拒绝之歌》中，但它们尤其在《修普诺斯散记》和《形式分享》的警句中频繁出现。然而，"言说黑暗"[1]的诗人还是将自己投射至未来，那时"有雉蝶的现时"将用自己身体与精神的伤口交换一种新的目光与一种重新活跃的想象。过去时的动词由此抛弃了本质衰竭（"我一直旅行至精疲力竭"，"我窒息了"，"我已抹去"[2]，"十一个冬季你放弃了"）、处于绝望中（"他俯身观察那精疲力竭的脸"[3]，"歌鸣……盖笼了悲伤的卧榻"[4]）的主体，但这些动词被紧随其后而来的由将来时、命令式与虚拟式构成的解救所否定。因此，旅行或出发（"攀登黑色的阶梯"[5]，"我隐约看到终有一天会有一些人走上天地能量的旅途"[6]）、收获（"收割草料"，"在岌岌可危的远景下收割"[7]）与身体重新挺直（"明天他将直立着……穿行"[8]）的三重隐喻宣告了被重新定义的人的时代的到来。

共同体对夏尔来说首先是个诗学事件：尽管《愤怒与神秘》中的诗歌代表了对诗歌的埋葬、诗人的"告假"与"淡红色的麻木"，或者共同体的缺席，但在这一与缺失、与消失、与死亡的关系中，它们仍然开启了作品的另一个维度，这一维度关系到对诗歌的拯救，关系到将一种太过个体性的痛苦转化为普遍的悲剧。如果说历史产生自缺

---

1 夏尔：《婚颜》，《愤怒与神秘》，第 61 页。
2 夏尔：《同这类人一起活着》，《愤怒与神秘》，第 39 页。
3 夏尔：《减轻重负》，《愤怒与神秘》，第 16 页。
4 夏尔：《黄鹂》，《愤怒与神秘》，第 22 页。
5 夏尔：《为了这一切无一改变》，《愤怒与神秘》，第 19 页。
6 夏尔：《要素》，《愤怒与神秘》，第 24 页。
7 夏尔：《诞辰》，《愤怒与神秘》，第 17 页。
8 夏尔：《收割草料》，《愤怒与神秘》，第 28 页。

席、裂痕与沉默,诗歌则恰好相反,只有它能够长存并保持恒定,这种持久性与恒定性通过大量象征得到隐喻化表达:永恒的春天("存在一个前所未见的春天,散落在四季,直至死亡的腋窝"[1]),源源不断的收获,或者"向永恒的石头进攻的常春藤"。

"你的口述无始无终。仅仅被缺席、被扯下的窗板、被纯粹的无所事事清点。"[2]同样的,诗人必须尽可能地贴近死亡,同时接受在自己的诗歌尽头消失的命运,好把他的劳作成果传递给读者,鞠着躬死去,以换取一个独一无二的、"没有尘土界限"的共同体。因为诗人的建构活动不是为了自己,也不是为了换取物质回报,而是为了向其他人传达信息,为了"把手臂伸给你的支持者未曾接受的果子",为了"建设自己的家园"[3],而这家园的未来属于全人类。

---

1 René Char, *Recherche de la base et du sommet, op. cit.*, p. 32.
 "最纯粹的收成被播撒在不存在的土壤中。它消灭感激并仅仅受惠于春。"参见夏尔:《修普诺斯散记》第86节,《愤怒与神秘》,第124页。
 "一切令我受到时局胁迫的圈套都延长着我的无辜。一只巨人般的手在它的羽毛笔上把我背负。它的每一行文字修饰着我的品行。我在那里停留,仿佛一株扎根土壤的植物,尽管我的人生季节一无归处。"参见夏尔:《修普诺斯散记》第206节,《愤怒与神秘》,第161页。
 "现在你已经把一个没有冰凌的春天与一次走入其灰烬历程的大屠杀的飞沫互相结合,在岌岌可危的远景下收割逐渐累积的庄稼,把它归还给诞生时环绕它的希望。"参见夏尔:《诞辰》,《愤怒与神秘》,第17页。
2 "在宿命旁并置对宿命的抵抗。你将审理不同寻常的高度。
 美诞生于对话,诞生于寂静的终止与复生。这块从其往昔中朝你呼唤的石头是自由的。这一点从它嘴部的线条上流露。
 你的心灵力求的寿期存在于此地,外在于你。
 是与否,随着时间流逝,在历史的执念中相互和解。夜晚与热浪、天空与绿意令自身不可得见,为了更好地被人体验。"参见夏尔:《博城通报》,《愤怒与神秘》,第218—219页。
3 夏尔:《早起者的淡红色》,《勒内·夏尔诗选》,树才译,北岳文艺出版社,2002年,第34页。

第三章　孕育中的共同体

"我们曙光的共同体"[1]

夏尔这一时期的诗歌由此见证了某种明显的撤退，主体性隐藏于一个复数的"我们"之后——"我们"是"我"的扩大形式，是具有高度包容性与集体性的代词，或者隐藏于一个普遍的第三人称"他"之后，有时甚至隐藏于一个无人称的"大家"之后，"大家"代表了集体话语的匿名性。

《愤怒与神秘》的"概述"先提出了一个年份，1938年，这个数字可以是某种迹象，表明诗的写作牵涉到历史事件。尽管如此，这一思路并没有得到书写主体的公开承认：主体在诗歌最后才出现，他藏身于某个普遍的第三人称"人"之后，仿佛他想擦除时局的特殊性，尽管后者是书写这部诗集的起因（"人逃离窒息……"）。此外，历史参照物在诗中只是通过类似窒息、监狱或死亡等抽象词汇，以间接的方式在场。"我"依靠的是"我们"的多元性，我们的共同体建立于某种悖谬的结合：锁圈与链条，天使与魔鬼。这一前言在这部诗集的诗歌间，在其"敌对维度"中架起主要的桥梁：苦涩转化为清醒意识，个人痛苦转为了普遍悲剧，摆脱事件的重压。

诗集开篇是一系列写给某个"你"的诗歌，这个"你"经常是女性（《与风告别》《青春》《旧宅》《生日》《奖章》《箍匠的伴侣》《狐巢的魅惑》）。在后两首诗中，"我"在女性读者向他表达的敬意面前隐身，我们可以通过不同迹象辨认出这一点：几个包容性的举动（她"展开"，"打开"）；或者"我"的位置（他站立在"自己的阳光磨坊中"，"他土地的数字包围了他的吻"）；或者"我"的话语的句法，因

1　Char, *Les Matinaux*, Paris, Gallimard, coll. Poésie, [1969], 1997, p. 79.（中译本译为"我们黎明的公社"，参见夏尔：《早起者的淡红色》，《勒内·夏尔诗选》，第33页。）

为"我"被放在宾语位置("你们结识了我","用你们想象力的美好部分装扮我");以及具有包容性的"我们"一词,因为"我们"模仿了"我"和"你"的完美结合,以及我和一颗"打破枷锁的心灵"("在我们的欢乐之上躺卧着随转动渐趋力竭的巨型水车掷地有声的温柔,在它的训练结束之时","我们已如此完满地生活于例外之中"[1])之间的完美结合。

  诗集开头的这几首诗歌都是一种题献,这一举动似乎赋予与他者的对话某种权力,来阻止主体沉湎于唯我论,或者阻止主体更为糟糕地在这场战争中遗忘自我:"我"确实从赞颂与歌唱中汲取了力量,来对抗自我消失的焦虑,并且从更广泛意义上说,来抵抗诗歌的消失,仿佛这些诗歌构成了挑战,挑战将夏尔卷入其中的诗歌沉默,挑战埋葬共同希冀的行为。"我"和"你"的共同体因此以循环的方式指向"我"和"你"结盟的幻觉("歌颂吧,我们接受了我们自己"[2])、距离的持续存在("目光,群星的果园,金雀花和孤独都与你不同"),后者保持了他者的神秘感。在《日历》中,陈述强化了"我"和"你"之间的这种距离,诗歌倚靠"宽广的力量",并将其与新地平线的发现、与"我"的某种扩展联系起来:"我已将各种信念一一相连并扩展你的在场。我赐予我的时日全新的流动令其倚靠这宽广的力量。"[3]

  主体被迫隐姓埋名,但他仍然必须对抗历史加诸他身份之上的暴力:在《暴行》中,他象征性地成为"无名的证人",看到捕鳗人

---

[1] 夏尔:《狐巢的魅惑》,《愤怒与神秘》,第11页,第12页。
但诗歌结尾重新引入了"我"和颂歌接受者"你"之间的距离("但我,在这首属于你的颂歌中把我自己视作与我的化身相距最远的人?")。
[2] 夏尔:《青春》,《愤怒与神秘》,第13页。
[3] 夏尔:《日历》,《愤怒与神秘》,第14页。

的非法伎俩后,必须选择"晦暗和遁隐"。在"苦役监狱的灯光"中,他自称是"逃亡者","几乎不被提及的人"。《狐巢的魅惑》提到在同一个地方即塞莱斯特出现的战前的爱情(塞莱斯特的夏天)以及当"我"成为另一个人时,爱情在战争中及战后的消失。

> 记忆之路既已覆满了凶兽不可避免的麻风,我便在一种纯真中找到了庇护之所,在那里有梦的人不会老去。但我,在这首属于你的颂歌中把我自己视作与我的化身相距最远的人,有无资格强求自己比你幸存更久?[1]

战争经历在这些诗中被比喻为进入黑夜,并象征着诗歌灵感的死亡。因此主体必须下定决心与对手斗争,并在黑暗的中心接受匿名状态。"苦役监狱的灯光"表达了这一颠覆:"每一道创伤都把它那觉醒的凤凰的双目搁在窗前。"他期待从对否定性的忍耐中走出一个改头换面的新主体("不顾消失的渴望,我早已在等待中慷慨地挥洒英勇的信念。从未放弃。"[2])。《收割刍料》之后的诗歌通过一系列肖像(《缺席》之人,《水晶之穗》中的人,《路易·居雷尔·德·拉·索尔格》),设置了人复活的各个阶段,这些肖像都朝得救的人的象征形象敞开:

> 向那坚定地行走在我身边的人致敬,在诗篇的终点。明天他将直立着在风中穿行。[3]

自由的给予者做好了消失的准备,准备去与别处的新生融合,再

---

1 夏尔:《狐巢的魅惑》,《愤怒与神秘》,第12页。
2 夏尔:《拒不合作》,《愤怒与神秘》,第35页。
3 夏尔:《收割草料》,《愤怒与神秘》,第28页。

一次。[1]

有一个男人在此刻保持直立,一个男人站在一片黑麦田野中,一片好似被扫射的合唱团般的田野,一片被拯救的田野。[2]

因此,主体性不是诗歌的中心,它经常消失于诗歌接受者身后,或者以更具启示性的方式,消失于《修普诺斯散记》中,消失于《形式分享》和《早起者的淡红色》的格言警句中,消失于某种无人称的话语中,马蒂厄如此定义这一话语:"作为中性句子的痕迹,'我'自我毁灭以方便他者,溶解于某个具有普遍性的'大家'中,溶解于生活的普遍性中。"[3] 格言警句具有共同的句法特征:不定式、命令式、被"必须"(devoir)、"应该"(falloir)等动词情态化的真理表达、名词结构、强调句、由代词"大家"[4]引导的无人称句的使用。因为当

1　夏尔:《水晶之穗从青草中取出它透明的收获》,《愤怒与神秘》,第32页。
2　夏尔:《路易·居雷尔·德·拉·索尔格》,《愤怒与神秘》,第34页。
3　Jean-Claude Mathieu, *La Poésie de René Char ou le Sel de la splendeur*, t. II, «Poésie et résistance», Paris, Corti, 1988, p. 72.
4　在《修普诺斯散记》中不同词汇单位的分类(数字表示节数):
　　——命令式:1、2、7、34、151、161、163、179、212
　　——不定式:3、4、18、38、51、60、72、116、125、184、197。
　　——普遍性:8、59、81、102、173
　　——表示普遍真理的陈述:5、10、13、19、26、28、32、46、78、86、110、165、166、170、171、187、208、225、226、227、229
　　——名词结构:21、23、70、74、85、101、103、106、108、109、118、124、142、152、182、230
　　——无人称("大家")表述:63、84、90、107、215
　　——强调句:139、141、191、200
　　参见让-克里斯朵夫·马蒂厄(J.-C. Mathieu)的笔记类型学(in *La Poésie de René Char ou le Sel de la splendeur*, t. II, *op. cit.* p. 226–232)。我只重复作者的一些重要结论:《修普诺斯散记》中的笔记游移于现场记录、对引发某种即时**效果**的事件的反应(然而,不要忘记夏尔进行了大量的修改和删除)与对人的普遍命运作出反思的无人称色彩更浓的陈述之间。这些笔记尽可能地将奇闻轶事排除在外。

第三章　孕育中的共同体

"我"重新出现于格言警句中时,"我"的话语始终保留了某种反思目的,仿佛主体被包含在这些建议提醒、这些集体智慧碎片的接受者当中。这一点通过以下形式体现:援引口号的命令式("请你不要在结果之车辙上停滞不前"),鼓舞行动的话语("我不恐惧。我仅仅有些眩晕。我必须缩短敌我之间的距离。**水平地**向他迎战。"),以及"我"向扩大的游击队共同体发话时使用的具有包容性的代词"我们"("我们必须克制我们的狂怒与憎恶,我们必须把这些情绪与他人分担,为了树立并扩展我们的行动以及我们的道德")。对"我们"的召唤扮演着辨别符号的角色,通过这一符号,"我"向与"我"共患难的同伴们发话。在这些诗歌中,题献举动重申了与人对话的需求,诗人感到与这些人最为接近,即使他们的共同体建立于国家的毁灭之上,即使他们缺乏某个共同的基础:"我们在井栏边游荡而人们已把它的井口封堵。"[1] 这一中性的、无人称的声音具有穿透力,它来自战争强迫主体产生的改变与失格。"我"因此经常被包裹在普遍之人"他"所代表的最遥远、最个体的形象中,或被包含于集体的"大家"中,后者又涵盖了有相同经历的人的普遍性。

在我的国家,人们不会询问一个受感动的人……人们只获得那能够增大的东西……在我的国家,人们感谢。[2]

"在所有人的忙碌中没有距离的孤独"[3]

《愤怒与神秘》和《早起者》中诗歌的双重假定——个体与普遍、

1　夏尔:《修普诺斯散记》第91节,《愤怒与神秘》,第127页。
2　夏尔:《愿它活着》,《勒内·夏尔诗选》,第17页。
3　René Char, *Recherche de la base et du sommet, op. cit.*, p. 122.

主体性与无人称——导向了对诗歌主体的某种悖谬定义：主体既是"孤独"又是"多面"[1]的，既假定自己是独立的，又假定自己属于人类共同体。

生活……请你为我指明我的位置，如果它存在，指明我在共同命运中正当的位置，在这共同命运中心，我的特殊性如此显眼却依然与之维持一体。[2]

这一警句构建于某种矛盾之上。"我"一方面通过命令式（"为我指明"）、通过主有形式（"我的位置"）、通过空间指示（"在……中心"）断言了自己独立性，另一方面又通过某种限制性分句（"如果它存在"）、通过令断言没那么斩钉截铁的品质形容词（"**正当的**"）、通过贬义表述（"如此显眼"），肯定了其融入集体命运的事实。此外，主体与共同体之间的关系的本质在某个倒装修辞中得到表达：主体说自己置身人类命运的中心，但这个句子本身却是根据相反的顺序来组织意素的[3]。从句法来看，"我"包围了作为宾语补语与主语补语的人类命运。通过这一倒装，我们可以认为共同体并非有别于主体的抽象场域，而是被主体的经历穿越、丰富，这一经历被赋予一种积极价值，体现了从单数到复数的过渡，从个体陈述中心向多样性的拓展。

因此诗歌的陈述中心时刻面临破碎与消失的危险。"我"首先陷于某种与他者，即与诗歌接受者的共享与分离关系中。例如在《狐巢

1　夏尔：《修普诺斯散记》第 74 节，《愤怒与神秘》，第 121 页。
2　夏尔：《修普诺斯散记》第 223 节，《愤怒与神秘》，第 169 页。
3　"共同命运中心"法语顺序应为"au centre（中心）du destin commun（共同命运）"。这一短语在诗歌中为"dans le destin commun au centre"，也即按照相反顺序组织意素，先出现"共同命运"这一限定成分，后出现"中心"这一中心词。——译注

的魅惑》中，"我"的抒情之歌实际上通过过去时重申了共同体、男性的"我"与某个女性形象之间的结合（"我们的欢乐"，"我们已如此完满地生活于例外之中"）以及两个人物当下的分离（"但我，在这首属于你的颂歌中把我自己视作与我的化身相距最远的人，有无资格强求自己比你幸存更久？"）。在《狮子座流星雨》中，"共同的当下"为"我"和"我的妻子"的结合盖上印签，然而，在这一赞歌之下隐隐涌动着某场斗争、某片"古老的云"、某朵"暴力之玫瑰"的威胁。

"我"被裹挟在游击队的"我们"中。在《缺席》中，从属于一个"我们"的共同体，重新肯定共同的价值，这一切避免了某个"不可磨灭的友伴"的消失："因为理性不会怀疑，被它轻率地命名为'缺席'的事物，始终占据着统一性中心的火炉。"[1] 因为这部诗集中的诗歌不再纯粹关注个人问题：在《同这类人一起活着》中，个人的痛苦（"我那么饿"）被突然地转化为某种集体的痛苦。

这不再是审慎的孤独所具有的简练意志。百万种罪行尖啸的双翼在一双双昔日漫不经心的眼眸中猛然升起，请向我们展现你们的决定及对心中内疲的巨大放弃吧！[2]

一个吸收了其同类的信念的全新主体时刻准备着对抗敌人。痛苦在《11月8日短笺》中转变为"集体的殉道"："深陷我们胸膛的铁钉，冻僵我们骸骨的盲目，谁会自荐将它们制服？"[3] 因为从《同这类人一起活着》出发的抵抗不再是某个个体[4]的反抗，而成为某个集体

---

[1] 夏尔：《缺席》，《愤怒与神秘》，第30页。
[2] 夏尔：《同这类人一起活着》，《愤怒与神秘》，第39页。
[3] 夏尔：《11月8日短笺》，《愤怒与神秘》，第46页。
[4] *Cf.* Jean Voellmy, (chapitre 2) *René Char ou le mystère partagé*, Seyssel, Champ vallon, coll. Champ poétique, 1989.

的反抗（"我们曾警戒""我们……晕头转向"[1]）。

夏尔还在这共同体中汲取了更新的、增生的话语的希望。在《敬意与饥馑》中，蟋蟀之歌成为这一被践踏的生活的同伴，预示了诗性话语的再生和某种向读者共同体的敞开：

入夜了。我们在凝满泪珠的高大橡树下相互依偎。蟋蟀歌唱了。它如此孤独，怎竟知晓大地不会死去，知晓我们，缺少光明的孩子，即将开口言说？[2]

《索尔格河》[3]反射出诗歌接受者的多样性，夏尔的诗歌为他们而写。这种多样性是共同体的标志，承载着共同体居民的多样性印记（"我故土的孩童"）。"川流属于满手老茧的学徒"，"川流属于古怪之徒，狂热之徒，肢解牲畜之人"，它象征着乡村的和谐、不同性格——劳动者、幻想家或严肃之人——的聚集。河流事实上是调和矛盾的因素，它汇聚了对立的品质：转瞬即逝与持久永恒，开端与结束（"川流在闪电终止处开启我的家园"）；从某种程度上说，它是这一共同体的黏合剂，是拥抱人类世界丰富的多样性的神性[4]。

---

1 夏尔：《褶皱》，《愤怒与神秘》，第48页。译文略有调整。
2 夏尔：《褶皱》，《愤怒与神秘》，第51页。
3 （夏尔：《索尔格河》，《愤怒与神秘》，第244页。）戏剧《水之阳》(*Le Soleil des eaux*) 是一部有关圣-洛朗村居民共同体的戏剧，圣-洛朗村的原型是索尔格河畔利勒（l'Isle-sur-la-Sorgue）。在这部剧中，克里隆也巩固了这一共同体的和谐。此外，后记"为什么是'水之阳'"表明，该剧是献给这个普罗旺斯地区以及诗人所接触的生活在此地的人的赞歌。(*Cf.* René Char, *Trois coups sous les arbres, op. cit.*)
4 米肖的诗和他的整个想象体系就像夏尔的《索尔格河》一样，收集了那些不被社会接受的边缘人，不同的是，对米肖来说，"贫穷"到"特权"的转变成为抗议社会以及规范本身的同一性与统一性的工具："瘦弱的、不适合生活的、被寻找掏空的、没有根基的人，你们才是我的人。"（Henri Michaux, *Épreuves, exorcismes, op. cit.*, p. 38.）

《愤怒与神秘》中最后几首诗尤其提出了诗性主体寻找至尊性与重生的阶段,以及"粉碎"的共同体的重建(《怪人》《火药》《博城通报》《鲨鱼和海鸥》《君王》《诗琴》)。因为《愤怒与神秘》诗歌中的主体渴望超越个体悲剧的狭窄界限,或者更确切地说,渴望赋予这一个体悲剧以普遍的诗性回响:"因我们每个人身上个体悲剧的缺席而获得的至尊性,这就是骗局。"[1]

《怪人》[2]描绘了某个直面危险的清醒的步行者的背影,赋予他的行动与生活以某种普遍意义:"愤怒的冰霜擦伤他的面额却并未显得**把他针对**。"诗歌最后揭示了某种充满悖论的消失,此时诗歌主体沉默,人物进入一种"没有尘土界限"(《诗琴》)的生活,仿佛诗歌的光芒超出了存在的边界("月景的面纱现已在极高处,把它芳香的色彩铺展在我提及之人上方")。对"把他针对"一词的强调,以及话语在叙事诗中的突然出现,这些都制造了一种特殊的回响,宣告了经验主体在诗歌结尾处的消失:"……有屈服的危险,然而是屈服于某道光芒四射的敕令,它能包容我,而我不会因身处其中而痛苦。"[3]

诗歌的受众始终是多元的,因为诗人写作不是为了满足个体欲望,甚至不是为了拥抱某种共同事业,而是为了与所有自觉相关的读者分享他的作品:

> 因为我们所寻找的,无法被众人发现,因为精神生活是单向的生

---

1 René Char, «À une sérénité crispée», *Recherche de la base et du sommet, op. cit.*, p. 124.
2 夏尔:《怪人》,《愤怒与神秘》,第 212—213 页。
3 René Char, *Recherche de la base et du sommet, op. cit.*, p. 124.

活,不同于心灵生活,在诗歌的诱惑中,它只对某个至高无上而又无法靠近的客体着迷,当我们跨越距离,即将触及它时,这个客体便会四分五裂。……真理——不应害怕反复重申——是属于个体的,惊人且属于个体的。[1]

这一警句表达了诗歌路径的转向与扩大:首先是"单向的",之后变得四分五裂,产生自某种个体的行为,又以其向读者传达的方式成为共同体的路径。如此一来,以各种形式(自然、空间、生物)出现的多样性经常成为"我"的隐喻式的接棒手,表现了诗歌的传播与影响:

诗人,生者无穷面容的保管者。[2]
人性的露水在拂晓与日出之间,在圆睁的双眼与追忆的心灵之间勾勒并隐藏它的界限。[3]
歌唱你彩虹般的渴望。[4]

诗人是路人,是哨兵,在自己的天赋中与个体和集体的共同体中的其他人相聚,保证了生者面孔的多样性:

对抗恐怖的就是这座渐渐填满雾气的山谷,是树叶如失灵引信般转瞬即逝的沙沙声……是在夜色温柔的皮层划下万千丝缕的动物与昆虫轻声的移动,是被这爱抚的面庞酒窝上的苜蓿的种子……是躬身微

1　René Char, *Recherche de la base et du sommet*, op. cit., p. 42.
2　夏尔:《修普诺斯散记》第83节,《愤怒与神秘》,第124页。
3　夏尔:《修普诺斯散记》第160节,《愤怒与神秘》,第149页。
4　夏尔:《修普诺斯散记》第163节,《愤怒与神秘》,第150页。

第三章　孕育中的共同体

笑的色彩鲜艳的半身雕像，是几步之外某位蹲坐着思考自己腰带的皮革即将磨断的临时战友的身影……[1]

诗人呼唤一种共同的在场。清醒，道德，纪律，一切个人品质都导向某种集体的优势。始终作为个人独特行为的创作与大多数人的意识相逢[2]。因此，"我"用拒绝行动来反对当时的事件，而这一举动在抵抗运动的全体动员令中找到了一种回声与合法性，这一点并不令人意外："啊！愿美与真将会让你们在拯救之齐鸣中大批登场。"[3]

在这些例子中，播撒的所有同位素——考斯（Mary-Ann Caws）曾深入研究过这些同位素[4]——具有多种形式，包括碎片、花粉、闪电（光或星云）、蜂群，它们都反映了未来，反映了诗歌在读者共同体中的传播（尤其通过表示将来的积极意素），这一传播在这些诗歌中始终以一种模棱两可的方式，与某种失去或获得的理念相结合："一粒灰尘落在忙于写诗的手上，把诗篇和手，双于击倒。"[5]

例如这段选自《寻找基底与顶峰》的文字：

> 无论愿意与否，无论抗拒与否，所有格格不入的造物都会划出一

---

1 夏尔：《修普诺斯散记》第 141 节，《愤怒与神秘》，第 143 页。
2 《寻找基底与顶峰》中的许多献辞使我们想到，任何诗歌作品都具有共同体本质：它们"在变得稀薄时孕育，通过挖空自己来丰富自身。它们是孤独和数量，是想象体系及其被撕碎的区域……"一首诗的目的超越了作者想要赋予它的目的；"它在人类之夜中闪耀，也在众多转弯后迷失自我。"（René Char, *Recherche de la base et du sommet, op. cit.*, p. 99.）
3 夏尔：《拒绝之歌》，《愤怒与神秘》，第 45 页。
4 Mary-Ann Caws, *The Presence of René Char*, Princeton, Princeton U. P., 1976. Id., *L'Œuvre filante de René Char*, Paris, Nizet, 1981.
5 夏尔：《危险和钟摆》，《勒内·夏尔诗选》，第 64 页。

条共同的道路,然后粉碎对其的思考。这后一个撒播的举动推动了悲剧发展。[1]

或献辞《致我的同仁》[2]:

我触摸空间,我能让它燃烧。我抓住我的宽度,我知道如何将它展开。可是失去你们这嫉妒的蜂群,欲望还能有什么价值?没有草原的色调,金色花蕾失去光泽。

《致我的同仁》这首诗由此将播撒的同位素与献辞的举动结合起来,在这一表征读者共同体的形象中,聚合了三个播撒隐喻:敞开的空间("空间""宽度""展开""草原")、受精("蜂群""金色花蕾""草原""欲望")与自动的碎裂("展开""蜂群""燃烧")。然而这一献辞暗示着另一个具有决定意义的理念:融入共同体并不会摧毁个体的光芒("金色花蕾"),恰恰相反,主体的光芒因为他为之写作的共同体人数众多而得到增强:"失去你们这群嫉妒的蜂群,欲望还能有什么价值?"

诗歌作品在其诗句中通过从单数向复数的过渡,作为向读者共同体的敞开,作为一种惊人的个体行为与共同体荣耀之间的互动而确立自身。诗歌确实抹去了"个体吹嘘"的最后痕迹,一面也将作品绝对的独特性还给了作者:"在具体性的边缘,这一切赋予了一种**无与伦比**的存在风格","无与伦比"也就是"没有同等或对等物"。

---

1 René Char, *Recherche de la base et du sommet, op. cit.*, p. 140.
2 René Char, *Les Matinaux, op. cit.*, p. 160.

第二节 "死亡也不一定会胜利"[1]：共同体与死亡

对南希和布朗肖来说，死亡似乎"与共同体密不可分"，它质问共同体，将其置于险境，因为"共通体正是通过死亡而被揭示——反之亦然"[2]，死亡位于我们人类的真正的中心，是我们自己的真实，"是赋予共同生活以某种挥之不去的价值的情感元素"（巴塔耶如是说）。如果说死亡是共同体的精髓本身，那是因为共同体的全部成员都暴露于他们的致命真实面前，因为死亡彻底质疑并超越了与它对抗的主体——"无可挽回的过度（让他成为一个）有限的存在"[3]。

然而，对夏尔和布朗肖来说，死亡涉及的共同体经验并不一致。对夏尔来说，死亡揭示了共同体的真正根基，对布朗肖来说，死亡却不过是某种绝对的否定性，逃脱了哲学理性的控制，超越了语言和主体。对前者来说，死亡揭示了我们的共同生活，是"包含了难以置信的活力的黑色"；对后者来说，死亡揭示了将我们与我们的亲人分隔开来的某种怪异，这是爱情或友情带来的亲近感也无法取消的差异。死亡那无法解释的特征，它带给人们的恐怖联想，这一切都令其与圣洁相似。因为死亡与圣洁一样，都通过神性的撤退，将我们投入那张开的深渊的内部；与圣洁一样，死亡也是模棱两可的，因为它隐藏了一种尽管本质然而难以言表的真理；与圣洁一样，死亡也召唤彼此矛盾的现实——起源与终结，毁灭与在毁灭中持续的东西，将我们聚集起来的分离，我们渴望僭越的极限。

1　Dylan Thomas, "And death shall have no dominion", [1933], in *Masterplots II: Poetry*, 1992.
2　南希：《无用的共通体》，第30页。
3　南希：《无用的共通体》，第34页。

"但是，如果词语是一些锹呢？"[1]（夏尔）

因此，如果说对于夏尔来说，诗歌的清醒并非没有危险，这种清醒甚至令我们直面唤醒我们的脆弱性与我们的忧虑的东西，更确切地说是直面死亡，那么这种清醒反过来也体现为对死亡恐惧的超越。诗集《早起者》中的《花园里的伙伴》回应的正是这种矛盾："人不过是空中的一朵花，土地支撑它，星辰诅咒它，死亡渴念它；这一联盟的呼吸和阴影，促使它生长。"[2] 我们从中看到了某种断言，断定人注定要死亡，断定人注定通过死亡走向分离，走向消失，走向失落，以循环往复的形式，被迫面对他者消失带来的考验。然而，死亡表现为人类关系的真相，总而言之是共同体的真相，反过来，共同体不可能是别的，只能是对我们自身有限性的分享。人类关系在《终有一死的合作者》[3]中得到寓言式呈现，不过这一关系的深层含义如同死亡一般无法为那两个斗争者所理解，因为即将有重大发现的两个人突然被分开：

某些人拥有一种我们缺失的意义。他们是谁？他们的秘密深深扎根于生活的秘密本身之中。他们靠近生活。生活杀死了他们。可是他们用呢喃声唤醒的未来猜透了他们，创造了他们。[4]

事实上，加入抵抗运动的那些年，时刻面临死亡，承担死亡风险，这似乎为夏尔的诗歌带来了某种根本性的元素。最初，死亡在

1　夏尔：《勒内·克雷韦尔打开的脚步》，《勒内·夏尔诗选》，第84页。
2　夏尔：《花园里的伙伴》，《勒内·夏尔诗选》，第51页。
3　René Char, *Les Matinaux, op. cit.*, p. 123.
4　René Char, *Les Matinaux, op. cit.*, p. 124.

《修普诺斯散记》中被隐喻[1]或曲语[2]控制在边缘地带,以便克制住哀歌倾向,抵抗宣泄的诱惑。在收录《愤怒与神秘》或《早起者》,写于1950年代的诗歌中,死亡重又不断出现,仿佛一旦跨越"有益的死亡的大门",诗人便发现了共同体对历史否定性与毁灭的真正抵抗。"存在一个前所未见的春天,散落在四季,直至死亡的腋窝。让我们成为它的热度:我们将拥有它的眼睛。"[3]

当死亡象征性地与集中营这一悲剧性所指结合在一起时,它成为共同体抵抗毁灭与混沌的迹象。在《寻找基底与顶峰》中某封写给居雷尔(Francis Curel)的信中,夏尔解释了集中营如何无耻地尝试将残留在他朋友身上的最后一丝人性缩减、分散、洒落风中:"你是知道的,因为你曾在林茨的铁丝网后生活了两年,终日想象自己的身体如果变成粉末四处飞扬。"[4]然而,尽管纳粹分子的极端试验尝试将这些人的身体与精神变得比动物更不如,战争的结束还是证明了人类对生活与美的爱无法变更,证明了人类本质中持久不灭的善:"你,在回到我们中间来的那个夜晚,你想在自己国家的草原上走一走,你的

---

1 "插画的花朵,可憎的花朵,把它黑色的花瓣转入太阳疯狂的躯体。源泉你在哪里?疗救你在哪里?结构你是否终将改变?"(夏尔:《修普诺斯散记》第37节,《愤怒与神秘》,第110页。)
2 "在那决定他命运的两记枪响之间,他曾有时间对着一只苍蝇说:'女士。'"(夏尔:《修普诺斯散记》第42节,《愤怒与神秘》,第112页。)
"今晨,当我观察着一条在两块砖石间游走的小蛇,'葬礼上的玻璃蛇,'菲利克斯高喊道。上周遇害的勒菲弗尔,他的逝世,以这样的画面迷信地显现。"(夏尔:《修普诺斯散记》第94节,《愤怒与神秘》,第128页。)
3 René Char, «Trois respirations», *Recherche de la base et du sommet, op. cit.*, p. 32. 这一主题构成了所谓"集中营"文学的主要问题,尤其是鲁塞(David Rousset)和昂泰尔姆(Robert Antelme)的作品。在深渊的底部,集中营受害者获得了人类不会改变的启示,这是刽子手的残忍也无法与之对抗的一种永恒性的证明。
4 René Char, «Trois respirations», *Recherche de la base et du sommet, op. cit.*, p. 16.

狗跟在你后面。"¹ 夏尔在他同伴的意愿中看到了一种"不由自主的慷慨",仿佛毁灭与羞辱这些人的意志遭遇了某种情感的抵抗,一种更为强烈的共同体归属感("〔你〕回到我们中间来"),一种原初的、不灭的情感。居雷尔在解放时找回的,不是某个政治共同体,因为他驳回了一个请求——一个特派员鼓动他指认"出卖他的混蛋",但建立于人类天性之上的兄弟情义战胜了苦涩与复仇欲望。这种至高无上的超然态度用以回应刽子手的不公平法则的,是对这一法则的否认——"既然我还没死,那么他不存在"——以及对希特勒主义的灭绝政策的否认。他将刽子手的法则等同于某种没有话语、没有权力、没有人类尊严的匿名在场,与此同时,集中营的幸存者找回了布朗肖所说的"个体的至尊性",也就是说"我"² 的可能性。

然而,唯有诗歌才有可能令这种共同体情感绽放。因此,《早起者》中的诗歌"完全"在另一种语言中,用爱情欲望的承诺,用某种在场、某种《沉默的赞成》——这正是上一部诗集的书名——的复活来对抗"垂死的生活"。

> 当我们的骨头碰响泥土;
> 从我们的脸上崩塌,
> 我的爱,什么也没有结束。
> 一场崭新的爱来自一声呐喊
> 重新激活我们,抓住我们。
> 如果说肉身的热量已经消失,

---

1 René Char, «Trois respirations», *Recherche de la base et du sommet, op. cit.*, p. 16.
2 参见布朗肖《无尽的谈话》中评论昂泰尔姆作品《人类》(*L'Espèce humaine*) 的文章,昂泰尔姆通过这部作品向我们揭示了集中营经历。参见布朗肖:《无尽的谈话》,第 231 页。

> 事物却在继续，
> 抗拒垂死的生命，
> 在无限处耸立。
> ……[1]

爱的拥抱代表了爱人之间完全的结合，能够持续（"继续""在无限处耸立"），将作为威胁的死亡推开（"死亡并没有长高""什么也没有结束"），令自己通向一种可以被界定为共同体情感的扩大的意义（"事物却在继续"）：诗歌主体被包含在一个复数的、具有包容性的"我们"中，正如谓语"巢""合为一体""允诺"所呈现的那样。

> 我们曾经目睹的
> 与痛苦并肩飞翔的一切
> 在那里像在一个巢里，
> 而它的双目将我们合为一体
> 在一种新生的允诺中。
> 死亡并没有长高……[2]

两种元素——在这首诗中是爱情与死亡——相互交缠，通过某种本体的显现（"倾听我们的存在"），令人联想到爱情欲望的持续性，以及诗性牧歌对消失考验的抵抗（"一场崭新的爱来自一声呐喊/重新激活我们，抓住我们"）。这是对世界的一种感性、基本、真实的体验，属于共通感。《早起者》中的"玩吧，睡吧"部分的诗歌在"我

1　夏尔：《完全》，《勒内·夏尔诗选》，第68页。
2　夏尔：《完全》，《勒内·夏尔诗选》，第68页。

们"的亲密性中，与消解事件局限性的"共同的当下"靠近："**我们在**的地方，不存在紧急的害怕"[1]。在这个时刻，诗性语言成为"**存在话语**"的回声。

因此，在夏尔的诗歌中，共同体情感确实在对毁灭的矛盾体验中被感受到。在《博城通报》[2]和《狮子座流星雨》[3]，我们可以读到同一种矛盾：虽然博城的遗址和被爬山虎覆盖的石头展现了人类共同建造的建筑物的毁损，"我"却将它们视作永恒和忠诚的象征："你的心灵力求寿期存在于此地，外在于你。"

共同体之爱超越诗歌中的殷勤象征主义，重建了某种延续性和延绵感，将主体裂成碎片的过去重新组合。作为"我"之歌的共同体成果是未完成的；它的成熟与盛放被延宕（"围拢王国的玫瑰被慨然允诺并……回收"）；它不害怕死亡，但通过某种方式存活，它以这种方式向它的受众过渡。"王国"原本预计要为诗人作品想象中的终结及其遗产祝圣，但它迟迟没有完成，反而在主体之外成长起来，正如《玛尔特》这首诗呈现的那样："为何我从未能把你忘记，既然我无须把你记起：你是这当下不断累积。"[4]

在这首诗中，"我们"具有一种融合意义，却与"我"和诗歌、和读者（由玛尔特所象征）分离的时刻吻合："我将不会走近你的心以此限制它的记忆。我将不会留住你的嘴以此阻拦它向空气的蔚蓝与离去的渴望微启。"[5]

在《忠贞》[6]中，诗歌留给读者的遗产矛盾地在读者中建立起某个

---

1 夏尔：《发现者》，《勒内·夏尔诗选》，第30页。
2 夏尔：《博城通报》，《愤怒与神秘》，第218—219页。
3 夏尔：《狮子座流星雨》，《愤怒与神秘》，第26页。
4 夏尔：《玛尔特》，《愤怒与神秘》，第222页。
5 夏尔：《玛尔特》，《愤怒与神秘》，第222页。
6 夏尔：《玛尔特》，《愤怒与神秘》，第256—257页。

共同体("**它走遍的空间是我的忠诚**"),又制造了某种分裂("**我的孤独是它的宝藏**")。由于这种米肖所说的"有益的分裂"[1],诗歌征服了一个变大的共同体("他在目光的愿景中寻找它的同类"),这个共同体不积聚自身,而是始终在某种过度与失去中消耗自身("它不再是我的爱,每个人都可以和他搭话")。

如果死亡确实是那个关键点,从这一点出发人们可以期盼共同体的来临,那是因为死亡不会"给一切画上句点"[2],因为有些东西从死亡逃脱,带来了对新收获的承诺。尽管存在毁灭与分离,诗歌话语还是被赋予重建连续性与联结的任务:"我们的谈话,在群岛上,给予你,在痛苦和灾难之后,它从死亡地带捎回的草莓,以及寻找这些草莓的热乎乎的手指。"[3]

因为,在这些残片中,在这些意义的群岛中,诗人在宣布诗歌与其读者之间的共同体承诺时,预见了自己的有限性,以及自己在诗歌中的消失。诗人瞄准的正是这个超越一切的点,正如献辞、目标或理想,这个点也代表了朝向某个超越死亡矛盾性的点的张力:"当我临死时,能安慰我的,将是,我在这里——解体,丑恶——阅读着诗篇。"[4]

如果诗人站在一座"桥"上,站在"有益的死亡的大门"上,或者站在"门后",那恰恰是因为他能看到自己有限性以外的东西,并

---

[1] Henri Michaux, «Portrait des Meidosems», *op. cit.*, p. 148.
[2] René Char, *Les Matinaux, op. cit.*, p. 121. "如果死亡非常神奇地没有给一切画上句点,那么我们面对的很可能是某个上帝以外的东西,这个上帝由人按照其尺度发明,并按照其矛盾调整(应该说协调得不好)。"(*Cf. également* René Char, *Recherche de la base et du sommet, op. cit.*, p. 38)
[3] 夏尔:《我们有》,《勒内·夏尔诗选》,第 94 页。
[4] 夏尔:《花园里的伙伴》,《勒内·夏尔诗选》,第 54 页。

在接受死亡"特殊的触感",在承担这一风险时,逃离人类生活的有限条件。这一敞开,这一"我"向死亡的暴露通向了某种交流、某种分享的无尽空间。

悖论的悲剧性只是表面上的,因为夏尔采摘了某项哀悼写作的成果,将其制成来临中的共同体的试金石。因为诗歌所实现的,首先是对那喀索斯式与抒情式自满的超越。圆环闭合:如果说诗歌的来世生命"始终是更好的",那是因为"我"的缺席并非真正的缺席,因为死亡并非死亡的虚无化(néantisation),而是"我"通过所有"我",通过被阅读行动现实化的多种多样的"我"而实现的幸存。正是在此意义上,"我"获得了自己真正的至尊性:因为"我"放弃了受限的个体性,选择了诗歌给予的无限的无人称性,也放弃了改变我们对世界的理解的"个体的吹嘘"[1]。

诗歌主体并非作为"我"而发现自我,因为诗歌被缺席占据,被"我"的死亡占据。诗歌之所以能够流传下去,是因为它体现为某个同类的形象,这一形象因具有普遍性而匿名,它没有面孔,正如"我"在《愤怒与神秘》和《早起者》中遇到的所有的陌生人。

诗歌,"始终完成不了的灰烬"

夏尔的诗歌由此恢复了共同体的原初意义,也即交流、参与(拉丁语 communicare 之义),夏尔的诗歌也令共同体彻底摆脱了其最具党派色彩的古老定义。作品"被交托给共通体的无限交流"[2],因为读者的阅读而能在作者身后流传,不是作为建筑,具有某种已完成事物

---

1 René Char, *Les Matinaux, op. cit.*, p. 118.
2 南希:《无用的共通体》,第 169 页。

的坚固质地,也不是作为遗嘱,终结作家的工作,而是作为一首"未来之歌",夏尔说。

因此,作品的交流"没有完成作品本身"[1]:诗人的行踪与他的任务一样,都是复杂的,甚至悖谬的,因为诗人必须回溯至自己的源头的神秘,尽可能地贴近死亡——因为语言首先是一种否定性,同时接受在自己的诗歌尽头消失的命运,好把他的劳作成果传递给读者,鞠着躬死去,以换取一个"没有尘土界限"的独一无二的共同体。

你急着写作
仿佛你在生命中已迟到
果真如此,与你的源泉同行
赶快
赶快传递
你最好的部分反叛的部分善意的部分
真的,你在生命中已迟到
无法言说的生命
归根到底是你同意与之结合的唯一的生命
每天通过人与物拒绝给予你的生命
你艰难地从这里从那里获取些瘦骨嶙峋的残片的生命
在残酷的斗争的尽头
没有这生命一切都只是屈服的临终粗暴的结局
如果你在劳作中遇到死亡
接待它就像流汗的脖子找到一块干燥的好手帕
鞠着躬

---

[1] 南希:《无用的共通体》,第 182 页。

如果你想笑
献出你的屈服
永远不要献出你的武器
你被创造出来是为了那些不同寻常的时刻
改变你自己无怨无悔地消失
服从甜蜜的严酷
一个街区接着一个街区对世界的清算在继续
没有停歇
没有迷失

挥撒尘埃
没有人能识破你们的结盟。[1]

如果说诗人为他的"沉积的"[2]状态担忧,因为他的作品没能塑造一个稳定的世界而产生警觉,那是因为他的世界处于不断的更新与永恒的生成之中。诗人的建构活动不是为了自己,也不是为了某种物质的回报,而是为了向其他人传达信息,为了"把手臂伸给你的支持者未曾接受的果子",为了"建设自己的家园"[3],而这家园的未来属于全人类。作品是交流,是分享,但它并不属于共同体——我们永远无法像拥有物质财产那样拥有作品,它也不会落入公共空间,沦为一枚流通中的货币或一件文化产品。布朗肖意义上的文学共同体的真实与此不同。如果作品摆脱了一切为社会需求生产的手工业或工业制品的目

---

1 René Char, «Commune présence», *Le Marteau sans maître, Moulin premier*, in *Œuvres complètes*, Paris, Gallimard, coll. Bibliothèque de la Pléiade, 1983, p. 80-81.
2 夏尔:《早起者的淡红色》,《勒内·夏尔诗选》,第32页。
3 夏尔:《早起者的淡红色》,《勒内·夏尔诗选》,第34页。

的性，那是因为它不是一个任意的活动，而是与全人类相关的活动。

"作品（/劳作）所外展的，或通过作品所外展的，"南希说，"在作品之内并在作品之外，无限地开始和结束——作品操作性的集中之内和之外。"[1] 在其创生之际，作品总的来说是"对时间的超越"，是"具有预言性的存在"，趋向某个无法达到的地平线，后者限制了诗人的想象力，预告了诗歌灵感的枯竭。这样做的同时，作品摆脱了历史时间的相对性，"打发了时间与劳作"，布朗肖说。因为作品与手工制品不同，它并不与某个受期待、可估量的目的相关，也不属于确定、有限的事物的世界。我们甚至可以说，如果作品从来不曾具有某种已完成事物的坚固质地，那是因为它还因那有待完成的事物的分量而变得沉重。

那个因一切都已做完而无事可做的人，他发现了这一**空无**的意义与价值，空无正是诗歌和自由的对象本身。[2]

"死亡终将在夜里接纳我们" [3]（布朗肖）

对布朗肖来说，与死亡面对面将我们扔回共同体的某种具有建构性的第一现实，而所有人总有一天要面对这一现实，他人的死亡经验对他来说通常代表了某种联结我们与他者的关系的考验（"共通体在他人的死亡中被揭示出来……共通体乃是通过他人并为了他人而发生的共通体"[4]），尽管如此，死亡并不能证明人类之间某种"第一的"、

---

1 南希：《无用的共通体》，第 169 页。
2 Maurice Blanchot, *La Part du feu, op. cit.*, p. 101.
3 夏尔：《莫里斯·布朗肖：我们只喜欢回答……》，《遗失的赤裸》，第 55 页。
4 南希：《无用的共通体》，第 33 页。

基本的、本质性的"互助"关系的存在,也无法证明某种先于任何社会联结的本体关系的存在。因为亲人的死亡无法通向情感交流,也无法通向某个有限的共同体:死亡从来只是一个界限,一个人类既想推开又想跨越的界限。例如,在其虚构作品中——《至高者》《黑暗托马》《最后之言》或《亚米拿达》,布朗肖描写了人物缓慢、痛苦的濒死状态,呈现了这种不可能性。虚构人物背负了世界末日见证者的典型命运,这个见证者经历了人类的死亡,并能为此提供证词,他将是那个唯一能够证明人类能经历死亡并幸存下来的人。然而,这一经历永远不可能作为某种"内在的友爱"被呈现,而是作为共同体的"非实在化"(aréalisation),也就是内在性的停止或者生命对其他人死亡的抵抗。

他人的死亡带来了一种完全不同的真相,首先构成了某种经验,能够令我们走出主体间性,后者一直是遮蔽共同思想的屏障。除此之外,他人的死亡也是一种考验,令我们变得无用,也就是从整体中逃脱,令我们焦虑,我们必须如列维纳斯所说的那样,像理解"某个独立的本体事件"[1]那样理解它。如何讲述这一经验?除了未知它没有揭示任何东西。如何不将我们身上这一晦暗的部分变成绝对性的某种无法超越的新形式?

布朗肖著作中的他者由此经常被视作某种双生的、幽灵般的存在,预示了我们自己的死亡,被保护在某种"我"无法进入的半晦暗状态中,保留了一个不可见的信息或信号,推迟后者的出现,尽管遥远,尽管触不可及,这种状态却仍然产生了某种奇怪的吸引力。这是

---

1 Emmanuel Lévinas, *La Réalité et son ombre*, in *Les Imprévus de l'Histoire*, Saint-Clément-de-Rivière, Fata Morgana, 1994.

安娜在叙事中起的作用。托马见证了她缓慢的死亡过程,仿佛也预见了自己的死亡:他们各自的死亡分别位于第九和十章、第十一和十二章,他们的死亡前后相接:安娜承受了好几次变形,在内在中死去;她被正在分解的世界的有害形象淹没,与那个"只求无论如何继续她的叙述"[1]的最后之人合而为一,落入某种神话时间性,也就是人类生成的时间性中[2]。托马在小说最后也背负了世界末日见证者的典型命运,经历了人类的死亡,并能为此提供证词。这一启示伴随着主体的变形,主体变成神圣化的、至高无上的"我",如其他人一样死亡,然而直至最后都保留着"无法死亡、不应死亡的强烈意识"。这种对比在他们之间确立了一种反射关系,通过死亡认出他者,尽管这种辨认是模棱两可的。

安娜死亡的见证者托马发现,她的脸只是她正经历的事件的具有欺骗性的影子。托马试图在她的面部线条中寻找某种变化、古怪和"异状"[3],能够指示即将到来的死亡,却只看到一张无动于衷的脸,一个似乎要将"在某种邪恶的相似性后伺机而动的死亡"[4]隐藏起来的面具,这个面具似乎要将濒死的安娜带回令人惊奇的熟悉状态,带回与生者的令人无法忍受的临近状态。

实际上,死亡摧毁了安娜的脸:死亡收回了脸部表情[5],在她的身体外包裹上一层"无性器亦无器官"的虚无,收回了她的独特性,令安娜僵化于一种塑造好的形象[6],将她囚禁于某种寓言中:"这样的她

---

1 布朗肖:《黑暗托马》,第 72 页。
2 布朗肖:《黑暗托马》,第 73 页。
3 布朗肖:《黑暗托马》,第 82 页。
4 Maurice Blanchot, *Thomas l'obscur, op. cit.*, p. 48.
5 "她——这次她已完全无法言语,并拒绝在眼睛和嘴唇上做出表情——重返白昼……"(布朗肖:《黑暗托马》,第 81 页。)
6 "看见她和向来一样毫无改变……的恐怖。"(布朗肖:《黑暗托马》,第 82 页。)

转化为另一具躯体，而这躯体的生命——至高之匮乏、贫困——已缓缓将她变成那她无法变成者之全部。"[1] 变形的安娜呈现为一具空洞的身体，逃离了容易腐朽的感性血肉，也呈现为一个"死亡面具"，仿佛在死亡时，她退回到自己的影子中，在叙事中，她的影子被比作一道围墙，一个房间，或者"一件羊毛大衣"[2]。

安娜的脸尤其揭示出一种距离：既是生者与亡者之间产生的距离，也是安娜与她自己的影子，从前活着时的安娜与今天濒死的安娜之间的距离。因为脸戴的面具指出了与虚无的无人称性相结合的隐藏的一面，这是一种被布朗肖称为"相似性"的差异。因此，尸体的异状[3] 如同形象，悖谬地令一个通过影子让人有熟悉感的安娜和一个每个人都预感其即将消失的缺席者共存：

> 她的外貌无疑没有任何变化，但那投射给她并让她显得与任何人无异的目光丝毫不重要，而既然辨识她已不可能，所以是在她五官的完全相似性上，在夜色所沉积出的自然的及诚意的清漆层里，涌出那看见她和向来一样毫无改变而他却极确定她已完全改变的恐怖。[4]

反射结构于是像一只手套般翻转：托马意识到自己无法在安娜的死亡中重新找到自我、认出自我，意识到他在躺着的人身边感受到的异化与变化将他遣返至把他带离自身、令他的独特性消解的事物处。

因此，托马所见证的"被禁的场面"[5] 似乎充满悖论：毁灭的形象

---

1 布朗肖：《黑暗托马》，第 81—82 页。
2 布朗肖：《黑暗托马》，第 83 页。
3 *Cf.* Maurice Blanchot, *L'Espace littéraire, op. cit.*, p. 346.
4 布朗肖：《黑暗托马》，第 82 页。
5 布朗肖：《黑暗托马》，第 82 页。

与迷醉中看到的幻象重合,"纯粹负面"与"纯粹光线"[1]并存,令人厌恶的内在与无限彼此接近[2]。形象在把玩绝对性的意义,将其"当作隐藏且封闭的事物的绽放"[3]时,触及了模糊性。

因为安娜的脸——她的形象——有别于她正接近的死亡,也就是与死亡是分离的、不相像的,她的脸从某种程度上说形成了一种保护与向保护的敞开——叙事提到了一种隔阂。在深深凝视这张脸时,托马矛盾地看到了"某个可能性的海难的深度与明亮天空的表面的同时在场"[4]。

但这种模糊性揭示了一个陷阱,即偶像崇拜的陷阱。在面具之下,从安娜身体流露出的死亡目光深处,这一濒死过程的叙述者托马试图去看"摆脱存在的在场""无物质的形式",正如布朗肖在"想象的两个版本"[5]中所说的那样。当安娜的脸消失,或者更确切地说转变成寓言式(以及普遍)的他者,当安娜变得"雕塑一般"时,她不再像从前的安娜,而是像"其他任何人",也就是所有人,总之是一种原型形象,不但预示了托马的死亡,也预示了所有人的死亡。偶像如同滑稽画——列维纳斯提醒我们——实际上在形象中若隐若现,时刻有可能在热切目光的注视下浮现,恢复个体的普遍性,将个体带至类型的延展中,并覆盖个体的阴影部分[6]。

实际上,安娜的肖像与其说属于偶像,不如说属于圣像。即使安

1　布朗肖:《黑暗托马》,第 75 页。
2　布朗肖:《黑暗托马》,第 78 页。
3　Emmanuel Lévinas, *Sur Maurice Blanchot*, Saint-Clément-de-Rivière, Fata Morgana, 1975, p. 17.
4　Jean-Luc Nancy, *Au fond des images*, Galilée, 2003, p. 31.
5　Maurice Blanchot, *L'Espace littéraire*, *op. cit.*, p. 344.
6　*Cf.* Emmanuel Lévinas, *La Réalité et son ombre*, *art. cit.*, p. 137.

娜脸上留下了已消失不见的安娜的一丝可见的痕迹，留下了死后的安娜的一种感性形象，这一肖像也不应混同于其模特。因为安娜的脸如同一个寓言，邀请我们超越可见物，回溯至隐藏于"死亡面具"之后的不可表现的东西，它也像一道屏障，屏障之后，我们只能感受到空洞与虚无。

叙事最后进入了对内在性的想象，托马掉入他的意识——即将熄灭——让他瞥见的幻觉的陷阱，最终没能抵挡偶像崇拜的诱惑。在将自己等同于末世见证者时，他不仅人性化了这一"没有形态的虚无"——死亡赋予他自己的死亡以一种神话意义，将他推向这种虚无，而且还试图在混沌背景下思考一个超验王国，一个时间之外的世界，这一世界反驳了他的有限性和所有人的有限性，被布朗肖在《文学空间》中命名为"非现实的透明的永恒"[1]。偶像崇拜实际上实现了列维纳斯所说的"那个没有未来却还持续着的瞬间的悖论"[2]。因此，托马因陷入内在性想象而被某种迷狂侵占，他没有经历死亡，却经历了死亡的"非实在化"，也就是"一种被中止的死亡"。

如此一来，"没有那在每个人身上停止其存在权力的最初的和最后的事件（出生、死亡）的共享，就没有共通体"[3]。然而，不可否认的是，死亡将共同体带向**"不可言明的"**状态，无法坦白，任何供认都无法揭示，布朗肖说[4]，总之就是导向了人类竭力想僭越的某个极限。死亡既揭露又抹除了共同体的真相，因为在将无法交流的维度纳入自身内部之时，死亡并没有取消交流的可能性；在摧毁主体（其知

---

1 Maurice Blanchot, *L'Espace littéraire*, op. cit., p. 342.
2 Emmanuel Lévinas, *La Réalité et son ombre*, art. cit., p. 138.
3 布朗肖：《不可言明的共通体》，第 17 页。
4 布朗肖：《不可言明的共通体》，第 86 页。

识，其身份，直至其意识）时，它也向我们打开了异质性的无尽空间；在肯定我们在有限性面前的忧郁意识时，它动用同类的根本形象，这一同类的死亡是对我们自己的最彻底的质疑。死亡也假设，在我们身上存在"某种沉默的、始终在逃离的、无法抓住的部分"[1]，这个部分无法被简化为哲学语言，只有文学在努力之下才能将其发现。

第三节　同类的形象

在夏尔诗歌与布朗肖批评文章之间的来回揭示了写作中的一个根本形象：同类的形象，朋友的形象，这个朋友对夏尔来说是书写主体的某种复身，是"合作者"或"磊落的对手"，以至于诗歌歌颂的是进入写作中的友谊。对布朗肖来说也是如此，写作围绕朋友这一对话形象做文章，但写作中的"我"与朋友的共同体只能在一切消散后考量。因此，与朋友的关系始终是通过否定形式得到界定的，这一否定形式是由语言经验揭示的某种分离关系，包括死亡、差异甚至某种怪异所定义的。

"我们的友谊是太阳钟爱的白云"[2]（夏尔）

在献给布朗肖的《终有一死的合作者》中，夏尔提到了两个敌对然而平等的对手，这一故事最后演变成一个寓言。另一个叙事叠加到有关致命斗争的叙事中，这一叙事是元诗歌的，有关诗人及其复身或同类，后者是与诗人对话的**"无法理解的斗争者"**。自然界中的矛

1　Georges Bataille, *L'Expérience intérieure*, p. 22.
2　夏尔：《花园里的伙伴》，《勒内·夏尔诗选》，第 51 页。

盾，尤其人与人之间的矛盾也在诗歌中重新出现。人在此显得像是矛盾的集合体，生活于一个缺乏内部法则的世界。然而，即使是游击队员——夏尔在1940—1945年间非常像个游击队员——也将斗争当作一种矛盾来生活：尽管被迫保持匿名，在希特勒制造的黑暗的中心抗争，他仍然保持早起习惯，生活在"美妙的目标"中。每一天，他像迎击自己一般迎击敌人，这个敌人却有可能腐蚀他的正直和他的清醒。与诗人一样，他来自"邻国"，他没有家，与他一样，他失去了方向，却仍能给人指路。必须调整自己适应这些矛盾。通过这一类比，夏尔暗示诗歌不仅仅事关某个主体，从诗歌计划开始，它就是与同类——"妻子或丈夫"——的对话，后者远非大他者——从前头顶大写字母的光环，是宗教与哲学中的本质——的某种化身，而是"就在这生活中，与生活紧密相连"[1]。

只有**与我相似的人**，妻子或丈夫，能将我从昏沉中唤醒，掀起诗，把我抛给古老荒漠的尽头，让我去战胜。决不是其他人。不是天空，不是幸运的土地，也不是让我们战栗的事物。[2]

对夏尔来说，朋友因而是内在于写作的一种形象：无论他是游击队员还是女人，前者是同伴，是《愤怒与神秘》中多首诗歌指称的对象，后者经常是诗歌的接受者、缪斯，诗人与之对话的女朋友；再或者是邻人的道德形象，诗人的复身。这个朋友总是将诗歌的目标瞄准大他者、未知与不可触及之物。因此，朋友并不是简单的"**另一个自我**"（alter ego），他与诗歌主体的命运及其陈述紧密相连，他们特殊

1　夏尔：《我们有》，《勒内·夏尔诗选》，第94页。
2　夏尔：《图书馆着火》，《勒内·夏尔诗选》，第44页。

的共同体被某种双重性、否定性与怪异性穿过。

因此命令式、呼语、题献必然成为夏尔诗歌的主导形式，再现了与某个神秘的"你"、与诗歌试图指出的某个经常缺席的形象之间的对话。在诗歌《狐巢的魅惑》中，再现呼格的是一个呼语，它引出了一连串隐喻，蕴含了同样多的形象，尝试在同一时间既辨认又保存"你"的身份，而"我"对这个"你"进行了歌颂："绽开的石榴"，"铺展典范般欢乐的晨光"，"阳光磨坊"。从这些迂回的指称中生出一个模糊的、谜样的念头，有关这一面孔的身份。然而，整首诗似乎都建立于"我"和"你"的平衡之上，这一平衡多次被几乎完美的换位所强调，有时又被人称代词之间的交错配列法强调（"**你**，已然懂**我**的人……**你的**脸庞微微开启与我的相遇，为**我**穿上**你**想象力的美好街区。**我**在那里停留，对自己彻底未知，在**你的**阳光磨坊里……"），最后溶解于一个复数的、具有包容性的"我们"中，而诗歌创造被这一"我"和"你"的交流运动承载。因此，"我"和"你"的对话从某种程度上说是诗人话语的属性与未来。

在《篾匠的伴侣》中，对对话者的指称还是隐喻性的、抽象的："我爱你被暴雨冲刷成泉的脸庞，还有你那将我的吻紧紧包裹的专属领地的花押"[1]，而人称代词的交错配列法反映了阳性-阴性组合的完美和谐。

然而，"我"/"你"关系的反复出现并不意味着对某种融合的追求，仿佛在这种融合中，二元性能够在某种高级的统一性中得到升华。无论这两个人称之间的关系多么紧密，它们仍然是分开的：分享同时也是两个人称之间的话语的分割与流通。因此，诗歌收获的与其说是一种统一性，一种情感流通，一种融合，不如说是一种交换，一

---

[1] 夏尔：《篾匠的伴侣》，《愤怒与神秘》，第9页。

种交互性，正如友情经常体现的那样，而对接受者的隐喻性指称恢复了后者的"合法的古怪性"，将其与某个人们渴望填满的空洞、某个揭示深度的深渊相联系。

阳性－阴性的组合并不是唯一承载模糊性标志的结构。游击队共同体的统一与团结由于承受了考验，由于矛盾地依赖某位近亲——例如罗杰·博农（Roger Bonon）的过早离世而显得格外坚不可摧[1]。朋友从某种程度上说代表了兄弟，诗人与这位"缺席者"交谈，同时等待能与自己"直接的姐妹"——诗歌重新建立联系，在《愤怒与神秘》中描绘的这幅对抗命运的"缺席"者自画像中，诗歌被视为永恒与坚固的象征（"这位直言不讳但言辞可靠的兄弟，对牺牲保持耐心，仿佛钻石与野猪，机敏而热忱，在一切误解的中心坚守，好似一棵不可调和的寒气中松脂凝成的树"[2]）。与诗人的作品一样，游击队共同体尚在等待一种统一性，这统一性如今矛盾地建立于构成自我的失落之上，被缺席、消失铸造，而共同体必须面对、必须克服这些缺席与消失："我们将在希望中安睡，我们将在其缺席中安睡，因为理性不会怀疑，被它轻率地命名为'缺席'的事物，始终占据着统一性中心的火炉。"[3] 此外，在《愤怒与神秘》中**"磊落的对手"**的活力中，缺席是不可或缺的属性：正是缺席开创了从缺席到在场、从二元性到统一性的颠覆所必需的空间与游戏，并最终导向那最初看来不可能的结果。

最后，如果没有经受否定性的考验，友谊也是不可想象的。大多数时候，友谊都由"我"与一位邻人之间的联结与分离关系共同呈现，这位邻人被放逐至某种"我"无法进入的半晦暗状态，保留了一个不可见的信息或信号，推迟后者的出现，尽管遥远，尽管触不可

---

1 夏尔：《要素》，《愤怒与神秘》，第23—24页。
2 夏尔：《缺席》，《愤怒与神秘》，第29页。
3 夏尔：《缺席》，《愤怒与神秘》，第29—30页。

及，这种状态却仍然产生了某种奇怪的吸引力。这一建立联系的分离究竟意味着什么？这一人与人之间的联系之中还栖居着缺席的矛盾——转化为在场的缺席，发光的晦暗，它想对我们言说的是什么？这一矛盾与经历他者之死的过程并非没有相似性，这经历是充满悲剧性现实的伤口，每个体验这一经历的人都像在体验一种悖论，尽管分离却仍存在联系：缺席由此意味着"无"的力量，不仅分开了性别，也将我们同自身分离，同时又打开了一种开始的可能性。

"贫穷与特权"

《修普诺斯散记》对夏尔来说意味着他与他的"武装同路人""这些法国国内武装部队的同志"共同度过的"空幻时代的友情"[1]的时间。对夏尔来说，游击队共同体是由"一小撮人"组成的，是个"团伙"，抵抗着"大多数人"的惰性：共同体的稀少正是其优秀品质的明证（"我们的珍贵品性开始了统治"[2]），因为正如西塞罗所说的那样，"*pauci nominantur*"（数量稀少），被称为朋友的人，他们的人数并不多。在《同这类人一起活着》[3]中，诗人重申，战争时期，抵抗者的绝对"贫困"成为一种"特权"。抵抗者由于想到自己属于某种团结一致的共同体而变得强大："我们始终无法摆脱这些瘦弱的燕子的崇高幸福……在爱情增长的时间里他们充满疑虑。只有他们，心尖充满疑虑。"至于那些不满足于"与某几个人确立的转瞬即逝的亲戚关系"[4]的人，他们断言并不喜欢只有"少数人"，只是"没有谱系的贵

1　夏尔：《修普诺斯散记》第142节，《愤怒与神秘》，第143页。
2　夏尔：《埃瓦德涅》，《愤怒与神秘》，第29—30页。
3　夏尔：《同这类人一起活着》，《愤怒与神秘》，第39—40页。
4　René Char, *Recherche de la base et du sommet, op. cit.*, p. 30.

族"[1]，他们不懂得珍惜属于某个共同体的机会。

智慧不是聚众，而是，在共同的创作和本质中，找到**我们的人数**，我们的对应，我们的差别，我们的过程，我们的真实，以及作为荆棘和移动的雾的一点点绝望。[2]

所有有关友谊的宏大话语，亚里士多德[3]的，西塞罗[4]的，当然还有巴塔耶[5]的，都强调了友谊的选择性与稀缺性。这里得到强调的，与其说是作为价值的友谊，不如说是朋友数量的必然的有限性。友谊总是与一种选择形式甚至一种考验携手并行。

人类生活的意义因此似乎与某些稀有的机会有关。正如**大多数人**必然是稀有机会的反面，因此向大多数人的法则屈服，这不可能具有任何人性方面的意义……

从大多数人那里产生了且只能产生被简化为共同尺度的东西，以及符合平均水平的判断。[6]

其他符号最终也汇聚于这一罕见的形象中。

---

1 Paul Valéry, *Variété III*, Gallimard, 1936, p. 13-19.
2 夏尔：《早起者的淡红色》，《勒内·夏尔诗选》，第32页。这一向复数的过渡明确地在《树篱》中得到体现："既然诗歌意在将我们无人称化，由此让我们变得伟大，我们因而能借助诗歌触及事物的圆满状态，此前因个人的吹嘘，事物只被草草勾勒或被变形"（René Char, *Les Matinaux, op. cit.*, p. 118）。
3 亚里士多德：《尼各马可伦理学》，廖申白译注，商务印书馆，第2003年，第八卷"友爱"、第九卷"友爱"（续）。
4 Cicéron, *Laelius de Amicitia*, texte établi et traduit par R. Combes, Paris, Les Belles Lettres, 1975, p. 16.
5 Georges Bataille, *Œuvres complètes*, t.I., *op. cit.*, 1970.
6 Georges Bataille, *Œuvres complètes*, t.I., *op. cit.*, p. 541-542.

典范

朋友是"我们的理想形象":也就是说同时是一个典范,一个我们希望与之合而为一的榜样,也是我们自己的一幅肖像,另一个自我。路易·居雷尔·德·拉·索尔格[1]的肖像正是通过一个与揭示相关的隐喻开头的:

索尔格,你在一面噼啪作响的蝴蝶幕布后向前行走,手执你忠诚长者的镰刀,颈扣如项圈般环绕酷刑的铁齿,以此完成你作为男人一天的工作,何时我才能醒来并在你无懈可击的黑麦塑造的节拍中感到幸福?

一个很长的关系从句,被同位语、隐喻补充,隐喻联结了一个具体物品与某种道德评价。这个从句令肖像画转变成寓言:死神的身影很快通过其象征("忠诚长者的镰刀""酷刑的铁齿",以及"男人一天的工作")具有了斗争者的姿态。夏尔接着集中描写了站岗放哨的直立的人的标志性姿态。之后,在描写男人宽阔气象的隐喻中,我们读到了他可敬的生活的复杂性:他宽阔的肩膀呈现了一位热爱大自然的男人的慷慨,他弯下的腰呈现了他所忍受的考验的重量。

索尔格,你的双肩如同一本翻开的书卷传播着它们的学识。在你儿时,你曾是峭壁间划出的小路上花朵的未婚夫,因一只胡蜂而奔逃。今天你弯腰注视迫害者的临终时刻,它曾从大地的磁石中拔出不计其数的蚂蚁体内的残酷……

---

[1] 夏尔:《路易·居雷尔·德·拉·索尔格》,《愤怒与神秘》,第33—34页。

当夏尔在拥护者童年的珍贵轶事与 1940 年代悲剧的普遍性之间建起通道，当这位"忠诚长者"的"黑麦田"成为"被扫射的合唱团"时，个人肖像逐渐转变成神话。

《怪人》[1]的肖像抓住了某位将死的斗士非同一般的天性，在那一刻，积雪的外套本身呈现出"裹尸布"的形状，而死亡显得像是一种即将来临的将来（"一种迅速耗尽的果敢""荡然无存""无人需要把他忘记"）。

在黑夜降临的最初时刻，那些错过他们的床榻并且直到翌日之前都将其遗忘的人，也许会被相似性勾引。他们力求从某些太过智慧、太过灼热的石块中挣脱，想要解除好大喜功的水晶的控制，它从日常生活沉闷的举措渗出，在那些它所选定的地点，伴随对裹尸布的触摸。这位行者却并非如此，极低处月景的面纱在他行进间似乎未曾把他束缚。

通过一个名词性关系从句，诗人强调了游击队员上演的"悲剧的普遍性"，通过忽略暗示法悖谬地强调了他们绝无仅有的勇气。而大多数人存在无法感动、无法抓住世界之美的缺陷。

借助洁净得不可思议的冬夜，因为它对于天地间未曾将其深入的全体居民而言是如此寻常，最后的虚伪演员荡然无存。

最后，在死亡的时刻，诗歌最后的献辞令他得以存活下去：陈述主体的在场（"我提及"）拥有了一种普遍的甚至永恒的价值，使其能

---

[1] 夏尔：《怪人》，《愤怒与神秘》，第 212—213 页。

够召唤过去、未来、超越自身在场的记忆。

月景的面纱现已在极高处,把它芳香的色彩铺展在我提及之人上方。他摆脱寒气并被光芒照亮,彻底背离那并不存在的春天。

《君王》[1]中沉默的朋友引导还是新人的诗人迈出最初的脚步:他的"君王之心"和"无比强大的能量"使他像个独特的榜样,一个父亲的形象,然而是友好的形象,因为他们的关系建立于平等、互助与交流基础上:"相知早已在我们之间增长。"这最后一幅肖像向我们揭示,对于夏尔来说,唯一真正的共同体只能是人类共同体,建立于"友谊"[2]之上,也就是建立于某种对话、分享、理解的要求之上,在这个共同体中,平等关系免除了我们对同伴的崇拜。

然而,无论多么出类拔萃,朋友实际上从来不是大他者的化身,大他者从前被赋予首字母大写的形式,成为哲学中的实体。同样的,如果说夏尔在设想友谊时是从对我们的"合法的古怪性",也就是从对每个个体独特性的核心和某种"神秘感"的尊重出发的,如果说,正如他所说,"某些人拥有一种我们缺失的意义"[3],这并不意味着一切有关友谊的话语的视野就必然是神学的或超验的。甚至当夏尔提到这一凝结着某种诗歌理想、爱情或友情关系理想的"婚姻的彼岸"时,他也没有向任何超验性、任何神学命题招手示意,因为这一视野"就

---

1 夏尔:《君王》,《愤怒与神秘》,第 223—226 页。
2 我们采用了让·罗西华(Jean Lauxerois)的这个术语,"友谊"(amicalité)是其译本第八卷、第九卷标题。(In Aristote, *Éthique à Nicomaque*, livre VIII et IX, traduction et postface de Jean Lauxerois, Ivry-sur-Seine, À propos, 2002.)科斯塔斯·亚克色罗斯(Kostas Axelos)在《致青年思想家的信》中也使用了这一术语(*Lettres à un jeune penseur*, Paris, Minuit, coll. Arguments, 1996, p. 46.)。
3 René Char, *Les Matinaux, op. cit.*, p. 124.

在这生活中,同生活紧密相连"[1]。在夏尔笔下,即使是从悼念获取灵感的诗歌,也从不涉及大他者问题,而只与作为另一个自我,作为我们同类的朋友相关:"对一个**兄弟**的寻找几乎从来都意味着对某一个存在——**我们的同类**的寻找,我们渴望向这个同类提供超验性,对于后者,我们尚未完全抹去其符号。"[2]

朋友确实远不止于另一个自我的简单化身,友谊也并不局限于主体间性领域。夏尔所说的友谊并不具备古希腊"友爱"(*philia*)那么广泛、那么普遍的意义,因为"友爱"指的是"一切生物——人或动物,人和动物——一旦来到世界,就必然与其他生物产生联系的方式"[3],尽管如此,这一友谊仍然与"友爱"一样,具有某种扩大的意义,并代表了联结所有其他关系——亲密关系、亲子关系、亲戚关系、友情关系、爱情关系、恋慕关系——的至高联系,换句话说也就是"能在最淡薄的关系间建立起共同体"的至高联系。此外,友谊也是一种经验价值,而非乌托邦或救世价值。它既不承诺博爱共同体的融合理想,也不承诺某个高级精神共同体的神秘主义理想。"失去信徒,是与他的教会相逢。对我们来说是遗憾,因为他**从根本上**说不再是我们的兄弟。"[4] 然而,正如科斯塔斯·亚克色罗斯(Kostas Axelos)在《致青年思想家的信》(*Lettres à un jeune penseur*)中说的那样,友谊"可能招致不满足,被推动着采取行动,向痛苦开放,倾向于克服

---

1 夏尔:《我们有》,《勒内·夏尔诗选》,第 94 页。
2 René Char, *Les Matinaux, op. cit.*, p. 202.
3 Jean Lauxerois, «À titre amical», in Aristote, *Éthique à Nicomaque*, livre VIII et IX, *op. cit.*, p. 84.
4 René Char, *Recherche de la base et du sommet, op. cit.*, p. 136. 夏尔充满敬意地描绘了努吉耶(Jean-Pancrace Nouguier)的肖像,后者象征着他童年时代曾从遇见的人那里接收到的"尘世的仁慈":"我们的密语未曾建造教堂。"(夏尔:《君王》,《愤怒与神秘》,第 223—225 页。)

某个被接受的、变异的不幸，它不仅仅只具备梦的质地"[1]。

当友谊至高无上时，它确实受到某种"包容性强的道德"以及某种正义的事业刺激。它仿佛是诗人给自己规定的道德的延长，或者如亚里士多德所说的那样，是自我与自我关系的延长（《尼各马可伦理学》第九卷第4节）："把你曾唯独许诺给自己的东西放到他人面前。这就是你的契约。"[2]

诗集《愤怒与神秘》开篇描写了意味深长的具体劳作，包括采摘含羞草的少女（《与风告别》）、捕鳗人（《暴行》）、篾匠（《篾匠的伴侣》）、铁匠（《频频》）的劳作，我们从中看到了友谊典范性的另一面：收割者，一个"气喘吁吁的少年"，耐心等待丈夫的母亲与妻子，游击队员，约瑟夫·方丹，"他一身正气并拥有一片农田"[3]，埃米尔·卡瓦尼，他"最好的行动伙伴"，"他些许的帮助也曾使灾难偏移"[4]，他们有力地代表了这些日常的、因正直与勇气而具备模范意义的举止中包含的存在的稳定性。他们如同游击队员，用自己的双手抓紧了土地的产物，完成了辛勤的、艰苦的劳作，对于他们，夏尔倾注了全部信任，因为他在他们身上探测到某种无与伦比的忍耐力与信仰。

接触过他们之后，夏尔说自己发现了真诚的、拥有不可摧毁的信仰的人类。

我感谢好运已准许普罗旺斯的偷猎者们在我们的阵线上奋战。这些原始人的丛林记忆，他们的计算天赋，他们无时不在的锐利洞察，如果这一方突发某种故障我一定会十分震惊。我将警惕那些把他们如

---

[1] Kostas Axelos, *Lettres à un jeune penseur, op. cit.*, p. 47.
[2] 夏尔：《修普诺斯散记》第161节，《愤怒与神秘》，第149页。
[3] 夏尔：《修普诺斯散记》第65节，《愤怒与神秘》，第119页。
[4] 夏尔：《修普诺斯散记》第157节，《愤怒与神秘》，第148页。

神灵般加以打扮的事物！[1]

在这片"竭尽全力的土地"[2]上，他找到了证明人类存在过的可触摸的证据，重担压弯的肩膀，忙着搬起石块的"有用的手"[3]：这一切都表明了人类的有用性、人类的劳作以及人类在现实中的扎根。很显然，在夏尔的思想中，友谊与行动和某种光耀人类命运的"出类拔萃的能力"[4]密不可分。

由此，这一切行动无论多么具体，都呈现了某个难以企及的目标，某个"未完成的胜利"。仿佛"前世界"中大部分寓言式肖像——例如翻草工[5]或收割庄稼的人的肖像[6]——表达了朝向某个理想点的张力。所有动词（"**我扩展**""**我赐予了**""**我已攫走**""**我……握住了**""**我进入**"）实际上都得到抽象宾语（"**你的在场**""**恩宠**""**限制我上升的暴力**"）或抽象限定补语（"**春秋分的手腕**"）的补充[7]。收割者以循环往复的方式在庄稼收成的不确定性上下注。他努力做出夸张的姿势，希望获得"累积的庄稼"。翻草工则用一块白石头标记了"我"在抵抗运动中的入场：通过这一新的举动，主体更深地介入到这场"被诅咒之旅"的不可抵达之处。还有"向溪流求助"[8]中的那个"神秘工人"，完全无需借助砂石就能为他的同伴建起一座城市，非常耐心地工作着，而工作的非物质性使它无须完结："我们共同的满足将抹去它，我们在更高处重建一座一模一样的城，在我们爱的确信中。"

1　夏尔：《修普诺斯散记》第79节，《愤怒与神秘》，第122—123页。
2　夏尔：《这隐退的爱属于众人》，《勒内·夏尔诗选》，第18页。
3　夏尔：《这隐退的爱属于众人》，《勒内·夏尔诗选》，第18页。
4　Aristote, *Éthique à Nicomaque*, livre VIII et IX, *op. cit.*, p. 12.
5　夏尔：《收割草料》，《愤怒与神秘》，第27—28页。
6　夏尔：《诞辰》，《愤怒与神秘》，第17页。
7　夏尔：《日历》，《愤怒与神秘》，第14页。
8　René Char, *Les Matinaux, op. cit.*, p. 61.

第三章　孕育中的共同体

　　描写主体及其同路人的举止与行动的抽象形容词赋予了某种元诗学涵义。反过来，所有具体的日常动作将诗歌带至这些"尖端行业"的现实，因为诗歌有可能消失于对理想的追寻中。这些动作是诗歌复兴真实的、坚固的支撑，在夏尔写这些诗时，人们还不确信诗歌是否能复兴；它们尤其揭示，唯有友谊才有助于在一个受辱的世界中发现新的诗歌视野。"我们曾用离群索居的耐心聊以自慰；一盏灯，既不认识我们，也不接近我们，在世界尽头令勇气与沉静保持警醒。"[1]

　　然而，对夏尔来说难以接受的是，归根到底，人类在战争中才表现出友爱的能力，友谊需要一个敌人来构建一个共同体。如果没有向否定性的某种暴露，友谊最终是难以想象的。在夏尔的经历中，友谊似乎通过对不幸的克服与转变而具有了全部意义。夏尔在行动与诗歌炼金术或写作的隐喻能力中发现的，正是这一终极的相似性。"我们必须克制我们的狂怒与憎恶，我们必须把这些情绪与他人分担，为了树立并扩展我们的行动及我们的道德。"[2]

　　正是这一点导致了夏尔诗歌的两面性："正义之夜"[3] 中的矛盾象征提到了这些杰出的人物之间建立的友谊，代表友谊的是唯一一颗"屈服并斗争的"[4] 心脏以及他们矛盾的孤独，因为他们也了解分离的悲剧。

　　"扩大我的同情的，我所爱的，很快在我身上引起了与我所厌弃的东西几乎同等的痛苦，在我**心**之秘密中负隅顽抗：一滴眼泪包

---

[1] 夏尔:《褶皱》,《愤怒与神秘》,第 48 页。《修普诺斯散记》重现了这一形象："我们不属于任何人，除了一盏灯金色的焦点，这盏灯既不认识我们，也不接近我们，却令勇气与沉静保持警醒。"（夏尔:《修普诺斯散记》第 5 节,《愤怒与神秘》,第 100 页。）

[2] 夏尔:《修普诺斯散记》第 100 节,《愤怒与神秘》,第 130 页。

[3] 也就是《早起者》《白色午睡》中的所有哀歌，后者以隐喻的方式讲述了游击队员的斗争与矛盾：《一起》《绝望》《撕裂的山脉》《窗玻璃》《正义之夜》。

[4] René Char, *Les Matinaux, op. cit.*, p. 51.

裹的底色。"¹ 在这些诗歌中，撕裂代表了身体与道德上的痛苦，它们影响了游击队员，与此同时，某些隐喻——"撕裂的山脉""悬崖峭壁"——或某些将抽象情感与具体指示物并置的限定补语——"幸运儿的玻璃"² "有气味的床单的流放""空洞的花园""沙漠的主人""眼泪的孤独""深受欺骗者的山脉"——令他们的痛苦变得更加无人称化，而且可能更具普适性。从这个意义上说，分离、缺失并不需要对人类共同体的缺席负责，它们并不会消除建立共同体的要求，恰恰相反，它们呼唤对友爱进行修复与重建："至少在每一个痛楚的时辰 / 一个回声必须重复 / 为了那无知的孤独 / 一种友谊的纤弱的义务。"³

"突然变为私有的心脏，沙漠的主人几乎明显地变成了幸运的心脏，扩大的心脏，王冠。"⁴ 我们在这种对立中又看到了对友谊的隐喻。朋友之间难解难分的关系似乎被影响朋友关系的分离、缺席、死亡否定。这是否意味着我们需要通过体会缺失来认出朋友？当朋友们仅仅分享分离、沉默与遗忘的痛苦时，共同体又能建立于什么之上？

《寻找基底与顶峰》中的诗歌《致XXX》令友谊变得可见的方式，是通过"撕裂的山脉"这一表达，山脉是信徒的避难所（"一个致密的极端机会 / 是我们的山脉 / 我们的压迫人的荣耀"），或通过某块"岩石"的致密统一性这一比喻，后者象征了抵抗的"身体"的密度：

> 在我们结合的肉体中，
> 还找到它的阳光大道
> 在我们阴云的中心

1　René Char, *Les Matinaux, op. cit.*, p. 197.
2　夏尔：《窗玻璃》，《勒内·夏尔诗选》，第 24 页。
3　夏尔：《这隐退的爱属于众人》，《勒内·夏尔诗选》，第 18 页。
4　René Char, *Les Matinaux, op. cit.*, p. 91.

第三章 孕育中的共同体

> 任它撕裂，重聚。
> 我说机会就像我感觉到它。
> 你竖起了巅峰
> 我的期待必须跨越它
> 当明天消隐。[1]

从隐喻角度说，共同体的"基底"只能是一种牢固的友谊，一个"基座"，一道"闸门"，一座堤坝，能够抵抗人身上的人性的系统性毁灭，然而却又是丰饶的，也就是说在象征层面具备充实自我与忍耐的能力："这些勇敢之人组成的岩壁是友谊的堡垒。……我们已经一劳永逸地在本质之物面前结为夫妻。"[2]

收割与收获以循环往复的方式代表了来临中的共同体借助"一小撮人"的勇气实现的自发生成。

这个团体即将在聪明睿智的人手中成为一个**出色的果园**，法兰西在其历史上，在其疆域内，只见识过四五次。[3]

1940 年之后的低声交谈埋葬于反压迫斗争的**耐心且肥沃的土壤**中，逐渐成为直立的人。……你们很清楚**树会结果**，你们对那些人充满信心，他们痛苦地成熟，这些同志，你们可能永远看不到他们友爱的面孔在你们面前出现，因为那时你们已经死亡。[4]

论友谊的传统话语认为是哀悼揭示了联结两个朋友的纽带，导致

---

1 夏尔:《致 XXX》,《勒内·夏尔诗选》, 第 97—98 页。
2 夏尔:《修普诺斯散记》第 17 节,《愤怒与神秘》, 第 105 页。
3 René Char, *Recherche de la base et du sommet, op. cit.*, p. 25.
4 René Char, *Recherche de la base et du sommet, op. cit.*, p. 30.

我们只能通过朋友的死亡来谈论友谊。与此相反的是，对夏尔来说，分离或死亡都无法将朋友分开。他提醒我们，一位亲近的人的消失加强了那些留下来的人之间的联系，正如这位"不可磨灭的友伴"[1]，对他的记忆无法磨灭："理性想不到，被它草率地命名为缺席的事物，团结一致占领火炉。"分裂只影响身体，不会影响被某种纽带联系起来的人的灵魂，正如《秘密的恋人》不顾"香喷喷的被单的披垂"[2]，永远维系结合她与她丈夫的特别联系，正如对所有游击队员来说，流亡是一项增强爱情与友情的考验。"用我容颜的缺席与幸福之真空。我曾爱着你，化为一切，忠诚于你。"[3] 死亡不会中断友情，但会赋予其自我"解体"的可能性，以便造福其他人，正如夏尔在加缪死后写给他的诗《卢尔马兰的永恒》中所言："某种在场的所有部分——几乎有些过多——一下子就解体了。"[4]

因此，朋友共同体究竟建立于什么之上？朋友之间有什么共同之处在抵抗分离，抵抗痛苦？夏尔在《透明人》，在季节戏剧，在《修普诺斯散记》中歌颂的，首先是投向自然的某种诗性目光。

"磊落的对手"

想象力是否被摧毁并不会影响游击队员表示"他们对鸟儿的爱"，确保"梦与消愁的涓流"[5]，还相信将"冠冕"[6]还给光明的可能性，这些隐喻都表达了看见诗歌重生的希望，以及诗歌独自发现的前景，后者

---

1 夏尔：《缺席》，《愤怒与神秘》，第 29 页。
2 夏尔：《秘密的恋人》，《勒内·夏尔诗选》，第 26 页。
3 夏尔：《盛景》，《愤怒与神秘》，第 243 页。
4 René Char, *Les Matinaux, op. cit.*, p. 198.
5 夏尔：《修普诺斯散记》第 127 节，《愤怒与神秘》，第 137 页。
6 夏尔：《修普诺斯散记》第 111 节，《愤怒与神秘》，第 132 页。

被他称作"那未被明示的辽阔远方（出乎意料的生机）的希望"[1]与想象力的库存，后者可能暂时要让位给行动的步伐。实际上，这些人共有的，首先是语言，是"图像的表述"，这一共同语言"源自那些我们在长久生活中亲密交往的人与物所传达的惊叹"[2]，它拥有一种原始的诗歌潜力，"以线条、光谱与蒸气的形式存在于人们的对话中，这些人无论与草稿还是与造物主正式完成的杰作都保持着明显的智慧关系"[3]。

然而，构成游击队员共同性的东西无法被归结为这种乐观主义。潜在敌人的在场威胁甚至侵蚀着这一重建的希望，至少是阻碍了游击队员的斗争。

我看着希望，奔涌江河般宽广的未来血管，在我身边众人的行动中衰颓。我钟爱的一张张容颜在硫酸般腐蚀她们的等待之网中凋谢。啊，我们是如此无依无助，缺乏鼓舞！大海与它的沙滩，这历历在目的脚印，**已被敌人整体封印**[4]，而在这同一种思维深处躺卧着一个模型，它的材料中等量掺入了绝望的谣言与复兴之确信。[5]

对手因此被包括在友谊中。战争令我们与敌人并肩而行：这一不可能的组合，磊落的对手的组合，由此在夏尔诗歌中随处可见。敌人威胁着正义之人的正直，不仅因为残酷具有传染性，不仅因为"在必死之人中的那个恶魔新种族不可摧毁的天性"比"洪水更具传染性"，令正义之人的同伴有被收编的危险[6]，还因为游击队员需要这位对手，

1　夏尔：《修普诺斯散记》第 174 节，《愤怒与神秘》，第 152 页。
2　夏尔：《修普诺斯散记》第 61 节，《愤怒与神秘》，第 118 页。
3　René Char, Postface «Pourquoi le "Soleil des eaux"», in *Trois coups sous les arbres, op. cit.*, p. 214.
4　强调为本书作者所加。
5　夏尔：《修普诺斯散记》第 192 节，《愤怒与神秘》，第 157—158 页。
6　René Char, *Recherche de la base et du sommet, op. cit.*, p. 28.

来合法化自己的斗争。夏尔被迫承认,如果没有纳粹主义的残酷行径,游击队就无法引发如此大的热情。

尤其对我们有益的,是敌人的"错误",是他所下达的灭绝之前先羞辱的命令。如果没有在德国的强迫劳动,没有迫害,没有传染,没有罪,可能只会有一小部分年轻人加入游击队,拿起武器。[1]

敌人就在近旁。他与我们的邻近关系也来自斗争者及其敌人之间存在的相似性与亲密性。他是斗争者的同类,他的复身,甚至他的双胞胎兄弟,斗争者需要敌人,因为如果失去敌人,他便也失去了在对立中认同的力量,失去了在抗击对手这位"终有一死的合作者"时肯定自我的力量。

"我不恐惧。我仅仅有些眩晕。我必须缩短敌我之间的距离。**水平地**向他迎战。"[2] 亚克色罗斯写道,"加剧的敌意正如友爱,会避免一切简单化理解。前者与后者都具有几个层级。敌人'在我们身上',也在'我们之外'"[3]。归根到底,这意味着人具有两面性,"是其对立面的窝藏者"[4],也意味着甚至最好的人也像他那样,在成为"正义与不宽容的恶魔"[5],在接近希特勒制造的黑暗时,被迫体会到这黑暗的深渊并战胜这一深渊。"希望别人不要用源自黑暗习惯的'职业性'扭曲的缺陷来装点我们"[6],夏尔感叹道。然而,任何人都无法摆脱这

1　René Char, *Recherche de la base et du sommet, op. cit.*, p. 24.
2　夏尔:《修普诺斯散记》第 48 节,《愤怒与神秘》,第 113 页。
3　Kostas Axelos, *Lettres à un jeune penseur, op. cit.*, p. 48.
4　夏尔:《修普诺斯散记》第 55 节,《愤怒与神秘》,第 116 页。
5　René Char, *Recherche de la base et du sommet, op. cit.*, p. 13.
6　René Char, *Recherche de la base et du sommet, op. cit.*, p. 30.

种二元性，身不由己地采取爱丽儿或卡利班[1]的观点，也就是"早晨之人"或"黑暗之人"[2]的观点。

"如何隐瞒那**必须**与你结合之物？"[3]这个事物也证明，友谊既是考验（"我们必须加倍地彼此友爱，这一次仍需如此，必须比刽子手的肺叶更加强劲地呼吸"[4]）也是挑战，因为夏尔赋予自己一个任务，那便是磨炼他的人，打消他们的偏见，令他们改变信仰，去信奉他所认为的"人类处境的康庄大道"[5]。

"一个没有缺点的人是一座没有罅隙的山。他让我兴趣索然。"[6]毫无疑问，友谊有益于人，让人变得更好，但夏尔"维持一体"[7]的过程却并非没有困难：因为，团结游击队员的友谊与选择性友谊不同，与根本的盟友不同，我们与这些盟友才能形成超越时间的亲缘性，只有他们才蕴含"不朽的种子"[8]，团结游击队员的友谊却太过均质地与敌人相关而无法保持纯洁性，太过缺乏耐心而无法停留于"结果之车辙"[9]。即使夏尔努力想明确这些重要时刻的真相，让友谊能够摆脱时局限

---

1 "在诗人与世界的诸多联系中他所最难忍受的，便是**内在**公义的缺失。卡利班藏污纳垢的酒瓶背后爱丽儿敏感而全能的双眼射出怒火。"（夏尔：《形式分享》第2节，《愤怒与神秘》，第71页。）这一警句将莎士比亚《暴风雨》中的两个人物对立起来，前者是尖刻的侏儒，魔鬼与女巫的儿子，代表着永远在反抗既定秩序的基础力量，后者是空气精灵，代表了空气精神。（参见莎士比亚：《暴风雨》，朱生豪译，方平校，见《莎士比亚全集》（一），人民文学出版社，1994年。）
2 René Char, *Les Matinaux, op. cit.*, p. 122.
3 夏尔：《修普诺斯散记》第77节，《愤怒与神秘》，第122页。
4 夏尔：《修普诺斯散记》第193节，《愤怒与神秘》，第158页。
5 夏尔：《修普诺斯散记》第123节，《愤怒与神秘》，第135页。
6 夏尔：《修普诺斯散记》第32节，《愤怒与神秘》，第109页。
7 夏尔：《修普诺斯散记》第223节，《愤怒与神秘》，第169页。
8 René Char, *Recherche de la base et du sommet, op. cit.*, p. 94.
9 "把他从故土连根拔起。将他重新栽入你认定必将和谐的未来之壤，鉴于一场未完成的胜利。让他从感官上触碰进步。这就是我技巧的秘密。"（夏尔：《修普诺斯散记》第51节，《愤怒与神秘》，第114页。）

制,对于这一友谊是否有机会永恒,他仍然十分清醒:"我曾用群山的残屑去制作那些能够在**未来某一刻**令冰川流芳之人。"[1]

或许游击队员友谊最大的缺陷,是时间,行动的时间("我们只是醒了,我们没有行动"[2]),感受友情的时间,因为人们不得不与做出"前后不一的改变"[3]的人为伍,"在那令我们互相靠拢的东西不明就里地转向敌对之前"[4]共同努力,因为我们不知道行动一旦完成,明天将会怎样,因为时间抵抗着友谊的建立与成熟("时间,它是狗牙草,而人类将成为狗牙草的精液"[5]),最后因为人们不知道这些人会变成什么样子,他们的愤怒会随时间熄灭吗?他们最终能够毫发无损地走出黑暗吗?"以后我们是否会类似于这些岩浆不再奔涌、野草茎干枯黄的火山口?"[6]

"终有一死的合作者"(布朗肖)

从某种意义上说,布朗肖回答了上述问题,因为对他来说,写作也呈现朋友的形象,要么是一个与我们相似的幽灵形象,预示了我们自己的死亡,要么是一种无法理解的异质性,只能通过哀悼或远离的矛盾经验才能充分理解。然而,布朗肖的观点与夏尔不同,对夏尔来说,友谊首先与存在有关,而对布朗肖来说,友谊无法通向一个活跃的共同体。不但如此,是朋友的死亡为友谊提供了公开的机会,正如

---

1 夏尔:《修普诺斯散记》第130节,《愤怒与神秘》,第139页。
2 夏尔:《一起》,《勒内·夏尔诗选》,第20页。
3 夏尔:《修普诺斯散记》第233节,《愤怒与神秘》,第172页。
4 夏尔:《修普诺斯散记》第196节,《愤怒与神秘》,第159页。
5 夏尔:《修普诺斯散记》第26节,《愤怒与神秘》,第107页。
6 夏尔:《修普诺斯散记》第147节,《愤怒与神秘》,第144页。

第三章　孕育中的共同体

布朗肖在《论友谊》中向巴塔耶致敬那样，同时，朋友的死亡还悖谬地恢复了友谊难以形容的特征及其古怪性。死亡确实既揭示又抹除了友谊的真相，一方面揭示出友谊中永远存在的距离与误解，另一方面揭示出，遗忘亲近的人的消失，是我们逃不过的命运。

因此死亡具有这种虚假的美德，看起来似乎会令那些被严重的差别分裂的人恢复亲密。因为随着死亡的到来，一切分开人的东西都消失了。分开人的东西，即真正建立关系的东西，关系的深渊本身，在这深渊中毫无矫饰地存在着来自友爱的永恒理解。[1]

友谊通向某个悖论，即在友谊中，我与他者的距离与差异非但不会令一切关系变得不可能，反而还会令关系得以确立与维持。"分开人的东西，即真正建立关系的东西。"因此，友谊不再被界定为相互的好感或共同的兴趣，而是与他者建立的一种具有双重不对称性的关系，有关一种共享的、不可通约的古怪性，往往会在死亡经验中粉碎。因为濒死的朋友会累积离去与古怪的符号，悖谬地向我们透露人性的真相，后者的形式是某种预感到的与死亡的关系，死者的"作为友谊保障的异化意识"，正如布朗肖的叙事作品《黑暗托马》中的安娜。死亡使人意识到某种古怪性，后者在友谊中始终起着作用，同一时间既联结又分裂着朋友。友谊的这一定义是自相矛盾的，因为它用一种不对称关系取代了被定义为交换性、相互性、互利性的古希腊式"友爱"，而这种不对称关系超越了尺度，击败了语言和理性认识，甚至击败了记忆的能力。

此外，他人而非自我的死亡，任何哀悼活动都无法减弱、却又令

1　Maurice Blanchot, *L'Amitié, op. cit.*, p. 329.

我们获得有关联系的否定思想的死亡，见证这一死亡还意味着预感到与死亡的关系，意味着他人令我们看到了我们自身的死亡形象。它揭示了对某种经验的令人惊异的分享，这一经验将"我"引致某种根本性的孤独状态。因此，他人的死亡揭示了凡人真正的共同体，也揭示了凡人之间情感相通的不可能性。

沉默的交谈：握着"另一个死去的人"的手，"我"追逐他，不是为了简单地帮助他去死，而是为了**分享**事件的孤独，那似乎是他最为本己的可能性，是其不可分享的拥有之物，在那里，死绝对地褫夺了他。[1]

悖论在于，最令主体受到质疑的，并非主体与其在他人死亡中预先体会到的自身死亡之间的关系，并非布朗肖所说的产生了一种"属于死亡"的意识，而是向友谊的敞开，也就是对死亡事件中的孤独的分享。"共同体是向死亡的暴露，但并非自身的暴露，而是他者的暴露。"

真正的相似性

然而，这样拉近友谊与哀悼的距离是令人困扰的。布朗肖将我们带至布勒东在《娜嘉》中提出的问题"谁被我纠缠？"[2]，以及这一问题隐晦涉及的一切，也就是我的朋友能为我揭示出我自己身上的什么东

---

1 布朗肖：《不可言明的共通体》，第 16—17 页。
2 "谁被我'纠缠'？必须承认，'纠缠'这个词让我困惑……我还活着却必须扮演幽灵的角色，显然，它暗示我必须停止存在，以便成为我所是的人。"（André Breton, *Nadja*, Paris, Gallimard, coll. Folio, 1998, p. 9.）布勒东恢复了"纠缠"（hanter）这一动词的意义，对这句格言给出了显然非常个人的解释。这个词意味着身份问题可以通过对异质性的迎接解决，但倾向于为沉湎于语言潜力与独立性的主体确立某种被动状态。

西，我们的亲近关系会揭示我们相似性中哪个方面。在这样做的同时，布朗肖难道没有揭示相似性的面孔之后，存在于我们每个人内心深处的古怪性吗？难道没有批判我们在有关同一、共同的话语中体现的对自我形象的自恋倾向，以及濒死的亲近之人与我们相似的面孔对我们产生的病态吸引力吗？尽管死亡通过自己的骗局掩盖了这种吸引力。

在布朗肖眼中，文学——以及文学阅读与批评——代表了友谊的精髓，也就是"一个预先确立的，同时又是死后遗留的共通体的可能性"[1]，因为文学正代表了某个场域，在这场域中，"我"这一主体的问题与他者的问题勾连，"封闭而独特"的作者之"我"向某种身份滑移，这一身份是不确定的，同时向阅读与批评的空间敞开。

因此，正书写的"我"是在写作的中心遭遇这一作为另一个自我的友人形象的。在布朗肖的叙事中，虚构人物的主体性实际上经常被剥夺自我，而反思性经常被外部因素（历史、社会、语言、死亡）废黜，例如《黑暗托马》第十章中的内心独白，其中的"我是谁？"确立了自传契约，揭示了一个被语言分裂并剥夺"自我"的主体，仿佛"我"与自我不再重合。

"我在，我不在"，而是将词语混配于一相同且精妙的组合里，像是："我不在，而在"和"我在，而不在"，却无丝毫拿相反词进行比较、使其如石头般相互对立的意图。[2]

于是，"我"作为主体的镜子不仅朝他者移动，也朝幽灵移动，这是主体的幽灵他者。写作的中心由此出现一道裂缝，一种分离，其形

1　布朗肖：《不可言明的共通体》，第37页。
2　布朗肖：《黑暗托马》，第121页。

式可能是日与夜的分裂,是"我"试图看到其交汇的两侧河岸的远离[1],是某个"左边"[2]之人或某个"被诅咒的部分"[3]的出现,这些都是主体的大他者的面孔。"我是谁?"这个问题折磨着虚构人物,例如左尔格(《至高者》)、托马(《黑暗托马》或《亚米拿达》)等,尤其体现于"我"与各式各样的复身之间不断出现的对抗中,但它实际上是模棱两可的,因为对与同伴的相似性的追求表露出,他们固执地希望看到自己的身份能够代表某种人类普遍形式。这一问题之所以模棱两可,是因为它摇摆于对人类的两种自相矛盾的再现之间,一方面是人的普遍而任意的形象,它"具有任何人的价值,不比任何人高明"[4],另一方面,是人的一种独一无二的概念,它可能超越了其他所有人的矛盾,会在某个缺席的神灵身上或在某种超验原则中认出自己。

---

1 在《黑暗托马》的开头,托马在海边。他向一个游泳的人做了一个手势,但这个人离海岸太远,并没有回应他,对他的召唤充耳不闻。更远处,海岸的形象令人联想到主体的断裂,"两张彼此贴合的脸。我不断触及两岸"。(布朗肖:《黑暗托马》,第122页。)

2 米肖的这一表述指向他自己身体分解的经验,以及对身体与思想之间异质性的发现。

3 我们能在《黑暗托马》中看到多处出现相似性的场景:"在他之外,有个和他自己的思想相仿的某种东西,而且他的目光或他的手就能触及……很快地,夜已让他感觉比任何一个夜都更黑、更恐怖,仿佛这夜真的就从一个不再反思的思想伤口……逃逸出来。"(布朗肖:《黑暗托马》,第13—14页。)
与老鼠的搏斗看起来像个幻觉:"对躺在地上那个咬着牙、皱紧脸,拼命挖着眼睛好让恶兽进入的存在来说,这是场恐怖的搏斗;而如果说这个存在先前还像个人的话,现在的他无疑像个疯子。"(布朗肖:《黑暗托马》,第32页。)上述两段都涉及人身上某个他所不认识的部分的"上升",人惊恐地发现这个部分与自己不相兼容。这种分裂也与语言经验有关:"便见纯真两字伴随着一股压不住的恶习坠降至内中并将之玷污。时而又是另一方将对方吞噬,拖带至其所出之洞,然后像个又硬又空的躯壳般将之吐出。"(布朗肖:《黑暗托马》,第33页。)
"托马总是被同样那些曾经蛊惑住他而他如梦魇的解释般追索着的文字击退至他自身的最深处。他感觉自己变得愈来愈空,也愈来愈重。"(布朗肖:《黑暗托马》,第33页。)

4 萨特:《文字生涯》,第216页。

或许，在布朗肖的虚构中，甚至在《无尽的对话》较晚发表的文章中[1]，大他者都只不过是"那喀索斯式身份的另一个名称"[2]；或许他将书写主体囚禁于某种投射与认同逻辑中，或者某种弥赛亚或神学思想形式中，主体在此通过某种"无与伦比的"或"过度的"关系远离，代表了一种无法理解的异质性。尽管如此，我们仍能在这一与大他者的否定关系中，看到某种非表面的联结、某个共同体的存在，写作与语言将帮助我们揭示它们。

"人照着自己的形象解体"[3]

死亡，尤其濒死之人的脸构成的"死亡面具"指向形象的古怪性：布朗肖在《文学空间》的《想象的两个版本》一文中进行了这种比较。由此，布朗肖意义上的"尸体的古怪性"将某种"真正的"相似性归还给了人。在《黑暗托马》《死刑判决》[4]《至高者》或《亚米拿达》中，叙事中的人物看护着濒死之人：让娜·加尔看护着左尔格，托马看护着安娜，《死刑判决》的叙述者见证了 J 的死亡与复活[5]。

托马见证了安娜的临终过程，仿佛那是他自己提前而至的死亡（《黑暗托马》第 9、10 章），他发现她的脸并没有如实反映她正经历的事件。托马在她脸部线条中寻找某种表明死亡即将来临的异化符号，却只看到一张无动于衷的脸，一个似乎将"伺机而动的死神"隐藏在"邪恶的相似性"[6]背后的面具。同样的，《死刑判决》中，疾病、苦痛、

---

1 参见布朗肖：《第三类关系》，出自《无尽的谈话》，第 123 页。
2 Jean Lauxerois, «À titre amical», in Aristote, *Éthique à Nicomaque*, livres VIII et IX, *op. cit.*, p. 91–92.
3 Maurice Blanchot, *L'Espace littéraire*, *op. cit.*, p. 351.
4 布朗肖：《死刑判决》，汪海译，南京大学出版社，2014 年。
5 叙事第一部分的女性人物没有名字，只有其首字母 J。
6 Maurice Blanchot, *Thomas l'obscur*, *op. cit.*, p. 48.

无尽的挣扎本应令 J 变得"面目可憎",她在叙述者眼中却显现了"美丽、年轻(虽然有些严峻)的容颜,这容颜依然照亮她的面庞"[1]。

此外,死亡完成了他们的变形,在毁灭濒死者面孔的同时,它给他们的身体覆盖上一层"无性别无器官"的空壳,令身体僵化于某种形象的质地中。它将 J 固定于一种"令人惊诧的美的表情"中,将安娜囚禁于她自己的某种寓言式再现中:"她转化为另一具躯体,而这躯体的生命——至高之匮乏、贫困——已缓缓将她变成那她所无法变成者之全部。"[2]

对濒死者面孔的凝视产生的吸引力还是制造了一个陷阱,也就是偶像崇拜的陷阱。这一吸引力尤其赋予形象以一种模棱两可的地位,认为其既能触及某种无法获知的真相又偏离这种真相,认为其能令我们向死亡无尽又无法描绘的能力敞开,尽管这一认识可能将濒死者转变成一种典型形象,而后者的涵义也并不因此就能被捕捉到。安娜和 J 的面孔,同时还有左尔格的面孔(让娜想要像收集基督的汗水那样收集左尔格的"汗水"),这些面孔如圣像一样,获得了原型图像的价值,因为它们再现了濒死者在死亡时刻留下的印记,加剧了栖息于尸身上的不在场,同时又令某种已变得不可见的现实重新变得可见。

在面具之下,从逃脱安娜身体的死亡目光深处,这一濒死过程的叙述者托马受到了诱惑,试图看到"摆脱存在的在场""无物质的形式",正如布朗肖在《想象的两个版本》中提到的那样。当安娜和 J 变得像雕塑一般,转变成死亡的某种理想的、无人称的原型形象时,濒死者在生者的眼中开始代表死亡的一种典型形象:托马在小说结尾

---

[1] 布朗肖:《死刑判决》,第 20 页。
[2] 布朗肖:《黑暗托马》,第 81—82 页。

经历的，正是这种寓言式的、普遍的死亡，所有人的死亡。

至于这一死亡的见证者，他成为濒死者"悲剧的分身"[1]。他投身他者的空无，"像跃入她的镜子里一般"[2]，以为在濒死者的面部线条中预见到了自己的死亡。在安娜的面孔中，托马寻找着自己的准确形式，他个人的深渊，他的谜团的形象，他所幻想的自身死亡的临近。在 J 的面孔中，《死刑判决》的叙述者看到了他自己面对死亡的慌张："她（对护士）说：'现在，好好看看死亡吧。'她用手指指我。"[3] 在左尔格的脸上，让娜·加尔加寻找着上帝存在的证据："她是在盯着我身后的某个东西看。眼睛直勾勾地望着那一点。"[4]

此外，在将"尸体的异状"置于相似性标记下时，形象实现了某种悖论，即将逐渐毁损的存在冻结在形象的质地中。如果说存在如《死刑判决》的叙述者注意到的悖论，"众所周知，死后的一瞬，曾经美丽的人会再度焕发青春"[5]，那是因为时间赋予"美丽的人"的形变以一种可塑的面孔。只有形象作为"对某个客体或某个人——'即使他不在场'——的再现"，能够提供一种形式，**同时**涉及主体的过去与未来生成：在死亡时刻，安娜的脸和 J 的脸呈现了与过去的她们相同的形象，矛盾地区别于她们正接近的死亡，由此令从前活着时的安娜或 J，或今日还活着的安娜或 J 并存于同一空间。尽管如此，她们的脸还是令人无法接受尸体与生者的相似性，同时在生者与死者之间划出了一道鸿沟。

---

1 布朗肖：《黑暗托马》，第 128 页。
2 布朗肖：《黑暗托马》，第 129 页。
3 布朗肖：《死刑判决》，第 35 页。
4 布朗肖：《至高者》，第 295 页。
5 布朗肖：《死刑判决》，第 20 页。

所以是在她五官的完全相似性上，在夜色所沉淀出的自然的及诚意的清漆层里，涌出那看见她和向来一样毫无改变而他却极确定她已完全改变的恐怖。[1]

死亡与时间的这些本质关联往往在布朗肖叙事的结局中爆炸。《黑暗托马》《亚米拿达》或《至高者》的主要人物窥伺着死亡，将死亡当作存在的真相，当作隐藏的、封闭的东西，这导致他们掉入死亡想象中："对布朗肖来说是黑色光线，是自下而上的夜，分解世界的光线，将他带回自己的源头"[2]，列维纳斯如此评论。形象的展开在此不仅与虚构主体的象征性或真实死亡重合，还与向某个原初时间的回归以及对某个新世界的构想重合。小说创作被放入纹心结构，在《亚米拿达》中，被隐喻为对某个原始共同体的发现；在《黑暗托马》中，被隐喻为某种意义上的世界末日与世界重生；在《至高者》中，被隐喻为主体的复活。

例如在《亚米拿达》结尾，当托马即将沉入黑暗，沉入对世界的遗忘时，多姆透露在房子的地窖里存在一个原初世界，一个与自然和谐共存的出生前生活，某个时间之外的世界，位于物种分离之前的遥远而传奇的过去，某个没有记忆的世界，对文明世界没有一点记忆。被自己的追求毁灭，人物在想象中发现了创造的原则，其形式为某种静观生活的结晶，在此人类与自然将和谐共存。

同样的，在《黑暗托马》结尾，时间结束了托马与人类的命运[3]，

1　布朗肖：《黑暗托马》，第82页。
2　Emmanuel Lévinas, *Sur Maurice Blanchot, op. cit.*, p. 23.
3　马多尔察觉到托马"一人代替所有人死"的典范性死亡就像是对世界末日的回忆，各个时代的人都被聚集在约沙法谷的海边等待末日（《启示录》20章14节），等待最后审判，最终消失在海浪之中。（Pierre Madaule, *Une tâche sérieuse, op.cit.*）

完成了托马在"一人代替所有人死"时怀有的抱负。叙事于是与世界的毁灭及其重生,与产生自虚无的自发繁衍,与世界的开端与结束("**第一**"夜与"**最后**"一夜),总而言之就是与某种末世相结合。托马并不满足于将活的物种从海难和灾难中拯救出来,而是重建了一个巨大的新世界,并在此取消了界属与种属的分离。在这个新耶路撒冷,创世活动像是被冻住了,仿佛造物主将生长与发展安排在更晚的时间;个体"没有种属",蜻蜓"没有鞘翅",蝴蝶是"蛹",树木"没有花"。这里类似《亚米拿达》中的"结晶"现象,表达了"对时间的恐惧",一种不朽的幻想。

在这些叙事最后,透过形象交织起来的,是时间的虚空,无时间性,对另一种现实的渴望,不是拟像,或现实的去现实化的复制品,或现实的减弱的再现,而是向某种原初空间的敞开:对《亚米拿达》中的托马来说,这个原初空间意味着"洞穴和地道的错综复杂之美"[1],"就像结束了一场糟糕的梦"[2],对《黑暗托马》的叙述者来说,"真正的夜晚因此欠缺那未被听闻、未被目睹者,那凡是能让夜晚变为可居住之一切"[3]。

第四节 "而如果崇拜远离,鸣响,他的允诺就鸣响"[4]

从基督教解体和战争中恢复的世界是一个去魅的世界,在这里,神性理念与其象征一起崩塌,理性本身也失去了其表义能力。在这个

---

1 布朗肖:《亚米拿达》,第257页。
2 布朗肖:《亚米拿达》,第259页。
3 布朗肖:《黑暗托马》,第134页。
4 兰波:《神灵》,见《灵光集》,第83页。

关键性的阶段，诗人是真正的君王，因为他有能力唤醒我们的精神，去注意一种超验性，一种外在，后者并不在世界之外，而是令世界向自身敞开（诗歌"**来自旁边的国度，来自刚刚熄灭的天空**"[1]）；因为这样一种力量"从这一由圣性标明的极限处开始，打开了神性起作用的空间"[2]，并指出了从封闭世界逃脱的可能性，这一世界因受我们理性的限制而显得不足。诗人的话语由此成为"悬而未决又未被理解的无限"的呼唤、献祭、永远过量或永远缺失的激情，或者如南希所写的那样[3]，是一种"崇拜"，也就是"向某个对象发出的话语，而话语知道无法触及这一对象"，是被搁置的话语，保留了意义、认知以及"抗议"实现的可能性。对夏尔和布朗肖来说，这一力量毫无疑问既构成了诗歌的关键问题又构成了其必要性：也就是在"被摧毁的现实中"保留"未被污染的非现实"，抵抗"世俗的残酷"[4]，或者以人力改变面目全非的现实。当与我们对自身有限性的敏锐觉察相结合时，这一力量就成为自我超越的动力元素，成为帮助我们达到顶峰的刺激，成为"武装的想象"[5]，"把劳苦的循环折换位复活之货柜"[6]。

夏尔在1967年写给布朗肖的诗歌《莫里斯·布朗肖，我们只喜欢回答……》中隐约揭示了他们的共同立场：

我们只喜欢回答**无声的问题**，回应行动的准备。但总有随兴又命定（1）的违抗……

悬而未决又未被理解的无限（3）：坚不可摧（2），无论接受与

---

1 夏尔：《为什么日子飞翔》，《勒内·夏尔诗选》，第70页。
2 Michel Foucault, «Préface à la transgression», *Critique*, Paris, n° 195-196, 1963, p. 757.（参见第二章，场景1："一个尚不属于我们的非神学的未来"。）
3 Jean-Luc Nancy, *Déconstruction du christianisme*, Paris, Galilée, 2010.
4 René Char, *Les Matinaux, op. cit.*, p. 107.
5 René Char, *Recherche de la base et du sommet, op. cit.*, p. 123.
6 夏尔：《形式分享》，《愤怒与神秘》，第83页。

否，如同死亡（4），如同压缩空气里一团火在叙说**某个别处**（8）。时间近了，只有那**懂得保持无法解释**（9）的事物，才能征用我们。

将未来投向自身的广阔，以保持耐力，让烟蔓延。

大地，你铺展开无从抵御的弃绝。你捣碎，埋葬，耙平！我们所回避的，无耻地**消遣我们**（5），不会因你而延期。

死亡终将在夜里接纳我们，这夜平坦而又无瑕（6）；诸神昔时吹送的一缕南方热风正变成一阵清凉的微风，有别于前者，那一缕热风是自我们而生的。

他在顶峰擎着玫瑰抗议了一生（7）。[1]

在这首诗中，夏尔提到违抗，将其作为摆脱一切神性参照的语境下的某个"理所当然"[2]问题，但这违抗是否不应再从神学或伦理学的角度去考量，而是应该如福柯在献给巴塔耶的《论僭越的前言》[3]中明确指出的那样，理解为一种"空洞的、没有对象的亵渎"，一种对极限的体验？上帝之死被宣布后，夏尔意识到从此以后"所有上升的话语都成了呼啸的火箭头"[4]。这"坚不可摧"（2）的事物是对世界的某种神学再现的遗迹，在它身后固执地尾随着某个未知的部分，"悬而未决又未被理解的无限"（3）。这一无限与死亡（4）一样可怕，因为它"消遣我们"（5），也就是从"坚不可摧"的整体（2）逃脱并令我们焦虑。但诗人并不能因此摆脱无限，因为诗歌对夏尔来说肩负发现人类根基也就是人类有限性的使命（6）。

然而，这个缺口粗暴地揭示了某种新的诗性力量（7）。因为，如

---

1 夏尔：《莫里斯·布朗肖：我们只喜欢回答……》，《遗失的赤裸》，第54—55页。
2 参见第二章，场景4："拉斯科，起源的考验"。
3 Michel Foucault, «Préface à la transgression», *art. cit.*
4 夏尔：《女酒鬼》，《遗失的赤裸》，第49页。

果说诗歌对夏尔来说可以被界定为"未知的供给者"(8),那么也只有它才能承担这一新的询问形式(9),后者是整个人类命运所具备的形式。诗人正是在诗性话语的无限性中获取手段,僭越这一向人类及其认知强加的极限。"时间近了,只有那**懂得保持无法解释**(9)的事物,才能征用我们。"

正是在这一点上,夏尔与布朗肖的对话才显示出最具启示性的一面:因为对夏尔来说,"弃绝神性导致的巨大断层"[1]虽然结束了神学,但并没有取消圣性,后者从此位于人类中间。这一圣性直接与自然发生联系,被比作一阵微风、一团火或一股烟,总而言之就是与某种神灵在世上的显现有关,在先于我们到来的("**诸神昔时吹送的**")和一些预兆("**某个别处**")之间建立联系,似乎成为激活诗人灵感的东西。然而,这种圣性仍然显得模棱两可,正如死亡,因为它促使我们面对一个"悬而未决又未被理解的"深渊。

对布朗肖来说,神性的撤退恰恰为受哲学与宗教限制的世界、为认知完整性的强权统治"拆除了藩篱",并在向哲学家以及诗人正面提出死亡、黑暗以及先于我们到来的虚无问题时,重新开启了对意义的追问。这一黑暗并非理解的残余,无法被哲学理性所把握或导向语言的失败,而是"与认知截然有别的"[2]东西,"是黑暗事件本身,是夜晚的降临,是阴影的入侵"[3],是"另一个世界的脚步",我们想要跨越它,它却令我们害怕,令我们迷途,将我们"解构"。

"幻觉的破灭不会产生真相,只会产生更多无知。"[4]因此,上帝之

---

1 夏尔:《门槛》,《愤怒与神秘》,第 211 页。译文略有调整。
2 Maurice Blanchot, *L'Espace littéraire*, op. cit., p. 219.
3 Emmanuel Lévinas, *La Réalité et son ombre*, op. cit., p. 126.
4 Friedrich Nietzsche, *Œuvres philosophiques complètes, fragments posthumes (automne 1884-automne 1885)*, trad. fr. M. Haar, et M. de Launay, Paris, Gallimard, 1982, p. 215. Cité par Jean-Luc Nancy, *Déconstruction du christianisme*, op. cit., p 65.

死不会消灭**无法解释之物**，不会减小我们**未来**的不确定性，也无法为人类之恶或折磨的存在辩解，并让大地——表现出"自己无法抵挡的抗拒"——不受污染，而夜晚和死亡始终是"平坦而又无瑕的"。尽管如此，这一现实，诗人在处理它时可以"减轻原型带来的负担"[1]，也就是说不带偏见，没有偶像。他对世界"去魅"的回答？"田园牧歌的终结"，也就是双重的结论，关乎共同体的哲学与宗教"神话的终结"（南希）。这神话是黄金时代神话，是共同体起源神话。在这种撤退的中心，是对某个新现实原则与某种介入存在的诗歌的发现。通过这一母题，夏尔拒绝了偶像崇拜的诱惑："田园牧歌的终结"不仅令某个别处的承诺失败，也令对某种"受天启的"诗歌的虚幻信仰失败，后者或许有可能令我们理解我们这个世界的不可解与不可说之物。

然而，田园牧歌——《唯一幸存的》或《早起者》的诗歌中——还提供了一种多义的形象，不仅令诗歌的深层含义围绕对关系（与被爱的女人，与朋友，或者与亲人）的梦幻体验，围绕对自然的赞歌"*natura naturans*"（创造世界，世界源头）得到确定，此外还成为《圣经》原型——以及从更普遍意义上说成为幻兽和乌托邦——的对应体，在夏尔的抒情诗与哀歌中心加入了一丝不和谐的嘲讽语调。

"我重建了记忆，那先于我的记忆" [2]

《唯一幸存的》中的诗歌母题从主题角度再现了纯真的时代，这是诗人在写作的时刻所觊觎的东西。例如，前两首诗《与风告别》[3]和《篾匠的伴侣》[4]用未完成过去时提到了某位女性的爱。尽管夜晚没有

1　参见第二章，场景4："拉斯科，起源的考验"。
2　René Char, *Recherche de la base et du sommet*, op. cit., p. 15.
3　夏尔:《与风告别》,《愤怒与神秘》, 第7页。
4　夏尔:《篾匠的伴侣》,《愤怒与神秘》, 第9页。

抹除第一首诗中的田园牧歌，但它还是有令后者消失的危险："也许你将有幸在她的双唇上认出夜神湿润的幻想。"爱情牧歌勉强抵抗着焦虑的上升，抵抗着看到同伴消失的恐惧。诗人之家的确令自己成为牧歌记忆的守护者，但焦虑还是以换喻的方式在"旧宅"[1]中弥漫："在夜的门槛上你对幻想的坚持收获森林。"类似的威胁也在篾匠伴侣的脸部线条中若隐若现，她有着"被暴雨冲刷成泉"的脸庞。在那个时期，诗人试图回归最初的作品，向他青年时期的记忆致敬[2]，"我"感觉到自己是"与我的化身相距最远的人"，区别于年轻的诗人，后者向普罗旺斯一栋残破的房子的美致敬，他从前曾在那里遇见一个年轻的爱人（《狐巢的魅惑》）。对这一时期的哀歌般的回忆被"凶兽不可避免的麻风"那庸俗的、粗暴的、无法被同化的在场所打破。在《唯一幸存的》的开头，主体在他开始诗歌创作的时期所远离的青春，伴随他想象力的苏醒的纯真，这些与西班牙内战时期为战争殉难的孩子形成了一种对比[3]。

然而，唯有诗人的歌声和赞颂才能让《青春》[4]中的喷泉或《盛景》[5]中的女人的牧歌复活。虽然"我"因被迫远离美而痛苦，虽然歌声无法填补"我"和接受者——"您"这一称谓将他者固定在一个诗

---

1 夏尔：《旧宅》，《愤怒与神秘》，第 15 页。不过，《与风告别》《篾匠的伴侣》实际上写于战前，而《旧宅》写于 1940 年在阿尔萨斯前线作战时期。
2 "青春""纯真"等字眼似乎指向是夏尔还没体会到责任与艰苦的时期，是战争迫使他面对责任与艰苦。这些字眼比诗人的年龄更能代表夏尔诗歌使命的诞生以及他早年的作品。仿佛主体在历史事件打击下提前衰老。
3 夏尔：《1939 出自夜鹰之口》，《愤怒与神秘》，第 38 页。牧歌的持续与某种威胁甚至死亡的在场形成的对比令人联想到兰波诗歌《山谷里的沉睡者》（Le Dormeur du val），后者仿佛平静地沉睡于山谷中，"身体右侧有两个红色洞眼"。残酷的反讽中断了牧歌，腐蚀了主体的纯真。（Pierre Brunel, L'Arcadie blessée. Le monde de l'idylle dans la littérature et les arts de 1870 à nos jours, Mont-de-Marsan, Interuniversitaires, coll. Mythos, 1996.）
4 夏尔：《青春》，《愤怒与神秘》，第 13 页。
5 夏尔：《盛景》，《愤怒与神秘》，第 243 页。

第三章　孕育中的共同体

人无法触及的位置——之间的距离，但唯有歌声才能"结束流放"，赋予诗性想象力以第二次生命。在《盛景》中，在主体与其爱人之间建立隐喻性联系的仍然是歌声（"我"反复说着**"夏季歌唱"**）。在第一个诗节中，爱情牧歌似乎尚能不借助歌声，诗人通过大海的节奏，表达了歌声不间断、无阻碍的运动，但诗歌实现了一种反转：女人远离，而主体在他歌声的持续性中证明了自己的忠诚。

夏季曾在它偏爱的岩石上歌唱，当你对我显现，夏季曾**在远离我们的地方**歌唱，那时我们是沉默，是同情，是悲伤的自由，是比海更广阔的海，它那漫长的蓝色桨叶曾游乐在我们脚边。

夏季曾经歌唱而你的心在远处游荡。……

年华已逝。暴雨停息。世界早已消失。感到**你的心不再正确地把我领会**曾令我疼痛。我曾爱着你。用我容颜的缺席与幸福之真空。我曾爱着你，化为一切，忠诚于你。[1]

《唯一幸存的》中的前几首诗描绘了一个关系网络，指向诗人与他的诗性想象力之间、"我"与"我"无法下定决心失去的生活之间的这首失落的牧歌。在《青春》与《减轻重负》之间，我们找到了同一个场所——喷泉的在场；"我"向前一首诗中的女性的声音做出回答，通过隐喻重拾了看到"新生活"重生的希望："然后他便走远，被这涌浪与羊毛的坚韧所撑持。"[2] 这后一个形象的诗性价值还因其可以指海浪、可以呼应前一首诗中纯洁的羔羊而增加，它表明"我"感

1　夏尔：《盛景》，《愤怒与神秘》，第243页。重点为作者所加。
2　夏尔：《减轻重负》，《愤怒与神秘》，第16页。此外，"翻起白浪的海"的形象令人联想到阿波利奈尔的诗歌《玛丽》。（ Guillaume Apollinaire, «Marie», *Alcools*, Paris, Gallimard, coll. Poésie, [1966], 1990. ）

觉到身边有一位伴侣的谜样在场。在这一信念的支撑下,主体重拾了勇气与胆量。这勇气与胆量在"旧宅"中还只是一种幻想("**青草上的水之花绕脸徘徊**")或一种"幻觉",但主体逐渐变得自信,"长饮一份爱恋"。《勋章》庆祝了《日历》中已预告的主体的新阶段:"寻水者依旧用双唇致敬秋天绝对的爱",他抓住"春秋分的手腕"——涨潮所暗示的——并准备好去过新的田园生活。

响彻爱人脸上狂喜的绿色惊雷般的流水,缝合古老罪行的流水,形态不定的流水,为一场即将到来的圣礼预备的纷乱的流水……[1]

凤凰的复活

《收割草料》中的夜晚不再是一道门槛,或一片轻微的阴影,接近它会令正熄灭的白日之美闪闪发光,而是一个浓密的夜,其迟钝的、谜样的在场加剧了主体的恶心。然而,早晨的凤凰还是带着它所坚持的路径和它的信仰,与某个时刻定下约会,在这一时刻,它"亲近的姐妹"也就是它的想象力将它拉出黑暗:"直到那映红我灰烬的花开日。"是凤凰再一次地在《水晶之穗》[2]中表达了诗人意欲看到自己的歌声复活的愿望。他希望看到从这"长憩息的房间"、从这些"重重封锁的群山"、从这个"苦役监狱"——也是诗歌痛苦遁世的形象——诞生的,是一个新的主体:在这等待的门槛,某种复活的希望开始展露。

"每一道创伤都把它那觉醒凤凰的双目搁在窗前。决断的满足在

---

1 夏尔:《勋章》,《愤怒与神秘》,第18页。
2 夏尔:《水晶之穗从青草中取出它透明的收获》,《愤怒与神秘》,第32页。

高墙的金光内欢歌悲叹。"¹ 然而主体还是置身于某种矛盾态度中：他从殷勤的象征主义那里借来了对忠诚的某种传统表达，用以描述他对诗歌的恒定信仰："我，被俘之人，已迎娶那正欲征服永恒之石的常青藤的慢舞。"² 在《青春》中，诗人在喷泉的例子中寻找恒定与纯粹的象征："如果我曾沉默，好像那石阶对阳光保持忠诚并忽略自己被常春藤缝合的伤口"³；在《狮子座流星雨》，这一富有生机的植物被用来比喻诗人永远不要忘却诗歌的愿望："凤凰的沉睡渴求你的青春。光阴之石授予她常青藤。"⁴ 然而，这一重生在主体消失之后到来，就像凤凰必须先死而后才能重生。由此，"怪人""彻底背离那并不存在的春天"⁵，消耗了最后一丝果敢，他曾凭借这果敢将自己的命运提升至"人类的高度"。在《水晶之穗从青草中取出它透明的收获》中，某种新的牧歌在"愈发轻盈的卧房"中出现，在这里，爱情隐喻与"自由的给予者"的典范命运相融合：他"做好了消失的准备，准备去与别处的新生融合，再一次"⁶。

他黑色羔羊般的汗水

这些诗有一个共同点，它们并不掩饰诗人的情感，诗人在看到牧歌终结时，被恐惧、焦虑或虚无感侵袭。无论是从隐喻角度表达爱情牧歌的意义，是再现基督教神秘共同体，还是从更普遍角度表明诗人对诗的虔信，《唯一幸存的》中的诗歌都没有掩饰"我"在看到牧歌

1　夏尔：《苦役监狱的灯光》，《愤怒与神秘》，第42页。
2　夏尔：《为了这一切无一改变》，《愤怒与神秘》，第20页。
3　夏尔：《青春》，《愤怒与神秘》，第13页。
4　夏尔：《狮子座流星雨》，《愤怒与神秘》，第26页。
5　夏尔：《怪人》，《愤怒与神秘》，第213页。
6　夏尔：《水晶之穗从青草中取出它透明的收获》，《愤怒与神秘》，第32页。

终结时逐渐增强的不安。

《收割草料》已经打碎了"节日的豁免"[1]。"我"和自然的婚礼消散，只留下少量痕迹，一个"芬芳的倩影"，一些"不可捕捉的群鸟"，一只"花粉之手"。"牧歌的终结"于是与主体的变形重合，从此以后可能像一个"翻草工人……蒙面的老者，不忠的演员，可憎幻觉的药剂师"[2]。"羔羊呼出的和风"变成"黑色羔羊般的汗水"，变成"湿漉漉的羊毛"[3]，并终结了看到"新生活"重生的希望。

事实上，战争与恐怖摧毁并腐蚀了主体的纯真："哄骗羔羊，利用其羊毛投资，这样做愧为诗人"[4]，即使他不敢明确指出谁是纯真的谋杀者，抵抗者本身又要在这腐蚀中承担怎样的责任："谁在荒凉的羊圈中生起了火？"[5] 挥之不去的威胁从此成为人类生活不可分割的部分。《早起者》中的诗歌《谜样的工人》最后一句诗将生活比作河流，河水的流淌既不是平静的也不是持续的，而是由意外与伤害构成："湍流的荆棘／我的羊毛靠它系住我的痛苦。"[6] 对此，诗歌的节奏通过短促的诗句，有时通过词语的并置——例如"濒死明天荆棘"——予以回应。这解释了在接下来的诗中，在《白色的午休》中那些宣告诗人品质、恢复其诗语力量的诗之后，主体的胜利变得没有那么确定："节日，是好战的蓝天，同一瞬间沉积着暴风雨。"[7] 一句格言如里拉琴的"琴弦"一般，宣告了"葬礼的面具"，以及欢乐向痛苦的颠覆："太阳旋转，羔羊的面孔，这已经是葬礼的面具。"[8]

1 夏尔：《狮子座流星雨》，《愤怒与神秘》，第26页。
2 夏尔：《收割草料》，《愤怒与神秘》，第27页。
3 René Char, «Pleinement», *Les Matinaux, op. cit.*, p. 72.
4 夏尔：《祝蛇健康》，《愤怒与神秘》，第232页。
5 夏尔：《同这类人一起活着》，《愤怒与神秘》，第39页。
6 René Char, *Les Matinaux, op. cit.*, p. 38.
7 René Char, «Grège», *Les Matinaux, op. cit.*, p. 59.
8 René Char, «Le soleil tourne», *Les Matinaux, op. cit.*, p. 62.

第三章　孕育中的共同体

欲望的腐蚀作用完成了这幅画卷，仿佛后者因某种那喀索斯症，甚至因某种盲目的虔诚而窒息，而诗人选择把这种虔信写得不值一提：

从前，有一个男人，吃饱了，永远不会饿了；他吞食了那么多遗产，贪吃了那么多食物，让后代挨饿；他发现他的桌子空空，他的床一片荒凉，他的老婆发胖，他心田里的土地也一团糟。

……他偷饥饿，把自己变作一只碗碟。这只碗碟成了他的镜子和他自己的完蛋。[1]

"牧歌终结"时代的诗歌尽管苦涩，却还是预见了回归的诱惑和对家园的温柔保护的怀念："你们的炉火只是病患的护工。太晚了。你们的癌症已开口说话。故乡不再有任何权力。"[2] 这无法躲开的分离，拥护者必须接受。至于诗人，他派给自己一个任务，"把（拥护者）从故土连根拔起。将他重新栽入你认定必将和谐的未来之壤，鉴于一场未完成的胜利，让他从感官上触碰进步。"[3] 这一主题由此通向某种出人意料的"现实主义"：其讽刺价值打消了主体避入诗歌、推卸责任的念头，在行动与诗歌之间确立起一种主体无法摆脱的优先秩序：

牧羊人的朝拜在这个星球上再无用处。[4]

牧羊人再也无法成为向导。于是政治人物，这些新来的包税者，由此做出他们的决断。[5]

1　夏尔：《葬礼的面具》，《勒内·夏尔诗选》，第25页。
2　夏尔：《修普诺斯散记》第22节，《愤怒与神秘》，第106页。
3　夏尔：《修普诺斯散记》第51节，《愤怒与神秘》，第114页。
4　夏尔：《修普诺斯散记》第31节，《愤怒与神秘》，第109页。
5　夏尔：《修普诺斯散记》第216节，《愤怒与神秘》，第165页。

因为正如他知道游击队并不会长久存在，他也知道"有利于"行动的时间有限，他必须尽快行动[1]。这场战争实际上由敌人、对手与拥护者之间的矛盾和张力推动，而这一点败坏了对游击队共同体的一切牧歌式的想象："我不恐惧。我仅仅有些眩晕。我必须缩短敌我之间的距离。**水平地**向他迎战。"[2]

"牧歌终结"中的母题如同一个巨大的伤口，再现了对美、对自然施加的暴力，以及诗人付出的情感断裂的代价。我们可以从某几首诗的哀歌调子上猜到这一点（"幸福不再涌现。"[3]）。然而，夏尔还是尽量避免通常与这一主题联系在一起的怀旧情绪，并保留了他全部的清醒。例如在格言"在橄榄园中，谁曾是多余的人？"[4]中，诗人透过辛辣的评语，通过对犹太人灭绝惨剧的暗示，强烈反驳了将《圣经》乌托邦视作爱与兄弟情义象征的做法[5]。同样的，如果说"对抗恐怖"[6]并没能成功捍卫对某个别处或某种牧歌环境的幻想，那是因为对美的固执回忆因一种不和谐的调子而黯淡，美无法忽略某个威胁，也即"恶魔与我们约定的时间地点"。"躬身微笑的色彩鲜艳的半身雕像"或者蹲坐的战友，正如"山谷里的沉睡者"，**仿佛**平静地沉睡于某种有魔力的环境中，他们难道不是预示着死亡无处不在，并且不会松开它的束缚吗？

---

1 参见夏尔：《修普诺斯散记》第196节，《愤怒与神秘》，第159页。
2 夏尔：《修普诺斯散记》第48节，《愤怒与神秘》，第113页。
3 夏尔：《修普诺斯散记》第102节，《愤怒与神秘》，第130页。
4 夏尔：《修普诺斯散记》第115节，《愤怒与神秘》，第133页。
5 亨利·米肖在《行进在隧道中》中使用了同样的形象："对于完美神殿的人来说，连他们的橄榄都被拿走了。"（In *Épreuves, exorcismes, op. cit.*, p. 65.）
6 夏尔：《修普诺斯散记》第141节，《愤怒与神秘》，第143页。

第三章　孕育中的共同体

此外，这些诗歌之间的宗教互文性指向基督教黄金时期的神话，因为神秘的羔羊在《圣经》中是基督的象征。因此，读者很快猜到基督教是这些诗句的靶子。如果"我"不再羡慕羔羊的纯洁，那是因为战争呼唤其他美德，例如清醒、勇气，有时还有残酷，也因为基督教要为最糟糕的神秘化负责。

在夏尔的诗歌中，诗实际上被呈现为对"已被摧毁的神灵的炼金术不牢靠的远景"[1]的补偿，它展现出一个新的空间："空间-精神"、"血肉-城墙"。它定义了人与土地的一种新的婚姻，如大多数诗歌体现的那样完全摆脱了神圣关系，同时也呈现了与超验性的关系的回归："门槛"[2]在重拾大洪水神话时，想象了语言的一种新起源，虚构了自己话语的起源，摆脱了一切神灵的托管。

曾经当人类的水坝遭到撼动，被弃绝神性导致的巨大断层排空，身居远地的词语，不愿消失的词语，曾试图抵抗这越界的推力。在那里它们意义的王朝得以确立。[3]

因此，《致一种好斗的虔诚》虽然讲述的是信徒共同体的毁灭与消失，却像《天主经》一般，悖谬地以对"明光圣母"的呼唤开头。如果说"我"与基督教共同体尤其与教会分离，那是为了建立一种更为原初的共同体情感，一种新的联姻关系，以证实人类联系的恒定性。比起超验性的垂直关系，"我"更青睐明光圣母投向人类的"此世的目光"。"我"还用圣性的毗邻关系，用作为共同体根基的人类关系，取代了神性的垂直性与远离："你除了串通别无选择。你怀着深

1　夏尔：《任职与罢免》，《愤怒与神秘》，第91页。
2　夏尔：《门槛》，《愤怒与神秘》，第211页。
3　夏尔：《门槛》，《愤怒与神秘》，第211页。译文略有调整。

重的憎恶去为他们建造,去为他们充当密探作为回报!" "[1]

诗人有责任去重新点燃无力再爱这土地的人们的火焰("你未曾得到凸显,除了那曾给予你庇护的些许爱意"),移居至被信徒"遗弃"的家园("我打破了沉寂,既然所有人都已离去,而你除了留给自己一根松木已一无所有")。他的"信仰"被如此召唤,只因这一联系是不可见的("光明通向那饥饿之人将其目睹之处")[2]。可能夏尔多次哀叹,因为神性的撤退,圣性也随之消失("大地活像一具失去信仰的枯骨"[3];"世界在你到来之后已运行了如此之久,如今它只剩一罐骸骨,只剩一个残酷的誓愿"[4]),但是,信徒共同体的终结,它的失败,并不意味着诗人应该放弃揭示圣性。恰恰相反,如果从其世俗含义去理解,大部分宗教象征体现了将圣性带回共同体以及人类价值中心的意愿。

诗歌标题《任职与罢免》正是在此意义上宣告自己是一首宗教诗,而诗人仅提到了重新定义"简单"以及找回生活之根本的必要性。诗人询问事物的自治,询问物质的内部运动("内心的命令"),或者询问某种外部声音对事物的创造("外部的敦促"):"我看着你,生命充满天赋的各类形式,闻所未闻的事物,稀松平常的事物,我发问:'这是来自内心的命令,还是源于外部的敦促?'"[5]

在《葬礼的面具》《苔藓》《玩吧,睡吧》中,精神饥渴成为某种缺失的象征,需要由诗歌填补空缺。第一首诗讲述了贫瘠的遗产、微薄的精神食粮(诗歌取的是这一表述的字面意义)最终腐蚀了人的精神面貌。在第二首诗中,这个世界的精神荒芜召唤一种与诗人的口渴

---

1 夏尔:《致一种好斗的虔诚》,《愤怒与神秘》,第 254 页。
2 本段以上引文均出自夏尔:《致一种好斗的虔诚》,《愤怒与神秘》,第 254 页。
3 夏尔:《如果》,《勒内·夏尔诗选》,第 88 页。
4 夏尔:《致一种好斗的虔诚》,《愤怒与神秘》,第 254 页。
5 夏尔:《任职与罢免》,《愤怒与神秘》,第 91 页。

成比例的上升欲望:"我走在被清理干净的大地隆起的土包、秘密的气息和没有记忆的植物中间。山脉高耸充满阴影的小罐被口渴的姿势拥抱。"[1] 最后,在第三首诗中,口渴产生自对神性这"致命的天意"的放弃,产生自圣性的消失。

此外,很多隐喻将地上的现实移至天上,在《引领》中,"一座群鸟的村落 / 在极高处狂喜并穿行"[2];在《空间中的房间》里,主体"收获未成熟的天空"[3];在《潮汐的关系》中,诗人有些忧伤地提到地球和天空的"季节性的仙景"和"难以捉摸的长谈"[4];在《喜悦》中,"云在河里,湍流跨越天空";最后,在《珊瑚》中,光在神灵与提供陌生元素的诗性话语之间找到了某种相似性。

> 谁也无法阻挡光
> 到惊奇的陌生中去寻找它的意中人。
> 它 一跃跳过空间和嫉妒,
> 这是另一颗完整的星球。[5]

在《一个无装饰的夜》和《四个数字》中,在空间中远离甚至对立的本体与喻体——正如大地与天空——再次启动了基底与顶峰的辩证法[6]:

---

1 René Char, *Les Matinaux, op. cit.*, p. 64.
2 夏尔:《引领》,《愤怒与神秘》,第 55 页。
3 夏尔:《空间中的房间》,《勒内·夏尔诗选》,第 62 页。
4 夏尔:《潮汐的关系》,《勒内·夏尔诗选》,第 63 页。
5 夏尔:《珊瑚》,《勒内·夏尔诗选》,第 16 页。
6 这首诗经常被比作"狂怒的升腾"(夏尔:《修普诺斯散记》第 56 节,《愤怒与神秘》,第 116 页。),正如《群岛上的谈话》提到"诗,人类惟一的上升"。(夏尔:《我们有》,《勒内·夏尔诗选》,第 95 页。),或者诗歌《致 XXX》中的诗句(夏尔:《勒内·夏尔诗选》,第 97—98 页。)。

> 我用**天上**的**土地**盈满自己。¹
> 别求我，大眼睛；躲藏好，欲望。
> 我消失在**空中**，无边沿的**池塘**。
> 穿过熟透的麦子，我滑向自由。²

  诗歌由此企图在"被清理干净"，被"不计其数的蚂蚁"残酷亵渎的大地的灰烬上，创造一个重组的国度，这样做不是为了重建一个"诞生地"，另一种幻想，或从前被侮辱的大地的复制品，而是为了窥见某种诗性空间的降临：那个"旁边的国度"。"在现实世界和我自己之间，如今不再存有悲伤的厚度"³，他在《修普诺斯散记》中这样写道。诗人在他身后留下一个"被摧毁的"世界，或者更确切地说，他将这个世界吸纳至一个新空间，后者聚集了"深水之美"⁴与高原，正如云雀既是"天空绝对的炭"，又歌唱"起伏的大地"。在《愤怒与神秘》的诗歌与《群岛上的谈话》的诗歌之间，语调的转变是惊人的：在主体感叹"握住我统摄全局的双手，攀登黑色的阶梯，哦，忠实的伴侣"⁵的时刻与《群岛上的谈话》的诗歌之间，主体似乎成功地令其想象力的反面浮现。诗歌的成果因而是一个更新的空间，去除了与旧空间紧密相连的糟糕记忆。"我"逃离了"逃兵""流亡""监狱"，前往一个"重新定义的"新世界，这里人与自然在一种相互的赞同中对话。

  黄金时代的终结因而吊诡地为诗歌打开了新视野。对夏尔来说，面对超验性的真空，人还是有可能投入对不可能性的认识当中，这样

---

1 夏尔：《一个无装饰的夜》，《勒内·夏尔诗选》，第82页。
2 夏尔：《四个数字》，《勒内·夏尔诗选》，第79页。
3 夏尔：《修普诺斯散记》第188节，《愤怒与神秘》，第156页。
4 René Char, «La Minutieuse», *Les Matinaux, op. cit.*, p. 112.
5 夏尔：《为了这一切无一改变》，《愤怒与神秘》，第19页。

做不是为了将未知带向已知,而是为了向一种新的、不同的认知模式敞开,正如巴塔耶在 1940—1950 年间努力将"表面的至高无上的行动"理论化那样。

有人提醒我们:除去我们的脚和它踩踏的石头之间的诗歌,除去我们的目光和目光掠过的田野之间的诗歌,世界一无所有。真正的生活,无法抗拒的巨人,只能在诗歌的侧腹形成。[1]

对夏尔来说,诗歌"没有纯洁的座席",但栖居于一个"解体的"[2]国度;诗歌致力于发现的"真实的不可能性"(巴塔耶语)只能在闪电中被瞥见,它在语言中出现时,永远显得像一种过度,或一种缺失——欲望和死亡的极端性——或个体狭窄边缘的断裂,以及对个体极限的跨越。

1　René Char, *Recherche de la base et du sommet*, op. cit., p. 110.
2　正如动词"换位"(*disloquat*)和动词"说"(*disloquor*)的词源形式的相近所表明的那样:"诗歌的错位能量"。

结 论

他还唱到了鸟儿、阳光和绿荫。[1]

——福楼拜,《包法利夫人》

共同体思想背靠一段棘手、痛苦的历史,一方面是20世纪一些重大历史事件的历史(两次世界大战、东欧剧变),这些事件导向了共同体思想的失败,另一方面是意识形态史,后者令共同体思想中最糟糕的极端面变为现实(希特勒主义、极端民族主义,以及宗教极端主义)。因此,自第二次世界大战以来,共同体不断受到来自各个角度的攻击:马克思主义者在共同体中看到某种精英主义概念,这一概念是乌托邦式的甚至反动的,因为它忽略了现代人生存条件中的经济维度;后结构主义哲学家则否定了共同体的前提,也就是归属感、普遍性或身份(国家的、宗教的、民族的)。这些批判集中见于南希[2]和布朗肖[3]写于1980年代的论著,以及之后出版的阿甘本的论著中[4],这些重要成果深具启示意义,既体现出作者的洞察力,也表明了今日围绕共同体问题存在的怀疑态度。

---

1 福楼拜:《包法利夫人》,张道真译,上海文艺出版社,2007年,第213页。
2 南希:《无用的共通体》。
3 布朗肖:《不可言明的共通体》。
4 阿甘本:《来临中的共同体》。

结 论

三位作者都指出,"无用的共同体""否定的共同体""来临中的共同体"只能在令共同体定义形式化的政治宗教意识形态遗嘱的基础上书写,只能在孕育了极端主义政治计划的乌托邦的废墟上书写。这些模型在今日已成为令人抗拒的模型,但它们仍然构成了共同体的一种反模型:我们尤其不应将共同体与集体或一切集体化形式等同起来,与一切政治、经济、文化或宗教的集中计划等同起来,因为集体、集体化形式或集中计划努力塑造共同体的同一种表象,单一的、普遍主义的、内在的,一直以来都为针对独特性、特殊性与边缘性的暴力提供养分。今天同样如此,信息与电子时代"无阶级"[1]的、"沟通无阻的"社会的新范式只能导向对自身"透明"的人类的理念,以及"开放的"世界共同体的理念,信息、思想如物品般在其中交换,只能导向某个完全内在于人类及其产品的物质主义社会的来临。在这样一个社会中,人只能成为"没有内心也没有身体的存在,生活于一个没有秘密的社会,完全朝向社会性,在一个因新交际机器而变得透明的社会中,只能通过信息和交换存在"[2]。

或许布朗肖、南希、阿甘本的著作尤其因其采取的批评立场,有些固化了共同体的当代追问,令其围绕对共同体的否定再现打转——无用的共同体、濒死者或"任意的特殊性"的共同体,但它们从反面证明,即使联结缺失,即使参照物或模式缺失,仍然有可能设想共同性,共同体的存在完全不需要某种根基或某种超验原则,甚至不需要特性。如此一来,当布朗肖在《不可言明的共通体》中作为结语断言共同体的理念"不允许我们失去对时代的兴趣,因为现时代,通过敞

---

1 阿甘本:《来临中的共同体》,第 79—81 页。
2 Philippe Breton, *L'Utopie de la communication*, Paris, La Découverte, 1992, p. 46.

开未知的自由空间,让我们对新的关系负有责任,也就是,我们所谓的劳作(œuvre)和我们所谓的无用(désœuvrement)之间的,总被威胁,总被渴望的关系"[1],他实际上指出了共同体问题对我们当代人来说至关重要的原因。

实际上,共同体传统意义——政治的和神学的——的枯竭因此导向了一些权力机构的隐身,这些机构此前传统地承担着令"我们"的地位合法上升的任务。共同体传统意义的枯竭也开启了一个"否定的"共同体,那些没有共同体的人的共同体,"非本质的"(无法观念化的)共同体,未实现的共同体——"来临中的共同体"且其来临时没有场所(因为它将我们"分散"于生活中),无神学的(偶然的)共同体,留存下来(因为没有完成)的共同体。

这是否意味着,正如阿甘本认为的那样,共同体政治模式的内爆可能会导致一个结果,也即从此以后,我们只能从个体与国家、"任意的特殊性"与国家之间的暴力对抗中去设想共同体?在布朗肖的某些虚构中,法律与国家密不可分,国家实际上代表了某种不可见的、陈腐的权力,一种压迫人并将其非人化的过时的权威。它制造了任意之人,*l'uomo qualunque*[2],被剥夺了政治意识的人——这意味着个体的死亡。在这些社会,社会契约从此失去意义,社会生活只剩下大量个体性之间的冲击,只剩下一些共存的孤立个体,消失于人群的匿名性中。外部的孤独,工作中的自我遗忘是国家侵占个体的最明显症候。法律不仅通过评判和压制市民的思想对公共和私人生活施加全面的控制,而且一切叛乱行为都不可避免地导致加强其准则,从而明显地限

---

[1] 布朗肖:《不可言明的共通体》,第91页。括号内标注略有调整。
[2] 意大利语,即"任意之人"。

制了每个人的个体自由。在这样一个"去主体化的"、规约性强的政治空间,无论秘密、远离(由于疾病或退休)或反叛都无法掩盖一个可悲的现实:人类已经失败,已经远离自己的社会或政治条件,个体反法律、反判决的意愿一天比一天更为萎缩。

的确,不确定性、任意性是那个被剥夺本质与精髓的世界的命运。但是,无论对阿甘本来说还是对米肖来说,独特性、特殊性的缺失打开了一条通道,通向一种人类的新定义,这一人类摆脱了旧的决定论。在由社会塑造的个性的反面,出现了任意之人,作为绝对独特性的标记,因为任意之人不具普遍性,因而能够考虑每个个体的特殊性。阿甘本和米肖虽未曾言明,但对人类至上、对标榜人类形象独特性与普遍性的神人同形说提出了质疑。悖谬的是,正是区别性特征与种类属性的缺失令人类意识到,自己属于某个共同体,而非某个普遍的种族或实体,同样的,正是因为设置了一个不同寻常的形象,有关某个个性不明、处于建构之中的人,人才得以在战胜对虚空[1]、对无意识[2]、对死亡[3]的恐惧之后,找回"赤裸的生活",真正的生活。

如果说共同体从此以后属于那些没有共同体的人,如果说"共同的"意味着共同体所缺失的东西,如果说共同体的完全在场——也就是共同体成员之间的团结与完美统一——是不可能的,如果说共同体归根到底意味着对从共同体剥离的东西(神的缺席),甚至是将我们从共同体剥离的东西(死亡)的分享,那么这一否定的分享最终会不会令我们对共同体的追问失去意义?如何用过一种新的目光来审视这种缺席的联结呢?

---

1 阿甘本:《在……之外》,见《来临中的共同体》,第 83—86 页。
2 阿甘本:《来自灵薄地的》,见《来临中的共同体》,第 5—9 页。
3 阿甘本:《不可挽回的》,见《来临中的共同体》,第 51—55 页。

面对这个我们在导论中提出的问题,德勒兹以"小"[1]民族和"两种冒险之间的狭窄道路"的概念进行了回答,只有文学能走上这条狭窄道路,而这两种冒险,一种是孤独——被孤立、被边缘化、被排除在团体之外,另一种是群体,分散于生活中,与其他人群相比,无法形成团体、阶级或大多数。德勒兹强调了"小民族",一方面将其视作一片抵抗权力的领地——尤其代表了在一切分裂或排外形式前"永远被剩下的"民族,另一方面将其视作共同体的某种新诗学,是文学在博爱、互助、人性缺席——这是当代世界的标志——的情况下努力发明的东西。然而,这一文学既不是介入文学,也不是论战文学,而是一些"小故事"(narrats)、"叙事短诗"(shaggas)[2],正如安东尼·佛楼定(Antoine Volodine)喜欢说的那样,也就是"寓言",这些寓言中出现了来临中的共同体的一种或几种可能性形象,重新激活了共同叙事。面对历史的破产与革命的失败,某种考验需求被提出:"把剩下的事情说出来。"文学就像《巴基里亚不眠夜》(*Nuit blanche en Balkhyrie*)[3]中的勃鲁盖尔,像他那样携带着破碎的记忆,像他那样在失去希望的场所徘徊,文学命令我们相信,战役之后共同性概念依然有效,命令我们在共同体不复存在时继续追问我们的"如一性"中留存下来的东西。

像文学与写作一样,健康在于创造一个缺席的民族。创造一个民族,这属于虚构功能。人们并非凭借记忆而写作,除非把这些记忆作

---

1 Gilles Deleuze, *Critique et clinique*, Paris, Éditions de Minuit, 1993, p. 14.(中译本亦可参见德勒兹:《批评与临床》,刘云虹、曹丹红译,南京大学出版社,2022年。)
2 narrat、shagga 都是作家佛楼定自己发明的文学体裁。
3 Antoine Volodine, *Nuit blanche en Balkhyrie*, Paris, Gallimard, 1997.

为隐匿在背叛和否定中的某个民族的共同起源或目的地。[1]

德勒兹的这几行文字因此在我们思考这个问题之初便起到了某种启示意义,尤其帮助我们从三个方向展开思考。第一个方向是哲学方向,我们一面关注共同体一词在灾难(第二次世界大战及原子弹)之后的当代用法,甚至不惜夸大它的价值,借此希望能够勾勒出一些具体表征,体现共同体的古老概念所具备的新含义,同时也勾勒出构成共同体定义、其价值、其用途的要素。共同体是什么?共同体的理念与要求在今日还剩下些什么?在第一个思考方向上出现了具有限制性的政治学意义,并很快暴露了其局限性,因为政治学意义上的共同体通常来说只是一种依赖意识形态的概念,会导致身份的溶解,也是一种具有虚假共识性与集合作用的价值,暴露了政治与文学之间真正的"不兼容性"。

如果说我们向文学让行,那么我们同时不得不承认,我们很少关心社会资源的增长。无论谁领导有用的活动——力量的普遍增长意义上的——都要保障与文学利益相反的利益。[2]

在选择的时刻,准确来说也就是在解放时刻,对在 1950 年的《恩培多克勒》(*Empédocle*)杂志回复夏尔的巴塔耶来说,需要依靠文学来避开历史所代表的"狡猾的命运",揭去历史覆盖于我们生活之上的"丧事的面纱",在人类时间的维度上减少历史的分量,总而言之就是"尽快将历史的价值归还给处于相对性之中的人类生活这一

---

1 德勒兹:《批评与临床》,第 8 页。
2 Georges Bataille, *Œuvres complètes*, t. XII, Paris, Gallimard, 1988, p. 25-26.

奇迹"。

第二个思考方向,也就是历史与人类学方向,这一方向令某个打上深刻历史烙印的概念的悖论特征显露无遗,但这个概念"生成"的既不是历史也不是它自身的完成,而是对它的质疑,历史完结后遗留下来的东西,共同体实现的希望落空后剩下的"承诺"。战争与意识形态暴力在过去几十年里塑造了共同体的面孔,回应这一暴力的,是来临中的共同体这一事件,以及缺席的民族这一事件……

第三个思考方向是美学方向,它最终指出,共同体在文学中"孕育"(à l'œuvre),既作为一种要求(诗歌与虚构中的说话主体的话语),也作为对虚构的一种考验,考验它是否能够言说以及再现某个被摧毁的共同体的"残余",是否能够见证共同体的存续,是否能够在共同体的象征与参照系被歪曲、毁灭与解构之后,重新形成共同性。不要屈从诱惑,把文学变成新的论坛,不要将文学与政治混同起来……而是给予文学一个机会,令它还有可能融入现实,迎接夏尔称之为"共同的在场"的东西,也就是对诗性真实的分享,把它作为靠近"缺席的民族"的一种可能性,尽管这种"共同的在场",我们可能只能在"闪电"中瞥见,只能看到碎片,永远无法看到它完全实现。

战后,文学呈现了一副悲观主义面孔,人们只能期待文学本能地成为世界末日中的火焰,期待文学呼唤大规模民众运动,以宣告时代的终结,呼唤某种最后的"耶稣重生",令文学的终结也成为共同体的终结。共同体的否定本质在令我们远离共同体传统定义的同时,实际上也开启了"无用的共同体""未完成的共同体"的时代,换句话说,开启了未来的共同体,也就是"来临中的共同体"的独一无二的配置。因此,布朗肖、米肖、夏尔的作品是在我们业已失去共同体的背景上思考历史的,虽然在这一点上,他们采取的立场彼此有别。布朗肖在深受最后审判和世界末日事件的困扰中写就了作品,而对米肖和夏尔来说,对共同体灾难的再现成为"一种急迫性的隐喻",一种"自我解放"的时间,正如德吉说的那样[1]。

因此,在布朗肖笔下,共同体再也无法被视为一种"牧歌"或乌托邦,而是要将其放置于毁灭与混沌的背景中,作为一个时间之外的世界,而人类共同体的未来全在于与这个世界的斗争结果。悖谬的是,布朗肖还是预言了人类在灾异之上的重生。

反过来,米肖笔下的世界末日摆脱了宗教涵义,表达了我们反映那个威胁着我们的现实的能力。世界末日引发了某种恐惧,会推动我们去行动,去反抗历史决定论。与之相关的,这一虚构的人类起源形象装点着灾异的否定符号,不再试图去弥补伟大神话的消失留下的空洞。恰恰相反,历史时间与人类神话历史之间的对峙使得我们有可能反过来向人类投去一种全新的目光,同时将没有被很好去魅以及可能没有被很好辨识的魔鬼驱除,这些魔鬼"在人类面前始终占据着上风"[2]。这一特殊环境、这一"末世论语调"[3]的延长只能加深人与世界之间的裂痕。此外,这种延长也与诗歌的复兴不相容。诗歌已被埋葬的主题实际上是《愤怒与神秘》最初几首诗歌中的主旋律。诗人在诗歌中将自己比喻成"山脉的囚徒"、处于"淡红色的昏睡"[4]状态中的凤凰,但却在他周围,在同伴的勇气中,在"颤抖的、无拘无束的杏仁"中,看到了不要"消灭那极度瘦弱的燕群崇高的安逸"[5]的确定

---

1 Michel Deguy, *L'Impair, op. cit.*, p. 219.
2 Michel Deguy, *Raison poétique, op. cit.*, p. 221.
3 *Cf.* Jacques Derrida, *D'un certain ton apocalyptique adopté naguère en philosophie, op. cit.*
4 夏尔:《拒绝之歌》,《愤怒与神秘》,第45页。
5 夏尔:《同这类人一起活着》,《愤怒与神秘》,第40页。

性，看到了大地不会死亡、诗人很快会开始说话的确定性。"不顾消失的渴望，我早已在等待中慷慨地挥洒英勇的信仰。从未放弃。"[1]

以布朗肖、米肖尤其夏尔为代表的战后文学，其关键问题似乎在于承担某种断裂：不仅是走出历史困境的意志，还有走出从此以后与人类共同体的再现不可分割的虚无主义的意志。

因为，如果说战后的一代人被粗暴地重新拉入历史，事实上被逼入某种"有关历史性的文学"[2]，我们也可以思考在历史之外，在艾吕雅所说的"即刻的生活"中，在一个格拉克所说的"历史几乎不咬钩的"世界，在一个人类无须考虑介入与行动的世界，文学能否更为合法地拥有自己的位置。马尔罗曾想象这样一个世界，它已进入堕落与无可挽救的崩塌进程，有着命运一般无法逃避的冷酷的历史，作为"困扰与噩梦"[3]的历史将人简化为他的战斗者功能，简化为"无法控制的行动主义"，生活在死亡的焦虑中。反过来，夏尔试图避开历史所代表的"狡猾的命运"，揭去历史覆盖于我们生活之上的"丧事的面纱"，抛开"不识字的插话"，在人类时间的维度上减少历史的分量。战争一结束，夏尔就投入到这一斗争中，鼓励自己与同伴"不要浪费根本的时刻"，要"尽快将历史的价值归还给处于相对性之中的人类生活这一奇迹"。格拉克在《为什么文学呼吸困难》中呼应了夏尔的言论：他在文中提到要重新赋予诗性以某种声音，重新赋予"每天每一分钟都在人与承载着人的世界之间缔结"[4]的关系——夏尔将其称为"婚姻关系"——以某种意义和分量，以便说服我们，世界并非人们认为的那么"不友好"，"那么封闭，如人们说的那样，陌生得那

---

1 夏尔：《拒不合作》，《愤怒与神秘》，第35页。
2 *Cf.* Julien Gracq, *Pourquoi la littérature respire mal, op. cit.*, p. 97.
3 *Cf.* Julien Gracq, *Pourquoi la littérature respire mal, op. cit.*, p. 97.
4 *Cf.* Julien Gracq, *Pourquoi la littérature respire mal, op. cit.*, p. 97.

么彻底"。

如果说1950年代的文学，无论是马尔罗的小说还是萨特的小说，甚至新小说，都见证了对人、对我们所生活的世界所持的赞同态度的普遍后撤，我们可以思考文学是否更应该与这个"充满悲剧性的"[1]世界和解。存在主义文学实际上是一种抗争与恶心的文学，围绕它升起一种人类的形而上形象，在一个荒诞的、沉重的、没有上帝的宇宙中成长，再也不相信进步。萨特的世界尤其如此，与他同时代人一样，这也是一个无神论的世界，上帝不再赋予人类行动以意义和方向，这还是一个没有价值的世界，将人类投入慌乱不安和某种被遗弃感中。诚然，被遗弃后的第一阵焦虑反应过后，人发现了新的自由，也就是赋予自己的存在以某种意义的能力，但存在主义小说只呈现了一个荒诞的、令人抵触的世界，一个冰冷的世界，这个世界带给人的，只有一种与世界切断联系、无法与其对话的不可补救之感。在这个世界，人常常被囚禁于狭窄的个人边界之内，只能将他人看成充满暴力和敌意的异质性。

可能从某种程度上说，文学因为萨特而继续与哲学保持着亲近关系，可能它在尝试从整体上反思人类生存条件之时，具有了一种形而上的普遍价值，一种更为庞大的野心。但它仍然被困在一种对世界的虚无主义认识之中，在此"幸福不再涌现"，如同夏尔所言。更可取的，难道不是如夏尔期望的那样，与"一个没有年岁、始终博爱友好的世界的强大力量"重建联系吗？如果在一个世界中，人类过着借来的生活，四处流浪，感到与自己的根基断了联系，对这样一个世界，我们还能有什么期待呢？

1　*Cf.* Julien Gracq, *Pourquoi la littérature respire mal, op. cit.*, p. 97.

战争确实深刻影响了 1940—1950 年代的文学。战争不仅出现在作品中，尤其还推动这一时期的作家去重新思考文学与诗歌的问题，并将这一问题与某个新的现实原则、一些更为人性的考虑和某种交际性的新要求相关联。它深刻地改变了自己的重心。

尤其是，二战后一代人的悲观主义世界观在政治意识形态失败的支撑下，促成了一切乌托邦信仰的垮台。无论宗教的、政治的还是诗性的，乌托邦从此以后被等同于幻觉，等同于集体神秘化。假使存在共同体，它也只能在此时此地是可以设想的，没有一点含混性。世界不再从隐藏的意义中获得存在的理由，诗歌只有依赖一种新的现实原则，才能重建与世界的联系。

米肖的世界的确类似反乌托邦，是一个"因不适或某个可怕的真相而沉重的噩梦"[1]世界，人在这个世界直面他可怕的生存条件。《考验，驱魔》不仅仅是对德国占领法国的见证，也不仅仅是对西方文明的一种清醒的批评，而是在想象中对人类历史的一种神话式重构：在历史突发事件中，在人类过早蜕化的迹象中，米肖看到的与其说是人类衰败的先兆，与其说是某种决定论的证据，不如说是前后相继的文明的重量，是人类的延续性，以及我们的罪过的重担。最终，通过驱魔，米肖的目的不是寻找逃离现实的方法，而是增加自己的清醒程度。米肖的现实主义实际上无法与反讽分开，也就是说无法与某种制造距离的尖刻嘲讽形式分开，这一形式漫画式地嘲讽了人类的缺点及其卑劣性。如果说他的现实主义如同皮康（Gaétan Picon）所说的那样是"无情的"，那是因为想象力为我们提供了"行动自由"[2]，总之就是积极抵抗的途径，以及无穷无尽的能量，而人类的行动却是有限

1　Henri Michaux, «La liberté d'action», in *La vie dans les plis, op. cit.*
2　Gaétan Picon, *Panorama de la nouvelle littérature française*, Paris, Gallimard, coll. Tel, [1957], 1976, p. 255.

的。"生活中，我们永远无法实现自己的愿望"，"以诗歌作为力量"却相反，能够避开行动的道德、政治或物理界限。

这种现实原则也出现在夏尔诗歌的中心。《愤怒与神秘》是在战争期间，在某种真实的恐怖背景下写成的，夏尔认为它们"受事件影响太深"，无法摆脱"摹仿"，但它们仍然见证了某种真正的清醒。无论诗人本意如何，游击队员的痛苦，对死亡、暴力与残酷的日常体验，这些都将他与某种残酷的现实联系起来，后者中断了一切幻想，甚至中断了想象的可能性。当这一有关存在的现实主义被推至令人恶心的程度时，它揭示出一些互不相容的特征：被归结为"阴郁的那喀索斯主义"的抒情性与战争回忆之间的不相容；有关人类残酷性的可怕真相与诗歌幻想之间的不相容；最后还有行动的要求与诗歌至高无上地位之间的不相容。随着诗集的展开，如果说战争在夏尔的诗歌中注入了一种新的现实原则，那么它也在此汲取了养分，得以构建某种"反恐怖"，那就是我们对存在的永恒依恋，我们觉察到存在于每时每刻的具体、坚实、物质性的在场，这一觉察为我们修复了人类生活的诗性。

但是，战争也唤醒了文学，去满足某种更为广泛的交际性要求。诗歌，米肖和夏尔的诗歌走出了被理解为主体性之表达的抒情性，因为文学的关键问题不再完全与之前相同。因为"痛苦"[1]不再仅仅是个人的痛苦，而是整整一代人的痛苦；因为诗人必须超越他的时代，以便改变时代、预想未来；因为诗人试图解决的问题是所有人的问题[2]，因为反过来，诗人所追寻的——正如夏尔重申的那样——无法"被众

---

[1] 参见杜拉斯：《痛苦》，2012 年。
[2] 萨特：《什么是文学？》，见《萨特文学论文集》，第 223 页。

人发现"[1],因为诗歌的真理永远是惊人的、个体的,而1950年代的诗人必须找到某种共同的诗歌的调子,重新找到读者关心的问题。

因此,米肖的抒情性是一种战斗的抒情性。他的诗歌是一种打击的诗歌,是一种施为性诗歌,其效力在于去除"我"的冷漠,是主体以及整个一代人的反抗表达。以一种意味深长的方式,《考验,驱魔》中的视角变得更为普遍。某个声音覆盖了"我"的声音,一个没有面孔、不再属于任何主体的匿名声音,一个先知般的声音,它预言了人类共同体的命运,仿佛主体的命运从此以后与所有人的命运紧紧相连。这样做的同时,米肖从西方式悲怆、从共同体抒情性、从集体话语的嘈杂声、从某种本质上因循守旧的话语中解脱,这一话语令"我"的声音窒息,令"我"失去身份,抹平了"我"的同类之间的身份差异。在呼唤诗歌接受者时,米肖尝试与他的读者建立联系,以弥补人类共同体解体的缺憾。通过《圣经》和神话,米肖找回了整个文明的过去,找回了某种人道主义的普世性诗歌的语调。经验主体的历史、其同代人的真正历史转向某种神秘时间,而历史的偶然似乎重新生产出继承自其他时间的古老模式。

夏尔与米肖一样,也专注于从整体上表现人类命运。他的诗集《愤怒与神秘》体现了某种明显的撤退,主体性隐身于复数的"我们"之后,也就是给予这些诗歌以灵感的游击队共同体之后,有时又隐身于一个难以确定身份的无人称的"他"之后。同样地,以题献或呼语形式体现的接受者的持续在场,某些诗歌中的警句与普遍形式,都表达了夏尔想要把某种太过个人的痛苦转化为普遍悲剧的意愿,总之就是想要摆脱唯我论,创造一种诗歌,为所有游击队员——这些"不可磨灭的友伴"做见证,并由此具备普遍的诗性回响。战争在很多层面

---

1 René Char, *Recherche de la base et du sommet, op. cit.*, p. 42.

确实会令个性泯灭，它迫使诗人陷入匿名状态，落入诗歌的沉默，转入地下活动。然而，从更普遍角度说，诗歌被视作从单数向复数的过渡。诗歌这一始终是单数的、个体的行动总是会融入大多数人的意识，正如布朗肖在《火的部分》中写的那样，它最终成功将"最独特、最隐秘、最不具公共意义的情感"[1]变为一种普遍的肯定。它成功将最无法交流的情感转变成美学愉悦，由此恢复了最私密的记忆的力量与持久性。

因此，共同体从双重意义上进行了抵抗，抵抗所指体系的崩塌，抵抗集中营的考验。对于经受这一考验的人来说，它揭示了另一个从前的共同体，无法被等同于二战的刽子手们所倚仗的共同体，有能力在这些刽子手死后继续存在，证明某种最初的、原始的互助情感的存在。

我们的角色在于施加影响，好让新鲜、肥沃之线不离开土地，不通向最终的深渊。同时，与美恢复联系，自己感受到痠痛并挨打，反击并消失，这些行动并非互相排斥。[2]

因此，共同体的真理在别处……它存续下去的机会有多少？面对大声叫嚷共同体终结的话语，诗歌能做些什么？面对某种空洞的超验性，诗歌又能做些什么？

诗歌带给我们对现时的清晰意识，在人与人之间创造联结的欲望，这一联结将会在其作者、在其他所有人消失之后继续存在。如果

---

1 Maurice Blanchot, *La Part du feu*, *op. cit.*, p. 311.
2 René Char, «Billet à Francis Curel», in *Recherche de la base et du sommet*, *op. cit.*, p. 18.

说令诗人萌发战胜死亡的意志的，是抵抗运动者每天为了让同志不白白牺牲而付出的努力，那是因为死亡反向赋予了生活以意义，向我们传达了生命还在继续的感觉。死亡成为一个悖论点，从这一点出发，共同体得到思考；死亡是无法言说、无法认识尤其无法分享的经验，但它却是必有一死者的共同体的共同基础，是最独特然而最具共同性的东西。因为死亡，我们以为找到了共同体的共同性，所有人所共有的东西，然而我们找到的，并非共同体存在的形而上或本体论证据，而是我们的极限，以及未知。可能死亡无法聚拢大众，可能死亡无法赋予我们的存在以意义，但经历他人的死亡至少会将我们驱赶出"我们个体的狭隘性"，正如巴塔耶所说的那样。诗歌恰恰能够僭越这种极限。拉斯科在 1940 年被发现，这一事件对夏尔和布朗肖来说意味着某种反黄金时代，但也是一个绝对的开端：对死亡的突然意识，以及通过艺术僭越这种极限的可能性。

参考书目

莫里斯·布朗肖（MAURICE BLANCHOT）的作品：小说和理论

Thomas l'obscur, Paris, Gallimard, 1941.
(《黑暗托马》，林长杰译，南京大学出版社，2014 年。)
Aminadab, Paris, Gallimard, 1942.
(《亚米拿达》，郁梦非译，南京大学出版社，2016 年。)
Le Très-Haut, Paris, Gallimard, 1948 ; réédité, coll. L'imaginaire, 1988.
(《至高者》，李志明译，南京大学出版社，2016 年。)
L'Arrêt de mort, Paris, Gallimard, 1948 ; réédité, coll. L'imaginaire, 1977.
(《死刑判决》，汪海译，南京大学出版社，2014 年。)
La Part du feu, Paris, Gallimard, [1949], 2001.
Thomas l'obscur, nouvelle version, Paris, Gallimard, 1950 ; réédité coll. L'imaginaire, 1992.
« La Bête de Lascaux », *La Nouvelle Revue française*, n° 4, avril 1952, p. 684–693 [repris dans René Char, n° 15, coll. Cahier D. Fourcade (dir.), Paris, L'Herne, 1971, p. 71–77 ; réédité, Saint-Clément-de-Rivière, Fata Morgana, 1982.
L'Espace littéraire, Paris, Gallimard, 1955 ; réédité, coll. Folio-essais, 1988
(《文学空间》，顾嘉琛译，商务印书馆，2003 年。)
Le Livre à venir, Paris, Gallimard, 1959 ; réédité, coll. Folio essais, 1986.
(《未来之书》，赵苓岑译，南京大学出版社，2015 年。)
L'Entretien infini, Paris, Gallimard, [1969], 1986.
(《无尽的谈话》，尉光吉译，南京大学出版社，2016 年。)
L'Amitié, Paris, Gallimard, [1971], 2001.
Le Pas au-delà, Paris, Gallimard, 1973.

L'Écriture du désastre, Paris, Gallimard, 1980.
(《灾异的书写》,魏舒译,吴博校译,南京大学出版社,2016 年。)
Après coup, précédé par le Ressassement éternel, Paris, Minuit, 1983.
La Communauté inavouable, Paris, Minuit, 1983.
(《不可言明的共通体》,夏可君、尉光吉译,重庆大学出版社,2016 年。)
Pour l'amitié, Tours, Farrago, 2000.
Écrits politiques 1953–1993, Paris, Gallimard, coll. Les cahiers de la NRF, 2008.

关于莫里斯·布朗肖的评论性书目选

本评论性参考书目按照时间顺序展现专门针对布朗肖的小说或所涉问题的研究,尤其是专门研究布朗肖的期刊的编号。

评论性文章和随笔在前,然后是按照时间顺序列出的特殊期刊的编号:

ANTONIOLI Manola, *L'Écriture de Maurice Blanchot : fiction et théorie*, Paris, Krimé, 1999.

BATAILLE Georges, « Le bonheur, l'érotisme et la littérature » [discussion de *Lautréamont et Sade* de M. Blanchot], Critique, 35–36, 1949, p. 291–306 et 36, p. 401–411 ; repris in Œuvres complètes, vol. XI, Paris, Gallimard, 1988, p. 434–460.

—, « Silence et littérature », *Critique*, n° 57, fév. 1952, p. 99–104.

—, « Ce monde où nous mourons », *Critique*, n° 123, 1957, p. 675–684.

BELLOUR Raymond, « Blanchot : solitude de l'œuvre », *Magazine littéraire*, n° 290, 1991, p. 43–47.

BENJAMIN Andrew, "Figuring Self: Identity: Blanchot's Bataille", in *Other Than Identity: The Subject, Politics and Art*, Juliet Steyn, Manchester, Manchester University Press, 1997, p. 9–31.

BIDENT Christophe, « Le Secret Blanchot », *Poétique*, 25 : 99, sept. 1994, p. 301–320.

—, *Maurice Blanchot : partenaire invisible*, Paris, Champ Vallon, 1998.

CIXOUS Helene, *Readings: The Poetics of Blanchot, Joyce, Kafka, Kleist,*

Lispector, and Tsvetayeva, ed., tr. & intr. Verena Andermatt Conley, Minneapolis, University of Minnesota Press, 1991.

—, "Blanchot, the Writing of the Disaster", in *Readings*, Hamel Hempstead, Harvester, 1992, p. 19–27.

CLARK Timothy, *Derrida, Heidegger, Blanchot: Sources of Derrida's Notion and Practice of Literature*, Cambridge, New York, Cambridge University Press, 1992.

COLLIN Françoise, *Maurice Blanchot et la question de l'écriture*, Paris, Gallimard, [1971], 1986.

—, « Poétique. De Maurice Blanchot à Hannah Arendt », Cahier du Collège international de Philosophie, n° 5, avril 1988.

DAVIES Paul, "Difficult Friendship", *Research in Phenomenology*, n° 18, 1988, p. 149–173.

DERRIDA Jacques, *Demeure : Maurice Blanchot*, Paris, Galilée, 1998.

—, *Parages*, Paris, Galilée, 1986.

GREGG John, *Maurice Blanchot and the Literature of Transgression*, Princeton, Princeton University Press, 1994.

—, MELVILLE Stephen, "Maurice Blanchot and the Literature of Transgression", in *Modern Philology*, 94: 2, 1996.

FITCH Brian T., *Lire les récits de Maurice Blanchot*, Amsterdam-Atlanta, Rodopi, 1992.

FOUCAULT Michel, *La Pensée du dehors*, Saint-Clément-de-Rivière, Fata Morgana, 1986.

FRIES Philippe, *La Théorie fictive de Maurice Blanchot*, Paris, L'Harmattan, 1999.

HESS Deborah M., *Politics and Literature: The Case of Maurice Blanchot*, New York, Peter Lang, 1999.

HILL Leslie, *Blanchot: Extreme Contemporary*, Londres, Routledge. 1997.

—, *Bataille, Klossowski, Blanchot: Writing at the Limit*, Oxford, Oxford University Press, 2001.

HOEM Sheri I., "Community and the 'Absolutely Feminine' (Georges Bataille: An Occasion for Misunderstanding)", *Diacritics*, 26: 2, summer 1996, p.49–58.

HURAULT Marie-Laure, *Maurice Blanchot : Le principe de fiction*, Paris, Presses universitaires de Vincennes, 1999.

IYER Lars, "Born With the Dead. Blanchot, Friendship, Community", in *Angelaki: Journal of the Theoretical Humanities*, 5/3, 2000, p. 30-50.

—, "The Sphinx's Gaze. Art, Friendship and the Philosophical in Blanchot and Lévinas", *Southern Journal of Philosophy*, XXXIX/2, 2001, p. 89-106.

—, "Blanchot's Communism", *Contretemps, an Online Journal of Philosophy*, 2, May 2001, p. 59-73.

KLOSSOWSKI Pierre. *Un si funeste désir*, Paris, Gallimard, 1963.

KOFMAN Sarah, *Paroles suffoquées*, Paris, Galilée, 1987.

KÖPPEL Peter, *Die Agonie des Subjekts: Das Ende der Aufklärung bei Kafka und Blanchot*, Wien, Passagen Verlag, 1991.

LAPORTE Roger, *Maurice Blanchot : l'ancien, l'effroyablement ancien*, Saint-Clément-de-Rivière, Fata Morgana, 1987.

—, *Études : Blanchot, Celan, Char, Derrida, Des Forêts*, Paris, POL, 1990.

—, *À l'extrême pointe : Bataille et Blanchot*, Saint-Clément-de-Rivière, Fata Morgana, 1994.

LÉVINAS Emmanuel, «Emmanuel Lévinas parle de Blanchot», *La Quinzaine littéraire*, n° 115, 1-15 avril 1971, p. 14-15.

—, «Sans identité», in *Humanisme de l'autre homme*, Saint-Clément-de-Rivière, Fata Morgana, 1972, p. 83-102.

—, *Sur Maurice Blanchot*, Saint-Clément-de-Rivière, Fata Morgana, 1975.

LIBERTSON Joseph, "Proximity and the Word: Blanchot and Bataille", *SubStance*, n° 14, 1976, p. 35-49.

—, *Proximity: Lévinas, Blanchot, Bataille, and Communication*, The Hague, Martinus Nijhoff, 1982.

LISSE Michel, «Écrire après Auschwitz ? Maurice Blanchot et les camps de la mort», *Les Lettres romanes*, 1995, p. 121-138.

MADAULE Pierre, *Une tâche sérieuse ?*, Paris, Gallimard, 1973.

MADDER Clive, "Blanchot's Neutral Space: A Negative Theology?", *Pacifica: Journal of the Melbourne College of Divinity*, 9: 2, 1996, p.175-185.

MAULNIER Thierry, « Note de lecture sur Aminadab », in *L'Action française*, 26 nov. 1942.

MASCOLO Dionys, *À la recherche d'un communisme de pensée*, Paris, Fourbis, 1993.

MESNARD Philippe, *Maurice Blanchot : le sujet de l'engagement*, Paris, L'Harmattan, 1996.

MOLE Gary D, *Lévinas, Blanchot, Jabès: Figures of Estrangement*, Gainesville, University Press of Florida, 1997.

PICON Gaétan, « L'œuvre critique de Maurice Blanchot », in *L'Usage de la lecture*, Paris, Mercure de France, 1960, p. 199–238.

POIRIER P., "The Face that is Impossible to Figure – An Unknown Language in Lévinas and Blanchot", in *Études françaises*, 37/1, 2001, p. 99–116.

POULET Georges, « Maurice Blanchot », in *La Conscience critique*, Paris, Corti, 1971, p. 219–232.

ROPARS-WUILLEUMIER Marie-Claire, « Sur le désœuvrement : l'image dans l'écrire selon Blanchot », *Littérature*, n° 94, 1994.

SARTRE Jean-Paul, « *Aminadab* ou du fantastique considéré comme un langage », *Cahiers du Sud*, 1943, p. 255-256. Repris in *Situation I*, Paris, Gallimard, 1947, p. 122–142.

SCHULTE NORDHOLT Anne-lise, *Maurice Blanchot : L'Écriture comme expérience du dehors*, Genève, Librairie Droz, 1995.

SMOCK Ann, "Où est la loi ? : Law and Sovereignty in *Aminadab* and *Le Très-Haut*", *SubStance*, n° 14, 1976, p. 99–116.

STOEKL Allan, *Politics, Writing, Mutilation: The Cases of Bataille, Blanchot, Roussel, Leiris, and Ponge*, Minneapolis, University of Minnesota Press, 1985.

—, "Blanchot, Violence, and the Disaster", in *Auschwitz and After: Race, Culture, and "the Jewish Question" in France*, Lawrence D. Kritzman, New York, Routledge, 1995, p. 133–148.

TODOROV Tzvetan, « Critique et éthique : à propos de Maurice Blanchot » in *Cross-References*, ed. David Kelley & Isabelle Llassera, Leeds, Society for French Studies, 1986.

UNGAR Steven, *Scandal and Aftereffect: Blanchot and France Since 1930*, Minneapolis, University of Minnesota Press, 1995.

WALL Thomas Carl, *Radical Passivity: Lévinas, Blanchot and Agamben,* Albany, SUNY Press, 1999.

ZARADER Marlène, *L'Être et le neutre. À partir de Maurice Blanchot*, Lagrasse, Verdier, 2001.

«Maurice Blanchot», *Critique*, n° 229, Paris, Minuit, juin 1966. Articles de R. Char, G. Poulet, J. Starobinski, E. Lévinas, M. Foucault, P. De Man, F. Collin, R. Laporte.

«Lire Blanchot I», *Gramma*, 3/4, 1976. Articles et textes de P. Rousseau, M. Holland, F. Nef, A. Coulange, J. Derrida, G. Bataille, C. Limousin, C. Grivel, B. Lamizet, G. Le Gaufrey.

«Lire Blanchot II», *Gramma*, 5, 1976. Articles et textes de P. Rousseau, M. Holland, F. Nef, A. Coulange, J. Derrida, F. Collin, C. Limousin, C. Grivel, B. Lamizet, G. Le Gaufrey.

«Blanchot», *Exercice de la patience*, Obsidiane, n° 2, hiver 1981. Études de J. Rolland, H. Valavannidies-Wybrands, J.-P. Téboul, F. Wybrands, M. Deguy, G. Petitdemange, E. Lévinas, E. Jabès, G. Quinsat, A. David, F. Collin, I. Baladine-Hovald, P.-P. Jandin, G. Romeyer-Dherbey, J.-M. Rabaté.

«Maurice Blanchot: l'éthique de la littérature», *L'Esprit créateur*, XXIV, n° 3, 1984. Articles de A. Leupin, A. Smock; M. Canto, K. Ross, T. Corn, J. Humphries, A. Bush.

«Maurice Blanchot», *Lignes*, n°11, Sept. 1990. Articles de R. Laporte, C. Rabant, P. Madaule, M. Surya, D. Dobbels, G. Stratton, L. Kaplan, J.-N. Vuarnet, F. Marmande, E. Tibloux, P. Mesnard, P. Madaule, R.-L. des Forêts, D. Mascolo, etc.

«Maurice Blanchot», *Ralentir Travaux*, n° 7, hiver 1997. Textes et articles de C. Cavafis, D. Grandmont, M. Petit, R. Char, D. Mascolo, M. Nadeau, P. Banki, C. Bident, D. Cahen, B. Desportes, D. Dobbels, P. Fedida, C. Halsberghe. R. Laporte, D. Rabaté, J.-L. Nancy, P.-A. Villemaine, M. Ziegler.

«Maurice Blanchot», *L'Œil de bœuf*, 14/15,1998. Articles et témoignages de P.

de Sinety, D. Cahen, P. Auster, C. Bident, H. Cixous, M. Deguy, L.-R. des Forêts, E. Jabès, E. Lévinas, P. Madaule, D. Mascolo, J-M Maulpoix, E. Morin, J.-L. Nancy, C. Roy, A.-L. Nordholt, A. Smock, R. Stamelman, J. Derrida, O. Cariguel.

"Law, death, community", *Yale French Studies*, n° 93, 1998. Articles of T. Pepper, J. Svenson, Hent de Vries, J.-P. Madou, D. Rabaté, M. Syrotinski, D. Hollier, S. Critchley, A. Banfield, L. Huffler, D. R Ellison, T. Shestag, H.-J. Frey.

"Maurice Blanchot", *Furor*, n° 29, September, 1999. Articles of L. Jenny, P. Pachet, V. Kaufmann, D. Rabaté, J.-P. Riman, A. Raybaud, D. Hollier, J.-P. Duso-Bauduin, P. Lombardo, C. Bident, D. Wilhem.

« Maurice Blanchot », *Revue des Sciences humaines*, 245, janv-mars, 1999. Articles de R. Laporte, M. Holland, F. Bremondy, P. Madaule, G. Stratton, F. Dominique, R. Major, P ; Alféri, C. Bident, M. Cohen, L. Hill, A. Hosny, P. Lacoue-Labarthe, I. Maclachan, J.-L. Nancy, X. Prévost, P.-A. Villemaine.

亨利·米肖（HENRI MICHAUX）的作品

« Chronique de l'aiguilleur », in *Écrits du Nord*, 1, Paris-Bruxelles, novembre 1922, p. 25–29.

Fables des origines, Bruxelles, Disque vert, 1923.

« Quelque part quelqu'un », *NRF*, 301, oct. 1938, p. 574–580.

Épreuves, exorcismes, Paris, Gallimard, [1945], coll. Poésie, 1988.

Ici, Poddema, Lausanne, H.L. Mermod, 1946.

La Vie dans les plis, Paris, Gallimard, [1950], coll. Poésie, 1989.

Passages, (1937–1963), Paris, Gallimard, 1950, coll. L'Imaginaire, [1963], 1998.

Face aux verrous, Paris, Gallimard, [1954], nouv. éd. revue et corrigée, 1967.

Misérable miracle, Monaco, Rocher, 1956, nouv. éd. revue et corrigée, Paris, Gallimard, 1972.

Ailleurs : Voyage en Grande Garabagne ; Au pays de la magie ; Ici, Poddema, Paris, Gallimard, [1948], nouv. éd. revue et corrigée, coll. Poésie, 1986.

Ecuador, Paris, Gallimard, 1968, nouv. éd. revue et corrigée, 1990.

(《厄瓜多尔》,董强译,上海人民出版社,2009年。)

Façons d'endormi, façons d'éveillé, Gallimard, 1969. Émergences-Résurgences, Genève, Skira, 1972.

Coups d'arrêt, Collet de Buffle, 1975, non paginé. Recueil d'aphorismes daté de 1974. [repris dans *Chemins cherchés, chemins perdus. Transgressions*, Gallimard, 1981.]

Œuvres complètes, t. I, Paris, Gallimard, coll. Bibliothèque de la Pléiade, 1998.

关于亨利·米肖的评论性书目选

本书目按时间顺序呈现专门研究米肖作品的研究。

文章和随笔按照字母顺序排列在前,然后是杂志的特刊。

BAATSCH Henri-Alexis, *Henri Michaux peinture et poésie*, Paris, Hazan, 1993.

BACON Francis, entretien avec David Sylvester, BBC, 1962, in *Derrière le miroir*, Paris, Galerie Maeght, n° 162, nov. 1966.

BÉGUELIN Marianne, *Henri Michaux, esclave et démiurge*, Lausanne, L'âge d'homme, 1974.

BLANCHOT Maurice, *Faux pas*, Paris, Gallimard, 1943, p. 266–267.

—, *Henri Michaux ou le refus de l'enfermement*, Tours, Farrago, 1999.

BROOME Peter, *Henri Michaux*, University of London, The Athlone press, 1977.

—, *Au pays de la Magie*, University of London, The Athlone press, 1977.

BUTOR Michel, *Improvisations sur Henri Michaux*, Saint-Clément-de-Rivière, Fata Morgana, 1985.

CRICKILLON Jacques, « Henri Michaux : ou le bonheur du relégué », *Courrier du Centre international d'études poétiques*, n° 103, 1974.

LAMIOT Christophe, *Eau sur eau, les dictionnaires de Mallarmé, Flaubert, Bataille, Michaux, Leiris et Ponge*, Amsterdam-Atlanta, Rodopi, 1997.

MANSUY Michel, *Études sur l'imagination de la vie*, Paris, Corti, 1970, p. 108–139.

MATHIEU Jean-Claude, « Michaux et le charmeur d'eau », *Versants*, revue suisse de littératures romanes, 1993, n° 24, p. 51–65.

—, «Portrait des Meidosems», *Littérature*, n° 115, sept. 1999.

MARTIN Jean-Pierre, «L'écriture de soi traversée par l'histoire : *Épreuves, exorcismes*, d'Henri Michaux», *RHLF*, 4–5, 1991, p. 619–633.

—, *Henri Michaux, écritures de soi*, expatriations, Paris, Corti, 1994.

—, «Critiques de la raison poétique», in *Poésie de langue française, 1945–1960*, Marie-Claire Bancquart (dir.), Paris, PUF, coll. écriture, 1995, p. 241–274.

MAULPOIX Jean-Michel, *Michaux passager clandestin*, Seyssel, Champ vallon, coll. Champ poétique, 1984.

MAULPOIX Jean-Michel et de LUSSY Florence, *Henri Michaux, Peindre, composer, écrire*, Bibliothèque nationale de France, Paris, Gallimard, 1999.

PICON Gaétan, *Panorama de la nouvelle littérature française*, Paris, Gallimard, 1949, réédité en 1957, puis en 1976, p. 201–209.

—, «Métamorphose de la littérature», *La Table ronde*, mai 1949, n° 17, p. 754–775.

—, *L'Usage de la lecture* (dont le chapitre «Unité et pluralité chez Henri Michaux»), Paris, Mercure de France, 1960, p. 105–120.

REY Marine-P., "Rethinking Poetic Space: Henri Michaux et Edgar Allan Poe", *Romance Notes*, 1996, vol 37, n° 1, p. 109–115.

ROGER Jérôme, *Poésie pour savoir ou la voix de l'essayiste*, thèse de doctorat, Paris 8, Gérard Dessons (dir.), 1996, éditée sous le titre : *Henri Michaux : poésie pour savoir*, Lyon, Presses universitaires de Lyon, 2000.

ROUX Martin, «Henri Michaux. L'Espoir», *La Revue internationale*, oct. 1945, n° 9, p. 249–252.

«Henri Michaux», *L'Herne*, Raymond Bellour (dir.), 1966. Articles et témoignages de M. Hafèz, P. Bettencourt, J.-L. Trassard, J.-L. Borgès, R. Bellour, M. Blanchot, A. Jouffroy, D. Todorova, P. Jaccottet, M. Beaujour, R. Micha, G. Poulet, R. Bréchon, J. Roudaut, G. Lascault, C. Lefort, R. Ellmann, J. Starobinski, R. Bertelé, D.-R. Bienaimé, A. Bosquet, etc.

Promesse, 19–20, numéro spécial, «Henri Michaux», Poitiers, déc. 1967. Textes de J.-L. Houdebine, I. Darrault, M. Deguy, J.-.L Steinmetz, C. Fournet, J.

Kerno.
Liberté 6, numéro spécial consacré à Henri Michaux, Montréal, nov-déc. 1969. Textes de J. Brault, D. Noguèz, G. Marcotte, G.-A. Vachon, J. Laude.

La Quinzaine littéraire, 156, numéro spécial «Henri Michaux», 16 janvier 1973. Articles de G. Picon, E.M. Cioran, C. Mouchard, G. Poulet, A. Fabre-Luce, R. Micha, J.-C. Sempé, B. Collin, J.-P. Attal, R. Dadoun, A. Pieyre de Mandiargues.

L'Esprit créateur, 3, 1986, articles de J.-P. Cauvin, E. Nicole, M. Beaujour, A.M. Caws, R.R. Hubert, L. Edson, R. Sieburth, J. Preskshot.

Passages et langages de Henri Michaux, Actes de la troisième «Rencontre sur la poésie moderne», ENS, juin 1986. Textes réunis par Jean-Claude Mathieu et Michel Collot, Corti, 1987. Articles de R. Dadoun, J. Laurent, M. Collot, J. Colette, M. Mourier, J.-M. Maulpoix, D. Alexandre, S. Meitinger, E. Rabaté, J.-C. Mathieu, M. Tran Van Khai, V. Jamek, A. Raybaud, H. Meschonnic, M. Loreau, J.-L. Steinmetz, P.-J. Founau, M-C Dumas, L. Jenny.

Europe, 698-699, «Henri Michaux», juin-juill. 1987, articles de D. Grange Fiori, R. Bréchon, M. Mourier, S. Jaudeau, J.-P. Giusto, J.-M. Maulpoix, C. Dobzynski, G. Bonnefoi, A. Zanzotto, L. Ray, V. Metzger, J.-C. Mathieu, R. Dadoun, S. Agosti, F. Trotet, Y. Benot.

Méthodes et savoirs chez Henri Michaux, *La Licorne*, UFR Langues et littérature, Poitiers, 1993, n° 25, textes réunis pas G. Dessons. Articles de X. Bordes, G. Dessons, P. Kremer, J.-P. Martin, J.-M. Maulpoix, M. Mourier, B. Ouvry-Vial, J. Roger, J.-L. Steinmetz.

Les Ailleurs d'Henri Michaux, Actes du colloque de Namur, 20-21-22 octobre 1995, Éric Brogniet (dir.), Sources, oct. 1996. Articles de V. Martin-Schmets, Y. Peyré, A. Castillo-Berchenko, B. Ouvry-Vial, C. Roubaud, S. Goraj, G. André-Acquier, J. Guermazi, M. Segarra, J.-P. Martin, A.-E. Halpern, J. Roger, P. Loubier, J.-L. Steinmetz, M. Fondo-Valette, C. Fintz, G. André-Acquier.

Plis et cris du lyrisme, Actes du colloque de Besançon, L'Harmattan, novembre 1995. Articles de J.-C. Mathieu, D. Alexandre, M. Miguet-Ollagnier, C. Van

Rogger-Andreucci, A.-E. Halpern, J.-P. Martin, M. Fondo-Valette. *Ruptures sur Henri Michaux*, textes de Roger Dadoun, Pierre Kuentz, Jean-Claude Mathieu, Claude Mouchard et Maurice Mourier, Paris, Payot, coll. Traces, 1996.

Henri Michaux, Corps et savoir, textes réunis par Pierre Grouix et Jean-Michel Maulpoix, Signes, ENS, éd. Fontenay-St-Cloud, 1998. Articles de C. Mayaux, F. Bianchi, Caroline Dangles, B. Ouvry-Vial, D. Séris, C. Gjørven, P. Gouix, M Sandras, C. Coste, J.-M. Maulpoix, P. Sauvanet, J. Roger, A.-E. Halpern, M. Fondo-Valette, M Hubert, S. Thiry, M. Kober.

勒内·夏尔（RENÉ CHAR）的作品

Seuls demeurent, Paris, Gallimard, 1945.
Le Marteau sans maître suivi de Moulin premier, Paris, Corti, 1945.
Feuillets d'Hypnos, Paris, Gallimard, «L'Espoir», 1946.
Fureur et mystère, Paris, Gallimard, 1948, recueil collectif réunissant *Seuls demeurent, Feuillets d'Hypnos, La Conjuration, Le Poème pulvérisé* et pour, la première fois, *Les Loyaux adversaires* et *La Fontaine narrative*.
(《愤怒与神秘：勒内·夏尔诗选》，张博译，译林出版社，2018年。)
La Fête des arbres et du chasseur, Paris, GLM, 1948.
Le Soleil des eaux, Paris, H. Matarasso, 1949.
Claire, Paris, Gallimard, 1949.
Les Matinaux, Paris, Gallimard, 1950.
À une sérénité crispée, Paris, Gallimard, 1951.
La Paroi et la prairie, Paris, GLM, 1952.
Lettera amorosa, Paris, Gallimard, coll. L'Espoir, 1953.
Arrière-pays du poème pulvérisé, Paris, Jean Hugues, 1953.
Le Rempart de brindilles, Paris, Louis Broder, 1953.
Fureur et mystère, Paris, Gallimard, coll. Poésie, [1967], 1998.
Recherche de la base et du sommet, Paris, Gallimard, coll. L'Espoir, 1955, nouvelle édition coll. Poésie, [1971], 1992.

La bibliothèque est en feu et autres poèmes, Paris, Louis Broder, 1956.
Les Compagnons dans le jardin, Paris, Louis Broder, 1957.
Nous avons, PAB, 1958.
Les Dentelles de Montmirail, Alès, PAB, 1960.
La Parole en archipel, Paris, Gallimard, 1962. Recueil collectif réunissant *Lettera amorosa*, *La Paroi et la prairie*, *Poèmes de deux années*, *La Bibliothèque est en feu et autres poèmes*, et, pour la première fois, « Au-dessus du vent » et « Quitter ».
Retour amont, Paris, GLM, 1965.
Trois coup sous les arbres, Théâtre saisonnier de 1946–52, dont *Sur les hauteurs* (1947), *L'Abominable des neiges* (ballet de 1952), *Claire*, (1948), *Le Soleil des eaux* (1946), suivi d'une postface « Pourquoi le "Soleil des eaux" », *L'Homme qui marchait dans un rayon de soleil* (1949), *La Conjuration*, (ballet de 1946), Paris, Gallimard, 1967.
Dans la pluie giboyeuse, Paris, Gallimard, 1968.
Le Nu perdu, Paris, Gallimard, 1971.
(《遗失的赤裸》，何家炜译，人民文学出版社，2020年。)
Chants de la Balandrane, Paris, Gallimard, 1977.
Œuvres complètes, Paris, Gallimard, coll. Bibliothèque de la Pléiade, 1983.

关于勒内·夏尔的评论性书目选

本参考书目根据莱恩纳（L'Herne）参考书目（1971）对最早的一些文章和书籍进行了汇编。文章和随笔按照字母顺序排列在前，然后是期刊的特刊。

BATAILLE Georges, « René Char et la force de la poésie », *Critique*, octobre 1951.

—, « Lettre à René Char sur les incompatibilités de l'écrivain », *Botteghe oscure*, quaderno VI, 1951.

—, « Lettre à René Char sur les incompatibilités de l'écrivain », in *René Char*,

Cahier de L'Herne, n° 15, Paris, 1971, p. 31-39.

BLANCHOT Maurice «René Char», *Critique*, oct. 1946, repris dans *La Part du feu*, Paris, Gallimard, 1949.

—, «La Bête de Lascaux», Nouvelle NRF, avril 1953.

—, «René Char et la pensée du neutre» et «Parole et fragment», in *L'Entretien infini*, Paris, Gallimard, 1969.

BOUGAULT Laurence, «Georges Bataille et René Char, "alliés substantiels"?», *Les Temps Modernes*, n° 602, janv-fév. 1999.

CASTELLIN Philippe, *René Char, Traces*, Paris, Les Éditeurs Évidant, 1989.

CAWS Mary-Ann, *The Presence of René Char*, Princeton, Princeton U. P., 1976.

—, *L'Œuvre filante de René Char*, Paris, Nizet, 1981.

GUÉGAN Gilles, «Pour une lecture de Rougeur de Matinaux», in *Études françaises*, Montréal, Québec, n° 8, 1972.

GUERMÈS Sophie, «René Char: l'essentiel et l'inaccompli», *Nouvelle Revue française*, Paris, nov. 1991.

MATHIEU Jean-Claude, «Le poète renaît char», *Corps écrit* n° 8, décembre 1983.

—, *La Poésie de René Char ou le Sel de la splendeur*, t. I, «La traversée du surréalisme»; t. II «Poésie et résistance», Paris, Corti, 1988.

PICON Gaétan, «René Char et l'avenir de la poésie», *Fontaine*, nov. 1947, repris in *L'usage de la lecture I*, Mercure, 1960.

RICHARD Jean-Pierre, «René Char ou la contradiction résolue», *Critique*, août-sept.-oct. 1962, repris in *Onze études sur la poésie moderne*, Paris, Seuil, 1964.

ROUDAUT Jean, «Les territoires de René Char», in René Char, *Œuvres complètes*, Paris, Gallimard, coll. Bibliothèque de la Pléiade, 1983, p. 10-61.

STAROBINSKI Jean, «René Char et la définition du poème», in *Courrier du Centre international d'études poétiques*, n° 66, 1968.

VOELLMY Jean, *René Char ou le mystère partagé*, Seyssel, Champ vallon, coll. Champ poétique, 1989.

«René Char», L'Arc, n°22, Aix-en-provence, été 1963. Études de J. Beaufret, M. Blanchot, G. Blin, G. Bounoure, G. Poulet, Y. Battistini, H. Ciocchini,

J. Dupin, J. Grenier, C.-A. Hackett, J.-B. Lanes, R. Ménard, G. Mounin, F. Wurm.

«Hommage à René Char», Liberté, Montréal, Juillet-août 1968, articles de J.-G. Pilon, J. Brault, J. Starobinski, P Chappuis, R. Marteau, P. Chaulot, H. Mozer, G. Marcotte, G. Mounin, Y. Battistini, J. Laude, D. Fourcade, J.-J. Morvan, E. Mora, F. Verhesen, M. Seguin, P. Aspel, P.-A. Benoît.

«René Char», L'Herne, n° 15, D. Fourcade (dir.), 1971. Articles et témoignages de Saint-John Perse, D. Fourcade, Y. Battistini, V. Sereni, R. Munier, A. Reinbold, P. Bigongiari, W.-C. Williams, F. Mayer, J. d'Astier, S. Gaulupeau, G. Lély, G. Roux, M. Blanchot.

"Focus on René Char", World Literature Today, summer 1977. Articles of I. Ivask, P. Caws, H. Peyre, C.-A. Hackett, M.J. Worton, J.-R. Lawler, A. Balakian, P. Aspel, J. Gaudon., (Mary. Ann) Caws, L.-C. Breunig. René Char, SUD, revue bimestrielle, Actes de colloque de Tours, D. Leuwers (dir.), 1984. Articles de P Aspel, M.-P. Berranger, J. Bessière, M. Bishop, J. Burgos, M.-A. Caws, J.-Y. Debreuille, M Decaudin, Y.-A. Favre, J.-C. Gateau, B. Gelas, J. Geninasca, D. Jaquet, R. Jean, R. Kochmann, H. Labrusse, R. Lamboley, J.-P. Madou, A. Manka, B. Marchal, J.-C. Margolin, J.-C. Martin, A. Mercier, A. Mingelgrun, P. Née, G. Nonnenmacher, J. Onimus, J. Pénard, R. Riese-Hubert, J.-L. Steinmetz, J. Voellmy, J. Zuppa.

«René Char», Europe, [Paris], n° 705–706 (janv.-févr.), 1988. Articles de D. Leuwers, D. Gascoyne, P. Handke, Y. Ritsos, A. Balakian, N. Stéphane, F. Han, V. Metzger, R. Juarroz, F. A. Jamme, V. Sereni, C. Dobzynski, P. Bigongiari, L. Ferrieu, A. Velter, G. Mounin, D. Bergèz, F. Dastur, M. Bishop.

René Char, La Licorne, UFR de lettres et de langues de l'université de Poitiers, articles de Daniel Leuwers, Jean Voellmy, Lucienne Cantaloube-Ferrieu, 1987.

René Char, Fureur et mystère, Les Matinaux, actes de la journée René Char du 10 mars 1990/textes recueillis et présentés par Didier Alexandre, Presses de l'École normale supérieure, 1991. Articles de G. Nonnenmacher, P. Plouvier, J.-C. Mathieu, E. Marty, M. Sacotte, J.-C. Gateau, P. Née, C. Dupouy, M. Bishop, A. Raybaud, D. Alexandre.

René Char 10 ans après : actes du colloque du 21 mars 1998 à l'université de Paul Valéry, Montpellier III, textes réunis par Paule Plouvier, L'Harmattan, 2000. Articles de M. Collot, J.-C. Mathieu, D. Alexandre, P. Plouvier, C. Van Roger Andréucci, C. Dupouy, P. Née, C. Coquio, V. Jeanne Michel, R. Ventresque, P. Quillier, etc.

总参考书目

1930 年代共同体概念的重新兴起

BRASILLACH Robert, *Notre avant-guerre : mémoires*, Paris, Librairie générale française, 1992.

BÉGUIN Albert, « Le néopaganisme allemand », in *La Revue des deux Mondes*, 15 mai 1935.

CRÉMIEUX Benjamin, *Inquiétude et reconstruction. Essai sur la littérature d'après-guerre*, Paris, R.A. Corrêa, 1931.

DUMÉZIL Georges, *Mythes et Dieux des Germains*, Paris, Gallimard, 1939.

HALÉVY Daniel, *Décadence de la liberté*, Paris, Grasset, 1931.

JOUVENEL Bertrand de, *Après la défaite*, Paris, Plon, 1941.

—, *D'une guerre à l'autre*, t. I, De Versailles à Locanno. Paris, Calmann-Lévy, 1940 ; t. II, La décomposition de l'Europe libérale (oct. 1925 – jan. 1932), Paris, Plon, 1941.

LOUBET DEL BAYLE Jean-Louis, *Les Non-Conformistes des années trente*, Paris, Seuil, 1969.

MAULNIER Thierry (pseud. de Talagrand Jacques), *Au-delà du nationalisme*, Paris, Gallimard, 1938.

MAXENCE Jean-Pierre, *Demain la France*, Paris, Grasset, 1934.

MILZA Pierre, *Les Fascismes*, Paris, Seuil, coll. Points histoire, 1991.

MOUNIER Emmanuel, *Liberté sans condition*, Paris, Seuil, 1946.

—, *Révolution personnaliste et communautaire*, Paris, Aubier, 1935.

—, *Qu'est-ce que le personnalisme ?*, Paris, Seuil, 1947.

NAVILLE Pierre J.-A. BOIFFARD, *Introduction à la révolution et les intellectuels*, Paris, Gallimard, 1975.

NIZAN Paul, *Chronique de septembre*, Paris, Gallimard, 1978.

QUENEAU Raymond, *Journal 1939–1940*, Paris, Gallimard, 1986.

ROCHE Gérard, «Les Avant-gardes dans l'entre-deux-guerres», in *Intellectuels engagés d'une guerre à l'autre*, Les Cahiers de L'IHTP, Cahier n° 26 mars 1994.

ROUGEMONT Denis de, *Journal d'un intellectuel au chômage*, Paris, Albin Michel, 1937.

STERNHELL Zeev, *Ni droite, ni gauche : l'idéologie fasciste en France*, Paris, PUF, coll. Complexe, 1987.

WINOCK Michel, *Nationalisme, antisémitisme et fascisme en France*, Paris, Seuil, coll. Points Histoire, 1990.

—, «Le schisme idéologique», in *L'Histoire*, n° 151, Seuil, janvier 1992.

关于共同体问题的哲学和社会学著作

AGAMBEN Giorgio, *La Communauté qui vient, théorie de la singularité quelconque*, Paris, Seuil, coll. La librairie du XXIe siècle, 1990.

（阿甘本：《来临中的共同体》，相明、赵文、王立秋译，西北大学出版社，2019年。）

—, *Homo sacer I : le pouvoir souverain et la vie nue*, Paris, Seuil, 1997.

—, *Le Temps qui reste, un commentaire de l'épître aux Romains*, trad. fr. Judith Revel, Paris, Rivages, coll. Petite bibliothèque, 2004.

ALTHUSSER Louis, *Montesquieu, la politique et l'histoire*, Paris, PUF, coll. Quadrige, [1959], 2003.

（阿尔都塞：《孟德斯鸠：政治与历史》，霍炬、陈越译，西北大学出版社，2020年。）

ARGELÈS Daniel, «L'Idéal de la communauté et sa traduction politique. Trois écrivains allemands face à la modernité : Novalis, Thomas Mann, Ernst von Salomon», in *Communauté et modernité*, G. Raulet et J.-M. Vaysse, Paris,

L'Harmattan, 1995.
ARENDT Hannah, *La Condition de l'homme moderne*, Paris, Calmann-Lévy, coll. Agora/Pocket, 1983.
（阿伦特：《人的境况》，王寅丽译，上海人民出版社，2021年。）
—, *Essays in Understanding 1930–1954. Uncollected and Unpublished Works*, New York, Harcourt, Brace and Compagny, 1994.
—, *Le Système totalitaire*, Paris, Seuil, 1972.
—, *Essai sur la révolution*, Paris, Gallimard, 1972.
（阿伦特：《论革命》，陈周旺译，译林出版社，2019年。）
—, *Sur l'antisémitisme, l'impérialisme*, Paris, Fayard, 1982.
—, *La Nature du totalitarisme*, Paris, Payot, coll. Bibliothèque philosophique, 1990.
—, *Was ist politik?*, München, Piper, 1993.
—, *Les Origines du totalitarisme*, Paris, Gallimard, coll. Quarto, 2002.
（阿伦特：《极权主义的起源》，林骧华译，生活·读书·新知三联书店，2008年。）
BATAILLE Georges, *Œuvres complètes*, t. I et II, Premiers écrits 1922–1940, Paris, Gallimard, 1979.
—, *Œuvres complètes*, t. III, Paris, Gallimard, 1988.
—, *Œuvres complètes*, t. V, Paris, Gallimard, 1992.
—, *Œuvres complètes*, t. VI, Paris, Gallimard, [1973], 1994.
—, *Œuvres complètes*, t. VII, Paris, Gallimard, [1976], 1992.
—, *Œuvres complètes*, t. IX, Paris, Gallimard, 1993.
—, *L'Érotisme*, Paris, Minuit, 1956.
（巴塔耶：《色情》，张璐译，南京大学出版社，2019年。）
—, *La Littérature et le mal*, Paris, Gallimard, coll. Folio essais, 2000.
（巴塔耶：《文学与恶》，董澄波译，北京燕山出版社，2006年。）
—, *Acéphale : religion, sociologie, philosophie (1936—1939)*, Paris, J.-M. Place, 1980.
CAILLOIS Roger, *L'Homme et le sacré*, Paris, Gallimard, coll. Folio essais, [1950], 1988.
—, *Le Mythe et l'homme*, Paris, Gallimard, coll. Folio essais, [1938], 1981.
CAMUS Albert, *Actuelles : écrits politiques*, Paris, Gallimard, coll. Idées, 1977.

—, «Le temps du mépris», *Combat*, (30 août 1944), in *Essais*, Paris, Gallimard, coll. Bibliothèque de la Pléiade, 1965.

CAYROL Jean, *Lazare parmi nous*, Paris, Seuil, 1950.

CIORAN Émile, *Histoire et utopie*, Paris, Gallimard, coll. Folio essais, 1996.

DELEUZE Gilles et GUATTARI Félix, *L'Anti-Œdipe*, Paris, Minuit, 1999.

—, *Mille plateaux*, Paris, Minuit, 1997.

(德勒兹、瓜塔里:《资本主义与精神分裂（卷2）: 千高原》, 姜宇辉译, 上海书店出版社, 2010年。)

—, *Kafka : pour une littérature mineure*, Paris, Minuit, coll. Critique, 1975.

DURKHEIM Émile, *Les Formes élémentaires de la vie religieuse*, Paris, PUF, 1960.

(涂尔干:《宗教生活的基本形式》, 渠东、汲喆译, 上海人民出版社, 2006年。)

ESPOSITO Roberto, *Communitas : Origine et destin de la communauté*, Paris, PUF, 2000.

HOLLIER Denis, *Le Collège de sociologie*, 1937-1939, Paris, Gallimard, coll. Folio essais, 1995.

LÉVINAS Emmanuel, *Quelques réflexions sur la philosophie de l'hitlérisme*, suivi d'un essai de Miguel Abensour, «le Mal élémental», Paris, Rivages poche, coll. Petite bibliothèque, 1997.

LEFEBVRE Henri, *La Somme et le reste*, Paris, Klincksieck, 1989.

MONNEROT Jules, *Inquisitions*, Paris, Corti, 1974.

—, *Les faits sociaux ne sont pas des choses*, Paris, Gallimard, [5e éd.], 1946.

MÜLLER Haro, «Sur quelques usages de la notion de communauté dans la modernité», in *Communauté et modernité*, G. Raulet et J.-M. Vaysse, Paris, L'Harmattan, 1995, p. 334-348.

NANCY Jean-Luc, *La Communauté désœuvrée*, Paris, Christian Bourgeois, coll. Détroits, 1981.

(南希:《无用的共通体》, 郭建玲、张建华、夏可君译, 河南大学出版社, 2015年。)

—, *La Communauté affrontée*, Paris, Galilée, 2001.

—, *La Déclosion, déconstruction du christianisme*, I, Paris, Galilée, 2005.

—, *Au fond des images*, Paris, Galilée, 2003.

«Les fins de l'homme», colloque de Cerisy, 23 juillet-2 août 1980, Ph. Lacoue-Labarthe et de J.-L. Nancy (dir.), Paris, Galilée, 1981.

NEYRAT Frédéric, *Fantasme de la communauté absolue, lien et déliaison*, Paris, L'Harmattan, 2002.

TÖNNIES Ferdinand, *Communauté et société, catégories fondamentales de la sociologie pure*, Paris, PUF, 1944.

(滕尼斯:《共同体与社会——纯粹社会学的基本概念》,林荣远译,北京大学出版社,2010年。)

SCHÉRER René, *Utopies nomades en attendant 2002*, Paris, Séguier, 1996.

TACUSSEL Patrick, *L'Attraction sociale, la dynamique de l'imaginaire dans les sociétés monocéphales*, Librairie des Méridiens, Paris, coll. Sociologies au quotidien, 1984.

文学和哲学作品

ANTELME Robert, *L'Espèce humaine*, Robert Marin, «la cité universelle», 1947; réédité, Paris, Gallimard, 1957.

APOLLINAIRE Guillaume, *Alcools*, Paris, Gallimard, coll. Poésie, [1966], 1990.

ARAGON Louis, *La Diane française*, Paris, Seghers, coll. Poésie d'abord, 2006.

ARISTOTE, *Éthique à Nicomaque*, livre VIII et IX : *L'Amicalité*, traduction et postface de Jean Lauxerois, «À titre amical», Ivry-sur-Seine, À propos, 2002.

ARTAUD Antonin, *Le Théâtre et son double*, Paris, Gallimard, coll. Folio essais, [1964], 1992.

(阿铎:《剧场及其复象》,刘俐译,浙江大学出版社,2010年。)

BATAILLE Georges, *L'Expérience intérieure*, Paris, Gallimard, 1943, réédité, coll. Tel, [1978], 1988.

(巴塔耶:《内在经验》,程小牧译,生活·读书·新知三联书店,2017年。)

BAUDELAIRE Charles, *Le Spleen de Paris, Œuvres complètes* I, Paris, Gallimard, coll. Bibliothèque de la Pléiade, 1983.

(波德莱尔:《巴黎的忧郁》,怀宇译,新星出版社,2012年。)

—, *Le Peintre de la vie moderne, Baudelaire critique d'art*, Paris, Gallimard, coll.

Folio essais, 1992.

BRETON André, *Nadja*, Paris, Gallimard, coll. Folio, 1998.

(布勒东:《娜嘉》,董强译,上海人民出版社,2009 年。)

—, *Second manifeste du surréalisme*, in *Œuvres complètes*, Paris, Gallimard, coll. Bibliothèque de La Pléiade, 1988.

CICÉRON, *Laelius de Amicitia*, texte établi et traduit par R. Combes, Paris, Les Belles Lettres, 1975.

(西塞罗:《论老年 论友谊 论责任》,徐奕春译,商务印书馆,2003 年。)

DOSTOÏEVSKI F.-M., *Souvenirs de la maison de la mort*, in *Œuvres complètes*, Paris, Gallimard, coll. Bibliothèque de la Pléiade, 1987.

(陀思妥耶夫斯基:《死屋手记》,曾宪溥、王健夫译,人民文学出版社,2011 年。)

DURAS Marguerite, *La Maladie de la mort*, Paris, Minuit, 1982.

(杜拉斯:《死亡的疾病》,唐珍、康勤、马振骋、冀可平、郑益姣译,作家出版社,1999 年。)

—, *La Douleur*, Paris, POL, 1984.

(杜拉斯:《痛苦》,王东亮、朱江月译,上海译文出版社,2012 年。)

THOMAS Dylan, "And death shall have non dominion" [1933], in *Masterplots II*: Poetry, 1992.

KAFKA Franz, "Gemeinschaft", (1922) in *Erzählungen*, Frankfurt/Main, 1967, in *Œuvres complètes*, t. II, trad. fr. Marthe Robert, Paris, Gallimard, coll. Bibliothèque de la Pléiade, 1989.

—, *La Colonie pénitentiaire : nouvelles suivie d'un journal intime*, trad. et préface de Jean Starobinski, Paris, Égloff, 1945.

(卡夫卡:《在流放地》,李文俊等译,东方出版中心,2008 年。)

—, *Le Procès (Der Prozess)*, trad. nouv. fr. d'Axel Nesme, Paris, Librairie générale française, 2001.

(卡夫卡:《审判》,曹庸译,上海文艺出版社,2006 年。)

—, *Le Château (Das Schloß)*, trad. nouv. fr. d'Axel Nesme, Paris, Librairie générale française, 2001.

(卡夫卡:《城堡》,高年生译,上海译文出版社,2007 年。)

LEIRIS Michel, *L'Âge d'homme*, précédé «De la littérature considérée comme une tauromachie», Paris, Gallimard, coll. Folio, 1990.
（莱里斯：《成人之年》，东门杨译，生活·读书·新知三联书店，2018年。）
MALLARMÉ Stéphane, *Œuvres complètes*, t. II, Paris, Gallimard, coll. Bibliothèque de la Pléiade, 2003.
MALRAUX André, *Lazare*, Paris, Gallimard, 1974.
MELVILLE Herman, *Moby-Dick*, Toronto, New York, London, Bantam, 1967.
（梅尔维尔：《白鲸》，张子宏译，北方文艺出版社，2012年。）
MERLEAU-PONTY Maurice, *La Prose du monde*, Paris, Gallimard, 1969.
（梅洛-庞蒂：《世界的散文》，杨大春译，商务印书馆，2005年。）
MONTAIGNE Michel de, *Les Essais*, Paris, Gallimard, coll. Bibliothèque de Pléiade, 1950.
（蒙田：《蒙田随笔集》，马振骋译，上海译文出版社，2014年。）
MOUNIER Emmanuel, *Malraux, Camus, Sartre, Bernanos, l'espoir des désespérés*, Paris, Seuil, coll. Points, [1953], 1970.
MUSIL Robert, *L'Homme sans qualités (Der Mann ohne Eigenschaften)*, trad. fr. Philippe Jaccottet, Paris, Seuil, 1957.
（穆齐尔：《没有个性的人》，张荣昌译，上海译文出版社，2015年。）
NIETZSCHE Friedrich, *La Naissance de la tragédie (Die Geburt der Tragödie)*, trad. nouv. fr. Cornélius Heim, Paris, Denoël, 1994.
（尼采：《悲剧的诞生》，周国平译，生活·读书·新知三联书店，1986年。）
NOVARINA Valère, *La Fuite de bouche*, Marseille, Jeanne Laffite, 1978.
RILKE Rainer Maria, *Élégies de Duino ; Sonnets à Orphée et autres poèmes*, ed. bilingue, trad. de J.-P. Lefebvre et M. Regnaut, Paris, Gallimard, coll. Poésie, 1994.
Arthur Rimbaud, *Illuminations*, Paris, Gallimard, coll. Poésie, [1973], 1990.
（兰波：《灵光集》，何家炜译，商务印书馆，2020年。）
ROUSSET David, *L'Univers concentrationnaire*, Paris, Minuit, 1965.
SARTRE Jean-Paul, *Les Mots*, Paris, Gallimard, coll. Folio, [1964], 1972.
（萨特：《文字生涯》，沈志明译，人民文学出版社，1988年。）
SHAKEASPEARE William, *La Tempête (The Tempest)*, *Œuvres complètes*, Paris,

Gallimard, coll. Bibliothèque de la Pléiade, 1999.

（莎士比亚：《暴风雨》，朱生豪译，人民文学出版社，1994年。）

VALÉRY Paul, *Variété III*, Paris, Gallimard, 1936.

WALSER Robert, *Retour dans la neige*, trad. fr. Golnaz Houchidar, Paris, Seuil, coll. Points, 2006.

文学理论

D'ASTORG Bertrand, *Quelques aspects de la littérature européenne depuis 1945*, Paris, Seuil, coll. Pierres vives, 1952.

BACHELARD Gaston, *L'Eau et les rêves : essai sur l'imagination de la matière*, Paris, Corti, 1964.

（巴什拉：《水与梦》，顾嘉琛译，岳麓书社，2005年。）

BANCQUART Marie-Claire, *Poésie 1945–1960 : Les mots, la voix,* colloque du «Centre de recherches sur la poésie française» de la Sorbonne, PU Sorbonne, 1989.

BENJAMIN Walter, *Gesammelte Schriften*, t. II, Frankfurt am Main, Suhrkamp, 1977.

DEGUY Michel, *L'Impair*, Tours, Farrago, 2001.

—, *La Raison poétique*, Paris, Galilée, 2000.

MALRAUX André, *L'Homme précaire et la littérature*, Paris, Gallimard, 1977.

PICON Gaétan, *Panorama de la nouvelle littérature française*, Paris, Gallimard, coll. Tel, [1949], 1976.

—, «Métamorphose de la littérature», *La Table ronde*, mai n° 17, 1949.

TAVERNIER René, Les poètes de la revue «Confluences», *Poésie 1*, n° 100–103, A. Colin, 1982.

引用或参考的其他作品

ABENSOUR Miguel, *Hannah Arendt contre la philosophie politique ?*, Paris, Sens & Tonka, 2006.

AGAMBEN Giorgio, *Homo sacer I : le pouvoir souverain et la vie nue*, Paris, Seuil, 1997.

AXELOS Kostas, *Lettres à un jeune penseur*, Paris, Minuit, coll. Arguments, 1996.

BORSCH-JACOBSEN Mikkel, *Le Sujet freudien*, Paris, Flammarion, 1982.

MAUSS Marcel, *Le Journal de psychologie normale et pathologique*, XXXII, n° 364, mars-avril 1936.

—, Sociologie et anthropologie, Paris, PUF, 1950.

—, *L'Essai sur le don, forme et raison de l'échange dans les sociétés archaïques*, Paris, PUF, coll. Quadrige, [1925], 2007.

(莫斯:《礼物——古式社会中交换的形式与理由》, 汲喆译, 商务印书馆, 2016年。)

DELEUZE Gilles, «L'immanence : une vie», *Philosophie*, n° 47, sept 95, p. 5.

—, *Critique et clinique*, Paris, Minuit, coll. Paradoxe, 1993.

(德勒兹:《批评与临床》, 刘云虹、曹丹红译, 南京大学出版社, 2022年。)

DERRIDA Jacques, *D'un ton apocalyptique adopté naguère en philosophie*, Paris, Galilée, 1983.

ENEGRÉN André, *La Pensée politique de Hannah Arendt*, Paris, PUF, coll. Recherches politiques, 1984.

FREUD Sigmund, *Massenpsychologie und Ich-Analyse*, VII, t. IX, in *Gesammelte Werke*, Frankfurt am Main, Fischer, 1969.

—, *Essais de psychanalyse*, traduit par J. Altounian, Paris, Payot, 1994.

(弗洛伊德:《精神分析引论》, 徐胤译, 浙江文艺出版社, 2016年。)

—, *L'Inquiétante étrangeté et autres textes*, trad. fr. Fernand Cambon, Paris, Gallimard, coll. Folio bilingue, 2001.

FOUCAULT Michel, «Préface à la transgression», *Critique*, Paris, n° 195–196, 1963, p 751–769.

—, *Surveiller et punir : naissance de la prison*, Paris, Gallimard, 1993.

(福柯:《规训与惩罚:监狱的诞生》, 刘北成、杨远婴译, 生活·读书·新知三联书店, 2003年。)

HOBBES Thomas, *Léviathan ou matière, forme et puissance de l'État chrétien et civil*, [1651], trad. fr. Gérard Mairet, Paris, Librairie générale française, coll.

Livre de Poche, 1996.

(霍布斯:《利维坦》,黎思复、黎廷弼译,商务印书馆,1985年。)

KANT Emmanuel, *Critique de la Raison pure*, trad. et présentation d'Alain Renaut, Paris, Flammarion, 2001.

(康德:《纯粹理性批判》,邓晓芒译,人民出版社,2004年。)

LE BON Gustave, *Psychologie des foules*, Paris, Felix Alcan, [1895], 1934.

(勒庞:《乌合之众——大众心理研究》,冯克利译,中央编译出版社,2005年。)

LÉVINAS Emmanuel, *De l'évasion*, Saint-Clément-de-Rivière, Fata Morgana, coll. Livre de poche, 1982.

—, *De l'existence à l'existant*, Paris, Vrin, [1947], 1990.

(列维纳斯:《从存在到存在者》,吴蕙仪译,江苏教育出版社,2006年。)

—, *Le Temps et l'autre*, Paris, PUF, coll. Quadrige, [1979], 1991.

(列维纳斯:《时间与他者》,王嘉军译,长江文艺出版社,2020年。)

MINAZZOLI Agnès, *L'Homme sans image, une anthropologie négative*, Paris, PUF, coll. Perspectives critiques, 1996.

PINSON Jean-Claude, *Habiter en poète*, essai sur la poésie contemporaine, Seyssel, Champ Vallon, 1995.

ROUSSEAU Jean-Jacques, *Du contrat social : ou principes du droit politique*, précédé de Discours sur l'économie politique et suivi de Fragments politiques, [1762], Paris, Gallimard, coll. Folio essais, 1993.

(卢梭:《社会契约论》,何兆武译,商务印书馆,2003年。)

TASSIN Étienne, *La Phénoménologie de l'action et la question du monde. Essai sur la philosophie de Hannah Arendt*, thèse de doctorat, Jacques Poulain (dir.), Paris 8, 1996.

GUERLAC Suzanne, "Bataille in theory: Afterimages (Lascaux)", *Diacritics*, n° 26–2, 1996, p. 6–17.

译者简介

曹丹红，文学博士，南京大学外国语学院教授、博士生导师，法国索邦大学访问学者，国家级青年人才入选者。主要研究翻译理论与实践、法国诗学与文论，兼任中外语言文化比较学会中法语言文化比较研究会副秘书长、江苏省外国文学学会常务理事、江苏省翻译协会理事、南京翻译家协会秘书长等职。

王俊茗，南京大学博士生，主要研究翻译理论与实践、法国文论，出版《明天我们将如何在城市生活·会变成纳米社会吗》《海洋的奥秘》《漫画海洋故事》等译著。